GOLDEN IN DEATH
by J.D.Robb
translation by Etsuko Aoki

死を運ぶ黄金《きん》の卵
イヴ&ローク 51

J・D・ロブ

青木悦子［訳］

JN250211

ヴィレッジブックス

時間はいずれ、しまいこまれた卑怯者の隠れ場を明らかにするだろう。
罪を隠す者たちは、ついには恥辱にあざ笑われる。
——ウィリアム・シェイクスピア

教育が常識をつくりあげる。小枝がたわめられて木が傾くように。
——アレグザンダー・ポープ

Eve&Roarke
イヴ&ローク
51

死を運ぶ黄金《きん》の卵

おもな登場人物

● **イヴ・ダラス**
ニューヨーク市警（NYPSD）殺人課の警部補
● **ローク**
イヴの夫。実業家
● **ディリア・ピーボディ**
イヴのパートナー捜査官
● **イアン・マクナブ**
電子探査課（EDD）の捜査官。ピーボディの恋人
● **ライアン・フィーニー**
EDD警部
● **シャーロット・マイラ**
NYPSDの精神分析医
● **アーサ・ハーヴォ**
NYPSD鑑識課の毛髪・繊維分析のスペシャリスト
● **ケント・アブナー**
小児科医
● **マーティン・ラフティ**
ケントの夫。テリーサ・A・ゴールド・アカデミー校長
● **マイロ・ポンティ**
〈アンガー・メモリアル〉のER医師
● **エリーズ・デュラン**
ブッククラブ主催者
● **ジェイ・デュラン**
エリーズの夫。大学教授
● **ロッテ・グレインジ**
マーティンの前任者
● **レジナルド・P・グリーンウォルド**
ロッテの元夫。〈オール・フレッシュ〉CEO
● **ミゲル・ロドリゲス、ケンデル・ヘイワード、マーシャル・コズナー、スティーヴン・ホイット**
テリーサ・A・ゴールド・アカデミーの元生徒

1

　ドクター・ケント・アブナーは自分が死ぬ日を快適かつ満ち足りた気持ちで始めた。

　休日の習慣どおり、出勤する三十七年間連れそってきた夫をキスで送り出し、それからコーヒーのおかわりと、手のひらサイズのPC《PPC》でのクロスワードと、娯楽《エンターテインメント》ユニットでかけたモーツァルトの『魔笛』をお伴に、ローブ姿でのんびりした。

　その後の予定に入っていたのは、ハドソン・リヴァー・パークでのランニングだった。二〇六一年の四月はうららかに花盛りとなったからだ。そのあとは、ジムに行って少しウェイトトレーニングをやり、シャワーを浴びて、カフェで何か軽く食べようか。

　家に帰る途中で、新鮮な花を買い、市場をぶらついて、マーティンの大好きなオリーヴを買い、おいしそうなチーズもいくつか選ぼうかと思った。そのあとでベーカリーへ行って、バゲットや、ほかにも何かおいしそうなものがないか見てみよう。

マーティンが帰ってきたら、一緒にワインのボトルをあけて、ゆったりくつろいでおしゃべりしながら、パンとチーズを食べよう。家の中で食べるか外で食べるかはマーティンにまかせ、願わくば、一日の終わりがロマンティックになりますように――マーティンがくたびれていなければ。

彼らはよく、ケントは小児科医で愛くるしい赤ん坊と可愛い幼児を相手にしているのに、マーティンは幼稚園から高校まである私立学校の校長で、ホルモンに影響された気難しいティーンエイジャーたちをうまくさばいていることをジョークにした。

それでも、二人はそれでうまくいっている、とケントは縦の二十一番を埋めながら思った。

毒物《トキシック》。

彼はパズルで楽しく一時間を過ごし、ウェスト・ヴィレッジにあるタウンハウスの空間を音楽でいっぱいにしながらキッチンを片づけた。

ケントはランニングウェアに着替え、薄手のパーカーを追加した。ジム用バッグに必要なものを入れたのは、ランニングの前にジムのロッカーに入れてこようと思ったからだ。

手早くその支度をしていると、ドアのベルが鳴った。

鼻歌を歌いながらバッグをリビングルームへ持っていき、六か月前に内装を変えたときにマーティンと選んだコーラル色のソファに置いた。

いつもの習慣で、玄関モニターに目をやると、顔見知りの女性配達員が小さな荷物を持っていた。

ロックを解除し、ドアをあけた。

「おはよう!」

「おはよう、ドクター・アブナー。あなたにお届けものです」

「そうみたいだね。ちょうど出かけるところだったんだ」彼が荷物を受け取り、女性配達員に笑いかけたとき、夜の女王の復讐《ふくしゅう》心にあふれた第二幕のアリアがベッドフォード通りへ流れた。「気持ちのいい晴れだなあ!」

「ほんとに。いい一日になりますように」彼女はそう言い添えてから、歩道へと階段を降りていった。

「あなたもね」

ケントはドアを閉め、キッチンへ戻りながら手に持った荷物を見てみた。自分宛《あて》になっていたので、カッターを出そうと引き出しをあけた。差出人のラベルにはミッドタウンの住所と店名――〈オール・ザット・グリッターズ〉――があったが、彼にはおぼえがなかった。

プレゼントかな? 箱を切り開きながら思った。

箱の中は、パッキングの下にまた箱。小さくて、飾りがないな、と彼は思った。なめらかで、黒っぽい人工木材で、小さな錠で閉じられており、鍵は細いチェーンでつながれている。

とまどいながら、彼は箱を置いて、留め具を開錠した。

その箱の中で、分厚い黒の詰め物に埋もれ、ちょこんと座しているのは小さな——まぎれもなく安物の——金の卵で、ちいさなフックでしっかり閉じられていた。

「〈キラキラするもの《オール・ザット・グリッターズ》〉か」彼はつぶやき、フックをはずした。蓋《ふた》を持ち上げようとしたが、少しつかえてしまっていた。彼はもっと力を入れて引っぱった。

ガスは目に見えず、においもしなかった。だが彼はすぐさまその作用を感じた、喉がぱちんと閉じ、肺が詰まった気がしたことに。両眼が焼け、鍛えられた筋肉が震えはじめた。

卵が手から落ち、彼はやみくもによろよろと窓へ向かった。空気、空気を吸わなければ。つまずき、倒れ、這《は》って逃げようとした。体内組織が反乱を起こし、夫と食べた軽い朝食を吐き出す。引き裂くような痛みにあらがいながら、彼は床の上に身をひきずって進もうとした。

体の力が抜け、ぶるっと痙攣《けいれん》したとき、モーツァルトの女王が高いファ《ハイF》を発した。

明るい春の午後、イヴ・ダラス警部補はドクター・ケント・アブナーの遺体を見おろしていた。遅い午後の陽光が、彼にはあけられなかった窓からさしこみ、体液の水たまりや、割れたプラスチックのかけらの上に広がっていた。

被害者はあおむけに横たわっていた——けれども額やこめかみの打撲傷は、顔から倒れたことを示していた。両目は赤く膨張し、死の塗った薄膜ごしに、彼女を見つめ返している。イヴには両足、両手、両膝が、排出された体液をかいて通ったしみがはっきり見えた。血液や、胆汁や、吐瀉物《としや》で縁取られた足跡が、キッチンの床についていた。

わたしの現場は、と彼女は思った。クソまみれだ。

「話を聞くわ、ポンス巡査」最初に現場に着いた警官に言った。

「被害者はケント・アブナー、医師《ドクター》で、夫とここに居住しています。今日は休みをとっていました。夫は——そちらもドクターですが、博士《Ph.D》のほうで、マーティン・ラフティ——勤務先から——テリーサ・A・ゴールド・アカデミーの校長です——一六〇〇時頃に帰宅。遺体を目にしました。彼はまっすぐ体液だまりに踏みこんでしまいましてね、警部補、遺体をひっくり返し、本当に蘇生《そせい》を試みたあと、医療員を呼んだんです」

制服警官はがっしりしたベテランで、現場を見ながら頭を振った。「それから医療員たちが入ってきて、われわれは連中を仕事にかからせたあとで、中へ呼ばれました。その時点で、現場を保存するためにできることはやりましたよ。被害者はもう死後何時間も経過していました。医療員たちが言うには、冷たくなって硬直していたそうです。それと、何らかの化学薬品中毒らしいと」

「配偶者はどこ?」

「上の階に連れていきました。わたしのパートナーがついてます。ぼろぼろですよ」

「オーケイ。近くにいて」イヴは自分のパートナーに顔を向けた。

「ピーボディ、遺体はわたしがやる。防犯カメラの映像を探して、見てみて」

「わかりました」いつものピンク色のカウボーイブーツで、ピーボディは用心しいしい歩いていき、イヴは捜査キットをあけて、しゃがみこんだ。

すでにコート剤をつけ、レコーダーを稼動させていたので、照合パッドを出して、被害者のIDを確認した。

「被害者はここの住所のケント・アブナー、年齢六十七と確認された。額、左こめかみ、同様に左膝に打撲傷と裂傷。転倒と一致しているようにみえる。両方の親指、両手にも少々の火傷《やけど》あり。遺体は硬直している。両眼は充血し、腫《は》れている」

慎重に、被害者の口をあけた。「舌も同様。見たところ……泡と唾液が少し、吐瀉物がある。血液と粘液が、もう乾いているが、鼻からあり」

計測器を出した。「死亡時刻《TOD》、九時四十三分。ピーボディ！　防犯カメラ映像を今朝までさかのぼって再生して。配偶者がいつ出かけたか、その後誰か来たかどうかチェックして」

「男性がひとり映っています──ツイードジャケットの──六十代なかば、百九十センチ、八十二キロくらいで、そこの床にあるブリーフケースを持って、午後四時二分すぎに入ってきてますね。スワイプキーとコードを使用。それから、彼は一六一〇時に医療員たちを入れています。一六一六時に制服が二名到着」

褐色の髪を短くはずむポニーテールにしたピーボディは、ドアをまわって顔をのぞかせた。「さかのぼってみます」

イヴは遺体の相手を続けた。「防御創も攻撃創もなし。頭と膝──殴られたのかもしれないけれど、転倒のほうが合致する。体格のいい男性で、力がありそうにみえる。反撃したでしょうね、反撃できるものなら。何か食べたか、何か飲んだのか……？」

「さっきの男性が──配偶者でしょう──〇七二〇時に歩いて出ていってます。それ以前の動きはなし。それから……〈グローバル・ポスト・アンド・パッケージズ〉の制服を着た女性がひとり映っています。〇九三六時にベルを鳴らしてますね。被害者が応対して──親しそうにしてます、知り合いみたいに。被害者は荷物を受け取って家に運び入れてます。女性は立ち去ります」

イヴは立ち上がり、カウンターへ歩いた。「ふつうの配達用の箱？　ええと、二十五センチ四方くらいの？」

「それです。早送りしてるところです——その配達のあとは、配偶者が帰宅するまで何もありませんね」

ピーボディはカメラを離れた。

「カッターがここにある。彼は荷物を受け取って七分後に死亡。荷物をここへ運んでくる」イヴは言った。「開封する。こっちの箱を取り出す——安物の人工木材、ちっちゃな錠と鍵。それをあける。色のついた素材とかけらが見つかってるわ——ぴかぴか光る金色は外側ね、内側は白——床の上に。硬いプラスチックかな。何かが箱に入っている。それをあけると……。しまった」彼女はあとずさった。「危険物処理班を呼んで」

「え、まさか」

「配偶者は死んでないわ、医療員も、最初に現場に来た警官も。それが何であれ、影響ないくらい消散してしまってるに違いない、でも班を呼んで、ここに未知の毒物があることを知らせて」

イヴはゆっくり振り返り、箱の差出人を見た。

「〈オール・ザット・グリッターズ〉検索してみた。「この輸送箱にある名前と住所はでたらめね」

「処理班はこちらに向かってます」ピーボディが報告した、「それから、この建物から退避するようにと進言してます」

「それは手遅れ。七分よ、ピーボディ。ここへ歩いて戻り、カッターを出し、全部開封するのに二分引いても。被害者は七時間以上前にこの箱をあけたとき、もう死んだも同然だった」だけどそれでも、とイヴは思った。「制服のほうのカーマイケルとシェルビー巡査を〈グローバル・ポスト・アンド・パッケージズ〉にあたらせて、この荷物がどこに持ちこまれたのか、受け取りに署名したのは誰なのか、何か防犯ビデオの映像はあるかどうか、調べさせて。それからモルグのチームに連絡して、とても変わったやつがあると言っといて」

「ダラス、被害者にさわったでしょう――」

「コートしてた」イヴはピーボディに思い出させた。「被害者の配偶者、医療員たちも彼にさわってる。被害者を殺したのが何にせよ、そいつは仕事をやりとげた。もう終わったのよ」

イヴはしばしたたずんでいた。長身でやせぎす、短く切った茶色の髪、茶色い警官の目を持ち、身につけているのはブロンズ色の革ジャケット、上質の茶色いブーツという女。

基本的な用心だ、と自分に言い聞かせた。

「これから手を洗うわ、単に手続きに従うためだけど。終わったら、配偶者と話をしましょう。彼が被害者にさわったとき着ていたものは全部、袋に詰めて危険物処理班に渡すことになると思う」

イヴは捜査キットをつかみ、化粧室もしくはバスルームを探しに歩きだした。「まず宅配会社に連絡して。配達員にも話をしなきゃ」

遅くなるわね、と思いながら、栗色の壁のしゃれた化粧室で、キットに入っていた石鹸《せっけん》を使った。

〝結婚のルール〟によれば――定めたのも課しているのも自分だが――彼女はその事を自分自身の配偶者に知らせなければならない。ロークならこの仕事では時間がめちゃくちゃなのは理解しているが、それでもルールには従わなければ。

ピーボディが戸口にあらわれた。「カーマイケルとシェルビーはGP&Pへ向かってます、それからここのルートの配達員の名前がわかりました。リディア・マーチャント。定時に退社してますが、連絡先はわかってます」

「いまのうちに彼女を調べてみましょう。顧客を毒殺しようとしたのなら、自分で配達した可能性は低いけど、人は馬鹿なことをするものだし」

イヴは危険物処理班を待ち、自分が遺体から何らかの毒物をもらっていないか確認するためのスキャンも容認した——主任技師がこの場で検査のために血液を採取すると主張したときには、拒否したくなった。しかし、用心するに越したことはないし、対処して捜査を続けたほうが話が早いと考えた。

安全だと確認されると、ピーボディと一緒に上の階へ配偶者と話をしにいった。

「リディア・マーチャント、年齢二十七」ピーボディは階段をのぼりながら言った。「GP&Pに勤めて六年。雇用記録はクリーンです、犯罪記録もなし」

「いずれにしても、彼女とは話してみる」

ラフティの衣服はすでに袋に入れて封印されていた。グレーのスウェットパンツと、胸に左から右へ金色でTAGと入った紺色のトレーナーを着た彼は、ショックと嘆きのさなかにあり、錆《さ》び朱と古びた金色でしつらえた寝室のシッティングエリアにある、カーブした二人がけソファに座りこんでいた。

きちんと手入れした茶色の山羊《やぎ》ひげには、ぼさぼさのモップのような髪と同じくブロンドのすじが入っていた。背が高く、ひょろひょろした体つきの男で、面長《おもなが》で細い顔と、黒みがかった、いまはうるんでいる茶色の目をしていた。

彼は被害者がしていたものと同じ、ホワイトゴールドの指輪を左手の薬指にしていた。そして両手はぎゅっと握り合わされたままで、あたかもその両手だけが、本人がばらばらになってしまうのをせきとめているかのようだった。

イヴは彼に付き添って座っていた制服に合図をした。

「パートナーと聞きこみを始めて。何か見たという人がいたら、わたしが話を聞く。もしあなたが遺体か、現場でもしくは周辺で何かにさわっていたなら、危険物処理班に安全を確認してもらって」

「わかりました」彼はラフティに目をやった。「彼はお子さんたちに連絡したがっているんですが、わたしが止めていたんです。遺体にさわっているのはたしかですよ」

「お子さんたちのことはあとでやるわ。袋に入れた衣服は持っていって、処理班に渡して。連中の誰かに、こっちへ上がってきて彼の安全を確認するよう言って」

イヴはラフティのところへ行き、深い赤の椅子にかけて彼と向き合った。「ラフティ博士、ダラス警部補です。こちらはピーボディ捜査官。このたびは本当にお気の毒でした」

「わたし——わたしは子どもたちに話さないと。うちの子たちに。わたしは——」

「それはじきにしていただけますから。おつらいときなのはわかっていますが、いくつかおききしなければなりません」

「わたし——わたしは家に帰ってきました。呼びかけたんです。〝あーあ、ケント、たいへんな一日だったよ。盛大に飲もう〟って」ラフティは長く細い手で、長く細い顔をおおった。「それからキッチンへ行って、そうしたら――ケントが。ケントが。彼が床に倒れていたんです。彼は……わたしは必死に……だめだった。彼は……」

ピーボディが体を乗り出し、両手で彼の手をとった。「本当にお気の毒でした、ラフティ博士。あなたにはどうしようもなかったんですよ」

「でも……」ラフティがこちらを向き、その目はこう言っている、とイヴは思った。助けてくれ。説明してくれ。この状況を止めてくれ。

「わからない。彼は本当に健康なんです。いつもわたしにもっと運動をして、いい食事をしろと言うんです。彼はすごく元気で体力もあるし。わかりません。彼は今朝、ランニングにいくつもりでした。休みの日はいつも走りにいくんですよ、それに勤務時間内にランチタイムをとれればそのときも。クロスワードを終えて、それから走りにいくはずだったんです」

「ラフティ博士」イヴは打ち砕かれた茶色の目が自分に焦点を合わせてくるまで待った。「今日は荷物が届くことになっていましたか？　配達で？」

「わたしは――わかりません。何も思い当たらない」

「〈オール・ザット・グリッターズ〉という店に注文をしたことはありますか？」

「ないと思います」

「〈グローバル・ポスト・アンド・パッケージズ〉から配達品を受け取ることはありますか？」

「ええ。ええ、リディアが配達してくれます。でも……」ラフティはこめかみを手で押さえた。「わたしたちは何も注文していないと思います。思い出せません」

「けっこうです。わたしを見てください、ラフティ博士。誰かお連れ合いに危害を加えそうな人物を知っていますか？」

「何だって？」彼はぎょっとした。新たな衝撃。「ケントに危害を加える？　いいえ、いいえ。みんなケントを愛していました。みんなです。どういうことですか」

イヴは彼の声の棘《とげ》に、完璧な冷静さで応じた。「彼の仕事場、診療所、近所の誰かは」

「いいえ、いいえ。ケントの診療所は本当にすばらしいんです。赤ちゃんや小さい子たち。あそこはいつも本当に幸せにあふれていて。彼は自分の子どもたち、患者さんたちのために懸命に働いていました。きいてみればいいですよ」彼は言い、その声にまた棘があらわれた。「みんなに、あそこで働いている人全員にきいてみればいい。みんなケントを愛していますよ！」

「わかりました。結婚なさって長いですね。何か問題はありましたか？」

「いいえ。いいえ。わたしたちは愛し合っています。自分たちの子どももいます。孫もいます。うちの子たちに連絡しないと」

彼がすすり泣きはじめると、ピーボディが彼の隣へ行って座った。「おつらいですよね。

ケントは誰かのことで困っていると言っていましたか？　誰か、もしくは何かのことで怒っていると言っていましたか？」

「いいえ。何も記憶にありません。いいえ。わたしには理解できない。何があったんです？何があったんですか？　誰かがケントに危害を加えたんですか？」

「ラフティ博士」やむをえず、イヴは率直に話した。「ドクター・アブナーは今朝荷物を受け取り、その荷物に毒物が入っていて、それで死亡したと思われます」

なおも涙は流れたが、ラフティの背すじが伸びた。「何？　何だって？　誰かがケントを殺したと言っているんですか？　誰かがこの家に、わたしたちの家に何かを送って、それでケントを殺したと？」

ドアがノックされたのでイヴは立ち上がり、白衣の遺留物採取班員を中へ入れた。「念のためですので。スキャンを受けることと、血液検査をさせていただく許可をお願いしたいんです、あなたはドクター・アブナーに触れましたから。彼が今朝開封した荷物に毒物が入っていた可能性があるんです」

「そんなはずはない」彼はすぐさま、それも確信の響きをもってそれを否定した。「そんなことをする人はいない。ケントを知っていた人はそんなことはしません」

「念のためです」イヴはもう一度、ラフティの目をまっすぐ見て言った。「お連れ合いに何があったかを突き止めるために、われわれはできることはすべてやります」

「お連れ合いを愛してらしたんですね」ピーボディがやさしく言った。「あなたも、何があったのか突き止めるために必要なことは何でもやりたいでしょう」

「ええ。必要なことは何でもやってください。それからお願いします、お願いですから、うちの子たちに連絡させてください。うちの子たちに話さなければ」

イヴはラフティがスキャンされ、検査を受け、安全を確認されるあいだ待っていた。ケント・アブナーを殺したものが何であれ、それはほかの人間が入ってきて遺体と接触する前に消散してしまっていた。

「お子さんたちに連絡していただいてけっこうです」とラフティに言った。「どこか数日、泊まりにいけるところはありますか？　ここにはいないほうがいいでしょう」

「娘のところに泊めてもらいます。彼女のほうが近いので。息子はコネティカットに住んでいるんですが、トーリとその家族はほんの数ブロック離れたところに住んでいるんです。トーリのところに泊めてもらいます」

「そこまでお送りするよう手配します、ご用意ができしだい」

ラフティは目を閉じた。また目をあけたとき、涙は焼きつくされて鋼《はがね》の強さがあらわれていた。「わたしは夫に何があったのか知りたい。わたしの子どもたちの父親に。わたしが四十年間愛した男に。誰かがこんなことをしたのなら、誰かが彼に危害を加えたのなら、それが誰なのか知りたい。なぜなのか知りたい」

「その答えを見つけ出すのがわれわれの仕事です、ラフティ博士。何か思い出したら」イヴは言い添えた。「何でもけっこうですから、連絡してください」

「彼は本当にすばらしい人だったんです。それはわかってください。本当にすばらしい人で。情のある人で。これまで誰かを傷つけたことなんてなかった。誰もがケントを愛していた。みんな彼を愛していたんです」

誰かはそうじゃなかったのよ、とイヴは思った。

「わたしは彼を信じますね」やっと現場をあとにしたとき、ピーボディが言った。「あの人は打ちのめされていたし、アブナーが襲われる原因になったものも、人も、全然思い当たらなかったんですよ」

「そうね、でも配偶者がすべてを知っているとはかぎらない。アブナーを調べなきゃね、彼の仕事、習慣、趣味。婚姻外の関係」

うなずいて、ピーボディは小さな前庭にチューリップが咲いている、美しいブラウンストーンの家を振り返った。「いまよりひどいことになりますね、もしですよ、ほら、これが単にくじ運が悪かっただけだとしたら。無作為だったとしたら」

「最悪ね。あの荷物は送り先がはっきり指定されていた、だからこっちも具体的に調べていく。できるだけ早く配達員に話を聞きましょう」

ピーボディはダッシュボードのコンピューターに住所をプログラムした。「気分は大丈夫ですよね？」

「平気よ。あのヴァンパイアどもはわたしの血をとって、安全を確認してくれたんじゃなかった？」

「ええ、でも彼らが毒物を特定してくれたら、こっちももっといい気分になるんですけどね」ピーボディは車の窓の外を見て眉を寄せた。「彼はあそこに何時間も倒れていた。それのいい点は、毒物が何であれ消えてしまったこと、おかげでわれわれもみんな死なずにすんでいる。悪い点は彼があそこに何時間も倒れていたことです」

「ええ、だからそれについて考えて。午前中に配達をさせる、午後遅くまであの家には誰も入らないとわかっているから。となると相手を決めていた殺しのようね。アブナーだけ」

車の流れの中を強引に進みながら、イヴは腕時計《リスト・ユニット》でシェルビー巡査に連絡した。「何かわかった、シェルビー？」

「荷物はウェスト・ヒューストンの受付キオスクまでたどれました、サー。定時後の受託口を通じてログインされてます——セルフサービスなんですよ——二二〇〇時に」

「防犯カメラは？」

「あります。で、カメラは二一五八時から二三〇二時まで不具合がありました」

「偶然だなんて言うやつは馬鹿ね」

「はい。カーマイケル巡査も、馬鹿ではありませんから、電子探査課《EDD》にその受託口の防犯カメラと映像を調べるよう要請しました。けれども、犯人が馬鹿だってことを証明しているとしたら、その女は自分のクレジットアカウントを使って、自分のリンク経由で、翌朝指定配達の料金を払っていますよ。支払いはブレンディーナ・A・コフマンの口座につけられているそうです、年齢八十一、ブリーカー通り三十八、アパートメント1A」

「すぐに彼女にたしかめにいく。よくやったわ、シェルビー」

ピーボディが安全バーをつかむ間もなく、イヴはさっとハンドルを切って角を曲がり、進路を変えた。

「令状をとって」イヴはピーボディに命じた。「コフマンのクレジット履歴を見る必要があるの」

「ブレンディーナ・コフマン」イヴがブリーカー通りへ向かうべく奮闘するあいだに、ピーボディがPPCを読み上げた。「ロスコー・コフマンと結婚して五十八年、現在の住所に住んで三十一年になります。元帳簿係で、〈ロームズ・アンド・ガードナー〉で——ワォ——

五十九年勤め上げました。ここ半世紀ばかりは犯罪記録なしですが、二十代には二つ懲罰処分あり。治安紊乱《びんらん》行為と単純暴行。彼らには子どもが三人いて――男、女、男、年齢は五十六、五十三、四十八。孫は六人で、年齢は二十一から十まで」

「彼女以外の人たちを調べにかかって」イヴは命じた。「犯人は馬鹿じゃないはず」とつぶやいた。「そういう幸運には恵まれないわ。でもその人たちを調べてみて」

「オーケイ、ええと、いちばん上の子はシャローム寺院のマイルズ・コフマン律法博士《ラビ》で、レベッカ・グリーン・コフマンと結婚して二十一年――それから彼女は寺院付属のユダヤ人学校の教師をしています。子どもは三人いて――それぞれ二十歳、十八歳、十六歳で、女、男、男――子どもたちはとくに何もなし、両親も犯罪歴なし」

　見える範囲にあいている駐車スペースがなかったので、イヴは二重駐車をして、ブリーカー通りをおおいにいらだたせてやった。そしてそのいらだつ人々を黙殺して、〝公務中〟のライトを点灯した。

「続けて」イヴは車を降りながら言い、頑丈そうな古い住宅建物をじっくりながめた。色あせたレンガの三階建てで、落書きはなく、窓もきれいで、そのいくつかはひんやりした春の宵にあけはなたれていた。

「マリオン・コフマン・ブラック、フランシス・クサヴィオール・ブラックと結婚、二十三年——違った、今日で二十四年ですね、記念日おめでとう——現在はここ二十年と同様、母親と同じ会社に帳簿係として雇用されています。二十代に違法抗議行動で二度懲罰処分を受けていますが、それ以降は何もなし。息子は二十一歳で、ノートルダム大の学生、娘は年齢十九、やはりノートルダム大です」

「いったん中断」イヴは言い、二人は1Aに通じるエントランスのグレーのドアへ近づいた。

まあまあのセキュリティだ、と見てとった。でも最高じゃない。ブザーを押した。

出てきた女性は八十一歳にしてはずいぶん元気そうだった。ハリケーンの中でも動きそうにないバブルスタイル（髪の束を間隔をおいて縛り、あいだを丸くふくらませる）の真っ黒い髪、赤信号色に塗ったばかりの唇、薔薇《ばら》色の頬、それに両目にはシャドーとつけまつげがたっぷりのせられていた。

ハイネックに長袖のディープブルーのカクテルドレスを着ていて、ナッツブラウンの目が不機嫌そうにイヴとピーボディをさっと値踏みした。

「何も買わないわよ」

「何も売ってません」イヴは言い、バッジを見せた。

ブレンディーナの顔が、薔薇色の化粧の下で真っ白になった。「ジョシュアね！」

「違います、マム」ピーボディがいそいで言った。「息子さんのことではありません。ミセス・コフマンの息子さんのジョシュアは警官なんです」ピーボディはイヴに説明した。「コフマン巡査部長は関係ありません、マム」

「オーケイ。オーケイ。だったら何なの？」

「ちょっと入れていただけませんか」イヴは言った。

「出かけるところなの――ロスコーのおめかしが終わればだけど」

「お時間はかからないようにしますから」

うなずくと、ブレンディーナは後ろにさがって、そのまま二人をきちんと片づいたリビングエリアに通した。ずいぶん片づいている、とイヴは思った。微細なほこりも恐怖で逃げ出すに違いない。家具は古く、結婚したときから持っているようで、息もたえだえになりそうなほど磨かれている。半ダースほどのおしゃれなクッションがソファを窒息させていた。

小さなピアノが壁につけて置かれ、その上に家族の写真がひしめきあっていた。

あたりにレモンのにおいがした。

「そのニードルポイント刺繡《ししゅう》はあなたがやったんですか、マム？」骨の髄まで工芸家のピーボディはクッションを賞賛の目で見た。「すばらしい作品ですねえ」

「義理の娘に誘われたんだけど、いまではやめられなくなっちゃって。どういうご用件なのかしら？」

「ミセス・コフマン、きのうの夜ケント・アブナーに荷物を夜間輸送して、今朝着くようにしましたか？」

「なんでわたしが？　ケント・アブナーなんて人は知らないわ」

「あなたのクレジットカードにその配達料がつけられていたんです」

「そんなもの送っていないんだから、わかりませんよ」

「調べてみたらいかがですか、いまわれわれがいるあいだに」

「ええ、ええ。ロスコー、わたしたちまた遅刻になりそうよ。もう何十年もあの人を待ちっぱなし。時間どおりにどこかへ着くってことができたためしがないんだから。うちの娘の二十四回めの結婚記念日なのに」ブレンディーナは――やはりとても片づいた――小さなデスクへ歩いていき、その上に置かれた小型コンピューターの前に座った。「カトリックと結婚してるの。長続きしないと思ってたんだけど、フランクはいい人だし、いい父親だし、娘を幸せにしてくれたわ。だからわたしたち――あらまあ、何てこと！」

やっとわかったのね、とイヴが思うと同時にブレンディーナが振り返った。

「その発送料金がわたしにつけられてるわ。間違いよ――ゆうべ十時にわたしの口座につけられた、ってなってるもの。十時にはベッドに入って、スクリーンで『ジャンクパイル』を見ていたし――というか見ようとしていたのよ、ロスコーのいびきときたら貨物列車なみなんだから。記録はきちんとつけているの、だから自分が何にお金を使ったか、どうやって払ったかはわかる。あなたたちが生きてきたより長く帳簿係をやってたんですからね！」

「それは疑いませんよ、ミセス・コフマン」

しかしブレンディーナの怒りはまだ頂点には達していなかった。

「じゃあ、GP&Pはわたしから聞き取りをするでしょうね、それはたしかよ」彼女はこぶしを腰に置き、両目が責任はイヴにあるとばかりに彼女に向けて短剣を放った。「この件はむこうが補償するべきよ。何者かがどうやってわたしの情報を手に入れたのか知りたいわ、本当にそういうことが起きたのか、あるいはGP&Pのうっかり者が間違ったキーを押しただけなのか」

「前者だと思いますよ、マム」

「早急にコードを変更するわ、それは確実！　それから息子にこの件を調べてもらいます。あの子は警察官なの」

「そうですね、マム。息子さんからわたしに連絡してもらってください、コップ・セントラルのダラス警部補に。その前に、あなたの口座にアクセスできる人物を教えてもらえますか？」

ブレンディーナは空中に指を突き出し、それからその指で自分の胸のあいだを叩いた。

「わたし本人よ、その人物は。それからロスコーね、でも彼は自分の口座を持っているし、わたしのコードは万が一のために持っているだけ。わたしが彼のコードを持ってるのと同じよ。ロスコー！」

「大声を出すな、大声を出すなって。まったくなあ、ブレンディ、いま行くから」

ロスコーが出てきたとき、イヴの頭に浮かんだのは〝しゃれ者〟という言葉だった。白いチョークストライプの入った淡いブルーのスーツ、白いシャツ、あざやかな赤い蝶《ちょう》ネクタイに揃《そろ》いのポケットチーフ。髪はキャンドルスタンドのような銀色で、後ろへとかされ、水に映った月の光のように輝いていた。銀色の口ひげも完璧に形を整え、手入れされている。

目の色がスーツと同じだった。

「お客様が来ているなんて言わなかったじゃないか」彼はイヴたちに笑顔を見せた。

「お客様じゃないの、お巡りさんよ」

「ジョシュアのお友達かい？」

「いいえ」イヴは言った。「今朝配送された荷物のことでうかがったんです。奥様の口座に運送費がつけられていたので」

「何を送ったんだ、ブレンディ？」

「何も！　誰かがわたしの口座に侵入したのよ」

彼は愛情と軽い驚きの目でブレンディーナを見た。「どうやってそんなことを?」

「わたしが知るわけないでしょ?」

「ミズ・コフマン、リンクをお持ちですか?」

「もちろん自分用のを持ってるわ。あなた方がベルを鳴らしたとき、ちょうどバッグを取り替えているところだったの」

彼女はイヴが寝室だろうと推測したところへずんずん入っていき、派手な紫色をした巨大なショルダーバッグと、ぎらぎらする赤い大きなイヴニングバッグを持ってずんずん戻ってきた――赤はロスコーのネクタイに合わせるため、とイヴは推測した。

「ちょうど今夜必要なものを出していたの」ブレンディーナは言い、中に手を入れた。いらだった表情が警戒に変わった。今度はコーヒーテーブルへずんずん歩き、ショルダーバッグの中身をぶちまけた。

イヴは、この人はこのバッグがあれば、何か大惨事にあっても元気に生き延びるだろうと思った。

「ないわ！　まさか、リンクがない」

「どこにあるんだい、ブレンディ?」

「もう、ロスコーったら！」

「心配するんじゃないよ。探すのを手伝ってあげるから」

ブレンディーナの表情がやわらいだ。「いいえ、ハニー、リンクはなくなったのよ。誰かがわたしのバッグからとっていったんだわ」

「最後に使ったのはいつでしたか？」イヴは尋ねた。

「ついきのうよ――みんなでショッピングに出かけたの。うちの娘たちとわたし――義理の娘たちと、わたしの娘と。マリオンが今夜のために新しい靴をほしがってね、それからあの子がフランクのために買った腕時計《リスト・ユニット》を受け取らなきゃならなかったの――刻印をしてもらったから。それから――ああ、全部まわったわよ。遅いランチをとって。リンクを使って姉にかけて、ランチの予約を二時三十分に変更するって伝えたわ、だって何から何まですごく時間がかかっちゃったから。姉はわたしたちと合流することになっていて、待たされると機嫌が悪くなるの」

「どこでリンクを使いましたか？」

「ええと……」ブレンディーナは片手で額を押さえた。「チェインバーズとブロードウェイの角――ほぼたしかよ。あの宝石店を出たばかりだったし、店はそこだから」

「おぼえているかぎりで、それ以降はリンクを使っていないんですね？」

「ええ。使わなかったのはわかっているわ。みんなでもう少しショッピングをして、ランチで姉と合流したの。長いランチをとってね、マリオンがレイチェル――姉のことよ――とわたしは車で家に帰るよう言ったの。彼女が一台呼んでお金を払ってくれた――払うと言い張ったの。わたしは家に帰って、昼寝をしたわ。くたびれちゃって。ロスコーと夕食をとって、スクリーンを少し見た。今日は外出してないの。家の掃除をして、今夜の支度をしなきゃならなかったから。

リンクにひもづけしている口座はひとつだけよ――買い物と家まわり用の口座。でも――」

「大丈夫だよ、ブレンディ」ロスコーが彼女に腕をまわした。「僕が力になる。それにもう新しいリンクを買ってもいい頃だろう」

ため息をつき、ブレンディーナは彼に寄りかかった。「あなたのを使わせて、ロスコー、そうすればこんなことは全部片づけられるわ。本当に遅刻しちゃう」

「ピーボディ、コフマンご夫妻にわたしたちの名刺を置いていって。息子さんからわたしたちに連絡してもらってください」

「ええ、わかったわ、ありがとう。このことはほんとに片づけなくちゃね。ジョシュアと話してみて。あの子、警察官なの」

2

車に戻ると、ピーボディはシートベルトを締めた。「犯人は簡単なカモを探しているのかもしれませんね。年配の女性で、ほかの女性たちと一緒にいてうわのそら。しばらく彼女たちを尾行するとか。混みあったショッピングエリア、ぶつかってさっといただく」

「そんなところね」イヴは同意した。「それに彼女が年取っているから、犯人はどこかの時点で彼女がリンクを見つけられなくても、置き場所を間違えたと思ってくれると考えたのかも。彼女がすぐにはコードを変えないとか。犯人はほんの数時間あればいい。リンクを使って、捨てて、去っていく」

イヴは力わざで街を抜けて帰り道を進んだ。「あの家族は関係なさそう。家の中に警官とラビがいるから除外ってことじゃなくて、それじゃずさんで馬鹿だから」

「コフマン巡査部長のデータは読みこみますか？」

「そうしたほうがいいでしょう。何かつながりがあれば、その線は彼が探れる。わたしたちは女性配達員と話をしてみましょう――彼女も関係なさそうだけどね、誰かが恨みを持って、今度のことに彼女を巻きこんでやろうとしたのでなければ」

「それも馬鹿ですよ」

「そのとおり、でも彼女とは話してみましょう。彼女はそのルートを担当している。近所でケント・アブナーのファンじゃない人間を知ってるかもしれない」

リディア・マーチャントは都市戦争後様式《ポスト・アーバン》の建物の五階、謎めいたタコスのようなにおいのする食料雑貨店《ボーデイガ》の上に住んでいた。この春の宵に誰ひとり窓をあけていないし、あらかたは暴動被害防止柵がついている。

五階ではあったが、揃いの緑のドアのエレベーター二つを見ただけで――ひとつには〝故障中〟という札がつけられ、そこに〝またしても！〟と怒りのブロック体で手書きされており――イヴは吹き抜け階段のドアを押しあけた。

ピーボディは押し殺した息を吐いて、「ゆるいズボン」と言い、イヴと一緒にさまざまなにおいの中をのぼっていった――誰かの中華料理テイクアウト、誰かの最悪な体臭、誰かがどぼっとかけた安物のコロン（〝ミスター・ボー〟だろう）、それから、妙なことに、みずみずしい薔薇らしきもの。

五階に着くと、イヴはアパートメントのドアをざっと見た。ここには強力な防犯装置が、錠という形であった。電子ではなく、警察錠が三つ。

安物だ、とイヴは思った。でもかなり効果はある。

ブザーを鳴らした。

数分して、雑音まじりのインターコムごしに、誰かがきいてきた。「誰なの?」

「ニューヨーク市警察治安本部《NYPSD》です」

「へえ、そう」

「NYPSDです」イヴは繰り返し、覗《のぞ》き穴にバッジを持ち上げた。

「ドアをあける前に確認を入れるわ」

「ダラス、警部補イヴ。ピーボディ、捜査官ディリア、コップ・セントラル」

「へえ、そうなの」

イヴは待って、さらに待った。実際に中からは何かきしむ音が聞こえ、次に女の声が複数あがってから、錠がガタガタ音をたてはじめた。はっきりと暴動被害防止用のかんぬきの動く音がして、ドアがぱっと開いた。

ぽかんと口をあけている女二人は、同じくらいの年齢だった。ひとりは長身、胸が大きく、ブロンドで、もうひとりは中背でやせ型。混合人種のブルネットだ。

どちらも大きな青い目をしていた。

「うっそー」二人は同時に言った。「あの映画のマーロ・ダーンにそっくり」と、ブロンドが続けた。「ていうか、マーロが、彼女があなたにそっくりだった。あたしたち、あれ二回も見たんですよ」

「それはそれは」こういうことにも慣れなきゃ、とイヴは思った。きっと慣れることなどないだろうが。

「誰かが押し入って人を殺したんですか?」リディア、つまりブルネットのほうがきいた。

「この建物は年じゅう誰かが押し入ってくるんです、というか、押し入ろうとしてるんです」

「いいえ。今朝あなたが配達した荷物のことで来ました、ミズ・マーチャント」

「ほんとに?」大きな青い目がさらに大きくなった。「どの荷物ですか?」

「中に入ってもかまいませんか?」ピーボディがすばやく笑顔を添えた。

「あ、もちろん。あの映画の女優さんよりきれいなんですね」ブロンドが彼女に言った。

「あの人が殺されたりいろいろあったのは知ってます、でもいま言ったのは本当ですよ」

階段の香りの元の薔薇は幅の狭いカウンターに置かれていて、それがごちゃごちゃしたリビングエリアを狭いキッチンと分けていた。その横には口のあいたワインのボトルがあった。

「お座りください、でいいのかな。あたしたち、ちょうどワインを飲むところだったんです。刑事さんたちも飲めますか？　お祝いなんです」

「いえ、でもありがとう」

「あたしたち二人とも昇給したんです」ブロンドはあきらかにはしゃいでいて、椅子の腕に腰かけた。「あたしは先週上がって、リディアもやっと今日までがんばったんですよ。この地獄の穴を出られるんです！」

「おめでとう。ミズ・マーチャント――」

「ただのリディアでいいですよ。あなたたちが二人ともここに、うちの地獄穴にいるなんてすごく変な感じ。あたしは荷物をたくさん運んでます。GP&Pで働いているんですけど、もう知ってますよね」

「今朝ケント・アブナーに荷物を届けましたね」

「ドクター・アブナーですね、ええ。彼やラフティ博士にもよく届けます。二人とも本当にいい人で――いつもクリスマスのチップをくれるんですよ。誰でもくれるわけじゃないんです。あの荷物に何かあったんですか？　玄関でドクター・アブナーにちゃんと渡しましたけど」

「その荷物があなたのところへ来たとき、何かいつもと違うことはありましたか？」

「いいえ。あたしのいる配送センターはほとんどドロイドとオートメーションなんです。それがあたしのバンに荷物を積んで、スケジュールをアップロードして——翌朝指定の配達とか、特別配達を優先とか。あれは——きっとそうです、今朝配達しましたから——翌朝指定配達ですよ。それがどうしたんですか」

「その荷物には未特定の毒物が入っていたと思われます」

リディアの青い目が一瞬空白になり、それから警戒心でいっぱいになった。「毒薬や何かってことですか？　テロか何かみたいに？」

「現時点で、われわれの対処しているものが何かのテロ攻撃だと考える理由はありません」

まるっきりの真実ってわけじゃないけど、とイヴは思った。

「どうしてそこに毒のあるものが入っていたとわかるんです？　ドクター・アブナーが病気になったんですか？」

「ドクター・アブナーは亡くなりました。その荷物を受け取ってあけた直後に死んだんです」

「死んだ？　ドクターが死んだ！」青い目が涙でいっぱいになった。「でも……そんな。そんな、ティーラ！」

ティーラはすぐ椅子の腕からおりて、リディアと一緒に座り、彼女に両腕をまわした。

「リディアもそれにさわったんでしょう。彼女は——」

「その毒物は箱があけられたときに放出されたようです」

「あたしは大丈夫です、大丈夫。ドクター・アブナーが。本当にいい方なのに。彼とラフティ博士はとっても仲むつまじくて。誰かが仲むつまじいのってわかりますよね。あたし、お二人が大好きでした。知らなかったんです。あの配達に何かおかしなところがあるなんて、本当にわからなかったんです。知っていたら絶対に——」

「誰もあなたを責めたりしませんよ」ピーボディがなだめた。「ドクターたちの近所や、あなたの勤め先、どこでもいいですから、ドクター・アブナーを嫌っていたような人物を知りませんか？」

「いいえ。あの近所の人は何人か知っています、あたしの受け持ちルートですから。でも誰も意地の悪いことを言ったことはありません、というか、それほどは。ときどき、あの界隈《かいわい》の人が家にいなくて、宅配ボックスを置いてないときには、よその誰かがかわりに受け取ってくれます——そのためには権利放棄を記録しなきゃならないんですけど。そうしてくれる人もいます。あのドクターたちは両隣の人たちのかわりにときどき荷物を受け取ってくれますし、その人たちもドクターたちのかわりにそうします。本当に感じがよくて、仲のいい通りなんです。でも今日は、あのブロックに届ける荷物はドクター・アブナー宛だけでした。

あっ、ラフティ博士は大丈夫なんですか？　お宅にはいなかったと思うんですけど。ドクター・アブナーはランニングに出かけるところみたいでした。配達ルートをまわっていると、ときどきドクターが走っているのを見かけたり、午後の遅い配達があるときには、ラフティ博士が帰ってくるところを見かけるんです」

「ラフティ博士は事件のときは家にいませんでしたよ」

「あたし、どうすればいいんですか。何かやったほうがいいことはありますか？　何をすればいいんでしょうか？」彼女はイヴにきいた。

「何か思い出したら、わたしかピーボディ捜査官に連絡してください」

「何があったのか突き止めてくださいね。ドクターは本当にいい方だったんです。今朝はとっても楽しそうでした。それはおぼえています。すっごく楽しそうで、いい天気になりそうだねって言ったんです。何があったのか突き止めてください」

「そうします」

歩道に出ると、イヴは次のステップを考えた。「被害者の診療所はこの時間じゃもう閉まってるわね。あなたは家に向かって、それから途中でアブナーのオフィスマネージャーか責任者に連絡をとって」

「オフィスマネージャーとして記載されているのはセルディン・アバカーです――ウェブサ

イトを探しておきました」

「わかった。彼女に連絡して、明日の朝のできるだけ早い時間に、診療所スタッフを全員揃えたミーティングを設定して。その時間をわたしにテキストで送ってちょうだい、現地集合するわ。マクナブもすぐ来てもらえるようにしておいて――電子機器を調べる必要がありそうだから」

「医療記録ですね」ピーボディが言った。

「だから帰る途中で令状請求にとりかかるつもり。くそっ、スタッフに患者の記録を選別してもらうわ。これが怒れる患者の犯行なら、スタッフは誰なのか心当たりがあるでしょう。ラフティ博士なら心当たりがあったかも」

「厳密にいうと、彼の患者は赤ん坊と十六歳以下の子どもですよ」

「腹を立てた赤ん坊ならさんざん見てきたわ」イヴは言い返した。「それからわたしに子どもやティーンエイジャーを責めたてさせないでよ。それと彼らには親がひとりか複数同席するはずね。いずれにしても、設定して。わたしは家で事件ボードと記録ブックを立ち上げて、書きこんでおく」

「わたしが楽なほうなんですね」

「今度はね。八時前に事情聴取できなければ、午前七時にモルグで合流しましょう、そこから行く」

「いつもながら楽しい一日の始め方ですねえ」

「聴取を設定してよ」イヴは繰り返し、クラクションを鳴らしたり悪態をついたりするドライバーたちにはやはり目もくれずに、車に乗りこんだ。

〝公務中〟のライトを消し、すでに彼女に指を立てていた男の前を猛スピードで通りすぎた。

ダッシュボードでコーヒーをプログラムし、レオ検事補に連絡した。

「違うと言って」レオが応答した。「いま家に帰る途中なの、いまいましい渋滞につかまっちゃって。ほしいのはアルコールの入った飲み物と静けさだけ」

「令状をとってくれたら両方とも手に入るわよ。わたしもちょうど家に向かっているところ――おたがい運が悪かったわね」

レオが息を吐き、頭を後ろへ振ると、ふんわりしたブロンドの髪が輝き、揺れた。「このタクシーを降りて歩くわ。停めて」彼女は運転手に言い、イヴはレオが料金を払っているとおぼしきあいだ、青の保留モードで待った。

レオがスクリーンに戻ってくると、彼女が歩くのに合わせて画面が上下した。「それって〝まだ特定できてない物質〟事件でしょ？」

「さっさと特定してくれたほうがあいつらの身のためよ、ええ。被害者は医者――赤ん坊専門の医者――それで朝いちばんで彼のスタッフに話をきくつもり。電子機器を押さえたいの」

「医療記録を簡単に、もしくは朝までに手に入れるのは無理よ」

「そのほかのものをちょうだい――さしあたって私物には手をつけなくてもいい。こっちはドクターが自分を脅していた人物、警戒心を起こさせる通信の記録をとっておいていないかどうか知りたいの。もしくはスタッフの誰かが問題を抱えてないか」

「それならできるわ。あなたもあぶない目にあったんですってね。致死性の毒物に曝露《ばくろ》したようにはみえないけど」

「何であれ、わたしたちが現場に着いたときには、アブナーの命と同様、この世からなくなってた」

「それじゃ、そこはよかった面ね。令状の件はまた連絡する」

「助かるわ」

「このあいだの事件から一杯貸しのままよ」

「約束は守る。じゃあとで」

イヴは通信を切り、コーヒーを飲み、ほかの車を押しのけながらアップタウンへ走った。

押しのけているあいだに、ほんの一週間前には、イタリアで一日じゅう日光浴をしたあと、星々の下でワインを飲みながら、とあるテラスに座っていたのだと思い出した。パスタを食べて、寝坊をして、セックスをしまくって。

それにその近所では誰も殺されなかった——少なくとも、彼女の知るかぎりでは。ロークがあらわれてから、彼と一緒の人生は、平凡とはほど遠いものになった。たぶん、二人にとっての日常は——たいていの人々の日常とは違うものだろう。

けれどもそれはうまくいっている——本当にうまくいっている、とイヴは思った。そして、こんなにもうまくいっている理由のひとつは、自分が家に帰る——きらめくような言葉だ——ときには、肩にこういう新たな重荷がのってはいるが、そこに彼がいるとわかっているからだ。

彼はあの独特なまなざしでイヴを見るだろう、それはいつも、いまでも、たぶん永遠に、イヴの鼓動をはずませる。きっと何かを食べさせるにきまっている、たとえ彼女が食べたがらなくてもだ、それはかちんとくることでもあり、同時に得がたいことでもある。

それに彼は聞いてくれる。彼女が遅くなったことに文句を言わないし、こちらが罪悪感にかられることもなくてすむ。話を聞いて、手伝おうと言ってくれて、そういうすべてで、彼のすべてで、イヴがこれまで持てるとは思いもしなかった心の安らぎをもたらしてくれる。

だから車を走らせて、やっとゲートを抜けたときには、あの静かなカチッという音を感じた。家に帰ってきた。夜空の下、ロークの築いた屋敷はその非現実的な塔をそなえて、壮大な構想のもとにたたずみ、広がり、そびえていた。彼女を迎える何十もの窓、たくさんの明かりが、暗闇を背に輝いている。

車を停《と》めて降りると、あの重荷のいくらかが変わった。しなければならない仕事はある、たしかに、でも家に帰ってきた。

遅くなってしまったので――本当に遅くなった――サマーセットがぬっとあらわれるとは思っていなかった。

だが彼はいた、黒ずくめの長身で骨ばった姿、やせこけた顔は表情がなく、黒みがかった目はイヴの顔に矢のような視線を放ってきた。

イヴは手持ちの悪態を探したが、彼女が引っぱり出す前にサマーセットのほうが口を開いた。

「だんな様が心配なさっています。そうでないふりをなさるでしょうが、あなた様が有毒物質に曝露したとお聞きになったのです」

「大丈夫だって知らせたわよ。わたしは大丈夫」

サマーセットがただじっと見つめつづけるばかりなので、イヴはこの元都市戦争《アーバン・ウォー》衛生兵が、自分の手で検査をしたがっているといういやな予感をおぼえた。絶対にごめんだ。

「当局はその物質を特定できたのですか?」

「知らないわ。あとできいてみる。わたしは大丈夫だってば」いらいらしてきて、イヴはジャケットを脱いで、階段の親柱にかけた。

「だんな様に知らせてさしあげてください」

イヴはもう知らせたわよと言い返そうとしたが、そんなことをしても無駄に思えた。そのかわり、階段を上る途中で立ち止まった。「もし少しでもよ、ほんの少しでも、彼に害をおよぼすようなものを持ちこんでしまう可能性があったら、わたしが家に帰ってくると思う?」

「まったく思いません。だからこそ、もう九時をすぎておりますし、だんな様は心配なさっているのです」

ちくしょう、ちくしょう、たしかにそうだ。「しょうがなかっ――くそっ。彼はどこ?」

「あなた様の仕事部屋です、もちろん。お帰りになったことはご存じです。アラートをセットされていましたから」

イヴは駆け上がった。〝結婚のルール〟には従ったわ、と思った。それでも自分がどういうわけかへまをしてしまったような気がしていた。

ロークはイヴの仕事部屋のソファに座っていて、暖炉の火が弱く燃え、おでぶの猫が彼の膝に伸びていた。彼は片手に本を、片手にワインのグラスを持っていた。

そして、そう、彼はあんなふうにイヴを見た――けれどもそこに安堵《あんど》が花開くのが見えた。

「彼女のお帰りだよ」彼は言った、あのアイルランドの不思議なささやきを秘めた声で。

「ごめんなさい」

彼がまだ本を横に置いて立ち上がっているあいだに、イヴは彼のところへ歩いていって、彼に腕をまわし、強く抱きしめた。「ごめんなさい」

「遅くなったことにかい？」彼に体をすり寄せていると、今度は驚きが聞きとれた。「さあさあ、警部補さん、それも仕事のうちだろう？」

「わたしが大丈夫なのを、百パーセント確実にあなたに伝わるようにしなかったことによ。わたしが無事じゃないんじゃないかと、あなたが心配しないですむようにしなかったことに」

「ああ」彼はイヴの頭のてっぺんに唇をかすめ、彼女の体を離した。「それも仕事のうちだよ。僕の担当のうち。これからも心配はするだろう、ダーリン・イヴ。でもいまは……」イヴの顎《あご》の浅いくぼみを親指で撫《な》で、体をかがめてキスをした――長く、熱く。「きみは帰ってきてくれた。だから猫としばらく座っておいで、ギャラハッドも彼なりに心配していたから。ワインを持ってきてあげるよ」

文句もなし、罪悪感もなし、ただワインとあたたかく迎え入れるだけ。それからおでぶの猫。だからしばらく座っていよう、なぜならロークはイタリアへ旅行させてくれただけでなく、本物のコーヒー、最高のセックス、それからありとあらゆるものをイヴの人生にもたらしてくれたからだ。

彼はこれをもたらしてくれたのだ、このバランスを。

イヴは猫を少し撫で、相手が興奮してごろんと体を回すと、腹をかいてやった。それからワインを受け取った。

「現場でもう安全と承認してもらったのよ」

「そう言っていたね」彼の野性味のある、輝くばかりに青い目はなおもイヴの顔をじっくり見つめ、それから彼はイヴの手を持ち上げて、そこにキスをした。「毒の特定はできたのかい？」

「鑑識に問い合わせなきゃならないけど、一時間前に問い合わせたばかりだからまだね。遺体は一六〇〇時すぎに、配偶者が仕事から帰ってくるまで発見されなかった。鑑識が作業にとりかかったのは……たぶんいまから一時間前。手順は守らなければならない、とか何とか」

「まだ食事をしていないんだろう」

「すごく忙しかったんだもの」

「だろうね。それじゃいま一緒に食べよう、そうすればきみはこの件について僕に全部話せる」

「〝一緒に〟？　あなたはもう夕食をとったんじゃないの？」

「まだだよ」ロークは彼女の手を握った。「心配だったから」

「待って」イヴは彼の両手を握る手に力をこめた。「約束するわ、これからは嘘《うそ》をつかないし、起きたことを控えめに言うこともしない、何かトラブルにあっていたり、本当にまずいことになってたりしても。正直にあなたに話す」

「それならいい」

イヴは彼のすばらしい顔を見つめた。「それでもどのみち心配するわよね」

「ああ、当然だ。でもいまのはうれしいよ。さて、僕は自分自身と――もしくは運命と――きみのために取引をしたんだ。きみが僕のもとへ帰ってきたときには、ペパロニ・ピザを出すってね」

イヴはたちまち明るい気分になった。「本当？」

「付け合せにおいしい野菜を食べるよう言わないなんて、僕の愛は何て深いんだろう」

「もしあなたがいまそう頼むなら、食べるわよ。だから、同じことね」

「ピザにのせて食べたらどうだい」

イヴは彼に――心から――震え上がったような目を向けた。「完璧においしいピザをだいなしにする気？」

「われながら何を考えていたのかわからないな」

ロークが立ち上がり、キッチンへ歩いていったので、イヴはもうしばらく座って猫を甘やかしてから、二人のグラスとワインのボトルをとって、テーブルへ持っていった。

ガラスのドアごしに小さなバルコニーとそのむこうを見た。するとピザのにおいが、熱にうかされたときの夢のように、からっぽの胃袋を襲った。

「この世にピザしかなかったら、飽きちゃうことはわかってる」と判断した。「でもそれまでには二十年ぐらいかかるわね」

ロークと一緒に座り、切り分けたピザにかぶりついた。「じきに、食事のときにあのドアをあけておけるくらいあたたかくなるわ。そうなったらすてき」

彼女のリンクが鳴った。「ごめんなさい。レオ？」

「令状が入ってくるわよ――制限付きだけど。いまの時点では医療記録はなし。それはピザ？　んもう、今度はこっちがピザを食べたくなっちゃったじゃない」

「自分で買いなさい。手早くやってくれてありがとう」

イヴはリンクを押しやった。

「被害者は医者だと聞いたが」ロークが言った。

「小児科医。結婚して四十年近く。彼の夫が発見したの。私立学校の校長。二人には子どもたち、孫たちがいた」

イヴは自分のワインをとった。「現場はめちゃくちゃにされてた。夫は彼を蘇生しようとしたの。被害者は午前中に死んでて、それもきれいな死に方じゃなかった、でも夫は助けを呼ぶより先に、彼を生き返らせようとしたのよ」

「きみなら彼を責めるかな?」

「いいえ」イヴは目を上げ、賢い天使が特別に寛大な日に彫った顔を、その魔法のような青い目をのぞきこんだ。「何年か前のわたしなら責めたでしょうね。でもいまは違う。二人は愛し合っていた。見ればわかるわ、家じゅうに、残された人の悲しみにそれが見える。そこからは距離を置いて考えなきゃいけない。それでも心にひびが入るかもしれないけれど、でも距離を置いて考えなきゃだめ」

「どうやって運ばれてきたんだ? その毒物は」

「〈グローバル・ポスト・アンド・パッケージズ〉、翌朝指定配達」

「宅配便なのか？　それは……大胆だな。配達員はわかったんだろう？」

「彼女は関係ないわ。彼女はクリーンよ、それに二人のことが好きだったの。それが伝わってきた。近所の人たちも二人が好きだった。聞きこみで出てきたのはいくばくかのショック、恐怖、悲しみ以外何もなし。いまのところあらゆるものが指しているのは、被害者がいい人で、いいお隣さんで、体を鍛えていて――ランニングや、ウェイトトレーニングをしてたの――荷物が来たときには出かけるところだったらしいこと。それで被害者は荷物を家に入れ、キッチンへ行って、あけた」

「入れ物もあっただろうね。大胆だからといって、密封されていない毒物を輸送箱に入れるリスクは冒さないだろう」

　イヴは最初のひと切れをたいらげた。「二つあったみたい――入れ物の中にまた入れ物。安物の人工木材の箱で、内側に詰め物付きのやつがカウンターにあったの、だから家のほかの状況を考えると、その入れ物は輸送箱の中に入っていた可能性が高い。それに小さな入れ物みたいなものの破片があった。硬いプラスチックみたいで――安いやつよ、たぶん外側は金色で、内側は白。被害者を殺したものが何であれ、そこに入っていたに違いない。被害者は入れ物をあけた、するとそれが空中に飛び出した、もしくは中に何かが入っていて、被害者はそれを摂取したのよ、さわったときに毛穴からしみこんだ何かを。彼は両手の親指に火傷をしていた」イヴは思い出し、やがて肩をすくめた。「まだわからないけど」

「あしたはモリスに会うんだろう、それに鑑識の友人たちにも」

「ええ」目の前にあったので、イヴは二切れめのピザを食べることにした。「危険物処理班を呼んだわ――そのときにはもう大気中に痕跡《こんせき》は残ってなかった。わたしや配偶者の体の内側にも外側にもね――二人とも遺体にさわったから。毒物は数分でアブナーを殺すだけの力があり、ほかの人間が家に入ってくる前に消失したの」

「宛先は――その荷物のだよ――被害者だったんだね？」

「ええ。でたらめの住所、でたらめの差出人からだった。営業時間外のキオスクに持ちこまれたの。犯人は手続きをするあいだ防犯カメラを妨害した、だから妨害器《ジャマー》を手に入れたか、自分で作るだけの腕がある」

「キオスクだって？」ロークは短い笑い声をもらした。「ダーリン、それなら十歳の子どもでもできるだろうさ。僕はその荷物がどうやってスキャンを通ったかのほうに興味があるな」

「そうね、それも調べられるでしょう。入れ物の中の入れ物の中にまた入れ物」イヴはまた肩をすくめた。「それに毒物が何であれ、少量にすぎなかったんでしょうね。ひとりを殺せればじゅうぶんな」

サマーセットが戸口にあらわれたので、イヴは目をやった。もうひと口、ピザを食べながら眉を寄せる。「わたしたち、モルグは呼んでないわよね？」

「失礼いたします」サマーセットは鼻をつんとさせたままだった。「ドクター・ディマットとミスター・モンローが階下にいらしております。警部補とぜひお話ししたいと」

「二人に上に来るよう頼んでくれ」イヴが立ち上がるより早く、ロークが言った。「警部補さんは夕食中なんだ。僕が追加のグラスを持ってくるよ」サマーセットが消えたので、彼はそう付け足した。

ドクター・ルイーズ・ディマット、とイヴは考えた。ドクター・アブナー。

ルイーズは被害者を知っていたのか？　確率は低い、もちろんだ、市内には数えきれないほど医者がいるのを考えれば。だがそれを言うなら、チャールズとルイーズは現場からほんの数ブロックのところに住んでいる。

「彼らは知り合いなんだわ」

「ん？」

ロークがワイングラスをもう二つ持ってきた。

「ルイーズと、被害者。だから二人はここに来たのよ。だとしたらわたしはこの件をどう扱えばいいの？」

イヴがいずれわかると思ったとき、ルイーズ——優美なブロンド——とチャールズ——長身、黒みがかった髪と目、ハンサム——が入ってきた。

熱く仕事に燃える医師と元公認コンパニオンは目を惹《ひ》くカップルになっていて、こちらも本当にうまくいっているようにみえた。

「ごめんなさい」ルイーズは謝罪から始めた。「こんなふうにふらっと来て、夕食の邪魔をして。わたし——」

「夕食はピザよ、ピザを邪魔できるものなんてないわ。ケント・アブナーとはどういう知り合いだったの？」イヴはきいた。

「どうして知ってるの……」ルイーズは目を閉じた。「わたしがクリニックを開いたその週に彼が来たのよ。月に二十時間のボランティアをしてくれた。ほんとにそういうふうだったの。あの人はそういう人だった、そういう医者だったのよ」

涙が揺れて、あふれた。「ごめんなさい」ルイーズはもう一度言った。「こんなことになってつらいわ。来ないではいられなかったの。ただあなたに話さずにいられなくて」

「座って」ロークが彼女のために椅子を引いた。「座って、ワインを飲んで。食事はできるかい？」

「この人はみんなに食べさせるのが好きなのよ」イヴは言い、涙という最悪のものを止められるよう願った。

「いいえ、ありがとう、いいえと言ったのは食べ物のほうよ。ワインをいただくわ」

ロークがチャールズに合図し、二人はもっと椅子を運んできた。それから座った。ロークがワインをついだ。

「取り乱したりしないわ。というか、それほどは」とルイーズは限定した。

「よかった。それじゃケント・アブナーについて知っていることを話して、個人的なこと、仕事上のこと、そのほか何でも」

ルイーズはうなずき、それから少し思いあぐね、チャールズを見た。

「僕から始めよう」チャールズが言った。

3

「僕たちは友達になったんだ」チャールズはイヴたちに話した。「仲のいい友達に。僕はケントがクリニックでボランティアを始めたあと、ルイーズを介して二人と知り合った。彼らは僕たちを何度も飲みに呼んでくれて、僕たちはみんな、そう、気が合ったんだ」

「あなたたちの結婚式で彼らを見かけたり、顔を合わせたりしたおぼえはないんだけど」イヴは指摘した。

「二人はアフリカに行っていたんだよ。マーティンが一か月の長期休暇をとったんだ、ケントが二週間、現地のある医療団体に参加したがったから。二人はワーキング休暇をとったわけだよ、言うなればね、それが結婚式とかちあってしまったんだ。でも僕たちがハネムーンから帰ってきたときに、近所の人たちと小さなパーティーを開いてくれた」

「すてきな人たちなのよ」ルイーズが言い添えた。「仲むつまじくて。二人とも仕事熱心で、でもほかのことを切り捨てるわけじゃない。人をもてなすのが好きで、家族を愛していて、演劇や、アートが好きだった。ケントはよくマーティンに運動をしろってせっついてね――運動は心にいいだけじゃないんだと言って。するとマーティンはケントがどんなスポーツのことも何ひとつ知らない――それに何ひとつ興味がないくせに、って言って。二人の意見が異なるのをわたしが見たのはその程度ね。あの人たちは仲むつまじかったの、ダラス、四十年近くたっても自分たちもあんなふうに仲むつまじくいたいと願うように」

チャールズが手を伸ばし、ルイーズの手にその手を重ねた。「僕たちも自問してみたよ、彼らとはいい友達だったからね、今度起きたことには何かが、誰かが、何らかの理由があるんだろうかって。でも何もないんだ。何かの事故かミスで起きてしまったんじゃないのはたしかなのかい？」

「たしかよ」だから、とイヴは思った。そういうこと。「彼がクリニックで定期的に働いていたのなら、記録があるはずね」

ドクター・ディマットが前面中央に出てきた。「患者の記録は――」

イヴはただ手を振ってそれを払いのけた。「とか何とかね、そして必要とあればこっちは手に入れられるわ。でもさしあたっては、クリニックのオーナーとして、あなたはそれを手に入れられる。じっくり目を通すことができる。そうすれば何かおかしなところがあるかどうかわかるでしょう。患者の記録以外にも、やりとりや、メモや、スタッフ同士の関係とか」

「うちのクリニックで働いていたりボランティアをしてたりする人には誰にでも、話をきいてもらってかまわないわ。はっきり言えるけれど、その人たちの中にケントをひどい目にあわせてやりたいと思うような人はひとりもいない。彼は貴重な人材と認められ、尊敬され、好かれていたのよ」

「オーケイ。彼を好きすぎた人についてはどう？」

「わからな……ええと」眉を寄せ、ルイーズは少しワインを飲んだ。「そういうのは思い浮かばないけど。はっきりと彼に診てもらいたいと言ったり、緊急でなければ、彼の診察時間を待ったりする親御さんは何人かいるわ。でもそういう雰囲気に気づいたことはない。ジョークを言う人はいるわよ、もちろん。ヘラみたいに――ボランティアをしてくれている看護師のひとりで、二度めの離婚のせいでいまも苦しんでいるの。彼女がケントに、彼がゲイで結婚しているなんて自分は運が悪い、どうして彼みたいなストレートの独身男性を見つけられないのかしら、って言っているのを聞いたことがあるわ」

「彼はどう答えていた？」

「彼女に合う人がいないか気をつけておくよ、って言っていた。ねえ、ダラス、ケントはよく花を持ってきてくれたの、わたしたちや患者さんの気持ちが明るくなると言って。でなければペストリーをひと箱持ってきたり。気配りがあってやさしい人だった、だからこんなことになってたまらないわ」

「僕たち、まだマーティンに連絡をとっていないんだ」チャールズが言った、「出しゃばりなことはしたくないから。でも、あしたくらいに、息子さんか娘さんに連絡してもいいだろうかと思ったんだ。ただ何か……本当は何もできないんだけどね」

「何があったのか話してもらえる？　少なくとも何か納得できることを？」

イヴはルイーズを見た——目はもう乾いているが、かろうじてだ。朝になったら報道で聞くであろうことを話そうか——それと、たぶんもう少しだけ。「その毒物が入っていた荷物がドクター・ケント・アブナー宛になっていたことは言える。配達した人物はただ自分の職務を果たしていただけだったこと、容疑者でないことも言える。彼女も、被害者についての見かたはあなたたちと同じよ。彼のことが好きだったし、彼らのどちらのことも好きだった、だからある意味では犯人によって被害を受けた。しばらくはその重荷を背負うことになるでしょうね。

その毒物を特定して、どうやってそれが彼の体内に入ったのか突き止められたら、もっと多くのことがわかるでしょう、でも時間的に考えると、体内に入るにはほんの数分しかかからなかった」

「たしかなの?」ルイーズが念押ししてきた。

「絶対に」

「わたしは専門家じゃないけれど、毒物、有害物質、曝露について多少は知っているわ。もし彼の症状がわかれば――」

「それはモリスの仕事よ」

しかしルイーズは職業モードに入っていて、簡単には引き下がらなかった。「彼が接触したのか、経口摂取したのか、吸入したのかはわからないのね?」

「モリスと鑑識の仕事よ」

「速効性ね、それもかなり速い」ルイーズはつぶやいた。「経口摂取じゃない」

「どうして?」

「用心深い人だもの、ちょっと健康オタク的な? ケントが郵便で届いたものをすぐ口に入れるなんて想像できない。そうね、もし送ってきた相手を知っていたら、あるいは荷物が来ることを知っていたなら……」

「差出人の名前と住所はでたらめだった」

「となると彼は差出人を知らなかったし、荷物が来るとは思っていなかったわけね。それをまず調べないで、荷物に入っていたものを食べたり飲んだりするとは思えないわ。それにさっき、数分だったと言っていたでしょう」

「配達から死亡まで約七分よ」

「ああ」それでもルイーズはそれを息にして吐き出し、医者モードに戻った。「だったら接触ね、とくに切り傷か刺し傷があった場合は。もしくは吸入」グレーの目がしかめ面で細くなり、彼女はゆっくり首を振った。

「でもマーティンは大丈夫なのよね、彼は影響を受けなかったんでしょう？　報道では彼が遺体を発見したと言っていたし」

「彼は異状なしよ。わたしたち全員異状なし」

「だったらその毒性は消失したんだわ。窓はあいていた？」

「いいえ、でもそうよ、それは消散したか、薄まったか、なくなったの。彼らの経済状態はどうだった？」

「マーティンとケントの？　かなりゆとりがあったというところかしら」

「それじゃケントの診療所は？　うまくいっていた？　儲《もう》かっていた？」

「まったく、警官の世界っていうのは暗いものなのね」ルイーズはまた息を吐いた。「あなたは誰かがお金のためにケントを殺したんじゃないかと思っているんでしょう。マーティンでないのはたしかよ、その点でいちばん利益を受けるのは彼だと思うけど。あるいは二人の子どもたち。リサは——メリッサ・レンディのことよ——彼のところで働いていたわ、あの診療所は医師が二人必要だったから。わたしにはいいドクターにみえるけど、わたしの知るかぎり金銭的な報酬はもらっていなかったんじゃないかしら」

「僕らはケントたちの友人にも会っているんだ、ダラス」チャールズが続けた。「全員を親しく知っているわけじゃないけれど、僕たちの知っている人で、ケントを殺すような人はいないよ。荷物が彼宛になっていたとあなたは言っていたけど、それでもあてずっぽうに送られたのかもしれないだろう？　ほら、ええと、どこかから名前を引っぱり出して」

「そうね」

だがイヴはそう思っていなかった。

「わたしたちにできることはない？　わたし、モリスと作業してもいいわ、もし——」

「わたしが決めることじゃない。いい考えでもないと思う」

「わたしは医者よ。科学者よ。個人的な感情は入れずにいられる」

「被害者はあなたの友人で、あなたのクリニックに時間を割いてくれていた。あなたは一歩か何歩か、捜査から離れていてくれたほうがいいわ。何か知らせられることができたら、そのときは連絡するから」イヴはそう付け加えた。「わたしにできるのはそこまで」

「大切な人を失って苦しんでいる人がいる」ロークがやさしく言った、「ここで僕が聞いた話からすると、大きな、深い喪失で。そんなときに親しい友人たちから慰めてもらえるのはうれしいんじゃないかな」

「でも家族がついているでしょうし」ルイーズはもごもごと言った。

「親しい友人、本当の友人と家族の違いなんて、血のつながり、DNAだけじゃないのかい?」

ルイーズの目がまたしてもうるんだ。「そうね。ありがとう。そうよね。朝になったら彼に連絡してみる。あなたは最初に思ってた以上のことを教えてくれたのよね」彼女はイヴに言った。「それがこの部屋の外にもれることはない、約束するわ。本当に感謝している。わたしがうちの家族と込みいった関係なのは知っているでしょう。ケントは――そうね、マーティンも――わたしにとっては父親代わりだったの。ロークの言うとおりね。たかがDNAよ」

二人が帰ったあと、イヴは椅子にもたれた。「彼女、出ていったときには前よりしっかりしてみえた。あなたの言ったことが助けになったのね」

「だいぶ助けになっていたね。それに、僕たちの友人にとっては悲劇だけれど、被害者をよく知る人物が二人も知り合いにいて、しかも信頼できるのは、きみも助かるだろう」

「害にはならないわね」

「さて、僕はどうすればきみの助けになれるかな、警部補さん？」

イヴはにっこりした。「車で家に帰る道々、それを考えてたの。あなたに何ができるかじゃなくて、あなたが尋ねてくれるだろうってこと。あなたがわたしに何か食べさせようとして、たぶんワインを少し飲ませるだろうってこと。話を聞いてくれて、助けを申し出てくれるだろうってこと」

彼女は首をかしげた。「わたしたちって仲むつまじいと思う？」

「むつまじいのレベルによるんじゃないか？」

「適正なレベルよ、わたしたちにとっての。ときどきはそこにあてはまるんじゃないかな。事件ボードと記録ブックを立ち上げなきゃ。もしやりたければ、あなたは経済的なことを探ってみて――被害者、配偶者、診療所の。解決の手段にはならないでしょうけど、つぶしていかなきゃならないものだし」

「ほかの人たちの金を探ってみるのは？　僕にとってはすてきなごほうびなんだ」

イヴは自分にやれることはすべてやった――鑑識や遺留物採取班や検死官の報告書はまだ出ていない。それにピーボディが被害者の診療所での事情聴取を七時半におぜんだてしてくれたから、あしたの午前中の予定は的確に決まっている。

聴取、モルグ、鑑識――どれもセントラルへ行く前だ。願わくば、そのどこかで引き出した結果の中にあるものが、道を開くきっかけになればいいのだが。

とても好かれていた男、貴重な人材と認められていた医師、愛し愛されていた夫であり父親に、迅速かつむごたらしい死に方をさせたのは誰か？

絶対に見つけ出してやる。

とはいえ今夜自分にやれることはすべてやってしまった以上、自分もロークもすてきなごほうびをもうひとつもらってもいいだろうと考えた。

続きになっている彼の仕事部屋へ行くと、ロークはコマンドセンターに座り、ギリシャ語で書かれているのかもしれない何か（イヴが思うに、オタク的なもの）を凝視していた。

「終わったのかい？」彼は目を上げた。「役に立ちそうなものが見つからないんで、邪魔をしなかったんだ」

「どうしてそれが役に立たないってわかるの？」

「二人は余裕のある暮らしをしている――とてもね――チャールズとルイーズが推測したように。被害者の診療所はきわめて順調だし、配偶者は充実した手当て付きのいい給料をもらっている。賢明な投資をしていて、きちんと賢い資産計画を立てているよ。二人はあと十年ほどで引退するつもりだったようだ。旅行を楽しんでいて、よく旅をしていたね、それに身の丈に合った暮らしをしていた。収入のなかなかの割合を自分たちで選んだ慈善活動にまわしている——それに言わせてもらえばうまく選んでいるよ。

隠し口座はない、二人とも」とロークは続けた。「違法なギャンブルの借金も、妙な買い物もなし。彼らは、さっき話したように、子どもたち、孫たちのために信託基金を設けていて、自分たちの下で、もしくは一緒に仕事をしている人々、しばらくのあいだそうしたことのある人々への気前のいい、しかしとっぴではない額の遺贈を設定している。チャールズとルイーズには特別なアートを残しているよ。ほかには——カフリンクのセット、アンティークの髭剃《ひげそ》りキット、などなど——たぶん、親しい友人で、その形見を喜んでくれる人たちへのものだ」

片側の腰を傾け、イヴはドアの柱によりかかった。「彼の遺言状を見ろとは言わなかったわよ」

「まあね、いちど手をつけてしまったら、徹底的にやりたくなったんだ。ドクター・アブナーに会っていたら彼を好きになったと思うよ」

「それはあなただけじゃないわ。わたし、今夜はもうおしまいにする。そっちは?」

「お供しよう、いつもどおりね、警部補さん。ただちょっと遊んでいただけなんだ——事件とは関係なく」

「人間に関係あることにもみえないけど」イヴは彼がコンピューターを停止すると言った。

「関係あるし、同時にない」彼は立ち上がった。「火星コロニーのことだ」

「火星」一緒に部屋を出ながら、イヴは頭を振った。「あなたったら本当に宇宙を買い占めようとしてるのね」

「面白そうじゃないか？　火星で週末を過ごせるかもしれない」

「現世でもそれ以外でもごめんよ。イタリアはよかったわ」

ロークは彼女に腕をまわした。「たしかにね、うん、それもとても」

「あそこのあなたのホテルみたいなもの。きっとすごくすてきになるでしょうね。古そうな外見、千年変わってないみたいな、でも何もかも備えているようになる」

「その予定だよ。夜はまだ火がほしい冷え方だな」寝室に入りながらロークは言い、暖炉に火をたくよう指示した。

猫はすでにわが物顔で、ベッドに巨体を伸ばしていた。イヴは彼がじきにうんざりして歩き去るだろうと思った。

腰をおろし、ブーツを脱いだ。「イタリアに行くシャトルの中で、わたしが約束を守ったのをおぼえてるでしょ？　あなたをドラムみたいにバンバンやったの」

「とてもいい思い出だ」

「ええ、でしょうね」

彼女は立ち上がり、武器ハーネスの留め具をはずし、体からとった。「そろそろもう一度やってもいいと思うんだけど」

ロークはシャツを脱ぐ手を止めていたが、ゆっくり笑った。「そうなのかい、いま?」

「ええ。無残な死はあったけれど、というかそのせいかもしれないわね、今日気がついたの、持っているものは持っているときに味わわなきゃいけないって。それだけじゃなく、飛びつくべきだって」

イヴはロークのベルトに手をかけ、彼を引きよせた。「いま飛びつくところ」

彼の唇を奪い、深く飛びこみ、最後にすばやくちょっと噛《か》んだ。そして笑った。「わたしは捜査官で、証拠があればわかるんだから、あなたが同意してるかどうかきく必要はないわね」

くるりと体を回し、片足で彼の足を後ろから払ってバランスを崩させ、ロークをあおむけにベッドに押し倒した。

猫は予想どおり、ベッドから飛び降りて歩き去った。

「いい動きだ」

彼にまたがったあと、体をしならせてかがみこむ。「まだこれからよ」

そしてもう一度彼の唇を奪い、それを証明した。

イヴはたがいのために熱を、スピードを、いくばくかのすばやくてむこうみずな奔放さを求めた。待っていてくれ、心配してくれていた男と、新たな重荷を背負っている警官のために。

ここでなら彼に、いつも言葉にできないものを見せることができる。愛が果てしなく、激しく、あまりにも荒々しく熱く体を駆けめぐっていて、彼女はこれからもずっと、ずっと、それを離すまい、彼を離すまいとしつづけることを。

この体で、あしたが二人に何を要求してこようと、しばし自分たちを遠ざけることができる。

彼女は自分がそこへ飛びこむにまかせた。やさしくでもゆっくりでもなく、弓から放たれた矢のように。先端まで熱く、鋭く。そして彼の両手が、抜け目なく熟練しすぎているほどに、体の上をさまようと、イヴはその手を止め、自分の両手でぎゅっとつかんだ。そして口だけで彼を征服した。

彼の唇、喉《のど》、胸。その鼓動がはずみ、はずみつづけ、イヴは熱い肌を、力強い筋肉の震えを味わいつくした。

「まだよ」自分自身のパワーで満ちあふれ、イヴはどうにかそう言い、彼の手を放した。

「まだ」ボタンをはずして彼を解き放った。

そしてもう一度彼の両手をつかみ、自分の口を使った。

イヴは彼を破壊した。容赦なく、機敏に、自制心のおおいをひとつまたひとつと壊していった。彼女は侵食しているんじゃない、とロークはすでに彼女のために半分おかしくなりながら思った。ただ山火事のように焼きはらっていく。

その熱が、ああ、その熱が耐えがたい。なのにすばらしい。

ロークは必死にこらえようとして、世界が、そっくり丸ごとひっくり返るのを感じた。イヴは彼をその灼熱《しやくねつ》の縁へとさらい、ただおののくばかりにして取り残し、ふたたび自分のやりたいように彼の体を攻めはじめた。

その果てで、限界点で、ロークは彼女の名前を呼んだ。祈り、懇願、命令のすべてをこめるように。

ロークは彼女の目を、彼女の目だけを見た。彼女自身のパワーで、ライオンの目のような黄褐色になっている。彼女は言った、「まだよ」

彼はさっと動き、答えた、「いやだ」

くるりと彼女の体をころがし、押さえつけた。そして自由になると、彼の両手は好きなように動きだした。

彼は奪った、イヴがそうしたように。幾重ものおおいを燃やしつくした、イヴがそうしたように。今度は彼が、その引きしまったしなやかな体に思うまま触れ、味わい、奪うのを堪能した。絶頂が訪れるとイヴは叫び、その声が彼をぞくぞくさせ、あおってもう一度彼女を駆り立て、ぐったりした体に力を呼び起こした。

世界がぐるぐる回りだし、空気を奪われ、視界がぼやけたとき、二人はたがいにしがみつき、へとへとになり、用意ができていた。

二人の目が合うと、ロークは彼女の中に押し入った。すばやく、乱暴に、おたがいがこの瞬間に求めていた荒々しさで、おたがいをあの燃える縁へ追いつめ、あの狂うばかりの喜びをつなぎとめようと爪を立てた。

そしてとうとう限界を越えた。

息もできず、二人は難破船の生き残りのように横たわり、理性と正気がじわじわと戻ってくるのを待った。

「さっき言ってたわよね……」イヴはひと息ついて、まだ奮闘中の肺に空気を入れてやらなければならず、それからゆっくりとアイルランド語に似た何かを言った。「どういう意味?」

彼女の発音はめちゃくちゃだな、とロークは思ったが、それをつなぎあわせた。「僕が言った?」

「ええ、おたがいを殺しあう直前に」

「だったら適切だな。それは〝イス・ミシャ・キアル〟だよ。きみは僕の狂気」

イヴはそのことを考えてみた。「ほめ言葉なんじゃないかしら、あの状況だと」

頭をまわし、ロークは彼女の髪に唇をかすめた。「きみは僕を解明してくれるね、イヴ、何千ものやり方で」

「わたしは、よくわからないけど、今日一日を燃やしつくさなきゃならなかったの」

「その点はおたがい成功したんじゃないかな」ロークは姿勢を変え、彼女が丸く体を寄せられるように抱き寄せた。「お眠り」

「うん」イヴは目を閉じて、彼のにおいを吸いこみ、うとうとしはじめた。「わたしが夜帰ってくるとき、遅く帰ってくるとき、家じゅうに明かりをつけておいてくれるでしょ」

「きみが道に迷わないように」

「あれってすてき」イヴはつぶやき、眠りに入っていった。

猫は自分の場所がまた空いたと判断し、ベッドに飛びのってイヴの腰の後ろに落ち着いた。

そうだな、とロークは思った。とてもすてきだ。

目をさますと彼女はひとりきりで、まだ早かったので、あと十分眠ろうとしてみるか考えたが、じきにあきらめた。するべきことがありすぎる、と自分に思い出させ、よろよろと部屋を歩いていってコーヒーをプログラムした。

最初の命のひと口を飲むと体にスイッチが入った。また飲みながら、シャワーへ向かう。コーヒー、フルパワーの熱いジェット水流、乾燥室《チューブ》でさっと一回転のあいだに、ふたたび人間らしいだけでなく、これからの一日に立ち向かう準備が整った気になれた。ドアの裏にかかったローブ——杏色《あんず》の薄くてやわらかいコットン——はまたもや新品に違いない。はおってみると、雲にくるまれたような感触だった。

あの人は何も見逃さない。

そして彼はいた、何だか知らないが夜明け前に組み入れていた会議から戻って、月のない真夜中の色をした完璧な仕立てのスーツを、彼の目のように魔法めいた青のシャツで際立たせた姿で、ソファに座っている。ネクタイはその青と、もう少し淡い色のを何色か、細いストライプに組み合わせてあった。

猫は彼と座り、その器用な指に頭をかかれてうっとりしており、ロークのほうはコーヒーを飲んで、オンスクリーンに流れている朝の株式ニュースを見ていた。

「起こそうかと思っていたんだが、自分で早起きしたんだね」

「いろいろ進行中だから」彼がポット一杯ぶんプログラムしておいてくれたので、イヴはテーブルのコーヒーを自分のマグについだ。「それにディックヘッドを脅して結果を出させなきゃならないかも」

ディック・ベレンスキー、すなわち鑑識課長は腕がいい――それにいい賄賂《わいろ》に飢えている。

「今度は何にするんだい?」ロークはイヴがそばを通ってクローゼットへ入っていくときにきいた。「シングルモルトスコッチ、ボックスシートを複数?」

「脅すのよ」イヴはクローゼットの奥からもう一度言った。「賄賂はなし。この件に関してあいつがそんなことをほのめかしでもしたら、自分を重暴行罪で逮捕しなきゃならなくなるかも」

「保釈金は払うよ」

クローゼットの中で、イヴは聴取、モルグ、鑑識のことを、そしてそこから出てくるかもしれないあらゆるものを思った。服が多すぎる、選択肢が多すぎる。

どうして全部ただの黒か茶色じゃだめなの?

「悲しみに暮れている従業員や、たぶん家族にも話をきくことになるなら」ロークが寝室から軽い口調で言った、「僕だったら地味なもので行くだろうな。でも黒ずくめじゃなくて」

イヴがまさに黒のパンツに手を伸ばしたときに、彼はそう付け加えた。「僕なら黒は喪に服すときのためにとっておく」

茶色か、とイヴは思った。茶色なら地味だ。茶色のパンツに手を伸ばしかけ、また引っこめた。そして思った、くそっ。

グレーだ、たぶんグレー、ほとんど黒だから。それでいて黒ではない。

それにこれ以上こんなことを考えたくなかった。

必要以上に時間がかかってしまい、イヴはクローゼットの中で着替えた。ロークに自分の選んだものをひとつ、または全部、ほかの何かと取り替えさせられないように。

何か、絶対にもっといいものに。それでも。

クローゼットから出て――グレーのパンツ、もう少し濃いグレーのブーツ、薄手のネイビーのセーターに、手にグレーのジャケット（ネイビーのボタン、袖口にネイビーの革カフス、ポケットに縁取りがあった）を持っていくと、ロークはすでに保温トレーをかぶせた朝食を用意していた。

「とても地味でなおかつ気品のある選択だ」と彼は言った。「それでいながら権威があってファッショナブル。よくできたね」

「いいかげんにして《バイト・ミー》」イヴはジャケットを椅子にほうり、武器ハーネスを留めた。「黒より倍の時間がかかったわ。あなたは黒いスーツを着てるのね」そう指摘した。

「藍色《あい》だよ、実際には。でも近いね。これは、言うなれば、僕の今日の予定に合っているんだ」

「どの星を買うつもり？」

「火星は買わないよ、まだ」彼はほほえんで言った、「でもあのコロニーに関係した事業を少しやっているんだ。けれどもまずは、今日の午前後半の〈アン・ジーザン〉での初回スタッフミーティングに出る。そのあとは、〈ドーハス〉のスタッフ何人かを含めた二次打ち合わせをするんだ、必要とあれば彼らにも一緒に作業してほしいからね」

イヴは目を向けた。「あなたなら、可能性として、保護を求めて〈ドーハス〉に来る未成年者を学校へ移すこともできるわよね」

「そう願っている」

彼女はロークの隣に座った。「それっていいことよ、まわり全部にもいいこと。わたしたちがイタリアにいたとき、何もかも予定どおりだと言ってたでしょ」

「実際にそうなっている」彼は保温トレーを持ち上げた。

オートミールじゃない、とイヴは気づいた――うれしいことに。そんな気はしていたが、小さな皿には果物も、アイスクリームにかかったぱりぱりの何かもなく、ヨーグルトが入っていた。それでも、オムレッとベーコンがその埋め合わせをしてくれそうだった。

「それからロシェルだけど、彼女はうまくやってる?」

「すばらしいよ。まだしばらくは弟のことで悲しむだろうが」ロークはイヴの手に触れた。「でもきみが彼女とご家族に終結をもたらしたんだ。きのうちょっと話したときに彼女が言っていたよ、この学校にいると彼のことを思い出す、ここがあれば彼の人生がどんなに違っていただろう、自分がここにかかわっていることを彼がどんなに誇りにしてくれただろうと思う、と」

「彼女はクラックと住んでいるんでしょ」

「そうだよ、うん」イヴの口調が面白くて――がっかりしているというよりまごついている――ロークは眉を片方ぴくりとさせた。「問題でも?」

「ううん。じょじょに慣れているところってだけ」イヴはさっさと片づけるためにヨーグルトをとった。

思ったよりひどくない。

「それと、僕たちは〈アン・ジーザン〉のことに、多少なりとかかわっているが、ジェイクと彼のバンドのメンバーがときどきゲストとして、ボランティアで指導をしてくれていることは話したね。音楽や作詞作曲で」

「ナディーンのロックスターはいいやつね」

「たしかに、それにわれらがナディーンも、うちの学生のひとり、かの貴重なるクゥィラをインターンとして引き受けてくれるだけじゃなく、たびたび来てジャーナリズムや、脚本執筆や、著述全般について話をしてくれるそうだ」

彼女ならそういうのはうまい、とイヴは思った。ナディーンは自分の才能を知っている、内も外も斜めも。「有名人の従業員をそろえる気ね」

ヨーグルトも悪くなかったが、オムレツは最高だった。

「そう思いたいね。ゲストにシェフや、アーティストや、科学者、実業家タイプも呼ぶつもりなんだ――」

「スターも呼ぶの?」

「ときどき。ヴォーカリスト、デザイナー」

「メイヴィスにレオナルドか」

「ほかの人たちもね。技術者、建築家、プログラマー、医師。弁護士も」

イヴはそれを聞いてうめいた。

彼はほほえみ、コーヒーを飲んだ。「バランスのとれたカリキュラムを組みたいんだよ、ケアやシェルター、栄養、安全と同じように。そのカリキュラムと体験学習の一部には警察が必要だ。その分野すべてに。警察の仕事にかんして、ダラス警部補より質のいいゲスト講義のできる人物がいるかな？」

「うえー。そんなのどうかしてるわ」イヴは決然とベーコンにかぶりついた。「教え方なんて知らないもの」

ロークは首をかしげた――それからギャラハッドに指を立てて、彼がベーコンを狙ってそろそろとテーブルへ近づくのを止めた。「じゃあひと言だけ言おう。ピーボディ、捜査官ディリア」

「あれは教えたんじゃない。訓練したの。彼女はもう警官だった。それに子どもでもなかった」

引き下がることなく、ロークはベルベットのようになめらかに、自分の主張を展開した。「彼らの中には問題を抱えたり、むずかしい家庭の出だったりという子もいるだろう、短すぎる人生を好転させる前のロシェルの弟のように。きみや僕も、そういったことがあっても、人生を好転させたけどね。警官とはどういうものか、どういうものであるべきか、どういうものになれるか、保護し奉仕することの価値を信じている人間以上にうまく伝えられる人物がいるかい？　おまけにそうしながら暴れまわれるんだろう？」

この人なら神様とだって交渉して、最後には儲けを出せるわ、とイヴは思った。「最後のセリフは、わたしをおだてて引っぱりこむために言ったんでしょ」

「考えてみてくれ」ロークは気軽な調子で彼女の腿《もも》を叩いた。

イヴはそのことを考えたくなかったので、朝食をたいらげた。

「仕事にかからなきゃ」

席を立って、バッジ、拘束具、ポケットナイフ、リンク、コミュニケーター、少々の現金をまとめてからジャケットを着た。

ロークは立ち上がり、ギャラハッドに警告のまなざしを投げると、彼女のところへ行って、抱きしめた。

胸が痛み、イヴは自分からもハグを返した。「そうされると心配されてる感じ。わたしの心配で一日を始めないで」

「違うよ。きみなら僕のお巡りさんの面倒はみられる。これは……大切なものを、それにこの瞬間をつかんでいるんだ」ロークは彼女の顔を上に向け、キスをした。それからもう一度。「また夜に」

そしてイヴのお尻を軽く叩き、彼女の心の中にあった漠然とした懸念を追い払った。「ディックヘッドにきつくあたりすぎるんじゃないよ」

「それはあいつしだい」イヴは歩きだし、ドアのところで立ち止まった。「もしわたしのほうが先に帰ったら——そんなことがあったらだけど——明かりをつけておくから」

ロークはぱっと笑い、イヴはそれを胸に階段をおりて、外の車のところへ行った。

それからゲートを出て、早朝の車の流れに入った。三十分ほど早いようだ、とイヴは思った。広告飛行船ががなりはじめるには。大型《マキシ》バスや、まっさきにコーヒーをいれ、ベーグルと言っても通りそうなものを並べた商売熱心なカート店主、あるいは眠たげな乗客たちという荷物を載せてガタゴトと空をいく通勤エアトラムにとっては早くはないが。

そして長い夜の仕事を終え、カートのコーヒーとベーグルもどきを買う立ちんぼの公認《L》コンパニオン《C》二人にとっては、遅くないのがあきらかだ。

一ブロック行ったところで、ひとりの女が金色のイヴニングドレスを着て、短い銀のケープを肩にかけ、摩天楼なみのハイヒールで歩道を歩いているのを見かけた。たぶんLCだろう、とイヴは思った。立ちんぼレベルでないのはたしかだが。こちらも長い夜だったのは疑う余地がない。

小さく変てこりんな顔をして、毛にピンクのリボンをつけた犬たちを連れたドッグウォーカー、ネオンレッド色のウェアで見えないゴールラインへ走るジョガー、まだ戸口でうたたねしている路上生活者、すでにあいた市場で、売りものの花を外の台に忙しく入れている女、三階の窓のむこうでトラ柄のレオタードでピルエットを回っている女。

もしニューヨークを愛してないなら、とイヴは思った。ここはその人の居場所じゃない。そしてイヴはニューヨークを愛しているので、ここが居場所なので、保護し奉仕することを信じている殺人課警官なので、頭を殺人事件へ切り替えた。

4

アブナーが毎日職場の行き帰りに歩いていた道の雰囲気を知りたかったので、イヴは彼の家の近くに駐車場所を探した。車の少ない通りといえども見つけるのには時間がかかってしまったが、その余裕はあった。縁石側へ車を停めると、玄関を封鎖した家まで一ブロック半戻り、時刻を見て、そこから始めた。

どちらのドクターも車は持っていなかった。ひどい悪天候のときには、それぞれの職場まで数ブロック、タクシーかカーサーヴィスで行ったのだろう。

しかし現時点でイヴが入手していた情報では、アブナーは毎日徒歩通勤――ときには早出をしてランニングやジムでワークアウトをしていた。

アブナーは走るのが好きだった――やはり、ひどい荒天のときは別として――ハドソン・リヴァー・パークで。だからそのエリアも調べて、彼を知っていたか、交流のあったほかのランナーを見つけられるかどうかやってみよう。

しかしおおかたの勤務日には、美しいレンガやブラウンストーンの家々が並び、高級ブティック、レストラン、カフェもぽつぽつとあるこのルートを通っていた。イヴは一軒のベーカリーを通りかかり、足を止めた。中のカウンターに早くも行列ができていた。

帰り道で寄ってみる価値はある、と思った。たぶんここがルイーズの言っていた、彼がときどきクリニックに持ってきてくれたというペストリーを買った店だろうから。

お気に入りの花屋もあっただろう、と思った。あの家にあった新鮮な花、クリニックの花。

アブナーを殺した犯人が彼を見かけ、接触したかもしれないたくさんの場所のひとつにすぎないが。

彼の生活習慣を知っていたはず、と角を曲がりながら考えた。彼が家にいて荷物を受け取る、彼が家にひとりきりだと知っているか、確信していたはずだ。でなければなぜ、追加料金を払ってまで午前中の速達便にしたのか？

犯人にとってたいした出費ではなかったのだろう、しかし、アブナーが荷物をあける時間がそれほど重要でなかったなら、なぜわざわざそんな手間をかける？

イヴはこれもまたブラウンストーンのタウンハウスの外で立ち止まった、ここに診療所が入っているのだ。金属額のひとつに、茶色の地に金色でこうあった。

ドクター・ケント・アブナー
小児科

短い階段をあがる手すりが深く濃いブロンズ色に光っていた。白い玄関ドアをはさんで二つの白い植木鉢が置いてあり、楽しげな小さい水仙と、イヴには何かわからない紫色の花と、鉢の上にだらりとかかる緑が植わっていた。

窓はぴかぴかに輝いている。

その結果は、イヴのみたところ、上品、安心感、歓迎。

玄関の防犯カメラを含めたしっかりしたセキュリティから、さらにもう一段階上の安心感が生まれた。

振り返って、他人とのやりとり、毎日のきまった行動、もちろんさまざまな配達もおこなわれていたはずのエリアの感じをつかもうとしてみた。すると反対側の角にピーボディがいた。

着ているのはいつものピンクのコート——春なので冬用のライナーは取り外してあるだろ

う——間違いなくお気に入りのカウボーイブーツ、ゆるいのかもしれないしそうでないのかもしれないネイビーのズボン、それからニットではなく絹らしきスカーフには、白い鉢植えのものに似ていなくもない花がついていた。

日光がサングラスのレンズにはね返り、イヴは自分もサングラスを持ってくるのを忘れていなければと思った。

ピーボディは通りを渡って、イヴのところへ歩いてきた。

「すてきな朝ですねえ！　一年じゅう春にするべきですよ」

「花をつけてるのね」

「春ですから。これはゆうべ駆《か》け足《あし》したんです」ピーボディはスカーフをぽんとやった。

「どこを走ったの？」

「うちのミシンの上です。車が見えませんね」

「ケントのふだんの通勤路を歩けるように、現場に停めてきた」

「ああ。それなら、まずったなあ、あのアップルターンオーバーを食べればよかった。きっとマクナブがセントラルへ行く途中で食べちゃいますよ、あのやせっぽちのお尻には何もつかないんですから。警部補が電子機器の扱いで必要になったら、いつでも準備はできてるそうです。わあ、あのミニアイリス、水仙とカンショヅル《スウィート・ポテト・ヴァインズ》と合わせるとすてきですねえ」

わけがわからず、イヴは鉢植えを見おろした。「ここの人たちは診療所の外でじゃがいも《ポテト》を育ててるわけ？」

「いいえ、あれはただの飾り用の蔓《つる》ですよ」

「どうしてそういうものを知ってるの？」イヴは階段をあがりながら首をひねった。「待って、フリー・エイジャーってことね。気にしないで」ブザーを押した。

出てきた女は深い金色の肌で、ふっさりした黒髪をねじってうなじのところで大きなお団子にしていた。目は深い茶色で大きく、まつげが濃くて、ちょっと前に流した涙とかなりの疲労の跡があった。

身につけているのはシンプルな黒いスーツに、実用的な黒い靴。

「警察の方ですね」ごくかすかに訛《なま》りのある、正確な英語で言った。

「ダラス警部補です」イヴは答え、バッジを見せた。「ピーボディ捜査官」

「ええ、ピーボディ捜査官とはお話ししました。わたしはセルディン・アバカー、ドクター・アブナーのオフィスマネージャーです。どうぞお入りください」

受付／待合エリアの壁は楽しげな緑色で、楽しげなアートが飾ってあった。赤ん坊やよちよち歩きの幼児たち、もっと年かさの子どもたちの写真が、壁のひとつをそっくりおおいつくしていた。メインエリアには原色の青のふかふかなクッション張りの椅子がいくつもあり、別のセクションには、クレヨンのような赤い色をしたいくつもの車におもちゃが入っていた。

アルコーヴには横棒が渡してあり、ふつうの高さと、イヴが小さい人間用だろうと考えた低いものが何本か——コートをかけられるようになっていた。

いまは誰もいない長いL字形のワークステーションには、何台ものコンピューターとスクリーンが受付カウンターの奥に備えられていた。

「みんなには七時十五分までに来るように言っておきました、念のために」セルディンは言った。「全員来ています、それで会議室でみんなと話していただくのがいちばんいいと思いまして。すみませんが……」

セルディンは言いよどみ、入念に色をのせた唇を結んだ。「わたしたちは、全員、ショックを受けて悲しんでいます。ドクター・アブナーは、彼はとても好かれていましたから」

「ご愁傷様でした」

「ありがとうございます。本当に大きな痛手です」

「この時間に手配をしてくださって感謝しています」

「ドクターならそう望んだでしょうから。こんなひどいことをしたのが誰か、突き止めるのがあなた方の義務です。言葉で表現できないほど、あなた方が義務を果たすことを願っています。奥へお連れしましょう」

「その前に、ドクター・アブナーのところで働くようになってどれくらいですか？」イヴは知っていた――彼女のことは調べてある。しかし本人からきいてみたかったのだ。

「ここで働きはじめたのは二十二歳、カレッジを出たあとです。学生としてイランから来て、ここで勉強し、申請してここに住みました。来月で二十年たちます。ドクター・ケント――失礼、彼は名前で呼ぶようにと言ってくれたんです、でもできませんでした。だからわたしにとってはドクター・ケントだったのです」

「なるほど」

「ドクター・ケントはわたしにもっと勉強することを許してくれて、上をめざすよう励ましてくれました。わたしの父はずっと前にイランで亡くなったんです。わたしが結婚したとき、花嫁を引き渡す役はドクター・ケントに頼みました。子どもたちを生んだときにはたっぷり休暇をくれました、それにわたしが仕事をしながら子どもを持つことを望んだので、ドクターは……ここにはデイケアがあるんです、この診療所の中に。ドクターは子どもたちを愛しています――いました、わかりますよね」

涙が頬をつたい落ち、セルディンはそれをぬぐった。「失礼、動揺しているんです。ドクターはわたしにとって父親でした。マーティン博士、ドクターのご主人も、わたしにとっては家族でした。お二人は、血のつながりはなくてもすべてにおいて、うちの子たちの祖父でした」

「いまからこれをおききして、終わりにしますね。おとといの夜十時にどこにいたか、教えていただけますか？」

「これがあなた方の職務ですものね。ええ、お教えできます。義理の妹、つまりうちの夫の妹がその夜に赤ちゃんを生んだんです、十時十六分に。男の子で、三千六百六十グラム、ジャマールという名前になるでしょう。わたしは義妹についていました、彼女にいてくれと頼まれたので、分娩《ぶんべん》と出産のあいだじゅうずっとです、それからわたしたちは、夫とわたしですが、義妹とその家族と真夜中近くまで一緒にいました」

セルディンは息を吐いた。「ドクター・ケントはジャマールのかかりつけ小児科医になってくれるはずでした、うちの子たちと同じように。あなた方が調べられるように、みんなの名前と出産センターの住所もあとでお教えしましょう」

純粋で単純な真実は聞けばそれとわかったが、イヴはうなずいた。「ありがとう。それじゃほかの方たちとも話をしてみます」

セルディンは横のドアをあけ、先に立っていくつも続く検査室、二つのステーションを通りすぎた。ドアにアブナーの名前がついている診察室。助手の名前のついている補助診察室。

三人は階段を――別のドアで閉めきられていた――あがっていき、一種の休憩室／ラウンジエリアに出た、そこはあきらかに――現在は無人だが――デイケアエリアで、そこからある部屋に入ると、大きなテーブル、たくさんの椅子、オートシェフとコーヒーや紅茶の食器類が置かれたカウンターが二つあった。

三人が入っていくと、テーブルのまわりにいた人々が目を上げた。イヴは泣いて赤くなったたくさんの目に気づいた。それに、隣の人間にしがみついているのはひとりだけではなかった。

部屋の空気は悲しみで重苦しかった。

「こちらはダラス警部補とピーボディ捜査官。ききたいことがあるそうです、だからわたしたちはお二人にしっかり正直に答えることで、ドクター・ケントに敬意を表しましょう。お座りください、警部補、捜査官。コーヒーは召し上がりますか？」

「ありがとう。ブラックで」

「クリーム、お砂糖を二つ」ピーボディは答えた。そして、イヴに促されて、話をききはじめた。「皆さんがひどいショックを受けていることはわかっています、お悔やみ申し上げます。いろいろ尋ねられるのはいつであってもたいへんなことですが、ある時刻に皆さんのいた場所がわかれば、容疑からはずすことができて、次の質問に移れるんです」

「わたしから始めましょう。メリッサ・レンディといいます。ドクター・レンディです、ドクター・アブナーの同僚です」

混合人種で三十代なかばの女は、手にティッシュを握って座っていた。「三年前にこの診療所に来ました。ここにいるみんなのほうが長いんです、だからわたしから始めましょう、それでよければ」

「けっこうです。おとといの夜十時はどちらにいたか教えていただけますか?」

「わたしは――でもケントが殺されたのはきのうの午前中かと思っていましたが」

「そのとおりです」イヴが答えた。「いま申し上げた情報も必要なんです」

「家にいました、フィアンセと。彼女の名前も必要ですか?」

「お願いします」

「アリシア・ゴーデンです。わたしたちは家で夕食をとりました――二人とも長い一日だったんです――それにわたしたちは来月結婚するんです、それで招待状をいくつか、それからほかのウェディングプランを見ていました。ひと晩じゅう家から出ませんでした」

「きのうはどうですか、午前九時半頃は?」

「ここにいました。ケントの休日だったんです。八時に診察を始めました」

「そのとおりです」セルディンが言った。「ドクター・リッサは午前中ずっと診療所にいて、ランチ休憩はラウンジで一時にとり、午後の予約診療を二時十五分に始めました。これで参考になりますか？」

「とても」ピーボディはおだやかな笑顔を添えた。

二人はテーブルをまわっていった。受付係、看護師、医療補助者、二人のデイケアワーカー、清掃係。

レンディの言ったとおり、全員が七年から二十年間、アブナーのもとで働いていた。

みんなが居場所、アリバイ、涙の経過をたどった。

アリバイはあとで確認しよう、とイヴは思ったが、彼らから何かほころびが出てくるとは期待していなかった。

彼女の目に映ったのは、仲のよい人々が固く結束した診療所であり、すべてがケント・アブナーと、彼の人となりと、プロ意識を中心にしていた。

「ドクター・アブナーは誰かと何か困ったことや問題がありましたか？　患者さん――その親御さんや保護者――以前ここで働いていた人や、ほかの同僚とは？」

「誰かが故意にドクター・アブナーに危害を加えようとするなんて、考えるほうがどうかしています」スタッフでいちばん若い、二十六歳のオリヴィア・トレスルが異議の声をあげた。「何かひどい間違いにきまってます、でなければ頭のおかしい誰かの。頭のおかしい人の」

「オリヴィア」セルディンがやさしく言った。「それはダラス警部補の尋ねたことではないでしょう」

「わかってます、でも……ドクターは本当にすばらしい方でした。本当にいいお医者さんで。ここはとてもいい職場なんです。こんなことは……こんなの全部どうかしてる」

「彼女の言うとおりです」今度は看護師のひとりが声をあげた、男性で四十代前半だ。「どうかしてますよ。ドクターは本当にいい方で、こんなふうにやっていました。子どもたちはドクターが大好きでしたよ。ドクターはコツがわかっていた。子どもとか赤ん坊が具合が悪いかぐずって来たとしましょう、ドクターはその子を落ち着かせる鍵を見つけられるんです。だから親御さんたちもドクターが大好きでした。無料クリニックでも月に何時間も仕事をしていたんです。クリスマスはどうだったか？　ここに来た子どもはみんな、ちょっとしたプレゼントをもらいました——ほんのちょっとしたプレゼントですが、ここの診療所ではなく、ドクターの自腹だったんです。どの子も誕生日にはカードをもらいました。ドクターは思いやりがあったんです。ドクターにとってはただの仕事ではなく、治療というだけでもなかったんですよ。親身になっていたんです。そのドクターにこんなことをした人間を見つけたら……刑務所だけじゃ足りません」

　スタッフたちがこういった過程をすべて経たのち、レンディがふたたび口を開いた。

「ドクター・アブナーがほかの人に話していたかどうかわかりませんが、誰か医者と言い争いをしたそうです――たしかポンティとかポントとか――〈アンガー・メモリアル〉のＥＲで」

「何について？」

「ケントがＥＲに入ったんです、彼の患者さんのひとりがころんで、手首を若木骨折（幼児によくある長管骨の骨折）したんですよ、それでご両親がケントに連絡してきたんです、そのお子さんがちょっと興奮してしまって、ドクター・ケントに来てもらいたがったので。ケントはああいう人ですから、行きました。そうしたら彼がそこにいるときに、そのもうひとりのドクターが、ケントがわたしに話してくれたところでは、ある女性を、その人の子どもが汚かったので叱りつけ、恥をかかせたんだそうです――というかそのドクターは汚いと言ったそうです。彼は、自分のところに連れてくる前にその子をきれいにしてこなかったと、母親を責めていたんです。そこは緊急治療室《ＥＲ》なのに」レンディは感情をあらわにして言った、「それにケントはその女性があきらかにホームレスか、そのほぼ手前で、彼女なりにやれることをやっているんだと言っていました。それに、他人をそんなふうに扱うものじゃないと」

「それでどうなりました？」

「ケントは自分の立場が上なのを利用したと言っていました――そこではいろいろ特別待遇を受けているんです――それでその愚かなERドクターに、散歩に行ってくるよう言ったそうです。その子どもと母親には自分で対処し、彼らにルイーズ・ディマットのクリニックのことを教えました――ケントはそこでも診療をしていたので。それからさっきのドクターに話をすると、相手は面と向かって言い返してきたそうです、よけいな口を出すなって。べらべらしゃべる前に、自分のお上品な個人診療所ではなく、ERで何日か昼夜ぶっとおしで仕事をしてみろって」

「それはいつでした？」イヴはきいた。

「何か月も前です、たしか、十月――いえ、十一月。十一月でした、感謝祭の前。たしかです。たぶん、感謝祭の一週間前でした、みんなでターキーを用意して、ハロウィーンの飾りを片づけたので。わたしが言いたいのは、消耗するってことです、ERのシフトは。わたしもERでいくらか実習をしましたから。そのドクターを面倒に巻きこむつもりはありませんけれど、ケントが本当に怒っているところを見たのは珍しいので」

「どんな情報でも助かります。そういったことはほかには？　ドクター・アブナーが誰かと言い争いをしたり、誰かに腹を立てていたことは？」

「何年か前に、ドクターが児童虐待の通報をしたことがありました」やはり看護師のセアラ・アイスナーが、セルディンのほうを見た。「ドクターは怒っていました――当然ですよね？　母親が小さな息子さんを定期健診に連れてきたんですが、体じゅうあざだらけで。母親はその子が不器用なだけだと言おうとしましたけど、泣きだして、ケントに打ち明けました――わたしは診察室にいたんですが――夫がかっとなって息子を殴ったんだと」

「ええ、トーマス・セインね。おぼえているわ。あの子は……三歳だった？」

「そうです」セアラが肯定した。「それでケントがどうにか恐怖を乗り越えさせると、その子は自分が何かを壊したから父親が怒ったんだといいました。しかもそのときがはじめてじゃなかったんです」

「警察に通報したんですね？」

「ええ」セルディンが答えた。「ドクター・ケントは警察に話をしました。母親に息子を連れてシェルターへ行くか、カウンセリングを受けるよう言ったのも知っています。でもその親子はもう来ませんでした。どうなったのかわたしにはわかりません」

「われわれのほうで突き止めます。ドクター・アブナーが虐待されている患者のことを通報したのはそのときだけですか？」

「わたしがドクターのところで働くようになってからは、あと二回だけです。だから二十年間でわたしが知っているのは三回ですね」

「その人たちの名前、日付け、あらゆる情報をください。ドクター・アブナーの電子機器はあとでお預かりします、それから――」

「えっ、でも患者さんのデータが」

セルディィンがレンディに目を向けた。「大事なのはドクター・ケントのことよ。彼のためです」

「わかりました、でも法律とプライヴァシーの問題があります。わたしたちは――」

「令状がありますから」イヴはさえぎった。「プライベートかつ極秘の患者記録は除いてかまいません、あとはお借りしていきます」

「それはわたしがしましょう」セルディィンが請け合った。「時間をいただければ、正午までにできます」

「けっこうです。それじゃドクター・アブナーの診察室を見せてください。そこに極秘の患者情報があるなら、いまとりのけてください」

「わたしがやります。手伝ってもらえる?」彼女はレンディにきいた。

「もちろん」レンディは立ち上がった。「わたし――わたしだって、こんなことをしたのは誰か、突き止めてもらいたいと思っているんだとわかってください。でもわたしには患者さんたちに対する義務があります。ケントはいつも患者さんたちを最優先にしていました」

「わかっています。ピーボディ、ＥＤＤに連絡してここに、そうね、一三〇〇時に来てほしいと伝えておいて」イヴはまだ部屋に残っている、テーブルのまわりの面々をぐるりと見わたした。「みなさんが何かほかに思いついたらいつでも、コップ・セントラル経由でわたしに連絡してください。ほかにもドクター・アブナーと言い争いや問題があった人や、いつもと違う何かがあったときのことを」

「この人でなしをつかまえてください」男の看護師が言った。「そいつをつかまえてください。裁判になったら、俺は絶対、そいつがぶちこまれるまで毎日傍聴しにいきますよ。ケントとマーティンは俺の知ってる中でいちばんの善人です。こんなことがあの人たちにあっちゃいけないんだ。誰にもあっちゃいけない」

イヴは彼らを会議室に残し、引き返してアブナーの診察室へ行った。

セルディンが涙を流し、レンディが彼女をなだめようとしていた。

「すみません」セルディンは顔をぬぐった。「わたしたち……彼のカレンダーを見ていて……わたしのために来月、パーティーを企画してくれていたんです。二十年間ですよ、わかりますよね。彼は――もうケーキを注文してくれていたんです。ドクターのことが大好きでした。わたしにとっては父親でした」

「お願いです、彼女を連れていってもいいですか？　言われた患者さんの記録は封印しました。彼女を上に連れていってもいいでしょう？」

「ええ」

「どうかお願いします」セルディンは何とか自分を保とうとした。「もしほかに何か役に立てることがあれば、言ってください。それからお願いです、マーティンに、彼が会えるようになったら、わたしたちはみんなここにいると伝えてもらえますか？　みんなで彼に愛と慰めを送ると。伝えてもらえますか？」

「ええ」

「本当にお気遣いいただいて。お仕事のときはどうか警戒を怠らないでくださいね」

二人が出ていくと、イヴはピーボディに目を向けた。「ここで何かが見つかる確率は極少からゼロよ。でも仕事中は警戒を怠らずにいきましょう」

帰るとき、イヴはニューヨークの喧騒《けんそう》を、混沌《こんとん》を、強烈な色彩を呼吸するように吸いこみ、何ブロックも先に駐車しておいたことをありがたく思った。

「次はモルグね、それから鑑識。そのあいだにさっきの〈アンガー〉のドクター・ポンティだかポントだかを調べて、それと虐待通報の報告書を入手して」

「いまかかります」ピーボディはＰＰＣを取り出した。「ほんの二週間前、わたしたちは強《ごう》姦魔《かんま》のくそ野郎を殺した人間を探していましたよね？」

「おぼえてる」

「あいつの正反対なのがケント・アブナーという気がします。それに、強姦魔のくそ野郎殺しを解決するのもきついですが、この事件はもっときついですよ」

「事件はどれもきついわ。それが当然なの。このすぐ先のベーカリーに寄っていくわよ」

「わ、どうしよう。アップルターンオーバー。ゆるいズボン」

「ルイーズの話では、アブナーはクリニックにたびたびペストリーや花を持ってきた。そこで何かわかるか調べてみましょう。クリニックもあたってみて、スタッフに話をきいて、アブナーの記録に目を通さないと」

「そうですね。ドクター・マイロ・ポンティ――〈アンガー〉のＥＲの研修医です。四十代はじめ、二年前に結婚、子どもはなし。奥さんは〈アンガー〉の外科看護師です。コロンビア・メディカルで学び、現在はロウアー・ウェスト住まい。犯罪歴なし」

「彼のところにも行ってみるわ。ベーカリーよ」

「ターンオーバーは二人で分けてもいいですよね。ひとつを分ければ、基本的にはひとつ食べてすらいないことになりますし。だって半分なんですから。カロリーを半分にカットすれば、それはいいことです。それどころか……」ピーボディはその話題に夢中になっていた。

「ほめられてしかるべきです」

「わたしがターンオーバーを食べたくなかったらどうするの?」

「半分ですよ、だからターンオーバーじゃないんです。実際にはマイナス・オーバーです。それに、あんなおいしいものを、というかおいしい半分を食べたくない人なんているんですか?」

「そもそもどうしてあれはターンオーバーっていうの? どうしてただの半月形《ハンド》ペストリー《パイ》じゃないわけ?」

「ペストリー生地を折り返《ターンオーバー》すんですよ」ピーボディはベーカリーのドアをあけながら言った、「内側でリンゴのおいしさが保たれるように。ああ、あれをかいでみてください」

イヴはそうした、それでハンドパイを半分飲みこんでもいいと思った。

至福の香りの次にまず気づいたのは、カウンターの若い女が着ている白いチュニックの袖につけられた黒い腕章だった。

噂《うわさ》がもう広まったのだ。

イヴたちはベーカリー、ジム、地元の市場をあたった。ピーボディは大いなる自制心を見せて、車に戻るまで待ってから、自分用の半分にしたターンオーバーの包装をはがした。

「あのですね」彼女は最初の小さなひと口を、パイが長持ちするようにかじって言った、

「わたしが死ぬときは――そうですね、いまから百年後、眠っているさいちゅうで、マクナブとワイルドな、湯気が出るようなセックスをしたあとに――一緒に仕事をしていた人たち、もしくは知り合いだった人たちがわたしのことを、アブナーと一緒に仕事をしたり、知り合いだったりした人たちが彼を思う半分でも、思ってくれたらいいと思いますよ」

「少なくともひとり、そういうふうに思わない人間がいたわけよ」

イヴは自分用の半分を、むぞうさに三口でたいらげながら、モルグへ車を走らせた。

「彼が毎日通っていた道で話をきいた人たちは誰も、それに制服たちが聞きこみで話をきいた人たちも誰も、近隣の住民でない人物を――もしくは、少なくとも不審な人物、もしくは繰り返し訪れていた人物をあの周辺で見た記憶がない」

「それに警部補が見せたポンティや、アブナーが通報した親たちのＩＤ写真に見覚えがあった人もいませんでした」

「それでも現時点ではまだ最有力候補よ」

「医者がひとりいますよね、ですからいまのところわたしはそこに傾いてます、だって医者なら毒に詳しいでしょうし、今回のものみたいな毒物を手に入れることもできるでしょう」

「今回のものが何かはともかくね」イヴはつぶやいた、「でもそこは大事なポイントだわ」

「市の保守作業員で、気がむいたときには妻子を殴っていいと思ったやつもいますよ」ピーボディはちっちゃくもうひと口食べた。「制服を着た人間――人は注意を払わないものです」

「そこも大事。それと、ＩＤ写真からすると、ご近所にすんなりとけこめそうな企業幹部補佐もひとりいる。そいつは刑期はつとめてない――弁護士たちが優秀なのね――でも六か月の強制カウンセリングを終了しなきゃならなくて、子どもの母親は完全な養育権と、父親と子どもの面会には制限と監視をつけるよう求めて提訴し、勝ち取った。そうなると腹が立ったでしょうね」

ピーボディはターンオーバーをもう一度ちっちゃくかじった。「五年前ですけどね、ねちねち恨みつづけるには長い時間です。それに最後のやつはもっと昔です、十五年前」

「そして彼はそのうち二年を檻《おり》の中で過ごした。この連中全員に話をきくわ」

しかしさしあたっては、モリスから教えてもらえることを、そして死者がモリスに語ったことを聞きたかった。

ピーボディは白いトンネルを進みはじめる前に、どうにかターンオーバーを食べ終えた。イヴはいつもの洗浄剤、消毒剤、それから死のミックスよりももっと強く、深いにおいに気づいた。

そしてモリスの劇場へのドアが〝立ち入り禁止〟の札をさげて施錠されているのを見た。

イヴはブザーを押し、覗き穴ごしにモリスが見えて、錠がはずされるのが聞こえると、安堵で胸を強く打たれた気がした。

「絶妙なタイミングだね」彼は二人に言った。「いまちょうどこの部屋と遺体を安全にしたところだよ」

モリスの声は、全身をおおう危険物処理スーツについた呼吸器具を通すせいで金属的な響きになっていたが、彼は二人に中へ入るよう手招きした。

「この装備を脱ぐからちょっと待ってくれ」

「どれくらいこれにかかってたの？」

「遺体を密封しなければならなかったんだ——規定でね——それから切開した。それに解剖のあいだは、管理されたエリアに彼を置いていたよ。とりかかれたのはゆうべからだ」

モリスは頭用の装具をはずし、容器に入れた。「いくつかテストをしなければならなかった——それも規定だよ——内側を見る前に」

彼が残りの装備を脱ぐと、イヴはモリスがいつものすばらしいスーツではなく、Tシャツとスウェットパンツ姿なのに気づいた。長くて黒みがかった髪は後ろでひとつに結んでいる。

「ひと晩じゅうここにいたのね」

「管理されたエリアに」彼は繰り返した。「こういうときのために服を手近に置いてあるんだ。規定では二時間の睡眠休憩をとらなければいけない。解剖台はジェルマットレスがあればじゅうぶん快適だよ」

モリスは二人にほほえんでみせたが、目は疲れてみえた。

「シャワーと、まずまずのコーヒーと、いくらかの朝食があればうれしいんだが」

「ピーボディ」

「了解」

「いや、そんな気遣いはしなくていいから」モリスは言いかけたが、ピーボディはもうドアを出ていた。「それじゃ、ありがたくもらうよ」

「わたしも徹夜はさんざんしてきたけど、解剖台で仮眠をとったことはないわ」

「ここはわが家ではないわが家なんだな、つまるところ」

イヴは遺体のところへ歩いていった――すでにモリスの長く正確な針目で閉じられている。「何か教えてもらえる?」

「鑑識がもっと詳しく教えてくれるだろうが、善人のドクターは苦しんで死んだよ――短いが苦しんだ――毒物のせいだが、まだ自信を持って特定することはできない。彼が経口摂取した、もしくはそれが注射か接触によって血流に入ったという証拠はないね。彼は吸いこんだんだ――空気によって運ばれたんだよ。だからそれで、もちろん、管理規定のためにより時間がかかったわけだ」

モリスは封印され、ラベルをつけられた容器がケント・アブナーのさまざまな体内組織を保管しているカウンターのほうをさした。

「神経ガスだと思うね。神経系が破壊されていたんだ、両肺や、腎臓《じんぞう》や、肝臓、腸と同じように。彼は強いショックを受け、体内が火傷《やけど》をしていた、両方の親指の火傷と同様に。食道が内側から焼けただれていたよ。

数秒、十秒か十五秒くらいは意識があったかもしれないね、それに本人も医師だから、たぶん自分が毒物に曝露《ばくろ》したことは気づいたかもしれない。だが死んでいく以外に何かできる時間はなかった。苦しんだのは数分――三分か四分かな、身長と体重から考えると。たぶん五分だろう、筋肉の状態がきわめて健康だったことを示しているからね、でも内臓は損傷が激しいから、曝露の前に健康な状態だったかどうかは言えない」

「健康だったと思うわ、これまでの証拠からすると。被害者は日常的にワークアウトをしていたし、ランナーだったの。自信を持って毒の特定はできないと言ったわね。でも心当たりはあるんでしょ、何か意見は」

「この件では毒物と生物製剤の専門家が必要だよ、ダラス」

「もういるわ。まずあなたの意見が聞きたいの」

モリスはため息をついた。「僕ならサリンと言うだろうな——それだときわめて厄介だ。しかし僕の設備や判断では百パーセントはつけられない。被害者が曝露したのは閉めきった住居内だったね——ドアも、窓も」

「発見されるまで何時間もあったわ」

「たとえそうでも、痕跡はあるはずなんだ——特別班のアラームを鳴らすくらいには。それに遺体そのものにも。きみは、コートしていたとはいえ、遺体にさわっただろう、コートしていない配偶者と同様に。しかしきみたちのどちらも汚染された徴候はなかった。

サリン誘導体だな、たぶん。三酸化硫黄の可能性もあるが。被害者の両眼、皮膚、皮膚の火傷《やけど》」モリスは頭を振った。「僕が結論づけられるのはせいぜい、複数の化学薬品と毒物の組み合わせで、蒸気の形で放出され、数分内に死をもたらし、数時間——もしくはそれより短い時間で消えたということだ」

「そいつは自分たちのやっていることを、致死性の毒物の扱い方を知っていたはず」イヴは遺体の周囲を歩いた。「それを容器に入れておいて、自分たちの望んだときに、望んだやり方で放出されるようにする方法を知っている。有害物に関係する仕事をしていて、毒物を扱う人間。そうしたものの作用を知っている医療関係者、研究者、化学者、鑑識員、軍人」

「ふつうの男女がそういったものを手に入れる方法や、作る方法を知っていたり、自分自身を——もしくは他人を曝露させずにまき散らす方法を知っているというのは疑わしいな。宅配サーヴィスを使った荷物とはね、まったく。もしそれが漏れ出していたら……今回は少量だったんだろうな、それでも六ないし九メートル以内の命あるものをすべて殺していただろう。それに、空気を安全にするためにどれくらい時間がかかるのか、まだわかっていないだろう？

何百人もの人間が曝露されかねなかった」

「犯人は何百人も望んでいなかった」イヴはつぶやいた。「ケント・アブナーだけ」

ピーボディが外科器具用のトレーを運んできた。トレーの上ではコーヒーが湯気をたちのぼらせ、その横の皿にはベーコン、卵、ハッシュブラウンズ。

「料理まであるのかい？」

「朝食とおっしゃったでしょう」

「これは……それは本物のベーコンじゃないか。そっちは本物の卵だ。神々の食べ物だな」役に立ててたのがうれしくて、ピーボディはモリスににっこり笑った。「どこで食べますか？」

「ええと、そこのカウンターでいいよ」

ピーボディがそこに並ぶ容器を目にし、青ざめると、モリスは実際にくっくっと笑った。

「僕が受け取ろう、きみたちには感謝してもしきれないね。鑑識には僕から確認しておく。

「死者たちの神の、ですね」

われわれが何を相手にしているのか、知りたくてたまらないんだ」

「わたしたちはいまから鑑識へ行くの。あなたにも報告書を送るように念押ししておく」

うなずくと、モリスはスツールをカウンターへ持っていき、トレーをおろした。「この犯人を早く見つけてくれ、僕の宝物さんたち。犯人はひとりではないかもしれないし、まだ終わっていないかもしれない」

二人が部屋を出るとき、モリスがピーボディの渡したナプキンを膝に広げ、死者とともに朝食をとろうとしているのがイヴの目に映った。

わが家ではないわが家か、と彼女は思った。

5

イヴがピーボディにモリスの意見を伝えたあと、このパートナーは何分か黙りこくっていた。

「わたし、化学はまずまずだったんです」ピーボディは口を開いた。「天才とかそういうんじゃありませんでしたけど、サリンが何かは知ってます、それだとしたら、とんでもないですよ、ダラス」

「モリスは純粋なサリンとは考えてなかったわ、それだと辻褄《つじつま》が合わないから。もし犯人がそれを持っていたなら、なぜそのまま使わないのか？　モリスが言ってたもうひとつのやつを調べて。三酸化硫黄」

「サリンは禁止物質なんですよ――それも知ってます。簡単に手に入るものじゃ……オーケイ、三酸化硫黄も激ヤバに悪いものです。無色にできますし、液体にも固体にもできます

——結晶みたいな。ガスは有毒だ——モリスはアブナーのはガスだと言ってたんですね

「ガス、蒸気——空気で運ばれたそうよ」

「それも悪いものですよ。すみません、専門的なことや、化学のことはそれほど理解してないんです——でも医学的な処置が早急になされなければ——それになされたとしても、直接曝露したなら——かなり早く死ぬはずです。サリンよりはちょっと長いかもしれませんけど」

「これはテロじゃない」イヴはピーボディと鑑識へ入りながら言った。「伝統的な意味ではね。少なくともいまの時点では違う。テストするなら、なぜひとりだけを、家にひとりきりの人間を狙うの？　なぜどこかのオフィスか、店か、公共の場所を狙わなかったの？　大騒ぎにして。この事件はアブナーが狙いだったのよ」

イヴはベレンスキーがいつものカウンターにいるのを見つけた。卵形の頭をはずませながら、蜘蛛のような指でドーナッツを口に入れている。

あの野郎！

ずかずかと近づいていったが、彼をスツールから突き落とすのは我慢した。「激務のところ、お邪魔してすまないわねぇ」

彼はくるりと振り返った。「勝手に言ってろ。ひと晩じゅうここにいたんだぞ、オフィス

で二時間横になっただけで。それにこの件で徹夜してるのは俺だけじゃない」

彼が正面から向き合ったので、イヴにもそれがはっきり見てとれた。充血した目、その下の黒ずんだ隈《くま》。それから緊張。

彼はいやなやつかもしれないが、いまの時点では、仕事に全力投球してくれている。

「ピーボディ、ベレンスキーにそのドーナッツと合わせるコーヒーをあげたら？」

「あんたの《ディック》か《ヘッド》？」彼は勢いづいた。「本物の？　ラージ二杯にしてくれ。たぶんつかんだと思うよ。サイラーを呼びたい。二時間寝てるところなんだが、この話はやつからしてもらうべきだ。うちにいるその道の専門家なんだ」

イヴは指を二本立て、それからベレンスキーに向き直った。「話して」

「卵から始めよう」

「何の卵？」

彼はまたくるりと回り、スクリーンに画像を出した。それを分割する。「容器があるのが見えるだろう――卵だ。現場の床にあった破片をつなぎあわせた。もうひとつのやつは、壊れる前の形と思われるもの。金色の卵だよ。安物のプラスチックみたいだ、そうだろう？がらくたの」

「オーケイ」

「そしてそいつは、封止剤でコートされているがらくたの破片の内側以外、ベースは鉛だ」

「通常のスキャンをだますためね」

「そうだ。それに封印がしてあった——薄くて、気密性のが——端にぐるりと。ここに今回の毒物が入っていた」

「密封されて、気密性だったと」

「コンピューターを使っても、全部つなぎあわせるにはけっこうかかったぞ。それから封印、つまり内側の封止剤を特定しなきゃならなかった。それに見ろ、フック留め、裏のヒンジがあるだろ？　単純だよ——たぶんそういうふうにできてたんだろう。でもその封印、そいつはあとから付けられたものだ。フックをはずす、それからちょっと引っぱらなきゃならない。別に力はいらないんだ、そう、だがちゃんと引っぱらないと封印が壊れない。で、そうすると？」

「一巻の終わりってわけだ」

「モリスは空気で伝わったと言ってたけど」

「そうだ、封印が壊れたときにそれが空中に出て、その空気が——酸素が毒物の引き金を引いた。封印の内側にあれば、そいつは不活性なんだ、わかるか？」

「それならなぜ、それを入れて、そのあと封印した人間はモリスの解剖台にのってなかったの？」

「サイラーを待ちな。遺体は何者だったんだ？」

「小児科医」

「くそっ。それだと理屈に合わないな、おまけに俺は二十すっちまう。軍人だと踏んだんだ。サイラーはCIAだろうと。いや、俺は二十すってないな。子どもの医者に賭《か》けたやつはいないんだから。サイラー」ベレンスキーが長い指を一本、曲げてみせた先には小柄な男がいて――百六十八センチくらい――鑑識の迷路を通りぬけてきた。

彼の白衣はチェック柄のズボンのまわりでぱたぱたひるがえり、Tシャツには〝科学はすべてを支配する〟とあった。あらゆる方向へらせん状に飛び出している、自然の中では見つかったことのないあざやかな赤毛、かぎ鼻、黒みがかった眠たげな目の持ち主だった。

「ダラス」ベレンスキーは紹介の口調で言った。「アブドゥル・サイラー」

「やあ。CIAの暗殺だった、そうでしょう？」

イヴは答えた。「違うの」

「くそぉ。二十ほしかったなあ」

「もっと値打ちのあるコーヒーが飲めるぞ」ベレンスキーが言った。「そら、ピーボディが黒い黄金を持ってきた。サイラーだ」彼はそう言い添え、ピーボディからコーヒーを受け取った。

サイラーは受け取ったコーヒーの香りをかぎ、眠たげな目をぱちくりさせ、飲んだ。その眠たげな目を閉じて言った、「うんまーーーい」

「俺は卵から始めておいた。あとはおまえが引き継げ、でも技術的なことは全部言わなくていい。こいつらは警官だからな。科学は外国語みたいなもんだ」

「なるほど。じゃ。うちであの卵をつなぎあわせました――メキシコ製です、刻印によれば。ニューヨークでも二十ドル以下で在庫を持ってる店が二十軒は見つけられるでしょう。安物で、派手なやつです。中にキャンディでも何でも入れられる。鶏の卵より大きいけれど、イースターの卵探しみたいなものに使われるのかもしれません」

「そういうのはこの二人の仕事だ、サイラー」

「わかりました。内側は封止剤でコートされていました、あなた方が捜査キットに入れているようなものではなくて、鉛ベースです。それから二つめの封印、接着剤つきのですが、完全に気密状態になるよう、卵の両半分の合わせ目にぐるりとつけられていました。組み立てられた木箱は、その卵を入れてあったものでしょうが、それも封印されていました、同じ方法で。内側の詰め物は、あとから箱に加えられたものでしょうね、卵を守っていたと思われます」

「つまりやったやつは用心深かった」

「ですね。んーん」サイラーはまたコーヒーを飲んだ。「輸送箱の内側、木箱の内側の詰め物は、荷物が落下したときに卵を守るためですね。箱が叩きつけられるとか、押しつぶされないかぎりは、役に立ったでしょう。でもそういうことはなかった」

「卵の中には何があったの？」

「そこが本当にすごいところなんです」

「簡潔《シンプル》にしとけよ、サイラー」ベレンスキーが警告した。

「僕が言いたいのは、それが単純《シンプル》じゃなかったということです——すっごくすばらしいし、かなり本格的な腕が必要だったでしょう。そこに入っていたのは、たぶん結晶の形での——空気に触れて気化する前にはですよ——三酸化硫黄です」

「なぜそれがすばらしいの？」

「サリンと混ぜられていたからです。混ぜられていたのは——何て言えばいいのかな？少量《スープサン》のサリンでした。そしてそれは？　それはある化学薬品と混ぜられていて、それがその両方を中和するんですよ——でも中和するのは、そのすべてが空気にふれてから約十五分後なんです」

「それじゃあ」イヴは推論した、「今回の毒物は……いったん放出されたら賞味期限みたいなものがあるのね」

「そのとおり《エグザクトマンド》！」サイラーはうれしそうな目で彼女を見て、親しげに腕を叩いたが、イヴは見逃してやることにした。「ほら、酸素が全体の引き金を引くんですよ――複数の毒物を放出し、それが融合して、約五分のうちにあなたを完全に殺し、それから安全化薬品が毒物を約十五分以内に中和するんです。生物戦争的にみて、まったくサイコーですよ、だって特定の相手を狙えて、しかも、そうですね、六メートル以上離れた人間は何も感じないし、しばらくしてから来た人間も同じだからです」

「軍人？」イヴは先を促した。

「もしそうでも、彼らは否定しますよ、だってありとあらゆる協定や条約や惑星間法を破っていますからね。だから僕はCIAに賭けたんです――だって、ほら、秘密工作ですから。CIAですから。本当に違うんですか？」

「疑わしいわね。あなたならそういう化学薬品をどうやって手に入れる？」

「うちで生物兵器を秘密の場所に隠していることがわかっちゃったんですね。そのどれかを持ち出すとしたら？　僕にはわかりません。それに加えて、そういう化学薬品は不安定なんです。鋼鉄なみの度胸が必要ですね、それから多少の狂気」

「どうやって作るの？」

「厳重に管理されたラボ、特別な容器、ガラス器類、局所排気装置が必要です。それに、そう、山ほどの技術、イカれた脳。イカれたというのは、ちょっとでもへまをすればもう終わり、ジャンジャン、ってことだから。含まれる物質と前駆体を全部お知らせしますよ。ちょっとひと休みしたら、全部書き出すつもりだったんです、でもこのコーヒーでエンジンがかかりました、だから二時間でお渡しします。おたくには誰か科学のわかる人間が必要になりますよ。科学のわかる人間を探すか、そういう人間を雇うんです」

「わかった。報告書は検死官にもコピーを送って」

「遺体はもうクリーンなんですよね？　内臓はだめになり、両眼は焼けた、そんなふうで、でもガスは消えた？」

「そのとおり」

サイラーはまたコーヒーを飲んだ。「すばらしい」

外に出ると、ピーボディは歩道で足を止め、空を見上げた。

「何をしてるの？」

「青い空、いい天気。世界は何から何まで混乱しきった場所じゃない、ってことを自分に思い出させてるんです。化学はまずまず程度だったんですよ、さっきも言ったように、それでも犯人が多くの時間をついやし、多くのリスクをとって何かを作り、それでひとりの善人を殺したとわかるくらいのことは知ってます。やりすぎ、わたしにはそう思えます」

「ええ、たしかにね」イヴは車のほうへ親指を動かしてみせた。「だから決まった相手に戻る。アブナーだけ——致死性の毒物を内部に加えたことがそれを証明している。犯人は、たとえば、ラフティが走って戻ってくることは望んでなかった。何かを忘れたとか、何でもいいけど、そうやって毒物に曝露することは。犯人はケント・アブナー以外誰も死なせたくなかったのよ」

「〈アンガー・メモリアル〉ですか？」

「そのとおり。ドクター・ポンティはすばらしいかもよ」

その日の午前なかば、〈アンガー〉のERは忙しかったが、正気を失ってはいなかった。イヴは待っている人々の大半が、彼らを苦しめているものに耐えられなくなるまで医者のところに来るのを延ばしていたのだろうと思った。

その気持ちはわかる。

ころんだり、ぶつかったり、けんかをしたり、台所でうっかりした人たちもいるようだ。

イヴは受付カウンターに行き、スツールに座っている女の注意をコンピューター画面から引き離した。

「ドクター・ポンティと話がしたいんだけど」

「ドクター・ポンティはいま患者さんを診ています。ここに名前を書いてください、そうしたら――」

「ドクター・ポンティと話がしたいの」イヴは繰り返し、バッジを見せた。「警察の仕事で」

「まだ患者さんを診ているんです」

「どこ?」

女はコンピューター画面を調べた。「第三診療室――でも先生が患者さんを診ているときに中へ入ろうとしたら、あなた方がバッジを持っていようが持っていまいが、警備員を呼びますからね」

「待つわ。第三診療室の外で」

ピーボディを連れ、イヴは診療室を探し当てると、ドアの外に陣取った。

「リストにあるほかの三人ですが」ピーボディがPPCを見ながら言った。「彼らが今回の毒物を作るような知識や技術を持っていることを示すものはありませんね。もしくは、われわれが相手にしているようなものを手に入れる手段があるようにも。あるいは、さらに言うなら、それを実行してくれた人間に支払いをする経済的な手段も」

「ゆすり、強制、心情的な仲間」イヴは並べてみせた。

「ええ。それでも、金はかかりますよ。経済的なレベルから調べてみます」

「そうして。それから軍隊もしくは準軍事組織的な経歴もしくは仲間も。配偶者、家族の誰か。科学と医学についても同様に」

話していると、ドアがあいた。「あしたはその包帯を替えて。一週間以内にかかりつけの先生に診てもらいなさい」

「オーケイ」腕に包帯を巻いて顔をしかめた男はそのまま歩いていった。

「どういたしまして」ポンティはつぶやいた。

「ドクター・ポンティ」

「はい？」

「ダラス警部補、ピーボディ捜査官です。NYPSDの。お話があるんですが」

彼はかなり元気そうにみえたが――イヴは三日間洗っていない衿元《えりもと》はひとつのファッション的主張なのだろうと推測した――二人に疲れた目を向けた。「二日前の晩の刺傷のことなら、知っていることは全部、あのお巡りさんたちに言いましたよ」

「別件です。ここで話すほうがいいですか、それとももっと秘密の守れる場所で？」

彼はため息をついた。三十代後半といった感じで、さまざまな色あいのブロンドの髪が衿元や、高級なハイトップの靴、アイロンのきいたジーンズ、淡いブルーのシャツ、真っ白な白衣とよく合っていた。

　ポンティは親指で合図し、通路を歩きだした。「ブザーが鳴らないと、十分間休憩はとれないんですよ。いったい何の話なんです？」

「ドクター・ケント・アブナーです」

「誰？　ああ、なるほど、なるほど」今度は目をぐるりとまわし、あるドアを押しあけると小さなラウンジだった。ポンティはまっすぐコーヒーポットのところへ行った。「彼がどうしたんですか？」

「亡くなりました」

　ポンティはコーヒーをそそぐ手を止め、何の興味も見せていなかった目は、いまや興味で細められていた。「殺人課の刑事でしたね？　何があったんです？」

「まだお聞きじゃないとは妙ですね、ドクター・アブナーはここでいろいろな特別待遇を受けていたのに。スタッフの誰かが口にしたんじゃありませんか？」

「僕は八時に来たばかりなんで。ずっと忙しかったんですよ。これが最初の休憩です」

「奥様はここの外科看護師だとか？」

「そうです」興味が警戒に変わった。「これは何なんです？　アブナーに何があったんですか？」

「毒です」

ポンティはコーヒーをそそぎおえ、腰をおろした。「事故じゃない、ということですね」

「ええ。あなたとドクター・アブナーには意見の衝突があったんでしょう」

「そうとも言えますね、あるいは彼が自分の地位と意見を、関係のないところにまでごり押しして、患者やチーフレジデントに対して僕への信頼を傷つけた、と」

「頭にきたでしょうね」

「そりゃあそうですよ。でも僕が頭にきた相手全員に毒を盛ってたら、うちのERには患者があふれてしまいます。いいですか、僕は二交替制が終わるところだったんです。くたびれてたし、ちょっと気が短くなってたかもしれません。あの女性が子どもを連れてきた――気管支炎で――そうしたらその子が不潔だった。引っかき傷が二つあったのに、ちゃんと清潔にしてもらえなかったせいか、手当てされなかったせいか、黴菌《ばいきん》が入ってしまっていた。僕は母親にやらなきゃならないことを教える、すると僕の態度が礼儀正しくなかったと言われる、それからアブナーが僕を叱り、治療をとってかわる。僕たちは言い争いましたよ、それで僕の上司が彼の肩を持ったわけです。僕は叱責《しっせき》され、一日非番にされました。もう何か月も前のことです」

「その出来事のあと、ドクター・アブナーに会いました?」

「しょっちゅう見かけましたよ。彼とはかかわらないようにしてるんです。彼は自分の個人診療所からここに来る。僕がいるのは最前線ですよ。彼が言ったことややったことには感謝しませんでしたし、彼にもそう言いました。それで警察が僕の仕事場に来たわけですか?」

「そうです。おとといの夜、十時頃はどこにいましたか?」

「むこうです、ナイフで体に三つも穴のあいたティーンエイジャーを治療していました。十時には勤務が明けるはずだったんですけどね、九時四十五分にその子が運びこまれてきたんです。トリアージして手術をおこない、警察に供述をしました。少なくとも十時半まではここを出られませんでした」

「そのあとは?」

「家に帰りました、妻が待っていたんです。一緒に車でハンプトンズへ行きました。友人がビーチハウスを持っていて、二晩使っていいと言ってくれていたので。僕たちは二人とも次の昼と夜に休みをとっていたので、そこで過ごしました。眠って、セックスして、食べて、飲んで、また眠って。帰ってきたのは今朝早くです。まったく」

「むこうにいるあいだ、誰かと会ったり話したりしましたか?」

ポンティが癇癪《かんしゃく》を起こした、はためにもわかる形で——目がかっとなり、顎が食いしばられた。

「いいえ。あそこのいいところは静かで、ほかに人がいなくて、リラックスできることなんでね。二人で何度かビーチを歩きましたが、どちらも社交をする気はなかったんです。さて、もう戻らなきゃ。今度のことは僕には関係ありません」

「そのハウスの持ち主は?」

ポンティは不満げに息を吐いた。「チャーメインとオリヴァーのイングラム夫妻です。オリーと僕は医学校で一緒だったんです。彼も開業医ですよ。美容整形です、だからビーチハウスを持つ余裕がある。僕たちは義兄の車を借りました、うちは車を持っていないので。義兄は弁護士なんです、だからもしあなた方がまた僕のところに来たら、彼に連絡しますからね」

ポンティはどすどすと出ていき、イヴは頭をかしげた。

「感じの悪い態度、ひどい短気、大金を持っていない恨みつらみ。彼はリストにのせたままにしておくわ——妻と一緒に」

「妻が例の荷物を送ったのかもしれませんしね」ピーボディがうなずいた。「それから二人で隠蔽《いんぺい》のためハンプトンズへ行く。悪くありません」

「ええ。彼らはひきつづき調べましょう。今度は小さい子どもを殴るのが好きな男どもと話しにいくわよ」

「殺人課にお楽しみはつきませんね」

イヴたちはベン・リングウォルドが五番街から一ブロックという最高の場所で、自分のフードトラックにいるのを見つけた。まだランチの群衆のためにあけてはいなかったが、ノックをすると出てきた。

信じられないにおいが流れてきた。

リングウォルドはしみだらけの白い胸当て付きエプロンをして、髪を頭皮すれすれまで刈っていた。エプロンにさまざまなソースが飛び散っているのと同様に、顔にはそばかすが散っている。

「悪いな、レディたち、うちはあと十五分くらいかかるよ」

その〝うち〟には二人めの男が入っていた、リングウォルドが白いのと同じくらいはっきりと黒くて、彼の作業している調理台からさまざまなスパイスの香りが流れているのだった。二人めの男は――ピーボディの調査によれば、やはり元詐欺師――ドレッドヘアで全体がおおわれた頭にコック帽をかぶっていた。

イヴはただバッジを持ち上げた――そしてリングウォルドの顔が緊張でこわばるのを見守った。

「うちは許可証も持ってるし、認可も受けてる」彼はそれを提示しているトラックの後ろを指さした。

「許可証のことで来たんじゃないの、ミスター・リングウォルド。ドクター・ケント・アブナーの話をしにきたのよ」

「ケント・アブナー？」彼もその名前を知らないふりはしなかった。「彼がどうしたんだ？」

「亡くなったわ。きのうの朝、毒物でやられたの」

「毒物？　まさか。なあ、中へ入ってくれ——狭いが、ドアをあけっぱなしにしといたら、お客が並びはじめちまう」

「朝の何時だ？」リングウォルドの共同経営者、ジャック・ラモントとかいう男の話し方には音楽のようなアクセントがあり、トラックについている店名の由来を語っていた。

〈ケージャンの楽しい時《ケージャン・ボン・タン》〉

「九時半頃」イヴはピーボディと中へ詰めながら答えた。

リングウォルドたちのエプロンはしみと飛沫《ひまつ》でイカれたアートのようにペイントされていたかもしれないが、調理と準備をする場所の表面は汚れひとつなく輝いていた。

「俺たちは九時にはもう準備に入ってたよ」ラモントが言った。「一日ぶんの食材を持ってきて。調べればいい」

「その前の夜の十時頃は？」

「ミーティングに出てた。依存症の更正会《アディクツ・アノニマス》だ、聖なる救い主《ブレスド・リディーマー》教会で――俺たちは地下を使ってる。八時頃から九時か、九時半頃まで。そのあとは俺が支援してる子と一緒に、コーヒーを飲んでパイを食べた。出たのは十一時頃かな、家へ帰ったよ」

「クリーンになってどれくらいですか？」ピーボディが尋ねた。

「九年、八か月、二週間と四日。その子の名前を教える気はないぞ、でも俺たちがコーヒーを飲んだ――それとパイを食べたダイナーの名前は教える。ウェイトレスの名前も教える。俺は常連でね、スーザンとは顔見知りだ。俺たちがそこにいたのは十一時頃までだった。俺の家からほんの二ブロックなんだよ、だから歩いて帰って、ベッドに入った。ダイナーは〈ボトムレス・カップ〉だ、フランクリン通りの。スーザン・フランコが給仕してくれた」

「あなたはどう、ミスター・ラモント？」

「俺をミスターなんて呼ぶやつはいないよ」彼は巨大な鍋で何かをかきまぜながら、特大の黒みがかった目をイヴたちにむけてぐるりと回した。「俺か？　おとといの夜は、俺の彼女、コンスエラと一緒だ。十時？　二人して裸で忙しくしてたな」彼はにやりと笑ったが、その大きな目には不安があった。「俺はコックなんだぜ。毒を盛ったりしたら、誰が料理を食ってくれる？」

「問題は俺なんだよ、ジャック。ケントは俺がバリーに手をあげてるって通報したやつなんだ」

「ずっと前のことだろ、相棒《シェール》。もうすぎたことだ」

「そんなに昔のことでもないさ。ケントにはもう二年会ってないよ。彼がこのトラックに来た、会ったのはそのときが最後だ。でも彼と和解してからもう九年近くなる。ムショに入ったときや、出てきたときにはそんな気持ちにはなれなかったが、そうなったんだ。俺はドラッグを使ってたんだ、ずいぶんとな、息子や、あの子の母親を傷つけてたときに。あの二人と和解して、償いをするために、できることはやってきた」

「それにあんたはよくやったよ」ジャックが請け合った。

「まだ先の長い道のりだけどな。バリーはまだ少し不安がってる――あいつを責めることはできない――でも何週間かごとに会ってるんだ。カーリー――あの子の母親――は俺を許してくれた、だから彼女には感謝してる。ケントにも感謝するようになった。そっちのほうが長くかかったが」

「こいつは時計仕掛けみたいにミーティングに行くんだ」ラモントが言った。「俺にも行かせたんだ。俺は、クリーンじゃなかったらコンスエラにつきあってもらえなかっただろう」

「あなたはどれくらいなの？」イヴはきいた。

「七年。ヘロインで入って、ヘロインを買うために盗みをしてた。こいつのほうが先に出てさ、俺にもミーティングに行くようせっつきはじめたんだよ。俺、このトラックを手に入れて、金を稼ぎたいんだ。俺は腕のいいコックなんだよ、昔からそうだったんだ――俺のばあちゃんがさ、教えてくれたんだ。俺はばあちゃんに恥をかかせた。でももうばあちゃんは恥ずかしい思いはしてない」

「俺たちはここで順調にやってきたんだ、だからそれが続くようにがんばってる」リングウォルド《グランメール》が話に入ってきた。「二人とも足を洗ってなけりゃ、そうはならなかっただろう。ケントに通報されてなかったら、たぶん俺はクリーンになってなかっただろうな。たぶん、それで眠れない夜が一度ならずあったよ、バリーやカーリーにもっとひどいことをしてただろうってな。ケントのことは残念だ。彼がいいやつだったのはわかってる――それに俺を許してくれた」

イヴは二人を信じた――調べるには簡単すぎるアリバイだったし、十五年前の恨みで人ひとり殺すには、二人とも失うものが多い。

とはいえ、連絡先は全部きいておいた。

「これを味見してくれ」ラモントがライスをいくらかすくい、レッドビーンズとソースをかけた。「俺たちはニューヨーク市で最高のケージャン料理を出せるんだから、誰かを殺したりする必要はないってわかるよ」

「わたしはいらな――」

だがラモントはイヴに皿を押しつけ、ピーボディにフォークを押しつけた。

「ちょっと食べたほうがいいぜ」リングウォルドがぱっと笑って言った。「こいつは自分のレッドビーンズとライスにすごい自信があるんだ。ばあちゃんのレシピなんだと」

ピーボディが先にたち、フォークにひとすくい食べた。「オーケイ。オーケイ。これは本当に、すごくおいしいです」

正しい道を歩こうとしている元詐欺師で更生中の依存症者二人に敬意を表さなければならなかったので、イヴもフォークにひとすくい食べた。ピーボディの言うとおりだった。

「あなたたちはここで順調にやってきたのね。それをだいなしにしないで」

「そんなことするわけないよ！　俺は自分のホットソースを作る――ガツンとくるだろう、な？　俺たちはじゅうぶんやってけてるんだ、これをボトルに詰めて、二人で売って、大金持ちになるんだ。だろ、相棒《シエール》？」

「きっとな」

二人が販売用の窓をあける前に行列ができていたので、イヴは彼らがなかなかうまくやっているのだろうと思った。

「あの二人はたしかに順調にやってますね」ピーボディはイヴと車へ引き返しながら言っ

た。「今回の事件にかかわっているとは思えません」

「元妻と息子に話をきいて、そのあたりの感触をつかんでみるけど、そうね、二人はこの事件にはかかわってない。じゃ、次は重役にあたって、そいつがどう出るか見てみましょう」

6

トーマス・T・セインは〈ユア・アド・ヒア〉という広告会社につつましいオフィスを持っていた。四十二歳で、幹部補佐の肩書きにしがみついているらしく、七キロの余分な体重と、しかめ面を身につけていた。

彼のおおまかなオンラインデータでは、〈ユア・アド・ヒア〉がカレッジ以降、五番めの雇用先になっていた。彼の部署は広告飛行船を扱っており――イヴはおもてむきは客観性を保つため、その事実を横へ置かなければならなかった。

彼はすぐさま横柄な態度になったので、その言動は信用されなくなった。

「ああ、アブナーのことは聞いたよ。それがわたしに何の関係がある？　警官に仕事場に来られるのは困るね。それにどうやらあんたたちと違って、わたしは忙しいんだ」

「でしたら、あなたが必要以上に飛行船からがなりたてるためのおしゃべりを考えている、その貴重な時間をこれ以上無駄にしないようにしましょう」

オーケイ、まったく横へ置いてはいなかったかもしれない。

セインはイヴに歯をむきだした。「ふざけるな——わたしの弁護士と話すんだな。出ていけ」

「けっこうです。あなたとあなたの法的代理人には、コップ・セントラルの聴取室でお会いしましょう、時間は……」イヴは腕時計《リスト・ユニット》を見た。「今日の午後一時。部屋を予約しておいて、ピーボディ」

「馬鹿を言うな！」

「ここで話すか、むこうで話すかですよ」イヴは肩をすくめた。「こちらとしてはそうするしかありませんので」

「わたしはどこへも行かないぞ」

イヴは今度はただ眉を上げた。「われわれが令状をとって、部下や同僚の前であなたをこのビルから連行していくほうがお好みのようですね。こちらとしてはどうでもいいですが」

「いったい何が目的なんだ？」

「いくつかのごく基本的な質問の答えです、あなたがおといの夜十時にどこにいたかというような質問の」

「また馬鹿なことを」セインはポケットカレンダーを出すという試練をなしとげた。「娘っこ警官どもが馬鹿を言いやがって」

イヴはピーボディがはっきりシューッと息を吐いたのを聞き、ただセインに感情のない一《いち》瞥《べつ》をくれた。「容疑者は女性に、とりわけ権力を持つ女性に対する不敬と敵意を表明している」

「ふざけるな」セインはまた言った。「おとといの夜十時には、友人たちと飲んでいた」

「場所とご友人たちの名前をどうぞ、あなたが友人たちといるところは想像しがたいので」

「くたばれ、ビッチ」

「ビッチでも警部補ですよ」ピーボディはイヴが止める前に叫んだ。「場所、名前」

「〈アフター・アワーズ〉だ、この通りのすぐむかいにある」セインは三人の名前を言った——全員男。

「きのうの午前九時から九時半について、同じ質問です」

「自分のデスクにいた、まさにここだ。九時十五分にミーティングがあったんだ」

「最後にドクター・ケント・アブナーと会うか、話をしたのは」

「あの野郎に言うことなど何もなかった。あいつはわたしの人生をめちゃくちゃにして、仕事を失わせようとしたんだ、わたしのことにあのでっかい鼻を突っこまずにいられないからってな」

「それは、あなたがご自分の三歳の息子とその母親に、肉体的な暴力をふるったことですか？」

セインは椅子にもたれ、不敬の表明として高級な靴をはいた足を実際にデスクにのせてみせた。「また馬鹿なことを言うのか。わたしはあの子をしつけなければならなかったんだ、母親がそうせずに、ただあの子を好き勝手に走りまわらせていたからな。それに加えて、あの子は不器用だったんだよ、しょっちゅうころんでばかりいて」

「不器用だったのは母親ですか、それとも子ども？」ピーボディは首をかしげた。「二人とも怪我《けが》をしていたようですが」

「そのことをきみらに話す必要はない。わたしは地域奉仕も、馬鹿らしい執行猶予期間もつとめたし、くだらないアンガーマネージメントもちゃんと終了した」

「すばらしい効き目があったようですね」イヴはそう言った。

セインは両手を持ち上げ、指を広げた。「あの女とチビがいまどこにいるかも知らないし、どうでもいい。二人とも、値打ちをうわまわる厄介の種だったからな。さあ、わたしは仕事をしなきゃならないんでね」

「いまの話ですと、ドクター・アブナーに恨みがあったようですね」

「あいつは当然の報いを受けたんだと思うよ、それに、だったらどうだというんだ？　もう一度言うが、わたしがあのビッチとチビ、揃《そろ》って泣き言屋どもに人生をだめにされずにいるのは、あらかたあいつのおかげだよ」セインは大きな、おおげさな笑顔で歯を見せた。「花でも送ってやるべきかもしれんな」

イヴは距離を詰め、セインが両のこぶしを丸めて、足をまた床におろし、背すじを伸ばすのを見つめた。それにそのほかのものも。彼の目に臆病さがちらりとのぞいた。

「あんたはその何の値打ちもない人生で、どれだけのビッチとチビを殴ってきたと思う？」

「わたしがハラスメントの訴えを起こす前に出ていったほうが身のためだぞ」

「これがハラスメントだと思ってるの？」さらにほんの少し近づくと、丸めたこぶしがさらに強く握られると同時に、恐怖の汗の細い線が上唇に噴き出すのが見えるほど近くなった。

「およびもつかないわよ。でも近いものになるかもね、それもじきに。自重なさい、セイン、それからそのこぶしをまた別の女や未成年者に使う前に、もう一度考えるのね。次にやったときには、地域奉仕、執行猶予、アンガーマネージメントじゃすまないだろうから。わたしが必ずムショに入れてあげる。わたしの使命にするわ」

「わたしたちのですよ」ピーボディが訂正した。「それにわたしたち、使命を果たすことにかけては本当に優秀なんです」

「弁護士を呼ぶぞ」

「呼べば」

今度はイヴが大きな、おおげさな笑顔で歯を見せ、それからピーボディと出ていった。

「あなたがあいつのケツを蹴とばしてくれるのを待ってたんですよ」いくつもの小部屋をまわってエレベーターへ向かう途中、ピーボディがぶつぶつと言った。「そうしてくれると思ってたんです」

「いまのほうがよかったのよ、書類仕事もはぶけるし。いまあいつは震え上がって、怒りまくって、不安でたまらなくなってるわ」

ピーボディは息を吸い、ふーっと吐きながらイヴと下へ降りた。「日常生活や仕事でいい男にかこまれてると、ああいうタイプがいるってことを忘れそうになりますね。ちっくしょう、いまごろ思いついた。あいつがふざけるな《キス・マイ・アス》（〝俺のケツにキスしろ〟の意がある）って言ったとき、あんたじゃ女に金を払わないとそんなことはしてもらえないね、って言ってやればよかった」

パートナーの耳から蒸気が吹き出しているのが見えそうだったので、イヴはピーボディの肩を軽く叩いた。「また次があるから」

「あいつならやりかねませんよ」小さな、人のいないロビーを通り、また外へ出ると、ピーボディは振り返った。「手ひどい仕返しをしたがる短気さがありますし。元妻と子どもがどこにいるのかは知らないかもしれませんが、あいつが二人に会ったら、危害を加えようとするにきまってます。アブナーがどこにいたかも知っていたし」

「そうね。それに彼の態度は二とおりにみることができる。罪を犯しているなら、なぜ警官に敵対し、さらに自分に注意を引いたりするのか？　あるいは、そうすることによって警官たちに自分をまぎれもない馬鹿だと思わせ、罪を犯しているはずがないと考えさせようというのか。アブナーへの荷物が持ちこまれた時刻にセインが一緒にいた人たちの名前と所在を調べて」

「セインと三人の男」ピーボディは車に乗りこみながらＰＰＣを出した。「たぶんミソジニスト同盟の毎週のミーティングですよ。次は保守係と話すんですか？」

「順番だもの。そのあとはもう一度ラフティのところへ寄って話がしたい、一緒にいれば彼らの子どもたちとも」


カーティス・フェインゴールドは、Ｃアヴェニューの便所の穴のような建物の、便所の穴のようなアパートメントに住んでいた。建物の外側はスプレーの落書きでおおいつくされ――その多くは解剖学的に不可能な絵や、つづりが間違いだらけの侮辱語、それからセックスに関する提案――そして複数の窓がガラスではなく板張りで、イヴはフェインゴールドはろくに保守作業をしていないのだろうと思った。

内側も、ロビーの粗末なクローゼット、故障しているエレベーター（やはりスプレーの落書きだらけ）、階段吹き抜けの壊れたドアで、その見かたをいっそう強くしただけだった。

さいわい、フェインゴールドの便所の穴部屋は地上階にしゃがみこむようにしてあった。イヴはブザーを押したが、鳴る音はしなかった。しかし、室内で言い争いにはりあげられる複数の声と、誰かが通路のむかい側から下手くそなトランペットを吹くのがはっきりと聞こえたので、イヴはブザーが故障していると判断した。

こぶしの横でドアをどんどんと叩いた。

「何の用だ？」閉じたドアのむこうから返事があった。

「NYPSD。ドアをあけなさい、ミスター・フェインゴールド」

「おまえらなんぞくそ食らえ」

「令状をとって戻ってきてもいいのよ――それに〈ビルディング《B》・スタンダーズ《S》・アンド・コーズ《C》〉の事業部の代理人も一緒にね、このビルは規格《スタンダーズ》も条例《コーズ》も破られすぎて数えきれないようだから」

ドアが防犯チェーンをかけたまま、二センチ半あいた。充血した目がのぞいて――隙間から飲酒のすっぱいにおいがあふれ出てきた。「おまえらなんぞくそ食らえ」と彼は繰り返した。「お巡りに話をする義理はねえよ」

「ちょっと話をするほうがいい、それともトラ箱に何時間か入って、そのあいだBSCの代理人たちがこのビルを調べるほうがいい？」

「俺のビルじゃない」彼はぶつぶつ言ったが、チェーンをはずした。

忘れ去られた過去には清潔だったかもしれない白いTシャツと、腹の上でパッパッに突っぱった茶色のズボンのフェインゴールドは、かつては大柄で筋肉質だったものの、肥満してしまった男特有のたるんだ姿をしていた。髪はまばらで、薄く、汚れており、かろうじて頭皮をおおっていた。目は充血して怒りをたたえ、イヴからピーボディへ動き、またイヴへ戻った。

彼の口臭はすさまじかった。

「何の用だよ？」

「ドクター・ケント・アブナーについてあなたと話したいの」

「医者はみんな嘘《うそ》つき名人だ。信じちゃならねえ」

アパートメントは一室《エフィシエンシー》（浴室・トイレ・台所と一室のみのアパートメント）と呼ばれるタイプのものだったが、能率的《エフィシエント》なところはまったくなかった。スクリーン――何かのトークショーで人々の一団が言い争っている、さっきの声の源――が背の低い壁のひとつを占領していた。ほかの壁はむきだしで薄汚れ、通りに面した二つの窓も同様だった。

ベッドは部屋の真ん中に寝そべっているかのようで、くしゃくしゃのシーツでおおわれていた。テイクアウト用の箱やからっぽのボトルが室内装飾の一部のようだった。

「ドクター・アブナーがきのう殺害されたの」

「だったら何だよ？」

「ドクター・アブナーはあなたの娘のかかっていた小児科医で、あなたを告訴し、あなたに不利な証言をして、そのためにあなたは児童虐待で二年間おつとめをするはめになった」

「あのくそったれが死んだのか？　乾杯しなきゃな」

フェインゴールドはベッド横のテーブルの、ボトルとグラスのところへ行き、何か濁った茶色の液体を自分のためについだ。

「おとといの夜十時にはどこにいた？」

「ここだよ。行きたいとこもねえし、会いたいやつもいねえ」

「それじゃ誰とも会ったり話したりしてないの？」

「だったら何だよ？　俺があのくそ野郎を殺したと思ってんのか？　そんなことをして俺に何の得がある？　この社会は、俺みたいに賄賂を握らせる金のない人間を不当に扱ってきた。女房は子どもを連れていきやがった、その点はいい厄介払いだ。あんなやつら、誰がいてもらいたい？」

「きのうの朝、九時半頃。どこにいた？」

「ここだってばよ。3Bはゴキのことで文句を言うわ、2Aはネズミを見たってわめくわ、おまけに2Cは家賃を払わないでずらかるわ。いつだって誰かがドアを叩いて、何かの文句を言うんだ」

「あなたは建物の保守の責任者でしょう」ピーボディが指摘した。

彼はただふんと鼻を鳴らして、酒を飲んだ。「家なんてのは便所の穴だよ。いつだって便所の穴になりかけてる。だから何だってんだよ？　それが気に入らなきゃ、道端で寝るんだな」

「最後にドクター・アブナーと会うか、話をしたのはいつですか？」

「裁判所で、あの野郎が俺を頭のおかしな人間に仕立て上げようとしたときだよ、俺があの鼻をすすってばかりの子を二、三発はたいたからってさ。子どもは俺の身内だ、違うか？　俺が自分の身内に何をしようが勝手だろ。なのに社会は俺を不当に扱って、ムショに放りこみやがった。誰かがあのくそ野郎をたっぷりはたいてやったって話だよな、たぶんあの聖人面《づら》が気に食わなくてボコり倒したんじゃねえの？　俺に言わせりゃでかしたってことよ」

フェインゴールドはもう一杯酒をつぎ、言い争っているスクリーンの前の不潔そうなベッドに座りこんだ。「もうおしまいか？」

「いまのところは」

「出ていくときにドアにケツを叩かれんなよ。くそったれお巡りども」彼はつぶやき、酒を飲んだ。

「うぅぅ」歩いて外に出ると、ピーボディが言った。「感じのいいやつでしたねえ！」

イヴは思わず笑ってしまった。「地域の柱よね。BSCに連絡して」

「本気ですか？」

「本気よ。彼なら殺しかねない」イヴは感情をまじえずに言った。「彼の五歳の娘は脳震盪《のうしんとう》、指三本の骨折、肩の脱臼をしてたの、彼が自分の身内に何をしようが勝手だと思っているせいで」

それがイヴの中で燃えていた。燃えていたのはリチャード・トロイ――自分の身内には何をしようが勝手だと思っていた男――の片鱗《へんりん》が、フェインゴールドにも見えたからだった。

「酔っ払っているときなら」イヴは続けた。「彼は誰かを死ぬまで殴り、ナイフをつかんで、相手を切り刻めるでしょう。でも彼じゃ頭が悪すぎて、神経ガスを宅配させるなんて手のこんだことは思いつきやしないわ。だからって、人がどう生きていようが気にもかけない悪徳家主から、家賃を無料にしてもらうかわりに、あの汚い穴の中にうずくまっていて当然てわけじゃないけど」

「これで少し気分が晴れました」ピーボディはそう言って、リンクを出した。

ソーホーのそのビルは、Cアヴェニューのビルとは宇宙ひとつ隔てているかのようだった。メンテナンスが行き届き、地上階に入っているレストランでは、お客たちが歩道のテーブルに座り、給仕たちは白いシャツにぴったりしたベストを着て、飲み物や料理をてきぱきと運んでいた。エントランスのドアは落ち着いたベージュに塗られ、しっかりしたセキュリティが備えられている。マスターを使って入るかわりに、イヴはヴィクトリア・アブナー＝ラフティとグレゴリー・ブリックマンのロフトのブザーを押した。

男の声――コンピューター音声ではない――が応答した。

「ダラス警部補とピーボディ捜査官です」

「はい、どうぞ上がってきてください」

ドアのロックがはずれた。

通路がよくメンテナンスされているのはわかったが、イヴはそれでも階段を選んだ。

二階の部屋の開いたドアのところに男が立っていた。疲れきっているようだった。しっかりした体格、混合人種で三十代後半の彼は、礼儀正しい笑みをどうにか作ったが、静かな茶色の目までは届かなかった。

「グレッグ・ブリックマンです」彼は二人に手を差しだした。「トーリの夫――ケントの義理の息子です。どうぞ入ってください。前もって連絡してくれてありがとう」彼はそう付け加えた。「おかげでマーティンも少し自分を立て直す時間ができました。トーリと奥のキッチンにいます。ああ、マーカスとランダは――トーリの兄とその奥さんですが――上にいます。二人はいま……葬儀の手配をしているところです。僕たちは、その、子どもはみんなナニーと一緒に公園に行かせたんです。そのほうがいいんじゃないかと思ったので……あなた方とマーティが話しているあいだ、あの子たちは外にいるほうが」

「けっこうですよ、ミスター・ブリックマン」

「グレッグで。いまは本当にたいへんです。僕たちは、誰も立ち直れていません。待っていていただけますか、マーティを連れてきますので」

リビングエリアは居心地よく、明るい雰囲気で、広い窓からは通りと、この界隈《かいわい》のアート関連のにぎわいが見わたせた。父親の住まいのように、娘の住まいにもたくさんの家族写真や、良質のアートが飾られ、色彩とスタイルのセンスがうるさくない程度に発揮されていた。

グレッグが義理の父親を連れてきたときには女がひとり一緒で、彼女は亡くなったほうの父親のアスリート的な体格と、ぐしゃぐしゃに縛った茶色の髪、悲しみに打ちのめされた化粧っ気のない顔をしていた。

「これは娘のヴィクトリアです」ラフティは彼女の手にすがりついていた。「わたしにはちょっと……マーカスは？」

「ランダと上の階にいますよ。連れてきたほうがいいですか？」グレッグがきいた。

「わからない。一分より先のことは考えられないみたいなんだ」

「連れてきましょう」

「さあ、パパ、座りましょう」トーリが父親をソファに連れてきて、すぐ横に座った。「何か新しい知らせはあるんですか？　ごめんなさい」彼女は自分で自分をさえぎった。「どうぞ座ってください。何かお出ししましょうね。パパ、お茶をいれるわ」

「わたしたちならけっこうですので。こんなおつらいときにお邪魔して申し訳ありません」

イヴはそう言った。

「きのうはお気遣いいただきましたね。あなた方が気遣ってくれたのはおぼえています。みんな気遣ってくれています。セルディンが言っていましたよ、連絡したらどうか、うちに来たらどうかと彼女に言ってくれたそうですね。彼女は家族なんです。わたしたちみんな感謝しています」

「ラフティ博士」ピーボディが言った。「もうご存じでしょうが、お伝えさせてください、ドクター・アブナーの診療所で話をした人たちは全員、ドクターのことを本当にすばらしい方だと、それも心から言っていましたよ」

「ありがとう」

グレッグがまた別の男女を連れて戻ってきた。息子のほうはもうひとりの父親の体格を受け継いでいた。背が高く、ひょろひょろして、ラフティと同じ目は疲労でぼんやりしており、彼はラフティのあいている側へ行って、妻のほうは椅子に座った。

「これは息子のマーカス、それから息子の妻のランダです」

「父にこんなことをしたのが誰か、わかったんですか？」マーカスが問いただしてきた。

「いくつかの線で調べを進めています、それから捜査は鋭意進行中です」

「まさに警官のセリフだな」

「たしかに警官のセリフです」イヴは同意した。「真実でもあります」

「怒る相手はこの人たちじゃないでしょう、マーカス」妻が小声で言った。

彼は口を開きかけ、また閉じた。それからゆっくり呼吸をした。「きみの言うとおりだ。謝ります」

「かまいませんよ。追加でお尋ねしたいことがいくつかあるんです、ラフティ博士。お連れ合いはベン・リングウォルドという人物のことを話したことはありますか?」

「わたしは……わかりません」

「十五年前、ドクター・アブナーはベン・リングウォルドを児童虐待で通報しました」

「待ってください、ええ、もちろん——」

「その人が父を殺したんですか?」トーリがきいた。

「違う、違う、違う」ラフティはすぐに言い、握った彼女の手をさすった。「ベンのことはいまはっきり思い出しました。彼はケントに会いにきたんです——もう何年も前に。彼は〝十二のステップ〟(依存症を治療するためのプログラム)をやっているところでした。謝罪にきたんですよ、それどころか、自分を止める手助けをしてくれたとケントに感謝したんです」

ゆっくりとうなずきながら、ラフティはそのときのことをすべて思い出した。「ベンはすでに前の奥さんと和解していて、息子さんにも自分から接触していました。ステップ・ナイン——彼は償いをするためにできることをやっているところで、ケントのところへ来たんです。わたしたち三人でしばらく話をしましたよ、おぼえています」

ラフティは少し笑った。「ベンは商売を始めたと言っていました。フードトラックを。わたしたちは一度行ってみました。ケントはとても喜んでいましたよ。誰かが人生を立て直したのを見ると、人に対する信頼がよみがえると言っていました。彼がケントに危害を加えたと疑っているわけではありませんよね？」

「ええ、現時点では。しっかりしたアリバイがありますし、お連れ合いが言ったとおりのことをやりとげたようですから。人生を立て直して。ベンからあなたに連絡があるかもしれません、ラフティ博士、お悔やみを言うために。お連れ合いはトーマス・セインという人のことを話しましたか？」

「よくわかりません」

「その名前なら知っています」マーカスが口を開いた。「その名前なら知っています。パパが通報したやつですよ。奥さんと子どもを殴ったんだ。僕たちはそのことで議論したんですよ、そいつが罰を逃れたあと——地域奉仕とかそんなようなたわごとで」

「お父さんはミスター・セインが脅迫をしてきたと言っていましたか？」

「いいえ」

「カーティス・フェインゴールドのことは？」

「ええ、ええ、その人なら知っています」ラフティがうなずいた。「おぼえているのは、その人の奥さんが教師だったからです、それで彼女がヨンカーズの学校に勤め口を見つけるのを手伝ったんですよ。そこに何人か仕事仲間がいるんです。彼は——フェインゴールドは——虐待をする酔っ払いでした。刑務所に行ったのは知っています」

「ドクター・マイロ・ポンティは？」

「ええ、ええ。その人のことはわたしたち全員が知っています。家族で夕食をとったとき、ケントが遅刻したんです、〈アンガー〉のERである患者を診ていて。そのポンティという人にお説教をしたそうです、その人が幼い息子を連れてきた女性を叱りつけたから。ケントは苦しんでいる人や困っている人が、思いやりを持って扱われていないのを見ていられなかったんです。でも、お説教をされたくらいで、人を殺したりしないでしょう」

「われわれはすべての線をあたっています」

イヴがうなずいてみせると、ピーボディはPPCを出して、例の卵の復元画像を呼び出した。「こんなものを見たことはありますか？」

ラフティはそれを見て顔をしかめた。「金色の卵――物語のガチョウのような？　見たことはあると思います、安物の装飾品を売る店や、絵や、そういったもので。それがどうかしたんですか？」

「お宅のキッチンに落ちていた破片から、これを再構成することができたんです」イヴは答えた。「その過程で、うちの鑑識の専門家がこの……安物の内側には気密封止剤が塗られていたことと、ある封止剤が、あけたときの両半分の縁にも加えられていたことを確定するに至りました。ドクター・アブナーがこの容器をあけたとき、中の毒物が空中に放たれたんです。それでドクターは亡くなりました」

「でも――でも――それじゃまるで悪魔のしわざじゃありませんか?」ラフティは真っ青になり、娘が彼にぎゅっと腕をまわした。「わたしたちの知り合いにそんな人間はいません。誰かほかの人を狙ったにきまっています」

「サー、荷物ははっきりとあなたのお連れ合いに宛《あ》てられていたんです。あらためてお尋ねしますが、ドクター・アブナーがこの何週間かで彼を悩ませたり、彼と口論したり、喧嘩《けんか》をしたりした人物のことを口にしませんでしたか」

「まったく。誓いますよ。いたら言ってます。言わないはずがないでしょう?」

ラフティの声がうわずり、揺れ、目に涙がにじんだので、娘が身を震わせながらさらに彼を抱きしめた。「お父さん、興奮しないで。みんな誰がパパを殺したのか知りたいのよ。知らなきゃならないの」

「でも彼女はみんなが彼を愛していたと言ったじゃないか」ラフティはピーボディをさした。「彼女はわかってくれているんだ。なのにいまは誰かが……」彼が強く目をつぶると、ランダが立ち上がって部屋を出ていった。「わかっている、わかっている。誰かが……今度のことには計画と調達手段と知識と――恐ろしいほどの冷酷さが必要だっただろう。そんなことのできる人間など、わたしたちの知り合いにはいない」

ラフティは今度はイヴのほうへ身を乗りだし、その目は悲しみと懇願にあふれていた。「わかってください、頼むからわかってください、ケントとわたしは一緒に幸せに暮らしていて、よい仕事をしようとつとめ、よい人間であろうとしていました。うちの子どもたちがよい人間になり、よい仕事をするよう育てました。人を思いやるように。どうかわかってください」

「わかっています、ラフティ博士。わたしにはわかっています。今度のことはお連れ合いのしたことが原因ではありません」

ランダがグラスを持って戻ってきた。「さあこれを飲んで、この鎮静剤を飲んで。議論はなし。わたしも医者なんですからね、だからね、マイ・ダーリン、この鎮静剤を飲むか、わたしが診療バッグを持ってくるかのどちらかよ」

「彼はきみのことを本当に自慢していた。娘のように愛していたよ」

「わかっているわ」ランダは鎮静剤をラフティに押しつけ、彼の頬にキスした。「さあこれを飲んで、そうしたらわたしと一緒に上に来て、しばらく横になるの。わたしがついているから」

「でもこの方たちはききたいことがあるんだよ」

「いいえ、いまはこれで終わりですから」イヴは立ち上がった。「あらためて申し上げますが、本当にお気の毒でした。警官のセリフですが、それでも真実です」

問題は死者のことだけではない、とイヴは車に戻って思った。死は――殺人はとくに――あまりにも多くの人生をずたずたに切り裂いてしまう。そしてどんなに継ぎ合わせて元に戻そうと、決して、決して同じになることはない。

殺人者の中には、と彼女は思った。その痛ましい真実が一種のボーナスポイントになる者もいるのだ。


二人がルイーズのクリニックに寄ると、待合エリアは満員だった。腹が巨大にふくれた妊婦が座っている横には、別の女が泣き叫ぶ赤ん坊を連れている。妊婦は自分がもうじき二十四時間ぶっとおしで相手をしなければなくなるのと同じ生きものを、喜んでなだめているようだった。

わずかに年上の子どもたち三人組は、一角にある備えつけのおもちゃをめぐって叩きあったり、口げんかをしたりしていた。椅子に座っている大人たちは涙目だったり、咳をこらえたり、手足に包帯を巻いていたり、あるいはただ、現実からみて早くは来そうにない順番を待っている者の、何も見えていない表情を浮かべていた。

イヴは受付カウンターへ歩いていき、バッジを出そうとした。

「警部補、捜査官、ドクター・ディマットがお待ちです。あの横のドアを抜けていってください。シャーリーンがドクターの診察室へお連れします。ドクターはいま患者さんを診ています」受付係はイヴにそう言った。「でもすぐにお会いしますので」

「なるほど。ありがとう」

ドアを入ると、花柄のチュニックを着たはつらつとした小柄な赤毛が二人を案内し、検査室やラボステーションを通りすぎ、やがてルイーズのこぢんまりした診察室へ入った。

「長くはお待たせしないと思います」シャーリーンはそう言った。

「あなたから始めてもいいんだけど」イヴが言うと、シャーリーンは目をぱちくりさせた。

「あら。オーケイ。ええと。ドクター・ディマットから、あなた方には協力しなければいけないと言われています」

「そのほうがみんなにとってことが簡単になるわ。ドクター・アブナーを知っていた？」

「もちろん。わたしはここで働いて八か月になるんです。ドクター・アブナーはうちの常勤ボランティアドクターのひとりでした。子どもたちの相手がすごくうまかったんですよ。わたしは小児科の看護師になる勉強をしているんです、それでドクターは可能なときはいつも助手をさせてくれました」

シャーリーンは言葉を切り、はつらつとしたところがいくらか消えた。「ドクターのことは本当に好きでした。なかなか納得できないんです……。呑みこめないだけなんですよね、たぶん」

「ドクターと問題があった人を知っている？」

「全然知りません。さっきも言いましたけど、ドクターは本当に子どもたちの相手がうまかったんです、それに子どもたちもドクターが好きでした。自分の子どもがドクターを好きなら、親もドクターを好きになるでしょう。それにドクターはスタッフ相手にえらそうにしたり、ねちねち恩着せがましくしたこともありません、わたしの言う意味がわかってもらえればいいんですが。ドクターはただ……わたしたちの仲間だったんです」

「彼を仕事以外のところで見かけたり、付き合いがあったりしたことは？」

「いいえ。あ、待って、そうとは言えないです、たぶん」シャーリーンは爪をあざやかな紫に塗った指を立てた。「二か月前、ドクターが遅いシフトのとき、わたしも仕事だったんです。ドクターはそのあとわたしを家まで歩いて送ってくれました――そうすると言ってきかなかったんですよ。わたしはここからほんの二ブロックのところに住んでいるんですが、ドクターはわたしひとりで歩いて帰らせたくなかったんです。時間も遅かったし、ものすごく寒くて。ドクターは家まで送ってくれました、だからそれって仕事以外の話ですよね」

シャーリーンはため息をつき、はつらつさは嘆きに変わった。「ドクターはそういうやさしい人でした」

「わかったわ。シャーリーン、ほかにもいま手が空いていて話をしてくれる人がいるかどうか、見てきてもらえないかしら。いたらこっちに寄こして」

「ええ。オーケイ」

イヴたちがほかのスタッフ二人から協力を受け、逸話や嘆きを聞いたあと、ルイーズが入ってきた。

「お待たせしてごめんなさい」昔ながらの白衣を黒いシャツとズボンにひるがえし、ルイーズはデスクのむこうにある棚の小型オートシェフに突進した。

「あなたのブレンドじゃないけど、ふつうのオフィス／待合室用コーヒーよりは何段階かましよ。飲む？」

「わたしたちはいいわ」

「お友達のことは本当に残念でした、ルイーズ」ピーボディが言い添えた。

「ありがとう。わたしも残念よ」ルイーズはコーヒーをごくごく飲み、ふーっと息をついた。「率直に言わせてもらうと、あなたたち二人が捜査を担当してくれて本当にうれしいわ。うちは今日すごくショックを受けている、でも話をきくのにこのオフィスを使ってちょうだい、スタッフを交代で来させるから」

「もう始めたわ」イヴが言うと、ルイーズは眉を上げた。

「そうなの？」

「ええ。被害者に関係するものすべてに対する令状も持ってる、それについてプライヴァシー保護はないから」

「あなたならそうするだろうと思った」ルイーズはデスクへ歩いていき、引き出しをあけて、一枚のディスクを出した。「ゆうべチャールズと一緒にあなたと話したあと、ここへ来たの。これで全部よ。たいしたものはないわ、ダラス。彼はこのクリニックにとって貴重な戦力だったけれど、それでも週に片手で数えられるほどの時間しかいなかったから」

イヴはディスクを受け取り、ピーボディに渡した。

「それから話しておくわね。いの一番にスタッフには知らせたの――それから今日は休みをとっていたり、遅番だったりのスタッフにも連絡した。あなたたちがその人たちと話さなきゃならないこと、何も漏れがあってはいけないことはわかってる――わたしも何も漏らさないでもらいたいと思ってる、でもきっと何も出てこないわ」

「ここにいるあいだに、わたしが患者を二人くらい診察したほうがいいかもね。ひとつか二つ、診断がつくかもよ」

「ハハ」あきらかに疲れた様子で、ルイーズはデスクの端に腰かけた。「あなたは面白くないかもしれないわね、ポンティを知っているか、彼と仕事をしたことがあるとわかっている何人かと話してみたと言ったら」

「ちょっと、ルイーズ」

「わたしにブチ切れる前に、医療関係者は医療関係者同士のほうが正直に話すことが多い、ってわかってちょうだい」

「それでもしポンティが殺人犯で、あなたが彼のことをきいてまわっていると感づいたら？　殺人者は警官より、詮索《せんさく》好きな民間人を狙うことが多いのよ」

ルイーズはただ肩をすくめた。「そうかもね、彼はかなり腕のいい傲慢《ごうまん》野郎で、とくに救急医療の場ではそうだという意見以外にも収穫があったら。彼はあまり好かれていない、でも気にしていないようよ。ケントの叱責も、ケントが彼について報告書を書いたという事実もありがたく思ってはいなかった。逆にケントがお金持ちで、地位あるエリートで、ERでひとつのシフトをちゃんとやりとおしもしない、という苦情で反撃したの。話を聞く人相手なら誰にでも何日かそのことで文句を言っていたわ、それから次のドラマに移っていった」

「彼はドラマが好きなの？」

「噂では誰かともめたり、論争したり、口論をしたりだそうよ――一種のドラマでしょ――毎週か隔週で。言っておくけど、スラム地区のERではそれほど珍しいことじゃないわ」

イヴはひと呼吸置いた。「妻のほうはどう？」

「外科看護師よ。シラ・ロー。彼女はもっと好かれているわ、たぶん手術室の中でも外でもびくともしなくて、ポンティのとげとげしさとは対照的におだやかなんでしょう」

「わかった。もうこういうことはやらないで。本気よ、ルイーズ」

「警部補は本気ですよ」ピーボディも言った。「それにわたしもそっくり同じことを言うつもりです」

「友達が殺されたのに、あなたなら何もしないでいられる？」

「あなたは何もしていないわけじゃありません」イヴが口を開く前にピーボディが言った。「わたしたちがお友達の味方になり、彼のために正義をもたらすって信じていてくれてます。わたしたちを信じてくれなきゃだめです」

「信じているわ。本当に。そのディスクには、わたしがポンティについて話した人たちの名前と、彼らの言ったことと、あなたたちが必要だったり追加で話をききたかったりしたときの連絡方法を書きこんだセクションがあるから」

「助かるわ。さあもう引き下がって。完全によ。チャールズも同じ。それとポンティにも近づかないで」

ルイーズはデスクを離れた。「彼がケントを殺したと思う？」

「捜査の現時点で誰がケントを殺したのかはわからない、でもポンティが傲慢野郎で、癇癪持ちなのはわかってるわ。だからかかわらないで」

「わかった、わかった。患者さんたちが待ってるの。スタッフに順番にここに来るよう言うわ。あ、それからほかの人たち、ボランティアも含めて、その連絡先もディスクに入っているから」

「あなたはどこか場所を見つけられるかどうかやってみて、ピーボディ」イヴはルイーズが出ていくと言った。「ディスクにあるスタッフとボランティアから始めて、そうすればわたしはここで残りをやる。これを片づけてしまいましょう」

「場所ならあります。ルイーズがポンティのことを話した医療関係者はどうします？」

「あとでいいわ」

イヴはオートシェフに目をやり、本物のコーヒーまで我慢できると判断し、それからルイーズのデスクの後ろの椅子に座って、聴取の残りをやることにした。

なぜならルイーズの言ったとおりだから。ここで新しいことや、何かがあきらかになる情報を得ることはないだろう。それでも最後までやらなければならないのだ。

7

イヴはようやくセントラルの大部屋《ブルペン》に入ると、まっすぐ自分のオフィスとコーヒーのところへ行った。

聴取の残りはリンク経由でピーボディにまかせられるし、直接会って補完すべきことがあれば言ってくるだろう。こちらは事件ボードと、記録ブックを設置し、報告書を書かなければならない。

例によって、決まっている手順は役に立った――ボードを用意し、そうしながらさまざまな人の顔や、画像や、データをじっくり見ていくのは。

記録ブックを立ち上げ、報告書を書くと、すべてが明確な、まとまった形に落としこまれる。

事実、供述、証拠。

容疑者。

その部分はまだ乏しかった、正直なところ。候補者リストの上位にいるのは、ポンティとセイン。

コーヒーをおかわりし、ブーツの足をデスクにのせて、ボードをじっと見る。人々の顔、画像、時系列表、アリバイ。

ポンティ。医療関係者で、化学の基礎知識を多く持っているのは間違いなし、どこかのラボに出入りする手段がありそう。となるとセインより彼のほうが可能性が高い。

それでも、セインが知識と手段を持つ誰かにつながりがある、ということはありえないだろうか？

二人とも被害者に恨みを持っていた――そして恨みというのは、長い長いあいだ煮えつづけるものだ。

それにどちらも癇癪持ち――そしてそれは犯人像に反していた。今回の殺しには冷静なところがある。かっとなっての攻撃ではなく、冷静なものであり、直接手を下さないやり方だ。満足するための攻撃ではなく、体を使った争いでもなく、命が消えていくときに被害者の目をのぞきこむこともない。

イヴは鑑識の報告書をもう一度読もうと椅子を回した。

初歩的、もしくは平均的な知識ですらない。本物の技術、忍耐力、精密さが必要だ。あらゆる手順と段階が遂行されている。衝動的、もしくはその場かぎりのものはいっさいない。

近づいてくる足音が聞こえた――ピーボディの耳慣れたどすんどすんではなく、力強く、権威のある歩き方。

デスクからブーツをおろして立ち上がったとき、開いているドアのところにホイットニー部長があらわれた。

「サー」

「警部補」

ホイットニーの歩き方はその広い肩に担っている権威にふさわしいものだった。堂々とした体格の彼がやってきてボードを見ると、部屋がいっぱいになった。いまはデスクワークかもしれないが、彼の目はかつてそうであった警邏《けいら》警官を映しだしていた。短く刈りこんだ髪にまじった白い線が、どっしりした威圧感をさらに増している。大きな褐色の顔の皺《しわ》は、彼がその重みを担っていることを示している。

「これからティブル本部長と市長とのミーティングなので、報告をしてもらおう」

「遅れてすみません、部長。ピーボディ捜査官と外回りに出ていたものですから」

ホイットニーはボードのところに立ったまま指を振って、イヴの言葉をしりぞけた。「手続きと方針上、今回の死亡とその状況は国土安全保障機構《ホームランド》に報告しなければならないが、鑑識の結果はこの事件はテロ行為ではないと示しているな」

「そうです、サー。今回の犯行ははっきり被害者を特定しているばかりでなく、犯人がいくつもの手順を踏んで、毒物が非常にかぎられたエリアに封じこめられ、迅速に消散するようにしているんです」

「それでも、今回の単独被害者が、大量殺人のためのテストケースかもしれないという懸念は残る」

「もしそうでしたら、部長、なぜわざわざその毒物が確実に消散し、狙った相手だけを殺害するように付加物を加えるんですか？ 鑑識員は、そのかぎられた時間と場所にむけてその毒物をコントロールするには、技術、手間ひま、いろいろなものの調達手段が必要だと言っていました」

「同感だな。だから国土安全保障機構《ホームランド》は今回の捜査に加わると言ってきたんだ。さしあたっては」ホイットニーは警告として付け加えた。「彼らの担当エージェントはすべてのデータ、すべての報告書のコピーを受け取ることになる」

彼は振り返ってイヴと向き合った。「きみはもうひとりの医者に傾いているんだな。ポンティのほうに」

「彼はいくつかのボックスにチェックが入ります。荷物の持ちこみにはアリバイがありますが——」

「アリバイの一部は妻だろう」

「はい。それに彼女はポンティほど爆発しやすくはないという評判ですが、やはり医療関係者ですし、化学の知識、どこかのラボに接触する手段を持っていると思われます。アブナーに恨みを持っていたかもしれません、夫のことで」

「被害者が助けた前科持ち二人も除外したんだな」

「はい。リングウォルドのアリバイはしっかりしています。治療を受け、元妻や息子と和解し、安定した商売をしているようですし。自分の依存症に向き合うきっかけをくれたアブナーに感謝しています。リングウォルドはかなり信頼できると思います。二人め……彼は間抜けすぎるんです。怠け者の酔っ払いです。人を殺すくらいの卑劣さはあります、間違いなく、でも今回の犯行をやれるほど頭はよくありません」

「それから広告会社の幹部は？　そいつにはきみのボックスにもいくつかチェックマークが入っているんだろう」

「根性悪、恨みがましいやつですね。それにアブナーのような男には立ち向かわないやつだと思います。アブナーのように強くて、健康な男には。一対一ではやらない。でも離れたところから彼に仕返しする方法は見つけるか？　そうですね。それが彼のスタイルでしょう」

イヴはボードを振り返った。「犯人は臆病者です。頭がよくて綿密、きちょうめん、けれども臆病者ですよ。毒は弱者の武器です」考えを口に出しながら言った。「女性がしばしば使う武器です、なぜなら彼女たちはたいてい、男性より肉体的に弱いから。そして今回の事件では、使用された毒物は離れたところから使われました。だから犯人は結果を目にする必要もなく、ターゲットが死ぬのを見なくてもいい。そこに激情はありません」

「その言葉を使うとは面白いな、ダラス。激情か」

「それは……ボタンを押して命を断つようなものです。すべての手間、考え、努力は凶器を作り出すことへそそぎこまれた。ですが、この事件には、犯人がその凶器の働きをみなくてすむように、じゅうぶんな感情的距離が置かれています。爆発なし、悲鳴なし、血もなし、パニックもなし、懇願もなし。彼は——あるいは彼女は——荷物を送り、立ち去り、あとはメディアの報道を待っただけです」

「暗殺か」

上司に自分の思考の線を追ってもらえて悪いことはないので、イヴはうなずいた。「この事件には興奮が欠けています、たしかに。でも被害者は政治的な力や、多大な富や影響力の持ち主ではありませんでした。彼は優秀な医者だったんです、誰にきいても、よき夫、父親、友人で」

イヴの眉が寄せられた。「もしテストケースということに戻るなら、部長、そして彼が無作為のターゲットで、何か本物の暗殺の代わりだったのなら、なぜ国土安全保障機構《ホームランド》を警戒させたりするんです？　この事件の背後には首謀者がいます、そしてその首謀者は神経ガスを使えばそうなることは知っているでしょう。なぜ誰も気づかないような路上生活者でテストして、遺体を捨ててしまわないんでしょうか？　アブナーではメディアが騒ぎますよ、とても人望のある医師だったんですから」

「たしかにそうだな、いまの点をミーティングでも挙げておこう。市長はそれを聞けば安心するかもしれない。引き続き状況を知らせるように、警部補」

「はい、そうします」

ホイットニーが出ていくと、イヴはまた腰をおろし、またブーツをデスクにのせ、ボードに目を凝らした。

暗殺。その言葉は頭の中の殺しにぴったりだった。本物の暗殺者が、激情もなく、興奮もなく、後悔もなく殺したのだ。しかし目的は何だろう？　政治、権力、金、宗教を消したら、何が残る？

嫉妬《しっと》。復讐《ふくしゅう》。

どちらかもしくは両方、とイヴは思った。どちらも冷酷で、用意周到で、残忍なものだ。嫉妬。復讐。どちらもとても長いあいだ膿《う》みつづけるものだ。アブナーの過去に深く埋もれた何かが、現在へ這《は》い出してきたのかもしれない。

彼のデータを呼び出し、順序だてて調査を開始し、彼の両親から始めた。

あれは何て言ったっけ？　父親たちの罪がどうのこうの（旧約聖書の出エジプト記にある、父親の罪が曾孫の代にまで報いること）。そう、そういうものを信じている者もいる。

父親、母親、継母、兄弟、片親違いの妹。全員生きていたが、ニューヨークエリアには誰もいなかった。片親違いの妹はずっと小さなトラブルをひきずっていた。十代での万引き、登校拒否、未成年での飲酒、違法ドラッグ所持。十八で結婚――おやおや、そんなことをする人間が？　十九で離婚（びっくりだ！）でも暴力犯罪はなし、大きなつまずきもなし。ただ、長くでこぼこな道にみえたものが、二十代なかばで平らになっただけ。

いまは子どもむけの作家でそこそこ成功し、結婚して、二人の子どもがおり、セントルイスに落ち着いている。

イヴはアブナーの家族を櫛《くし》でとかすように調べていき、彼の大学時代や、医学校時代に入っていった。やがてピーボディが通路をやってくるのが聞こえた。

パートナーはフィジーと缶入りペプシを持ってきた。

「そろそろコーヒーから別のものに変えたいんじゃないかと思いましたので」

「そうね、そうかも。ありがとう」

ピーボディは――用心深く――尻が痛くなる客用の椅子にかけた。「ルイーズのスタッフとボランティアたちの聴取からは、あなたの予想どおりのものしか出ませんでした。みんなアブナーが好きでした。医療用バンの隊員のひとりは、彼に少々のぼせていたことまで認めましたよ。無害ですけど」ピーボディはイヴの目が細くなったのでそう付け加えた。「その彼は長く付き合っている相手がいますし、実際、例の荷物が持ちこまれたときには、パートナーのために誕生日パーティーをしていたんです。それってわたしがロークにちょっとのぼせてるみたいな感じでした。おわかりでしょうが」

「わたしが？」

ピーボディは肩をすくめ、にこっと笑い、フィジーを飲んだ。「アブナーは月に一度、移動医療車で仕事をするようにしていました、その乗員たちにも、何か言い争いや、問題があったと記憶している人はいません」

「誰かが彼とそうしたことがあったはずよ」イヴは缶をあけた。「暗殺か」

今度はピーボディの目が細くなった。「プロの殺しだと思ってるんですか？」

「いいえ。プロなら目立たないように彼を殺したわよ。ランニングしているときに襲うとか、夜に帰宅途中で喉《のど》を切るとか。でも今回の暗殺的なところは、特定の目的のためにターゲットが特定されていることと、そのターゲットと目的に絞ったこと。冷酷に、綿密に」

「でも目的は何です？　動機についてはまだ何もつかんでいませんよ」

「動機は必ずあるわ、たとえそれが滑稽《こっけい》だとか、けちくさいとか、愚かとか、ただ単純にイカれたものでも。わたしはアブナーの経歴を調べているところ。家族、教育、以前の人間関係、仕事上の取引。そこには何かがある」

「あるいは」ピーボディが指を立てた。「無作為な特定とか」

「それは何？」

「もしイカれた人物だとするなら、技術があって、知力があって、偶然もしくは故意に今回の毒物を開発し、それを使ってみようと考えた人間なわけでしょう。そうしたら今度は宅配用の仕掛けを作り、それから残りの実験のために対象を選ばなければならない。犯人はアブナーを知っていたかもしれない、ただ街角で見かけて、彼で間に合うと考えたのかもしれない。二人はどこかのバーでおしゃべりしたか、アブナーが友人の友人のいとこなのかもしれない、でも犯人はアブナーに決めた」

「冷酷にね」イヴは言い足した。

「ええ。マッド・サイエンティストみたいに、だからアブナーは犯人にとって単なる実験用ラットなんです、そうでしょう？　犯人は自分の調査を続け、被験者の習慣、日程を記録し、近隣のリズムになじまなければなりません。それもすべて実験のうちです。犯人は荷物を送り、結果を待ちます」

「結果を見たくないの？　被験者が死ぬまでにどれくらいかかったか記録は？　アブナーの体がどう反応したかは？」

「ええ、合わないところはありますね」ピーボディは認めた。「でもマッド・サイエンティストですよ、それにマッド・サイエンティストだからといって、多少なりと基本的な自衛本能を持っていないことにはならないでしょう。プラス……どうして彼が見なかったとわかります？　遺体は何時間も発見されなかったんですよ。あの家にはたくさんの窓がありました。どこかに陣取り、荷物が着いたあとにあのへんをぶらぶらする。小型の双眼鏡。あるいは科学者なら――熱センサーを用意するかも。直接被験者を見ることはできない、でもスクリーンで彼の熱画像を見ることはできますよ。そんな感じで」

イヴは椅子の背に体をあずけ、いまの説を頭の中でころがし、ボードを見た。「すじは通りそうね。手堅い推理だわ、ピーボディ」

「もし動機が本当に結果を得るためなら、それは無作為な特定に等しいという気がします。でも、それだと問題があります」

「というと?」

「そうですね、警部補が学校で科学に関すること、実験っぽいことをやったときを思い出してください」

「思い出さないようにするわ」

笑い声をあげ、ピーボディはまたフィジーを飲んだ。「わたしは実験みたいなことはちょっと好きでしたよ。調理やパンやお菓子を焼くことは台所の科学みたいなものです。もしくは魔法ですね、場合によっては。ともあれ、実験室実験によっては、仮説や何かを証明するために、まったく同じ条件で繰り返しおこなわなければならないんです」

「あなたのマッド・サイエンティスト説でいくなら、ピーボディ、犯人はもとからまたやるつもりでいたことになるわね。ことはうまくいった。人は先を行っているあいだはやめないものよ」

「先を行っているあいだにやめるものでしょう」

「なぜ?」イヴはきいた。「もしやめたら、お楽しみは続けられないし、お楽しみがすべてなのよ」立ち上がり、ペプシを飲むと、ボードを眺め、それから細い窓のところへ行って外の街を見た。「条件を設定する――もしマッド・サイエンティスト説で行くならだけど――アブナーの人種、年齢、身長、体重、健康状態、体力レベルの男性。そういう肉体的な条件が重要のはずよね」

彼女は眼下の人々が、それぞれの方向へせわしなく進んでいくのを見つめた。

「スポーツジムをあちこち見てみる」イヴは推測した、「公園や道を走ったり。少し時間はかかるだろうけど、いそぐ必要がある？」

彼女は振り返った。「いまのを組み合わせて。マッド・サイエンティストの実験、ターゲットの条件を特定した暗殺。アブナーはそのターゲット――被験者だった――なぜなら彼は実験のためか、何らかの理由のための必要条件に合ったから。そして犯人が彼を知っているから。彼に含むところは何もない、少なくとももとくには。でも犯人はアブナーに近づいて、彼の習慣を知ることができる――そういうものをもう少し深く調べなければならないかもしれないし、そうでないかもしれない。犯人には誰か被験者が必要、そしてアブナーはその条件を満たしている。もし本当に無作為なら、なぜ誰からも惜しまれない人間、実験室に――管理されたエリアに――連れてこられる人間を選んで、結果を記録しないの？」

「犯人にはプライヴェートな場所や、じゅうぶん管理のできる場所がないのかもしれません」

「そうね、殺しのできるゾーンがないのよ」その可能性はある、とイヴは思った。可能性はある。「でもそれに一致する死者が出ていないかぎり――だから早急に調べてみるけど――

アブナーは最初のターゲットだった。冷酷、科学的、自分の知っている人間を選んで当たり前。ちょっと敵意が入っている可能性も加えて。ハンサムで、成功していて、尊敬されている——崇拝すらされている——医者よ。長く続いている結婚生活、子どもたち、すてきな家。みんなケントが好き。ちょっとイラッとくるかもね。彼を使ってもいいじゃないか？」

「本当に健康で体力がある、も加えてください。健康な被験者がほしいんじゃありませんか？　ええ、ええ、もしよく知らない誰かを選んだら、その人が秘密の飲酒問題や、違法ドラッグ依存症、何か先天的な病気を持っていないとは確信できませんよね」

イヴもそれは納得いったので、その線を続けてみた。「ほしいのは最高のものよね。でも毒物の摂取、不審な死、偶発事故を調べてみましょう。路上生活者、路上レベルのLC、家出人、男女両方の身元不明の死体。一年さかのぼってみるの」

「相当な数になりますよ」

「そうね。まとめたら、半分はわたしに送って。ひとつの仮説よ」と、イヴは判断した。

「さあとりかかりましょ」

「ここでですか、家でですか？」

「そりゃあ……」その質問でイヴは時刻を見た。「くそっ、どうしてそうなっちゃったの？　まとめるのはここでして、作業は家でやって。わたしは二日間ほったらかした書類仕事があるの。あなたは調べてくれしだい、帰っていいから」

「すぐかかります」ピーボディは部屋を出ようとして、振り返った。「これは単なる仮説じゃないような気がしますよ。これが真相かもしれません」

かもしれない、とイヴは思った。そして自分たちが正しくその線を追えば、これ以上人が死ななくてすむかもしれない。


家に帰る頃には、四十分間の無慈悲な書類仕事と、いくつもの捜査中の事件にかかっている部下たちとの短い話し合いが二件、四月がまたもや雨を降らすことにしたためさんざんになった家までのドライブによって頭がぼうっとしてしまい、イヴはたっぷり十分間の静寂がほしいと思った。

そしてそれは雨でない水の中でほしい。

プールで何往復かすればそれが効いて、死者のリストの担当ぶんに取り組めるだろう。

家の中へ入ると、サマーセットがぬっと、やせこけた黒ずくめの姿であらわれ、ギャラハッドはそのずんぐりした体をぽてぽてと運んで彼女を出迎えた。

「ほとんど遅くなられておりませんね」サマーセットが言った。「目に見える血やあざもなし。死が休暇をとったのですか?」

「わたしならそう考えるリスクは冒さないわね、だからあんたも外には出ないほうがいいわよ」イヴは上着を脱ぎながら言った。「雨と一緒にちょっと雷も光ってるし、あんたはお尻《しり》にスチールの竿《さお》がついてるから、格好の標的になるわ」

これでよしと、イヴは上着を階段の親柱にかけて、あがっていった。猫も小走りに駆け上がり、それからベッドに落ち着いて、彼女が武器ハーネスをはずし、ポケットをからにするのを見守った。

インターコムのところへ行き、ロークが先に帰宅しているかどうかきいてみた。

〝ロークは道場にいます〟

イヴは泳ぐかわりにマーシャルアーツをやることに決め、ヨガパンツとスポーツブラに着替えた。

エレベーターで下へ行き、道場に入ると、ロークが古式ゆかしい黒の道着姿で、マスターのホログラムを相手に稽古《けいこ》をしていた。複雑な型をおこなう彼の動きは、なめらかであると同時に力強かった。

戦いのダンスだ、とイヴは思った。精密で、訓練を積んだダンス。肘打ち、横蹴りで道着がぴしっと鳴る音が聞こえた。それに、彼の設定した落ち着いた明かりの中で、顔にうっすら浮かんだ汗が見えた。

マスターはその明かりのように静かに立ち、両手を組み、表情は読みとれないかもしれないが、相手を動かし、それも激しく動かしていた。

イヴはいまでもこの道場、生でのとホログラムでの稽古という贈り物を、これまでで最高のクリスマスプレゼントだと思っていた。

型が終わり、ロークが両のこぶしを突き出して礼をすると、マスターはうなずいた。

「あなたのフォームと集中力はいいですね、進歩しているのがわかります。もっと進歩する余地はありますよ。ご自分の本当のポテンシャルに達するためには、もっと時間と修練が必要です」

「おっしゃるとおりです」ロークは歩いていき、タオルをつかんで顔をぬぐった。「でもありがとうございます、マスター、時間を割いて指導してくださって。プログラム終了」

彼は水のボトルに手を伸ばしかけ、イヴに気づいた。

「なかなかいいじゃない」彼女は道場に入りながら言った。「どれくらいやってたの？」

「三十分だ、僕のお巡りさんがまだ帰っていなかったから」

「もう帰ってきたわ、それにあなたもばっちりウォームアップできてるはずね」イヴは両足を踏みしめ、両手を握り、礼をした。

「本気かい?」

にやりと笑うと、イヴはもう一度礼をした。

「やろうじゃないか」ロークは水を飲み、ボトルを横へ置いた。そして彼女のほうへ戻ってきて、礼を返した。

二人は前かがみになって戦う構えをとった。

イヴはまっすぐ彼にむかっていき、体を回して胸の高さのキックを放ち、同時に裏拳で打ちかかった。ロークはブロックし、もしイヴがすばやく機敏でなかったら、彼女の両脚を払っていただろう。

たがいの上腕が次のブロックでぶつかり合ったが、イヴはシュッとこぶしを突きこみ、ロークの顔の寸前で止めた。

「わたしのポイントね」彼女は言い、二人は後ろへさがった。

たがいに円をえがく。

ロークがフェイントをした。イヴはブロックし、次の攻撃をかろうじてよけた。ロークは彼女のこぶしの下に入りこみ、くるっと回って、飛び蹴りをはたいてそらし、重心を変えた。そして横蹴りからの彼の足がイヴの胴からわずかのところで止まった。

「いまのは僕のポイントだろうな」

円をえがき、攻撃しながら、イヴはかがんで蛇のポーズをとり、彼を誘いこんだ。ぱっと後ろへ飛び、腕のポンプを使って両脚を上へ放つ。

「いつも顔を狙わなきゃならないのかい？」

イヴは笑った。「すごくすてきだから我慢できなくて。わたしのポイントよ」

五分間汗をかいたあと、イヴは動きながらもう少しで彼を倒しそうになったが、ロークは裏拳でポイントを入れた。

心安らぐ滝の響きをこえて、イヴには彼の呼吸が、自分と同じように少し荒くなっているのが聞こえた。

彼が動いたとき、そのガードがわずかに降りるのが見え、ジャンプして飛び蹴りを入れた。彼女のポイント。

しかし彼のほうも機敏ですばやく、集中しなおしていた。イヴはブロックし、旋回した。そして向き直ったとき、彼のこぶしが顔のすぐ前にあった。

「僕のポイントだね」

イヴが後ろへ下がる前に、ロークが彼女をつかんだ。

「もう引き分けにしよう」

「わたしはまだ参ってないと思うんだけど」

「参ったかどうかなんて、僕がひと言でも言ったかい?」

イヴはそのまなざしを知っており、自分も同じまなざしでこたえた。「本気?」

そしてにやっと笑うと、ロークは彼女の唇を奪った。

まあ、それもいいわ、とイヴは思い、彼の黒帯の結び目を引っぱった。ほどきおえる前に、ロークが彼女を持ち上げて肩にかついだ。

「何?」

イヴを運んでいき、マットにおろした。「ソフトランディングのほうがいいだろう」そう言いながら体を沈めて彼女を押さえつけた。

「ソフトなのは望んでないわよ」

まだ少し息を切らしながら、ロークは笑い、それから彼女のスポーツブラを引っぱって脱がせた。「僕は望んでいる」

ロークは彼女の胸を両手で、口でとらえ、それから戦いで湿り気を帯びた彼女の肌の味わい、その感触に自分からおぼれた。

戦いは互角だった、と彼が思っているあいだに、イヴは彼が髪を結ぶのに使った革ひもを引っぱってほどいた。両手でその髪をつかみ、体をそらせる。

さっきのスパーリングは前戯だった。二人ともそれはわかっていた。二人ともすばやく機敏に、たがいの服をはぎとった。

彼はなめらかにイヴの中へ、濡《ぬ》れて熱いところへと入った。

湿った肌が出会い、硬さとやわらかさがひとつになると、二人は一緒に動き、たがいを見つめた。戦いの終わったいまは、ゆっくりとなめらかに。ただ喜び、すべての喜びに、水がやさしく水を打つ音に、まじりあう息の音、心臓の脈打つ音が重なる。

ロークは彼女がのぼっていくのを感じ、彼女が彼の体の上を動きながら深く息を吐くのを聞いた。彼女の鼓動が彼のために打っている喉に唇をつけ、ロークは彼女とともにいった。

脱力し、熱くなり、そして、ほんとうにやわらかくなって、イヴは彼の下に横たわりながら彼の背中を撫《な》でた。

「いまのは効いたわ」彼女はつぶやいた。

「だといいが」

「まあ、そうね、いつも効くもの。全体が、って意味よ。がっつりと、汗をかく戦い、いいセックス。書類仕事の脳味噌になってたんだけど、もう全部さっぱり」

「僕も似たようなものがさっきのセッションできれいさっぱりだ」そっと、ロークは彼女の顎《あご》をかんだ。「でもパート二《ツー》と三《スリー》のほうがずっと気に入ったよ」

「パート四《フォー》に何往復か泳ぐのはどう?」

「泳いでもいいよ」ロークは体を引いて彼女の顔をじっと見た。「事件は終わらなかったんだね」

「ええ、でもある仮説を調べているところ。かなり手堅いんじゃないかって気がする」

「それじゃ、いま言っていた泳ぎをやって、それから上へ行って、一杯やって何か食べよう。そうしたら話をしてくれ」

ええ、とイヴは思った。そうしよう。それもいつだって効き目があるから。

座って彼とその食事をしているときに、イヴはその日のあらましを話した。

「つらいだろうね」とロークは言った、「大事な人をなくしたばかりで悲しんでいる相手を前に、彼らが失った人についていろいろ尋ねるのは」

「それも仕事のうちよ」

ロークはただ彼女を見た。

「この仕事で本当につらい部分ね」とイヴは認めた。「この事件でそうしてよかった面は、わたしが何かを見逃していないかぎり、配偶者、家族に容疑がかかってないこと」

「きみはほとんど何も見逃さないだろう」

「アブナーのスタッフも、ルイーズのクリニックのスタッフとボランティアも同じ。そこにはまったく何もない」

「ということは、きみのマッド・サイエンティストによる無作為な特定の暗殺になるわけか」

「ええ」イヴは皿にのった豚肉をつついた。「声に出して言うとほんとにキテレツに聞こえるけど、いい線いってる気がするの」

「ちゃんとすじが通っているよ」ロークは反論した。「話してくれたことすべてからすると、犯人がアブナーを、たとえ浅くでも、知っていたとするほうがより論理的だ。きみのマッド・サイエンティスト説は――」

「言いだしたのはピーボディよ」

「まあ、それでも理屈に合うんじゃないか？　ふらっと角の薬局《ケミスト》――薬局《ファーマシー》に入って」と彼は言い直した、「そこで手ごろな神経ガスを買うわけにはいかないよ。もちろん、ブラックマーケットはある、もしくは軍隊のそこそこ深いところにいて、そういったものを手に入れられるかもしれない人間もいる。しかし添加物や封止剤のたぐいのことを言っていただろう。それだと自家製という感じがするよ」

「するわね。だから軍隊やプロとは思えない。どちらにせよ、厄介な問題や変数が多すぎる。冷酷よ、だけど……それでも個人的なものを感じるの。人間はいつであれ、たがいに殺しあうむごいやり方を見つけていく、でも今回の殺しがそれなら、単にアブナーにナイフを刺すか、レンガで殴ればいいじゃない。方法がキモなのよ」

「利益は？」

そこでイヴは詰まってしまった。本当に詰まった。

「まさにそれよ。配偶者は大金を受け取る、でも彼らが結婚生活で問題を抱えてたという証拠はない。どちらにも愛人はいないし、さざなみひとつたってない、経済的な問題もなし。ほかの遺贈もまったくあてはまらない。アブナーが知るべきでなかったことを知っていたと示すものもない。利益はわたしには見えないわ。プラス、人は家族、友人、従業員、自分を本当に愛してくれた人たちを残していくことを知りながら、ごくごく満ち足りて死ぬこともできるでしょう。すべてが、いっさいのすべてが、本当によい人生を送っていた男を指しているの」

「でもまだアブナーが叱りつけた別のドクターと、児童虐待で通報した男がきみのリストに残っているだろう」

「ええ、それにわたしが違うと判断するまでは、リストに残りつづける」

ロークは自分のグラスにワインを満たしたが、イヴは自分のグラスにも同じことをされる前に首を振った。「ううん、わたしは調べてみなきゃならない死体がたくさんあるから」

「だったらものすごくワインが飲みたくなりそうなものだが。僕には何ができる？」

「わたしは死体の相手をしなきゃならない。つまり、目にするまでは自分が何を探しているかわからないんじゃないかな」

「その怒りっぽい医者と子どもを殴るやつの経済状態をちょっと掘ってみようか？　マッド・サイエンティストを雇ったり、適切な化学薬品を集めるには金がかかるだろう？　だったら、標準的な記録にはあらわれないが、過去に学んだ知識と技術で、今回のことに役立つものの徴候があるかもしれない」

眉を寄せ、イヴは椅子にもたれた。「どこかの国をひとつか二つ、買わなくていいの？」

「両方ともできるから。ああ、それはさておき、〈ノーウェア〉を買ったよ」

「何それ？　ブラックホールの中にあるどこかの銀河系？　待って」ぱっとひらめいた。

「ペティグリュー事件にかかわってたあの怪しいバーのこと？」

「そうだよ、僕はいまブラックホールの中にある銀河系がほしくてたまらないけどね」

「あんなところゴミためじゃない。あのバーはゴミため」

「ちょっとあぶなっかしいね、たしかに、同時にそれだからこそきわめてお買い得だ。多少のヴィジョンとちょっぴりの資金があれば、あそこをすてきなご近所のパブに変えられる可能性はある」

「そのご近所もちょっと――何だっけ?――あぶなっかしいでしょ」

「ちょっとはね。それにあぶなっかしい界隈にはいいパブが必要だろう」

イヴはダブリンの〈ペニー・ピッグ〉と、パブでビールを楽しんでいた若き町の泥棒を思い浮かべた。

「あなたがそう言うなら」

「言うよ、ああ。それじゃきみのリストにある二人は僕が調べよう、それ自体が気晴らしになるしね、それから〈ノーウェア〉の化粧直しをあれこれ考えてみる」

「名前はそのままにするの?」

「もちろん。〈実在しない場所《ノーウェア》〉で一杯やりたくならない人間がいるかい?」

イヴは思わず頭を振った、なぜなら、不本意ながらも、彼の言うとおりだとわかったからだ。それと、おおいに繁盛するだろうということも。

「あなたが絵葉書みたいにした、ネブラスカのどこかのあのひどいところは売ったの?」

ロークは笑い、ワインを飲んだ。「あれはきみの名義になってるんだよ、おぼえているかい? 作業が終わって以来、いろいろな申し出を受けている。ちょっとした入札競争をやるつもりだよ、そのあと書類仕事をしてきみにサインをしてもらう」

「あれは賭けだった、そしてわたしは賭けに負けたのよ。どうしてお金が入るわけ?」

「それがきみの罰だから」

イヴはぐるりと目をまわし、立ち上がって、皿を片づけはじめた、食事を用意してくれたのは彼だったから。「仕事があるの」

「で、僕のほうはお楽しみがある」ロークはワインをとり、続きになっている自分の仕事部屋へ入っていった。

8

イヴはそれからの三時間を、絶望し、権利を奪われた者たちの死を見ていくことについやした。彼らの年齢は十七歳から九十四歳まで広がっていた。路上レベルのLC、無認可のセックスワーカー、依存症、家出人、ホームレス、名前のない者。

そしてその誰にも、イヴの被害者と似た要素はなかった。

ピーボディの調査結果が入ってきたので読んでみたが、同じことだった。

コーヒーに手を伸ばしかけ、もう飲みすぎていると気がついた。かわりに立ち上がって、小さなテラスへ続くガラスドアへ歩いていった。

雨はとっくにやんでおり、いくつかの星や、月の切れっぱし、決して動くことをやめないこの街の明かりが見えた。

ケント・アブナーがひとりめだったのだ。確率精査はもうかけていたし、結果は彼女のカンと一致していた。

ロークが入ってくるのは聞こえなかった——彼は猫のように（ギャラハッドは例外として）動く——それでも両手が肩にかかって凝りをほぐしてくれる前に彼を感じとった。

「何もなかったわ」と彼に言った。「ピーボディはまだ自分のぶんを全部は終えてないけど、やっぱり何も出ないと思う。刺殺、撲殺、絞殺、薬物の過剰摂取、自殺に事故、でもアブナーみたいに間接的なのは何もなし」

「それならその糸はきちんと始末できたわけだね」

「ええ」しかしそれですっきりした気分にはなれなかった。「あなたのほうはどう？」

「ポンティには少し借金があったよ——医学の学位をとるには金がかかるからね。彼と妻は収入内でやりくりしている。金の使い道には二人ともかなり気をつけているようだ。暗がりに隠されているものはなし。大きな入金も出金もなし。今回の事件にあてはまる知識と技術についてだが、彼は平凡な生徒だった。すぐれてはいないが、そこそこの出来。妻のほうは、反対に、抜きん出ていた。教育に関しては、彼女の化学での成績——有機化学、無機化学、薬化学、生物学、実験作業——はすべてずば抜けている。ハイスクールの最上級学年での化学中毒に関するレポートはかなり評判がよかった」

興味を惹《ひ》かれ、イヴは彼に顔を向けて言った。「ふうん」

「僕が推測できたことからすると、看護が彼女の長期目標で、そしてカレッジでは手術室が焦点になった。そこでも同様にずば抜けているようだよ」

「なら彼女は頭がよくて、目標追求型で、手術室で働くんだから感情をコントロールできるに違いないわね。知識もある。そしてアブナーは彼女の結婚したばかりの夫について報告書を書いた」

「そのシラ・ローと話してみるんだろう」

「ええそうね、話してみるわ。彼女は、ポンティによれば、荷物が持ちこまれた時間には、家で彼を待っていたそうよ。毒はたいてい女の武器だしね」

「性差別主義者だな」

「統計学よ」イヴは言い返した。「ええ、話してみる」

「あしただよ。きみは今夜できることはもうやった、僕もだ。その猫をベッドに入れよう」

イヴが寝椅子を振り返ると、ギャラハッドがそこで手足を広げていた。就労時間が終わったのを察したように、左右色違いの目をあける。大きなあくびをして、太っちょの手足を伸ばした。

それから飛び降り、とことこと部屋を出ていった。

「彼のほうがわたしたちより先にベッドに乗りそう。何て生活」

「右へならえだ」ロークは彼女に腕をまわした。

目がさめると、猫はベッドを捨て、シッティングエリアでロークの膝に乗っていた。いつもの朝のちんぷんかんぷんを無音でスクリーンに映しながら、ロークはタブレットで遊んでいた。

イヴは彼にうなり声をかけ、朝の日課を始めた。コーヒー、必ずコーヒーだ。シャワー。脳が稼動する。

服。ときおり、ただ制服を着ていた頃がなつかしくなることがある。

そんなに多くはないが。

黒ではやはりだめかもしれないと思い、茶色のズボンと紺のシャツを選び、ジャケットとブーツをつかんだ。

出ていくと、ギャラハッドは部屋のむこうへ追放されていた。ロークはテーブルの皿に蓋《ふた》をして、タブレットで作業を続けている。イヴがちらりとスクリーンを見ると、あきらかにどこかのバーで、奥にレンガの壁とたくさんの棚がついていた。カウンターの前側にある背のないスツール、ブース、ハイトップの椅子やテーブルがいくつか、ちょうどいい大きさのスクリーン、ダークグリーンのシェードのついた照明。

シンプルで、ごちゃごちゃしてなくて、どこかあたたかい感じがした。

「それは〈ノーウェア〉？」

「そうなるかもしれない」

イヴは彼の隣に座り、もっとよく見てみた。彼女が見ていると、ロークが何かをタップして、足元のライトを加え、フロアをシェードに合うよう変化させた。

「それはどうやったの？」

「それって何が？」

「その全部」

「プログラムがあるんだよ、ダーリン。いくつかは僕自身で設計した」ロークは体を寄せてキスをした。「どう思う？」

「バーみたい。まともなバー」イヴは皿から蓋をとり、ワッフルを見つけた。「やったぁ！」

すぐさまバターとシロップにどっぷり浸す。

ロークは思わず顔をしかめた。「まあ、それで仕事が続けられるだろう」

「よかったわ」イヴは最初のひと口を食べながら言った。「シラ・ローとさっき言った話をしなきゃならないから。二人は今回の犯行を一緒に計画したのかもしれない。復讐はいつだっていいものよ。それかもう一度現場に行って、あの家の窓から見えるラインをよく調べてみたい。二人のどちらかが、もし二人のどちらかだとしてよ、計画がうまくいったかたしかめようとあの家を見張っていたかもしれない」

楽しくなり、イヴはさらにワッフルを頰ばり、それからぷっくりしたラズベリーをフォークで刺した。

「もし二人のどちらか、もしくはどちらでもないとしても、その正体不明のマッド・サイエンティストは、実験結果を記録したかったんじゃないかしら。調べてみる価値はあるわね。アブナーの葬儀を見張りたいわ。二次的被害も実験に入ってるんじゃない？　犯人は葬儀の場に来たがるかも。アブナーを知っていた人物なら、場違いにはならないし」

思わず見入ってしまい、ロークは彼女の頭の横を指でとんとんとやった。「きみの頭脳は眠っているときも忙しくしていたんだね」

「たぶんね」イヴは彼が横に置いたタブレットに目をやった。「あなたの脳もでしょ」

「でも僕のほうはもっとずっと楽しいよ」

「殺人課警官は自分たちだけの楽しみを見つけるの」イヴはさらにワッフルを食べた。食べおえると、立ち上がって武器ハーネスを留め、それからベルトにつけるものやポケットに入れるものをとった。

イヴが片手でつかめる程度のクレジットと現金を手にとると、ロークは片眉を上げた。

「それしか金を持っていかないのか?」

イヴは肩をすくめた。「これでじゅうぶんよ」

「それじゃ屋台のドッグとチップスをひと袋買うのがせいぜいだろう」ロークは立ち上がり、ポケットから札クリップを出して、何枚か引き出した。

「あなたのお金はいらない」

ロークは彼女を見つめ、怒りのひらめきを見てとった。そしてそれを無視した。「きみはこれからも機会があるたびにそれをはっきりさせるだろうね。それでも、ポケットの中身がうっかり者のティーンエイジャーより少ないまま、この家を出ていかせるわけにはいかないよ」

「わたしのポケットよ」

うんざりして、ロークはただ彼女のポケットに札を押しこんだ。「これで勤務日に、プロとしてやっていくのにじゅうぶんなだけ入ったよ。このことで必要以上にへそまがりになるんじゃない」

イヴはその札を引っぱり出して、彼に投げ返すこともできた。しかしそんなことをしたら、自分がへそまがりに思えてくるだろう。

へそまがりだなんて、ちくしょう。

そうするかわりに歩いていき、引き出しをあけて、メモキューブを出した。「ダラス、警部補イヴ、金持ちロークに借り……いくらなの？」

ロークは自分が面白がっているのかいらだっているのかよくわからなくなり、首をかしげた。「五百。記録のために言うと、USドルだ」

「五百ドル。アメリカの」イヴはテーブルにキューブを置いた。そしてハーネスの上にジャケットを着た。「行かなきゃ」

「僕の怒りっぽいお巡りさんの面倒を頼むよ」

「ええ、ええ」イヴは歩きだした。「それと猫が顔じゅうシロップまみれよ」

そのまま歩きつづけたが、ロークが「まったくもう」と言うのが聞こえ、下へ降りながらにんまりした。階段の親柱で待っていた革のジャケットをはおって、歩きつづける。

外に出ると、あの黄色いトランペットみたいなものが、そよかぜの中で花開いて揺れ、さっきのワッフルにのせたバターみたいに黄色いのを見て驚いた。

どうやってああするんだろう、こっちが見ていないときにただポンと開くなんて？

車に飛び乗り、ほかのものもポンポン開いているのに気がついた。白いもの、ピンクのもの、紫のもの。どうしてもう安全だとわかるんだろう？　どうしてもう気温が下がって自分たちがみんな死ぬことはないとわかるんだろう？

どうでもいいのかもしれない。

いらっとしたせいで家を出るのが早くなったので、最初に現場へ行ってみることにした。そして車を走らせながらハンドルを指で叩いた。

ＡＴＭで現金を引き出すつもりだったのに。忘れていたのだ、それだけの話。だからって自分がうっかり者だということにはならない。忙しいということだ。

プラス、彼がポケットにさっきの金を突っこんできたやり方はまさに……ロークだ。おかげでイヴはポケットに多すぎる金を入れたまま、ＡＴＭに寄って、万一いくらか使ってしまった場合に彼に返すため、多めに金を引き出さなければならず、したがってポケットにはさらに多すぎる金を入れておくことになる。

もうぐったりだ。

そんなわけでこの件は頭から追い出し、病院に連絡してシラ・ローの勤務予定をきいた。外科看護師が午前中は休みだとわかると、彼女の住所とともに、そこで合流するよう指示をピーボディに送った。

そしてアブナー‐ラフティのタウンハウスのそばで車を停《と》めた。

まだ現場を解放する命令は出していなかったので、現場用の封鎖テープがドアを斜めに走っていた。遺留物採取班がすでに報告書を出していたので、その件は今日処理するつもりだった。

しかしさしあたっては、いろいろな角度を検討し、歩道を歩いていって、また戻ってきた。

無理っぽい、と判断した。

玄関へ行き、テープを切り、マスターキーで入った。

死と遺留物採取班の粉のにおいは消えていなかった。どちらも無視して、窓を調べ、考えこみ、奥やキッチンエリアへ行った。

そしてキッチンの床を汚している凝固した血、吐瀉《としや》物、混ざり合ったさまざまな体液をじっくり見ながら、ラフティがここへ帰ってきたことを思った。

いちばんひどいところを避け、ぐるりと迂回《うかい》して、窓、角度、外から見えるラインを調べた。

だめだ。全然だめ。

出ていくときにはドアを再封印しなかったが、正式に入る許可を出すのは待とうと決めた。アブナーの家族はここへ戻る前に、犯罪現場清掃業者を雇う必要がある。

車の流れを抜けてローのいる建物へ行った。病院までは徒歩でたっぷり十五分、とイヴは駐車場所を探しながら計算した。

やっと場所を見つけると、短く五分歩いた。そして地下鉄の駅から出てきたピーボディを見つけた。

イヴの目がつりあがった。ピーボディは髪をたらしたままに、ちょっとカールさせており、散らした黒っぽい小さなチップと、赤く入れたメッシュが輝いていた。

「その髪はどうしたの？」

「トリーナにしてもらったんです」ピーボディのうれしそうな顔が、メッシュとチップのように輝いた。「彼女、ゆうべメイヴィスのところに来たんですよ、だからわたしもこれをやってもらいにいったんです。楽しいです」

「あなたは警官でしょ。殺人課の警官なのよ」

「すっごく気に入ってるんです」彼女はまったく恥じ入ることもなく答えた。「それにマクナブもあとでう～ん、いいねってなって、だから――」

「聞きたくない」イヴはひくひくする目を手で押さえた。「エアボードに乗ったイエス・キリストにかけて、聞きたくない。そのキラキラ顔になった自分をしゃきっとさせなさい。これから殺人容疑者かもしれない相手に話をきくんだから」

「髪をステキにしていたって、容疑者かもしれない相手に話をきくことはできますよ」マスターキーで玄関ドアを入ると、ピーボディはそのステキな髪を指でちょっとはらった。

「そんなことはしないの。あっちこっちパラパラやらないで」

「とってもやわらかいんですよ！」イヴがエレベーターに目もくれず、階段をあがりはじめても、ピーボディの喜びは曇らなかった。「トリーナが何かすごい製品を使ってくれて、うちに持って帰るサンプルもくれたんです。わたしの髪は、量はあるけど、ちょっときめが粗いんです、でもいまは――」

イヴは立ち止まり、ピーボディをじろりと見た。「あとひと言でもその話をしたら、すべての警官の神に誓って、あなたをぶん殴ってペンナイフでその頭を坊主にするわよ」

「ひどい」

「わたしを試すようなことはしないで」

ピーボディは咳払いをして、果敢にも二つめの階段をのぼりはじめた。誰かさんは機嫌が悪い、と思った。「それじゃポンティの新妻は……」

「毒物についてのレポートを書いて、化学で抜群の成績をとった」

「へえ、それは面白いですね」

「彼女と話したら、それを記録ブックに加えておくわ。ポンティのアリバイは持ちこたえてる――彼は病院にいた。妻は違う、でもいちおうは彼を待っていたことになっている」

二人は三つめの階段をあがっていき、ピーボディはいつもの内なるマントラ、〝ゆるいズボン、ゆるいズボン〟を唱えはじめた。「たぶんマッド・サイエンティスト説とは合わないか、もしくは一部しか合わないでしょうね。でもそうですよ、彼女はアブナーに夫を侮辱されて以来、腹を立てていたのかもしれません。夫婦で共謀してやったのかも」

「殺害現場に寄ってきたの。犯人や共犯者がアブナーの死を見届けるために付近にいるのは無理だし、いようともしなかったでしょう。第一に、自分の位置を決めるには、彼が家の中のどこであの卵をあけるか正確に知っていなければならないし、どうやってそれがわかる？そしてたとえそうでも、彼がぴったり正面の窓のところにいないかぎり、ちょうど見えるラインはない」

「ええ、その見こみは薄かったと思います」

「家族が戻ってこられるように、現場の封鎖を解くわ。そうする前に、あなたから息子に連絡して――そうするのがいいと思う――それと彼に清掃業者の名前を教えてあげて」

「わかりました、やっておきます」

階下であちこちのドアがあいたり閉じたりし、人々が一日を始めようと下へ乗っていくエレベーターがブーンと音をたてているなか、四階へ着くと、イヴはポンティ－ローのアパートメントへ進んだ。

まあまあのセキュリティだ、とイヴは思った。この建物がまあまあであるのと同じに。ポンティがアブナーについて言ったことが頭に浮かんだ——金持ち、個人開業の診療所——そして自分は友達からビーチハウスを借りたこと。

羨望《せんぼう》はときに暴力への踏み切り台になる。

イヴはブザーを押した。三十秒後、もう一度、今度はもっと長く押しつづけた。

「わかった、わかった！」中から誰かが叫んだ。「どなた？」

「NYPSDです」

「ええ？　バッジを見せて——覗《のぞ》き穴のところに持ち上げてください」

イヴがそのとおりにすると、錠がはずされる音がした。

シラ・ローは目下のところ、短い赤褐色の髪をありとあらゆる可能な方向へ突き立たせていた。右の頬には枕でついた皺、充血した茶色の目の下には隈《くま》ができている。着ているのはストライプのパジャマズボンと色あせたTシャツだった。何もはいていない足には淡いブルーのペディキュアをしている。

「何のお話ですか？」

「ドクター・ケント・アブナーです」

「夫はもう出勤しています。早番だったんです。それに夫とはもう話したんじゃありませんか？」

「あなたとお話をしにきたんです」

「わたし？」彼女は疲れた目をこすった。「わたしはドクター・アブナーを知りもしないんですよ」

「でも彼がご主人と衝突したことはご存じだったでしょう」

「あれが？」今度は疲れた目をぐるりとまわした。「あれが本当に衝突なんてレベルになるんですか？」

「このまま玄関先でお話ししたほうがいいですか、ミズ・ロー？」

少しばかり不満げな息を吐き、ローは後ろにさがって、二人に中へ入るよう手招きした。

「四時間しか寝てないのにこんな話をするなら、コーヒーを飲まなきゃ。あなた方は？」

「われわれはけっこうです」

ローは狭いリビングエリアを歩いていって、飛行機の調理室のような小さなキッチンへ入った。オートシェフのボタンを押したあと、彼女は待ち、それから巨大なコーヒーマグを出した。

「座ってこの話を片づけてしまいましょう。本当にベッドに戻りたいんです」

ローはひとつきりの椅子をとり、イヴとピーボディには短いソファを残した。

「オーケイ、ええ、マイロとドクター・アブナーにあったことは知っています。言わせてもらえば、マイロはわたしがこの二十四時間でとった睡眠と同じくらい、たっぷりの機転と外交術があります。ほとんどないってことですよ。彼は優秀な救急医ですし、患者を救うためなら冷静さを保ち、狂ったように働くでしょう。でも性能のいいフィルターがついてないんですよ、それで頭に浮かんだことをそのまましゃべってしまうんです。わたしは彼が考えていることを言ってくれるのが好きです――でもわたしは患者さんじゃありませんから」

ローはコーヒーを飲み、イヴにもよくわかる様子で息を吐いた。「夫はドクター・アブナーが殺される前の夜、どこにいたかをあなた方に調べられたと話していました――荷物とか、配送とか、時間がどうとか。夫がそのときまだ勤務中だったことは確認したんでしょう。シフトについていていて遅くなったんです。わたしは彼を待っていました、本当に楽しみにしていた休暇で、二日間ビーチにいくことになっていたので」

「あなたが待っていたあいだ、こちらで誰か一緒にいましたか？」

「わたしと？　いいえ、彼が帰ってきたらすぐ出発するつもりでしたから」

「午後九時から十一時のあいだに、誰かと会うか話をしましたか？」

「どうして……」ひどくゆっくりと、ローはカップを置いた。「まさか、あなた方はわたしが――どうしてわたしが会ったこともない人を殺したりするんですか？　どうしてわたしが人を殺したりするんです？　マイロは気配りが足りなかったんです――彼が何があったのか話してくれたとき、わたしの口からそう言いました。あの人はそのしっぺ返しを受けました。あんなことで人を殺す人なんていませんよ」

「あなたは毒物についてとても詳しいですね」イヴは話を続けた。

「看護師ですから」

「看護師になる前、あなたは毒物への関心を示していました。ハイスクールでは毒物や神経ガスについてのレポートを書いていますね」

ローは椅子の背に寄りかかった。「どうしてそれを知っているんです？　あなた方は――わたしを調べたんですね、さかのぼって――ハイスクールまで？　あれはレポートにはいい主題だったし、わたしも興味がありました。化学にはずっと興味があったんです、それどころか、看護や外科に夢中になる前は、生化学研究の道に入ることも考えていました。わたしは――命を救うための仕事をしているんです。命を奪うなんて絶対にしません」

「それでは、あの夜の九時から十一時までは誰とも話さず、会うこともなかったんですね？」

「ええ、わたしは……マイロが遅くなるとメールをくれたときは、ちょうどそのカウチに横になって、仮眠していました。わたしは弁護士が必要なんでしょうか？」

「あなたしだいです。あなたが働いているのはドクター・アブナーが特別待遇を受けている病院でしょう。一度も彼に会ったことがないんですか？」

「ええ。〈アンガー〉ではたくさんのドクターが特別待遇を受けているんです。その全員になんて会っていません。ドクター・アブナーは外科医ではなかったでしょう。わたしが働いているのは外科病棟です。彼を見かけたことがないとは言いません、わかりませんから。ドクター・アブナーが外科の階で患者を診たことはあるのかもしれません。彼と仕事をしていた小児外科医をわたしが補助したこともあったかも。でもわたしはドクターを知りませんでした」

「彼はご主人のことで報告書を書いたんでしょう」ピーボディが指摘した。

「マイロが叱責されるのははじめてじゃありません、それに——これはたしかですが——あれが最後でもないでしょう。ねえ、わたしは毎日、いろいろな医師と仕事をしているんです。彼らのいやになるほど多くが傲慢で気配りがありません。彼らの大半は、患者さん相手にはそれをフィルターにかけることをおぼえていくんです——全員ではありませんけど、大半が。マイロはそうでないでしょうし、そうする気もありません。わたしはどうでもいいんです。あなた方は何を考えているんですか？　叱責されたために、わたしたち二人が共謀してドクター・アブナーを殺したとでも？　そんなのおかしいですよ。わたしたちは治療する側なんですから」

「医療関係者だって人殺しをしますよ、ミズ・ロー」イヴは立ち上がった。「お邪魔しまし

か？」

た」

「それだけ？　たったいまわたしのことを徹底的に暴こうとしてたのに、もう帰るんです

「まだほかに話していただくことがないのでしたら、いまはこれで終わりです」

ローは座ったまま、二人が出ていくのを後ろから見つめていた。

「信用できそうでしたね」ピーボディが言った。

「そうね。彼女はずっと岩みたいにしっかりしていたし。ええ、こっちは彼女をガツンと揺さぶった、でも彼女の両手は？　岩みたいにしっかりしていたわ。彼女は単に超優秀な看護師で、キレたりしないのかも。あるいは冷酷なのか」

「わたしは前者のように感じました」

「そんな感じだったわね」イヴも同意した。「次は？　彼女があのアパートメントで今回の毒物を作れたとは思えない。薄い壁、狭すぎる、換気が足りない。それはつまり、もし彼女が一枚嚙《か》んでいたとしたら、二人はどこかのラボを使わなきゃならなかったってこと。病院のラボセクションに入るにはスワイプキーがいるわよね。だから調べてみましょう、二人のどちらかがそこに入ったことがあるかどうか調べるの。病院へ向かうあいだに、被害者の息子に連絡して。それで、葬儀の日時が決まったかどうかきいてみて」

二人はたっぷり一時間を病院で過ごし、お役所仕事のもつれをほどき、それから病院内部の、もしくは、病院付属施設の複数のラボエリアへスワイプキーで入った者のＩＤを確認した。

そしてポンティとローには何も出なかった。

「二人は誰かにスワイプキーを使わせて入れてもらったのかもしれません」ピーボディが言ったが、イヴは頭を振った。

「また共犯者を増やすの？　ないわ。この線は行き止まり。呑みこんで、次に移るしおどきよ」

二人がセントラルへ向かっている頃、エリーズ・デュランは〈アライド・シッピング〉から荷物を受け取った。午前中は忙しかったので、あとで見ようと横にどけておこうとした。何か届く予定はなかったから。

しかし好奇心が彼女をよく整頓されたホームオフィスへ行かせ、それをあけさせた。

めったにスクリーンを見ないので、彼女はお相手に音楽をかけていて、それに合わせてハミングし、頭の中のやることリストを片づけていきながら、その安定したビートに合わせてヒップも振った。

スケジュールと秩序の人として、彼女はタブレットにもリストを入れていて、その大半にもう終了のバッテンをつけていた。この日の午前のリストに含まれていたのは朝食作り——いつも家の男たちをおいしい朝食で送り出すのだ——キッチンをよく掃除して磨きあげること、ダイニングルームのテーブルや、前の晩にいけた春の花や、積み重ねた美しい皿やナプキンをあれこれやること。

そのうえブッククラブのために飲み物も作っておかなければならなかった。彼女はブッククラブを主催するのが、似たような文学好きの友人たちのグループと座っておしゃべりするのが、本当に大好きだった。そこには彼女の母親も入っていたし、エリーズにとって、本についてキャサリン・フィッツウォルター以上に詳しい人間はいない。

何といっても、彼女のママは〈ファースト・ページ・ブックス〉のオーナー兼経営者を五十三年もやってきたのだ。エリーズは本にかこまれて育った——彼女はそれをおおいなる役得と思っていた。いまは週に三日そこで働き、もちろん、店内で開くブッククラブの運営も手伝っていた。

けれども自分の家での毎月のミーティングは待ち遠しくてたまらなかった。人々を家でもてなし、座って本についておしゃべりすることには何か特別なものがあった。

もちろん、ときにはディスカッションでその本について意見が合わないこともなくはないけれど、それも楽しみのうちであり、興味をそそるものだった。

そして自分の出す軽いランチとスナックでワインを飲むための、すてきな大義名分でもあった。

家は完璧だった、むろん、夫とティーンエイジャーの息子たち二人のあとに残った食べ散らかしをのぞけば。それはもう片づけた。もちろん、まだ自分の身支度はやっていないけれど、まだ時間はたくさんある。

彼女は決して時間に遅れない。

エリーズは箱を――〈金のガチョウ《ゴールデン・グース》〉とかいうところからの配達だ――自分のきちんと片づいた小さなデスクに置いた。梱包《こんぽう》テープを切り、内側の、まあ、見ばえのしない箱を出す。こんな安物の箱を誰が送ってきたのかしら?

それをあけると、エリーズはいっそうわけがわからなくなった。安ぴかの金の卵? まったく彼女のスタイルではない。ジョークのプレゼントかも?

ならいい、自分だってうまいジョークはわかるのだ。

エリーズは卵のフックをはずし、引っぱってあけた。

そのジョークが自分にむけられたものだと理解する時間はなかった。

イヴがセントラルのブルペンへ入っていくと、ジェンキンソンのネクタイが目に入った。

宇宙空間から見ても角膜が焼けるんじゃないだろうかと思った。まるで酸で煮出した邪悪な虹が爆発したみたいなのだ。凶暴な色の渦と流れがすみずみまでおおいつくしている。

あれは動くに違いない、生きてるみたいに。

もし彼がむしゃむしゃ食べているクルーラードーナッツからくずを落としたら、あの渦はそれを飲みこむんじゃないだろうか。そして成長するとか。

一時的に視力を失う危険を冒し、イヴは彼のデスクへ歩いていった。

「そういうネクタイは通りからはずれたところで買うって言ってたわよね。どこ?」

ジェンキンソンはネクタイからドーナッツくずを払った。イヴは渦が彼の手をおおい、体をじわりじわりと飲みこんでいくところを想像した。

「キャナル・ストリートの屋台です。そいつ、日曜には六番街でストリートフェアをやるんですよ。ロークにひとつ買うんですか?」

「ええ、彼のせいで犯罪に走らせてほしくなったらね。いつか、天気のいい日に、その屋台のそばを車で通って、ネクタイを全部買って、みんなめちゃくちゃにしてあげる——酸の大きな桶《おけ》がいるかもね——公益のために」

「そんなあ、警部補《LT》。イケてるネクタイなんだよ」

「その言葉の意味は、あんたの考えているような意味じゃないと思うわ。靴下をわたしに見せようなんて思わないでよ」イヴはジェンキンソンのパートナー、ライネケに指を向けた。「考えるのもダメ」

そして自分のオフィスへ逃げた。

まずはコーヒーだ、それから座って記録ブックを更新し、メモを書きとめ、報告書を書く。ローのID写真を付けてボードに最新の状況を書き、それからそれをじっくり見て、夫が職場で叱責されたために、妻が人を殺したり、あるいは人を殺すこと——それも手のこんだ、ぬかりない殺人——に手を貸すという説を頭の中でころがしてみた。

何もない、妻の経歴にはそれを示唆するようなものはいっさいない。

ポンティなら、癇癪持ちなら、仕返しをするかもしれないが、彼だったらひどく衝動的に、たぶん多少の暴力を使ってやるだろうという気がした。

しかし彼ら二人が今回の犯行を計画しているところはまったく思い浮かばなかった。

「彼女はあんたの中身もわかっている」とイヴはつぶやいた。「ちょっといやなやつなのも知っている、でもそれを気にしているようにはみえない」

トーマス・T・セイン、と考えた。ちょっといやなやつ、なんてものではない。彼が今回のことを計画し、仕返しする方法を考えているところのほうが思い浮かべやすい。相手に人生をぶち壊された——セインはそう考えているだろうだから。

マッド・サイエンティストに戻った。セインがそういう人間と組んだということはあるだろうか？　ありえなくはない、それにたぶん——現時点では——いちばん有望で追うべき線だろう。

だからそれを追い、イヴは腰をおろしてさらに深くセインを掘っていった。大学での仲間、顧客、愛人。知識と技術を持っていて、彼と組んで人を殺しそうな人物。あるいはその逆。誰かを殺したがっている人物で、セインがターゲットを提供した。

セインの過去を掘っていると、コミュニケーターが鳴った。

「ダラスです」

ダラス、警部補イヴ、ウースター二五五に急行してください。有毒ガスの可能性があるため、危険物処理班がすでにむかっています。被害者は死亡。最初に現場に着いた医療員たち、および九一一への通報者は、安全が確認されるまで、現場にて隔離。安全が確認されるまで、危険物取り扱い規定を遵守のこと。

「了解」イヴはすでに立ち上がり、ジャケットをつかんでいた。「ダラス、通信終了」

広い歩幅でブルペンへ入っていく。「ピーボディ、一緒に来て。いますぐ。次が出たわ」

9

イヴとピーボディが到着したときには、特別チームがすでに現場の安全を確認し、医療員たちを解放していた。

危険物処理班のリーダー、ミカエラ・フーンタ警部はドアのところでイヴを迎えた。音楽が、何か元気のいいロックが、屋内スピーカーから流れていた。

「空気は安全で、遺体も同じよ。あとで死亡時刻《TOD》を確定するんでしょう、でも九一一への通報者、つまり被害者の母親が、被害者の夫と息子二人は八〇〇時頃、仕事や学校に行ったはずだと言っていたことは教えられるわ。その母親も、通報で駆けつけていま奥のキッチンエリアで彼女についている巡査二人も、安全を確認ずみ」

フーンタは息を吐いた。「母親は何とか自分を保とうとしている。アブナー殺しと基本的な仕掛けは同じよ、でも犯人たちは別の配達サーヴィスを使った。今回は〈アライド〉。卵はカーペットにあたった、だから割れなかった。毒物は消散した、そうだったに違いないわ、母親が来る前に」

「その時間はわかってるの?」

「彼女は十一時頃来たと言っていた。九一一の記録は十一時十六分。玄関に防犯カメラがあるのは見たでしょう、だからその時間の映像を調べてみて。あなたから進めていいと言われるまで、こっちは邪魔しないから」

「助かるわ。ピーボディ、集線装置を見つけて、防犯カメラの映像を調べて。わたしは遺体のほうをやる。ああ、それと、ピーボディ、音楽を止めて」

「こっちよ」フーンタはイヴを連れて、高い棚に本と――本物の本と――写真、小さな飾り物のある趣味のいいリビングエリアを通り抜け、同じようなものがあるホームオフィス兼居間へ入った。クリーム色の地に紫の小花柄のふかふかしたクッション張りの椅子があり、揃いの足のせ台もあった。その横はデスクで、小型コンピューターとデスクスクリーンが備わっていた。それから輸送箱。なめらかな白い柄のついた、先のとがったレターオープナーが横に置かれていた。その二つの横に、人工木材の箱で、アブナーに配達されたものとそっくりなのがあった。

遺体は床に横たわり、そこから排出されたものがクリーム色のカーペットにしみをつけていた。

例の金の卵は六十センチほど離れたところにあり、被害者が落としたあとにそこへころがったか、はずんでいったようだった。

「ねえ、みんな見飽きるものでしょう」フーンタは言った。「多少なりと非情にならなきゃならないわ、でないと毎日こういうことに向き合って、自分のやるべきことをやれなくなってしまう。だけどわたしも母親なの、だから入ってきたらこんなふうになった娘を見つけるなんて、想像もできない」

フーンタはまた息を吐いた。「それじゃ。わたしたちは待機してるから」

イヴはコート剤をつけ、それからもうしばらくその場にとどまって、現場を見ていった。

窓には布の日よけ——上がっている——でも窓は閉じてある。

イヴの心の目に、被害者が玄関で荷物を受け取り、ホームオフィスらしきところへ歩いてくるのが見えた。彼女は荷物をデスクに置き、オープナーを手にとる。詰め物の中に手を入れて箱をとる。それを置き、あけ、卵を出す。

そしてそれをあけると、毒物が放たれ、彼女は倒れた。遺体の位置と姿勢からみて、アブナーがやったように、窓へ行こうとはしなかった。だがそれを言うなら、アブナーは医師だった、わずか数秒間で何が起きているのか理解したのだろう。

今回の被害者はそれが迫ってくると気づくことはなかった。

イヴは彼女のところへ行き、できるだけ体液をよけて、公式な身元確認をした。そしてやはり両方の親指にある火傷《やけど》に気づいた。

「被害者はこの住所に住むエリーズ・デュランと確認。年齢四十四、白人。ジェイ・デュラン、年齢四十六と結婚。息子二人、イーライ、十六、サイモン、十四」

計測器を出した。「死亡時刻《TOD》は十時〇二分。母親は十一時頃――防犯カメラで確認のこと――に入ってきた、だから毒物はその時間内に消失している、特別班が母親を検査し、安全を確認しているので。

目視できる身体上の傷らしきものはなし、争った形跡もなし。被害者は卵をあけた、それは無傷で押収済み、そして毒物を放出させた。死亡した。検死官に確認のこと」

あなたはケント・アブナーを知っていたの？　とイヴは思った。子どもが二人、ならば彼が二人のかかりつけ医だったのかもしれない。

つながりは何だろう？

イヴは遺体運搬車を要請し、遺体がモリスの担当になるようフラグをつけ、死因《COD》についてのメモを付けておいた。

「ダラス」ピーボディが戸口に来た。「監視カメラの映像を見ました。荷物は九時五十四分に届いています――〈アライド〉の制服を着た男の配達員です。ほかに動きはありません、中でも外でもです、そのあとで女性が――六十代後半か、七十代前半です――十一時〇三分にベルを鳴らしました。彼女は待って、それからバッグからスワイプキーを出し、使いました。彼女は袋を持っていました――〈ヴィレッジ・ベーカリー・アンド・スウィーツ〉です、それから二つめの袋が〈ファースト・ページ・ブックス〉のもの。それを持って中へ入りました。次の動きは、医療員たちでした――彼女が中へ入れています――十一時十八分に」

「オーケイ。同じ手口よ、同じのはず。輸送箱にはまたでたらめな名前と住所、その中に同じ安物の箱、そのまた中に同じ安物の金の卵。

結果も同じ。〈アライド〉に連絡して、このルートの配達員の名前をきさだして。荷物がどこに持ちこまれたのか突き止めましょう。きっとまた置いていくだけのキオスクよ。パターンを変える必要がある?」

「被害者にはティーンエイジャーの子どもたちがいました。アブナーが主治医だったのかもしれません」

「ええ、同じことを考えてた。それも調べるわ。母親と話をしましょう。彼女はキャサリン・フィッツウォルター。二人とも調べるわ、それに配偶者も、でもまず母親と話をしてみましょう」

イヴは出ていくと、フーンタにゴーサインを出した。「モルグには連絡しておいた」と付け加えた。「もしわたしたちがまだ発見者と奥にいたら、あなたが中へ通して」

「本当にすてきな家ですね」ピーボディが声を抑えたまま言った。「超清潔で片づいているし、それでいてごてごてしていないし堅苦しくないし。被害者はお客がある予定だったんでしょうね、高級なお皿やナプキンをダイニングルームのテーブルにセットしていましたから」

イヴもオープンキッチンエリアへ入ったときに自分の目で見てみた。そこも超清潔で片づいていた。キッチンアイランドにベーカリーの箱が二つ。コーヒーのカップ――半分だけ入っている――がその横に。

イヴは二人の制服に合図した。「わかっていることを話して」二人がこちらへ来るとそう指示した。

「われわれはすでに現場にいた医療員たちからの九一一通報にこたえて、十一時二十一分に現場に着きました。ミズ・フィッツウォルターが中へ入れてくれました。医療員たちはもう遺体《DB》にかかっていました。われわれは、医療員たちと同様に、あの卵に、つまり危険物の可能性に関する警告を受けていましたので、発見者と医療員たちを奥のここへ移動させ、通信指令部に危険物処理班を寄こすよう連絡しました」

「ミズ・フィッツウォルターはひどく動揺しています」二人めの巡査が話に入ってきた。

「自分は彼女を知っているんです、彼女の書店のそばで育ったので。ウェスト・ヴィレッジの名物みたいなところなんですよ。被害者も知っていました、警部補。彼女はあの店で働いていました」

「被害者と友達だったの？」

「親しくはありました。幼なじみではありません、彼女のほうが十か十二歳上だったので、でも店ではよく会って、ときどき言葉をかわしました。いい店なんです、五十年くらい続いていて、家族経営で。さっきも言いましたように、名物なんです」

「オーケイ。あなたたちは聞きこみを始めて。それからわたしたちがここをすませたら、その書店のある地域でも聞きこみをしてみて、あなたはそこを知っているだろうから」

「イエス、サー。あの――彼女とは知り合いですので、聞きこみを始める前にもう一度、ミズ・フィッツウォルターにお悔やみを言ってもいいでしょうか？」

「そうして」

イヴがその女を見ると、顔は真っ青で、目は涙でどんよりしており、握っていた両手を開いて片手を巡査のほうへ伸ばした。巡査は彼女のほうへかがみこみ、何か低く話しかけ、彼女はそのあいだ彼の手につかまり、うなずいていた。

イヴは制服たちが出ていくまで待ってから近づいていった。「ミズ・フィッツウォルター、ダラス警部補です。こちらはピーボディ捜査官。このたびは本当にお気の毒でした」

「ありがとう。わたしは――あの子はわたしのベイビーなんです。わたしの娘なんです」

「ミズ・フィッツウォルター、何か持ってきましょうか？　お水は？」

彼女は打ちのめされた目をピーボディへと上げた。「いいえ、いいえ、何も喉を通らないでしょう」

イヴは朝食用スペースにあるクッション張りのベンチに座って彼女と向かいあい、ピーボディにも場所をつくった。

「ミズ・フィッツウォルター、おつらいのはわかっていますが、いくつか質問に答えていただきたいんです」

「わかっています。どういうものなのかわかっています。これまで警察の手続きのことは数え切れないくらい読んできましたから。思いもしませんでした……誰がこんなことをしようとしたんです？　エリーズはこれまで誰のことも傷つけたりしていません。これであの子の父親は、それにジェイも、その息子たちも、めちゃくちゃになってしまうでしょう。どう伝えればいいのかわかりません」

「わたしたちがお手伝いします」ピーボディが言った。

「あなた方のことは知っています。ナディーン・ファーストの本を読みましたから。自分でもわからないくらい何度も人に勧めました」彼女は前へ乗り出した。赤褐色の髪が愛らしく揺れる美人だ。「本当なのですか、彼女があなた方について書いていたことは？　あなた方が人々を心にかけ、答えをつかむまで立ち止まらないというのは？　あなた方はすべてを、こんなことをした人間を突き止めるために、やれることはすべてやるというのは？」

イヴは単純な答えがいちばんいいと判断した。「はい」

キャサリンは息を吐き、頭を落とした。「知らずにいられなかったんです。わたしたちみんな、知らなければいられないでしょう。何をしたところで娘は戻ってきません、でも知らなければならないんです。娘に危害を加えたがるような人物をわたしが知っているかどうか、ききたいんでしょう」

彼女はふたたび頭を上げた。「誓って言いますが知りません。あの子をおどしていた人もいません。いたらわたしに話していたはずです。わたしたちはあらゆることを、どんなことも話していました。彼女とジェイはいい夫婦で、楽しく愛情ある夫婦ですし、息子たちもいい若者に育てています。二人は口げんかをしたことがあるか？　もちろんです。でも結婚して二十年もたつんですよ。

娘のことをお話ししておきたいんですが」

「どうぞ」

「あの子はできのいい娘です――これまでにはあの子の父親やわたしの頭を痛くさせたことがないわけではありませんけれど。あの子とジェイはカレッジで出会い、どちらも後ろを振り返ることも、ほかの人に目を向けることもありませんでした。二人とも本を愛しているところが同じでした。わたしたちはあの子を本で育てました。ロブとわたしが引退するときは――そんなことがあるなら――あの子が店を継いだでしょう。あの子は家族を愛し、家庭を愛していました。その世話をして、そこを幸せな場所に、いい場所にすることを愛していました。あの子のパパに似て、きちょうめんでした、おっかないくらいに」

かすかな笑みが浮かんで消えた。「あの子はいろいろなリストにそってものごとを進め、いろいろな計画を立てていました。あの子がそこにいると言った場所、そのときいると言った時間には、必ずいるとあてにできました。お友達をもてなすのが好きで、あれこれ気をまわしてその人たちを――」

キャサリンは言葉を切り、はっと息を呑んだ。「ああ、いけない。ブッククラブ。みんな一時にここへ来てしまうわ。ここで月に一度、ブッククラブを開いているんです、それでわたしもここへ来たんです。わたしは――わたしは――デザートを買ってきました」

ですね」

「ピーボディ」

「大丈夫ですよ」ピーボディが体をずらして立った。「わたしがやっておきますから」

ピーボディが出ていくと、イヴはキャサリンの注意を引きもどした。「早めにいらしたん

「ええ、ええ。デザートを持っていたし、娘が準備を終えるのを手伝って、ただしばらく一緒にいるつもりだったんです。あの子は出てきませんでした。シャワーを浴びているのかもしれないと思いました。みんながここへ来る前に、身支度をしておきたがるので。娘のことはわかっていますから、あの子ならまず最初に、掃除やあれこれの準備をしていたでしょう。だから自分のスワイプキーを使って入りました」

「そこを詳しく話してもらえますか?」

「わたしは声をかけて、それからすぐここへ来ました。ベーカリーの箱を出して、それからきれいなしおりを何枚か持ってきていたので、コーヒーを一杯いれて、娘の小さい花瓶にそのしおりをいれることにしました。それをテーブルに置きました。二階へ行って、そろそろ娘の支度ができたか見ようとしましたが、あの子は二階にいませんでした。心配はしませんでした、ただどうしたのかと思っただけで。何か用足しに出かけたのかもしれないと思いました、それで……リンクを出して連絡してみました。そうしたらあの子のオフィスからリン

クの鳴るのが聞こえたので、そっちへ行ってみたんです。そうしたらあの子が見えました。わたしのベイビーが見えました」

「いそがなくていいんですよ」

「やっぱりお水をいただけますか」

イヴは立ち上がり、グラスを見つけて、いっぱいにした。

「自分が気絶したのかころんだのかわかりません、あるいは……気がついたら床の上でした、あの子のオフィスの戸口で床にへたりこんで。あのひどい騒音がずっと聞こえていました、苦しんでいる動物みたいな。わたしでした。それはわたしでした」

両手で顔をおおい、キャサリンは体を揺らした。「あの子のところへ、わたしのベイビーのところへ行きたかった、でもそうしてはいけないと知っていました。現場を保存――そう言うんでしたよね？」

「ええ、マム。あなたは正しいことをしたんです」

「あの人たちはすぐ来てくれました。何年もたったみたいな気がしましたけれど、あの人たちがすぐ来てくれたのはわかっています、医療員たち、警察の人たち。クラシンスキー巡査は――マイクは――彼が子どもの頃から知っているんです。店にも何度も来てくれています。知り合いの人がいてくれて心強かった」

「あなたは、もしくは娘さんは、ドクター・ケント・アブナーと知り合いでしたか？」

「違うと思います」キャサリンはまた水を飲み、両手で髪をかきやり、目を押さえた。「聞きました、今朝のチャンネル75でその人が亡くなったことについて報道がありましたよね。これは……同じなんですか？」

「可能性はあります。おたくの書店で何か問題はありませんでしたか？　あなたや娘さんが叱責《しっせき》か、解雇までしなければならなかった従業員は？」

「うちは家族みたいなものですから」

「問題を起こしたことのある顧客は？」

「うちは苦情をさばくのが得意なんです。五十年間、うちで買ってくださって、代々、贔屓にしてくださるお客様もいます。うちは大きな商いではありません、おわかりですよね、でも堅実にやっていますし、地元に根ざしているんです。エリーズは週に三回働いてくれました——必要ならもっと。あの子は息子たちを育て、家を切り盛りすることを中心にしていましたが、第二の家から離れていることはできませんでした。それがあの子にとっての〈ファースト・ページ〉だったんです。わたしたちにとっての。あの子を知っている人で、あの子に危害を加えようなんて思う人はひとりもいません。誓いますが、もし知っていたらきっぱりお話ししますとも。誰にも、これっぽっちも疑いはありません。あの子はわたしのたったひとりの子どもなんです」

キャサリンはどうにかまた水を飲んだ。「この家の外では、世界は変わらず動きつづけているんですね。でもわたしにとっては、何もかもが止まってしまいました。わたしの言っていることがわかります？」

「わかります」

「ロブに会いたい。夫に会いたいんです。あの人に伝えなければ」

「いまどちらにいらっしゃるんですか？」

「店です」

「クラシンスキー巡査とパートナーをお店に行かせて、ご主人をお宅へお連れしましょう。あなたもお宅までお送りします。義理の息子さんにはわたしたちから……」イヴは通知と言いかけて、言葉を変えた。「お話しして、彼とお孫さんたちをあなたのところへお連れします」

「ええ、ええ、そうすればみんな一緒にいられるわ。いまはみんなで一緒にいなければ」キャサリンは目をぬぐい、それから手を伸ばして、まだ濡れたその手でイヴの手を握った。「ナディーン・ファーストは真実を書いたのね。あなたは心にかけてくれる。それがあらわれている。それは大事なことですよ」

イヴが家の正面へ歩いていったときには、ピーボディはすでに捜査に戻っていた。「父親と書店のほうはクラシンスキーとパートナーにまかせました、それから聞きこみを終わらせるように制服を二人増やしておきました」

「わかった」イヴはうなじの凝りをもみほぐした。「誰かにミズ・フィッツウォルターを家へ送っていかせないとね、それと彼女には奥をまわってもらいましょう。ここがどうなっているか見せる必要はないから」

「車を呼びますよ。あの、迎えが着いたら、わたしが彼女を連れていきましょうか？　そうすればまた別の人間じゃなくて、もう見た顔ってことになりますから」

「そうね、そうして。行って、ええと、それまで彼女についていて。わたしは二階を始めてくる」

「EDDを呼んで、電子機器を調べてもらいましょうか？」

「そうね。〈アライド〉は？」

「荷物を追跡しました。警部補の言ったとおり、また持ちこみでした、二三〇〇時。料金ですか？　九十五歳の女性の口座につけられてます、彼女はほんの小一時間前に、リンクがなくなったと通報していました」

「彼女と話して、盗まれたのがいつだか特定してもらえるかどうかやってみましょう。さあ母親についていてあげて」

寝室のある階に行くと、また別のホームオフィスがあった。夫のだ、間違いない、とイヴは思いながら中へ入った。一階《メインレベル》にあったものより広く、片づいている状態とはほど遠い。清潔だ、とイヴは見てとったが、デスクは忙しくていくつもの作業をする人間がやるような散らかり方をしていた。ここにも本、やはり本物の本があったが、すべてが完璧に整理されてはいない。とくにこれといったきまりもなしに積んだり、立てかけたり、山にしたりしてあったので、イヴは被害者もここには手を出さなかったのだろうと推察した。

部屋の一角で、ギターがスタンドに立てかけられていた。ソファにひとつきりのクッションは、体を伸ばすときに実際に頭の下に入れるもののようにみえた。

デスクのところへ行き、本や、ディスクや、彼が本当に手書きで書いたメモのあるリーガルパッド二つを見てみた。

そのひとつを手にとり、彼ののたくるような手書き文字を見て眉を寄せた――わたしのよりひどい――けれどもそれが詩か、歌詞を書こうとしたものだと気がついた。

ほかにも手書きのメモがあり、学校の授業計画に関係したものだとわかった。

〝ジェイクスピアが自分の作品に劇的効果や軽みを加えるため、音楽をどのように使ったのか話し合いなさい。現在の音楽を選んで、何か特定の場面や劇をいまの時代に合うようにできますか？　例をあげなさい。

シェイクスピア・クラブのための春のプロジェクト候補？〟


本や作家に関するほかのメモもあった——イヴが聞いたことのあるものも、聞いたことのないものもあったが、はっきりしたパターンが見てとれた。

彼の椅子に座り、コンピューターを試してみたら、自分に運がついていることがわかった。パスワードで保護されていない。

家族カレンダーに妻、息子たち、家族行事のスケジュールが記入されているのを見つけた。年長の子のほうはバスケットボールをやっており、年下のほうの子は演劇クラブに熱中していた。だからだろう、試合、練習、リハーサル、公演。

さらに少し掘っていき、ピーボディが入ってきたときもろくに目も上げなかった。

「彼女は自宅に向かいました、それとクラシンスキー巡査が父親に通知して、彼らもそちらに向かっているところです。配偶者にはどういうふうに通知します？」

「わたしたちがやりましょう。彼はコロンビア大の文学の教授よ」イヴは椅子にもたれた。

「私立学校の校長と結びつけるのは拡大解釈かもしれないけど、それがいまこっちのつかんでいる唯一のつながり。この家での残りの作業はあとで戻ってきましょう」立ち上がって言った。「彼はいま授業中なの、本人の予定表によれば。こっちから行くわ」

「かなりの拡大解釈ですね」ピーボディは同意し、イヴが階下へ走っていくのに合わせて歩調を速めた。「それにどちらの学者もターゲットではありませんでした。セインとのつながりかもしれません。被害者が彼の妻を知っていて、彼女が逃げるのに手を貸したのかも」

「調べる価値はあるわね。待って」

イヴはフーンタを探して、ピーボディと遺族に通知をしにいかなければならないので、現場を封印してくれるよう言った。

「それも調べましょう」イヴが話を続けながらピーボディと外に出ると、たくさんの人々が鑑識のバンやパトカーに驚きの目をむけていた。「ところで、ジェイ・デュラン教授のところへ行く前に、彼の調査をしておいて。それと、大学のどの建物に行けば彼が見つかるのか調べて」

「きっとミスター・マイラが教えているところと同じですよ」

「え。それは思いつかなかった」イヴはダッシュボードのリンクを使い、ドクター・マイラのオフィスにかけた。番犬にあたってしまった。「よく聞いて、わたしを怒らせないで。彼女にひとつだけ質問しなきゃならないの、だからつないでちょうだい」

「ドクターは面談の準備中です」業務管理役《アドミン》のにべもない答えが返ってきた。

「わたしのブーツにはある女性の体液がついてる、だから存在するすべての神に誓うけど、つないでくれないならそのブーツであんたのケツを蹴とばすわよ。質問ひとつだけ」

「お待ちください」

イヴは業務管理役の女が必要以上に長く、自分を青い保留画面に向き合わせていったに違いない、絶対間違いないと思った。

「ダラス」ピーボディが呼びかけてきた。

「待って」マイラが映ったのでそう指示した。

「イヴ。どういう用件かしら？」

「ジェイ・デュラン教授を知っていますか？　コロンビア大にいる人ですが」

「名前は聞きおぼえがあるわ」マイラは眉を寄せ、ミンク色の髪のウェーヴを手でかきやった。「なぜ？」

「誰かが彼の妻に毒入りの金の卵を送ったんです。彼女は亡くなりました」

「二人めね」マイラは椅子に背を倒し、その静かな青い目が鋭くなった。「話し合わなければならないわね、でもさしあたっては名前に聞きおぼえがあるとしか言えないわ。デニスにきいてみましょうか」

「そうしてもらえると助かります。いまコロンビア大に向かっているところなんです。デュランは文学を教えています」

「それならデニスが知っているのはほぼたしかよ。折り返し連絡するわね」

「ダラス」ピーボディがじりじりじりしてまた呼びかけてきたので、今度はイヴもそちらを見た。

「何？」

「デュランはコロンビア大に来て七年になります――今度の秋で八年。でもその前に十年近く、国語、文学、作文をテリーサ・A・ゴールド・アカデミーで教えていたんですよ」

「くそったれ」イヴはハンドルをこぶしで叩いた。「くそったれ！　まさかこの宇宙がちょうどそいつをケツから出してきたとはね。ラフティに連絡して。彼がこっちへ来られないなら、こっちからむこうへ行く。誰かが彼か、デュランか、一般的に学校ってものに恨みを持っていそうか、話してみなきゃ」

「被害者のどちらもそのアカデミーでは働いていませんでした。犯人は配偶者を狙っているんですよ。つまり、ああ、なんてこと」

「誰かを殺せば、相手は死ぬ。その人たちの愛してるものを殺せば、彼らは生き残る。そして毎日その痛みを抱えて生きていく」

「ぴったりですよね？」ピーボディは言い、イヴが狂ったように車の列をくねくねと出たり入ったりするのは考えないようにしようとした。「冷酷、残酷、激情がない。そしてもし本当にその学校に関係しているとしても、デュランはそこと結びつきがなくなってもう八年近くたっています」

「復讐は冷たくなってから食べたほうがおいしい、って誰かが言ってなかった？」

「復讐という料理《デイッシュ》は冷えたときがいちばんおいしい、とかだったと思います」

「まあ、皿《デイッシュ》は食べないでしょ。食べるのはそこにのっているものよ」

これには反論できないな、とピーボディは思ったが、こっそりその引用句を調べていると、イヴのリンクが鳴った。

「ダラスです」

「いまデニスと話したところ。ええ、彼はジェイ・デュランをとてもよく知っているそうよ。わたしも彼や奥様に会ったことがあるの。デニスの同僚には長年のあいだにたくさん会っているから、はっきりあの人だとわからなかっただけ」

「調べてくれてありがとうございます。もうじき大学に着きます」

「イヴ、あなたの都合がつきしだい、このことについて話せるよう、予定をあけておくわ。うちの業務管理役に連絡してちょうだい、そうしたらあなたを入れるから」

「そうします。ありがとう」

イヴはコロンビア大の広く威厳あるキャンパスを進み、来訪者用の駐車場所を見つけた。

「ああ、何ていいお天気」ピーボディが空に顔を向けた。「それにこの超ステキなキャンパスが市内にあるのを忘れてしまいますね。見てくださいあの水仙、チューリップ！」

スカーフを楽しい旗みたいに後ろになびかせ、髪の赤いチップを陽光にきらきらさせて、ピーボディはカレッジ・ウォークを歩いた。イヴは取っ組み合いになったらその浮かれた旗で首を絞められるかもよと言いたいのをこらえた。

学生たちはグループになってぶらぶらしたり、地面やベンチに腰をおろしたりして、ピーボディと同様、今日はいい日になると思っているのはあきらかだった。

イヴはこの堂々として美しく保存されている建物の中にいる、これから彼女がその一日をめちゃくちゃにしようとしている男のことを思った。彼女が永久に消えない傷をつけてしまうその人生を。

中へ入ると、もっと学生たちがおり、ぶーんとうなるような一種の静けさが、ときおり、せかせかと動く足によって中断された。イヴはバッジを見せ、サインをし、習慣どおり階段を選んだ。

「彼は二階にいる」とイヴは言った。「だからあなたの目に浮かんでる春のキラキラをなくすようにして、それから……」二階に着いたとたん、彼が目に入った。「ミスター・マイラ」そしてイヴの心臓は、彼を見るといつもそうなるように、とろとろになった。

彼はツイードの上着に、午前中のどこかで曲がってしまったネクタイをつけていた。緑のやさしい目は悲しみを映し出している。

「イヴ」彼はイヴの手をとり、ぽんぽんと叩き、それからピーボディの手にもそうした。「何て恐ろしいことだろう。悲しいことだろう。わたしには……」あるドアのほうを振り返った。「彼女は愛らしい女性だった。学部のイベントで何度も会ったんだ。あのご家族の書店でぶらぶらしたり、買い物をしたりするのを楽しんできた。それにジェイ。わたしが教室へ行って、彼を連れ出してきてはいけないかな。きみたちが知らせるときに友達が、同僚がいたら支えになれるかもしれないと思ったんだ。きみたちを彼のオフィスへ案内して、それからわたしが彼を連れてくれば、彼も……そのほうが内輪ですむだろう」

「わかりました。彼のことはよく知っているんですか？」

「職場の友達というやつだろうね、でもその範疇《はんちゅう》ではいい友達だろう。彼が仲間になってから、何度も文学について話し合ってきたんだ」

デニスは二人を連れて通路を進んだ。「きみたちが彼に知らせるとき、わたしも一緒にいていいだろうか？　彼は、わたしからみて、非常に愛妻家で、家族思いだったんだ。二人には息子さんが二人いるんだよ」

「やさしいですね、ミスター・マイラ」

デニスはピーボディに頭を振った。「人間であるだけだよ」

彼があるドアをあけると、そこはオフィスというよりクローゼットに近いものだった。セントラルにあるイヴのオフィスが広く、贅沢《ぜいたく》にみえるほどだ。

横の壁二面は棚で、その棚には本、フォルダー、ディスクやキューブの入った透明な箱でいっぱいだった。

デスクにもその全部があった。

ここにもギターが、デスクのむこうの一角に落ち着いていた。

「ジェイはハイスクールでバンドをやっていたんだ。大学でもね」デニスが説明した。「彼は奥さんを振り向かせたのはそれなんだとよく言っている。ほんとにかわいそうに」

デニスは今度は部屋をぐるりと見まわした。「椅子が足りないようだな。もう一脚持ってきてもいいが、どこに置いたらいいのかわからないね」

「かまいませんよ」

「あとでどうにかできるだろう。彼を連れてこなければな。先延ばししていてはだめだ。わたしは……彼にオフィスに来てもらいたいとだけ言おう。授業の残りは助手でできるだろう」

デニスは最後にもう一度ぼんやりとあたりを見て、それから部屋を出て静かにドアを閉めていった。

「生きている人間でいちばんやさしい人ですね」ピーボディはつぶやきながら、ジェイのデスクまで行くのに必要な二歩を進んだ。「たくさんの仕事、たくさんの散らかし――でもデスクに家族の写真を置く場所は作っていた」

彼女は振り向いた。「子どもたちはどうします、ダラス?」

イヴは片手で髪をかきあげた。「ブルペンで誰か手があいてるかきいて。調べてみて、子どもたちと親しい教師を探して。必要なら二人。それで子どもたちをどこか人目のないところへ連れていって知らせて。警官たちが入っていって、彼らを授業から連れ出し、祖父母のところへ連れていったらいっそうひどいことになる。それじゃひどい」

「警部補の言うとおりだと思います。わたしが外に出て、手配してきますよ。デュランに通知するまで待ったほうがいいですか?」

「いいえ、そっちを進めて。何か漏れてるかもしれないし、誰かが何か言ったかもしれない」

ひとりになると、イヴは窓のない部屋でどうやって仕事ができるのだろうと思った。それから思った、こんなにたくさん本があって……これが彼の窓なのかもしれない。

ドアが開くのが聞こえ、顔から表情を消した。

デュランは淡い金髪、淡い青の目を持つハンサムな男だった。ミスター・マイラより背が高く、若く、シャツをズボンに入れずにむぞうさに着て、ネクタイはなし、はきふるしたスニーカーという姿だった。

しかし彼にはある雰囲気があった――イヴはすぐさまそれを感じとった――デニスのような、やさしさ、知性、それからちょっぴりぼんやりとしている。

「こんにちは」彼は申し訳なさそうにほほえんだ。「お約束をすっかり忘れていたみたいで」

「約束はしていません、ミスター・デュラン。ダラス警部補です、NYPSDの」

「僕は――イヴ・ダラス？　もちろん、あの映画は家族で見ました。あの本も読みました。本当にすばらしかった。わくわくしましたよ……」何かがかちっとはまり、彼のうれしそうな笑みが消えた。「何があったんです？」

「残念な知らせですが、奥様が殺害されました。お気の毒でした」

「何だって？」

不信まじりの怒り。イヴにはそれがわかった、通知のときにはしばしば真っ先にあらわれるものだから。

「そんな馬鹿な。これは悪ふざけですか？　面白くないですよ、ちっとも。エリーズは家にいます。ブッククラブの集まりがあるんです。何かの間違いでしょう」

「残念ですが、ミスター・デュラン。悪ふざけでも間違いでもありません。いまあなたのお宅から来たところなんです」

「そんなはずはない。僕は……デニス」

ジェイの脚が折れ、イヴはとっさに彼のほうへ動こうとしたが、デニスが、いかにも彼らしくあわてたやり方ではあったが、年下の男を支え、二つある折りたたみ椅子のひとつへ座らせた。

「エリーズ」

「わたしにつかまれ」デニスはジェイが震えはじめるとそう言った。「わたしにつかまるんだ」彼は繰り返した。そして年下の男が泣きだすと、彼に両腕をまわした。

10

イヴが待っているあいだに、デニスはデュランを慰め、ポケットからハンカチを出した。もちろん、彼はハンカチを持っていた。

もちろんそうだ。

ピーボディがお茶の入った使い捨てカップを持って戻ってきて、イヴは思った。もちろん彼女ならそれを思いつくだろう。

もちろんそうだろう。

そしてデュランが顔をぬぐい、震える手でピーボディのさしだしたお茶を受け取ったときも、彼女は待った。

「あなた方は――絶対にたしかなんですか？　間違いはないんですか？」

「たしかです、ミスター・デュラン」

「でもどうして？　どうして？　押しこみがあったんですか？　治安のいい地域なのに。エリーズは用心深いんですよ」

「いいえ、押しこみではありません。ドクター・ケント・アブナーを知っていましたか？」

「僕――僕はわかりません。違うと思います」デュランは額に手をやり、さすり、もう一度さすった。「それは誰なんです？　そいつがエリーズを手にかけたんですか？」

「いいえ。ドクター・アブナーは二日前に殺害されました。彼もあなたの奥さんも荷物を送られていました。その中に毒物が入っていたんです」

「何がですって？　荷物の中に？　どういうことですか。誰がそんな荷物をうちに送ろうなんて……わかりません」彼はよろよろと立ち上がり、お茶がカップからこぼれた。「うちの息子たち。息子たちのところへ行かないと」

「息子さんたちは無事です」イヴは請け合った。「いま学校へ二人を迎えにいき、あなたの義理のご両親のもとへ送るところです」

「バクスターとトゥルーハートの両捜査官がもう学校へ向かっています」ピーボディが伝えた。

「わたしはその二人を知っているんだ、ジェイ」そっとデニスがハンカチを出して、デュランの手にかかったお茶をふいた。「本当にいい人たちだ、だから息子さんたちの面倒もちゃんとみてくれるよ」

「いったい――うちの子たちに何て言えばいいんです？　あの子たちは母親をなくしてしまった。母親をなくしてしまったんだ、デニス」

「お子さんたちのために強くなるんだ」デニスはもう一度デュランを座らせた。

「こんなおつらいときに申し訳ないのですが、いくつかお尋ねしなければなりません」イヴは言った。「テリーサ・A・ゴールド・アカデミーで働いていたことがありますね」

「ええと？　TAG？　ええ、何年も前に。博士号をとる前にそこで教えていました」

「ラフティ博士を知っていますね、校長の」

「僕は……ええ。彼が入ってきたときに僕は出ていくところだったんです、事実上。同時にそこにいたのは一学期だけです。どういうことですか」

「ケント・アブナーは彼の夫でした」

「ええと――ああ、そうでした。会ったことがあります。たしか。もう何年も前に。でもエリーズはあそこで教えたこともないし、彼らと知り合いでもありませんよ。ラフティ博士には一度会ったことがあるような気がします、でも……わかりません。それが何か？　ラフティ博士がこんなことをしたとは思っていないんでしょう？　そんなのはおかしいですよ」

「ええ、ラフティ博士は容疑者ではありません。あなたと同様、配偶者をなくしたんです。

またあなたと同様、その学校につながりがあります、ですからわれわれはそのつながりを考えてみなければならない。やはりあの学校とつながりのある人物で、あなたがそこにいたときにやはりいて、あなたと争ったような人物におぼえはありませんか？　あなたが対立したか、あなたに対立してきた人物は？」

「いいえ、いいえ、そんな、もう七――いや、八だ――八年前ですよ、僕がＴＡＧをやめたのは。ラフティ博士――マーティン。そうだ、マーティンです。彼が校長になったとき、学校はいくつかの問題の渦中にありました、ええ、でも……」

「どんな問題ですか？」

「ええと――ああ、考えがまとまらないな。職員のあいだでは、いうなれば、中傷、それから生徒たちについてはいじめが深刻な問題になっていました。カンニングもです――組織的なカンニングです。学校内には仲間同士とか、そうですね、正常な状態という雰囲気がなくなっていました。僕の感じでは。

　でもどうして――」

「もしよろしければ、デュラン教授」イヴはやさしさと断固たる態度のあいだの場所を見つけようとした。「その問題のことを話してください。カンニング、いじめですか？　懲戒処分もあったんでしょうね」

「ほとんどなしです、いいえ。前の校長は……彼女は一種の競争を、それとヒエラルキーを助長したんです。当然のことながら、子どもたちが校則違反や素行不良でこらしめる必要があっても、苦情を言ったり反対したりする親の側につきました。それでは育成には……僕たちの多くは、彼女が僕たちから権威を奪い、気前よく寄付する親のいる、裕福な生徒に肩入れしていると感じました」

「彼女と言い争いをしたことはありますか？」

「あれを言い争いと呼べるかどうかわかりませんが、苦情を申し立て、自分の意見をはっきり述べました。僕たちの多くがそうしましたよ。それに、自分たちの子どもが公平な扱いを受けていないとか、いじめられていると感じた親御さんの多くも同じことをしました。僕たち——われわれの何人かは——グループを作って、理事会に直接苦情を申し立てたんです、というのは……カンニングの一味がいたんですよ、はっきりした証拠は出せませんでしたが。生徒たちの中には圧力をかけられたりおどされたりして、カンニングに加わった者もいました。実際に暴力をふるわれてもいました、なのに校長は……まあ、彼女は別な見かたをしていました」

ピーボディがＰＰＣで調べた。「それはロッテ・グレインジ博士ですか？」

「そうです。でも彼女はあの学校をやめて、別のところへ行きましたよ……思い出せませんが」両手で顔をこすり、デュランは恐ろしい夢にとらわれた男のようにみえた。「どこか違うところへ」

「レスター・ヘンスン・プレパラトリー《プレップ》・スクール、イースト・ワシントンの」

「そうだったと思います。僕は彼女とのあいだに問題がありました、たしかに、でももう何年も前のことですよ。彼女がエリーズを手にかける理由なんてないでしょう。それにマーティンは彼女のあとに来たんです。彼女はもう辞職していた。彼は――彼は校風を変えてくれました。彼は――僕がその学期のあといなくなるとわかっていても、僕と面談して、生徒のことや、彼のやろうとしている変革について相談してくれました。僕――僕も彼が指揮をとってくれるのならあそこにとどまっていても満足できたでしょう、でもカレッジレベルで教えることが僕の希望だったんです」

「ラフティ博士が指揮をとったことに不満だった人物をおぼえていますか、そういう変革に不満だった人は?」

「たぶん、でも――」

「話をするものでしょう、同僚の教師同士は」イヴはさらに押した。「休憩室や、ラウンジで」

「ええ、もちろん、でも大半はその改革を喜んでいて、グレインジがいなくなってほっとしていたんじゃないかと思います。ええ、マーティンがいじめやカンニングをした生徒の懲戒処分に踏みきったときには、何人かの生徒を失いました。でも入ってくる生徒もいましたし――それにもっと大事なのは、働いたり学んだりするにはよりよい場所になったということです。

もううちの子たちのところに行かなければ。エリーズのところに行かないと」

「ピーボディ、ミスター・デュランを義理のご両親のもとへ送る手配をしてくれる？」

「すぐかかります」

「あとでわたしから連絡するか、検死官から連絡をします、奥さんに会っていただけるようになったときに」

「エリーズはドクター・モリスのところかい？」デニスがきいた。

「ええ」

「わたしは彼のことも知っているよ、ジェイ、だから彼以上に思いやりと敬意をもって、エリーズに接してくれる人はいないと約束できる。こんなことをした人間を突き止めるのに、ダラス警部補とピーボディ捜査官以上に力をつくし、有能な仕事をしてくれる人もいないと言える。いまは息子さんたちのところへ行きなさい、こっちのほうはわたしが全部引き受けるから」

「ああ、学生たちは。ほうりだしてきてしまって――」

「心配することはない。こっちのほうはわたしが全部引き受ける。きみは必要なだけ時間をとって、何かわたしから必要なものがあったら、わたしにできることがあったら、連絡してくれ」

「デニス」ジェイはぎゅっと目をつぶった。「彼女が結びつけていてくれたんです。うちの息子たちは……」また目を開いて、イヴを見た。「いい息子たちなんです、いい若者に育っているところで。僕たちは一緒にいい家庭を、充実した暮らしを築いた。でもみんなを結びつけていたのは彼女だったんです。それで僕は……今朝彼女に行ってきますのキスをしたっけ？　たぶんそうだ、たぶんしました。でも愛していると言わなかった気がする。言わなかったんじゃないか。どうして言わなかったんだろう？」

「ミスター・デュラン、あなたが話してくれたことすべてから、わたしには疑問の余地なく、奥さんはあなたに愛されていたのを知っていたと思えますよ。どうか、何か思い出したら、どんなにつまらないと思えることでも、知らせてください」

　ピーボディが戻ってきた。「ミスター・デュラン、車が来ます。お連れしましょう」

「ええ、ありがとう。ええ」彼は立ち上がり、しばらくかけて自分を立て直した。

　デニスも立ち上がり、彼をハグした。片腕をまわして背中を叩く男性式のハグではなく、しっかり両腕で抱きしめるハグだった。

「必要なら何でもだよ、ジェイ。必要なときはいつでもだ」

デュランはうなずき、ピーボディと出ていった。

デニスはもう一度椅子に腰をおろした。「きみはこういうことをしょっちゅうやっていて、相手が五分前には持っていた人生がもうなくなったことをしょっちゅう伝えなければならないんだね。きみは本当に強くて、勇気のある子だ、イヴ」

「それが仕事ですから、ミスター・マイラ」

彼は頭を振った。「強くて、勇気のある子だよ。わたしは出しゃばりすぎていなかったかな」

「いいえ。すべて適切にやってくれました」

「このことでチャーリーと話をするんだろう?」

あのエレガントなドクター・マイラをチャーリーとして思い浮かべるには、いつも少々時間がかかる。「ええ、セントラルに戻ったら」

「きみたちが組めば、この事件を解決できるだろう。彼女も強くて、勇気のある子だからね」デニスは立ち上がり、デュランにしたように、イヴをハグした。そして彼にそうされると、イヴは張りつめていたものがすべて、あっさり体から出ていくのを感じた。

「さて、わたしはあの気の毒な男のために、ここでのことを引き受けにいってこよう」

「力になってくれてありがとうございました」

彼はイヴの頬をそっと叩き、彼女の心臓をとろけさせた。「われわれみんな、できることをやるんだよ」

そしてなかには、とデニスが出ていったときにイヴは思った。命を奪い、他者を破壊する者もいる。


ピーボディは車のそばでイヴと合流した。

「ミスター・マイラのおかげで本当に助かりましたね。デュランはコロンビア大に来たときのことを話してくれました、最初にコーヒーを飲みに彼を連れ出してくれたのがミスター・マイラだったそうです」

「そういう人なのよね。事件の発端は例の学校にあるってことになりそうよ、ピーボディ」イヴは一緒に車に乗りこみながら言った。「それがきっかけ。そのロッテ・グレインジを見つけないと」

「それはわたしがやります。ラフティと話したら、あなたが必要なら署に来ると言っていましたよ。葬儀の手配がもうじき終わるそうです。午前中にあのパークでやるそうです、アブナーがあそこでランニングするのが好きだったんですよ」

「来てもらうようにして」ピーボディがその手配をしているあいだに、イヴはマイラのオフィスに連絡した。いつもとは違い、業務管理役からは何も面倒をかけられず、ドクターはあなたがセントラルに戻ってきたらお会いになれますと言われた。

「ラフティは一時間かかるそうです」ピーボディはイヴに言った。

「それでいいわ。配偶者を狙うわけよね」とイヴは話を続けた。「あるいは愛している人間を、というのは犯人の仕返しリストにある全員が結婚しているとは限らないから。私立学校の化学の教師は今度のことをやれるほどの腕があるもの？」

「給与等級をかなりうわまわることのようですけど、わかりませんよね？　それにいま話していることは、研究開発時間でいえば八年近くもあったわけですよ。とはいっても、デュランがその学校にいたあいだに、大きな波風を立てた感じはしませんでした」

「人は、とくに殺人をするような人間は、ほかの人とものの見かたが違うものよ。デュランは何かをした、何かを言った、何かになった、そのせいでリストに載ってしまったの。彼がすぐにそれを思い出すことはないでしょうね、いまのショックの第一段階にあるあいだは。しばらくたてば思い出すかもしれない」

「それとラフティですが、彼はその学校へ招かれていますから——本当にめちゃくちゃな状態を一掃したようですよ、というか、少なくともデュランはそう思っていました――もっと広い全体像が見えているでしょう。学校をやめていく教師ともじっくり話したのなら、全員とじっくり話をしていますよ。誰かを追い出したのかも。あるいは彼が来たことで、グレインジが追い出されたと思った者がいた。それでも……」

「ええ、彼女は別の地位、裕福な子どもたちと影響力のある親たちのいる、別の大きな学校に着地した」イヴは締めくくった。「だったら何の不満があるのか？ 見つけだしてみせるわ」

セントラルの駐車場へ乗り入れようとしたちょうどそのとき、イヴは素っ裸の男をぺしゃんこに轢《ひ》くのを避けるため、急ブレーキをかけなければならなかった。男は風のように走り、髪をなびかせ、ペニスを楽しげに振り、それを片手の数ほどの制服たちが必死に追っていた。

通行人たちがあわてて道をあけるなか、男はガゼルのように軽やかに駆けていく。

「まあね」イヴはしばらくそれを見ていた。「ニューヨークといえども、あれは毎日見られるもんじゃないわ」

「彼、そうとう速いですね」ピーボディが意見を述べた。「たぶんこの車なら行く手をさえぎれるでしょう」

「たぶんね」そうはせずに、そのまま車を駐車場に入れた。「制服たちは本気を出す《ゲット・ザ・リード・アウト》必要があるわね。何から？」イヴは自分の駐車スペースに車を入れて、首をひねった。「いったい何から鉛をはずす《ゲット・ザ・リード・アウト》わけ？　いずれにしても、なぜ鉛《リード》を引きずってまわったりするの？　言葉って変なものよね」

「わたしはずっとお尻だと思ってました――文字どおりの意味じゃないですよ」ピーボディは話がそっちへ行く前に付け加えた。「鉛がお尻についているから、遅くなっているんだっていうふうに」

「もし速いなら、どういうお尻をしてるの？」イヴは一緒にエレベーターへ歩きながら言い返した。「鉛の反対って何？　羽？　やあ、きみは本当に羽みたいなお尻だね。誰もそんなこと言いやしない」

二人はエレベーターに乗った。「でも世間では言うのかも」イヴは続けた、「なぜなら人はただ話をでっちあげる、それからほかの人もそれを言う、するとそれが定まったものになるから。わたしは直接マイラのところへ行ってくる」イヴはピーボディがまだ調べているあいだに話を続けた。「あなたはグレインジを調べにかかって、ラフティと話をする前にたしかなデータを手にできるように」

五つの階をのぼり、それからグライドに乗ろうと飛びおりかけた。

「ヘリウムです」ピーボディが呼びかけた。「軽いんで、ある意味鉛の反対かも」

「じゃあ、さっきの警官たちはヘリウムのお尻じゃなかったのね、走ってた様子からすると」

イヴはそのまま進んでいき、しばらくいまのことを考えるであろうパートナーとは違って、この会話をすべて忘れた。

マイラの業務管理役は彼女をにらんだものの、通してくれた。

マイラはウェストに小さいひだ飾りのついた淡いラヴェンダー色のスーツ姿で、デスクのむこうに座っていた。リンクでの通信を終えるあいだ、イヴに待ってくれと合図した。

「いいえ、もちろんよ。そのことは心配しないで。わかっているわ、ハニー、わかっていますとも。あなたが家に着いたら何時でもいいから一緒に食事をして、そのことを話しましょう。もうしてくれたけど、もう一度聞くとうれしいわ。わたしも愛している。家で会いましょう。それじゃね」

マイラは通信を切り、息を吐いた。「デニスよ」

「だろうと思いました」

「五時にあるジェイ・デュランのシェイクスピア・クラブのミーティングを引き受けるんですって」マイラはそう言って立ち上がり、紫のハイヒールでオートシェフのところへ行った。オープントゥになっている爪先に、スーツとまったく同じ色に塗られた足指がのぞいている。

どうやってああいうのを考えつくんだろう？　イヴは思った。

「今度のことでデニスはとてもショックを受けていたわ」

「デュランをよく支えてくれていました」とイヴは言った。「助かりました、とても」

「わたしはエリーズのことをほとんどおぼえていないの」マイラがオートシェフからお茶のカップをとると、花の香りがあたりに広がった。「彼女のデータを呼び出すまで、はっきりした印象すらなかった」

「あなたは社交的なものにあまり参加していなかったんでしょう」

「ええ」マイラはイヴにカップを渡し、青いスクープチェアのひとつに座った。「デニスの学部の行事にはほとんど行かないの。仕事があるし。でも彼女には何度か会ったわ。十代の息子さんが二人いるのね」

「ええ。バクスターとトゥルーハートに彼らを学校へ迎えにいって、祖父母のところへ連れていくようにさせました。被害者を発見したのは母親なんです」

「ご一家にとっては何てひどい一日。今回の殺人、鑑識、時系列に関するデータは読んだわ。あなたの知っていることを話して」

「学校――ゴールド・アカデミー――が鎖の輪のはずです。デュランはラフティが校長として赴任してきたとき、すでにコロンビア大での職を受諾していましたが、二人は一学期のあいだそこで一緒に働いていたんです。デュランによれば、前の校長は多くのことが悪くなるままほうっておいたそうです。職員の問題や、いじめやカンニングの問題や規律の問題に対処するより、金持ちの親たちの機嫌をとるほうに関心があって。教師たちのグループが――デュランも含めて――理事会に公式な苦情を申し立てました」

マイラはお茶を飲んだ。「対策はとられたの?」

「そこまではまだ確認できてませんが、その前校長――ロッテ・グレインジ――はイースト・ワシントンにある上流のプレップ・スクールに移り、それでラフティがゴールド・アカデミーに入ったんです。デュランはラフティが校風を変え、対策を実行し、変化を起こしたと言っています。いいほうに、というのがデュランの意見です。その意見に同意しない者がいたんでしょう」

「それであなたは、犯人がゴールド校で恨みを抱いた人たちの配偶者を殺していると推理しているのね?」

「すじは通っています。デュランは深刻な問題や敵はいなかったと言っていますが――」

「ある人にとってはいっときの腹立ちや、過去の問題であるものが、別の人には深く長く続く屈辱になる」とマイラは締めくくった。「それでラフティは？」

「このあともう一度彼と会うことになっています。さっき言った最初の学期のことを思い出してもらうつもりです。この事件にデュランがかかわっている以上、その期間へさかのぼらざるを得ません。その前にはラフティがおらず、あとはデュランがいなかった。もしかしたら、ラフティが来る前にデュランに恨みを持ち、なおかつデュランがいなくなったあとにラフティに腹を立てた人物が見つかるかもしれません。でもまずはその期間から始めます」

「そうね、わたしも賛成だわ。グレインジについては何かわかっているの？」

「いまピーボディが調べています」

マイラはうなずき、お茶を飲んだ。「犯人が有罪とみなした人間に打撃を与えるため、何の罪もない人を殺す。犯人は彼らを苦しませたい、嘆き悲しみ、大きな喪失を抱えたまま生きつづけさせたい。彼らのせいで自分が苦しみ、悲しみ、喪失を抱えたまま生きることになったのだと思っているのかもしれないわ。その期間にグレインジ、または追い出された誰か——生徒か職員か——に、職業上だけでなく個人的なつながりがあったのかもしれない」

「それにもしその期間が当たりなら、犯人は約八年、そのことに怒りを抱きつづけ、計画し、今回の毒物を作るか手に入れる手段を得るための時間があったわけです」

「衝動ではないわ」マイラは同意した、「計算されている。非常に秩序だっていて知的、そして同時に冷静。殺害が冷静ね」とマイラは訂正した。「苦痛に満ちた死、でも迅速だった――それにほかの人間は誰も被害を受けないよう計算されている。その部分には追加の時間、より多くの作業が必要だったはず、だから目ざす人物だけしか殺されないことが大事なのよ」

「犯人は荷物を送るべき時間を知っています」イヴは付け加えた、「だからターゲットがひとりきりのときに届く。もしくは、ひとりでいる予定のときに」

「ここでも、計算されたリスクね」そのことを考えながら、マイラは美しいティーカップの横を指で叩いた。「配送に事故はつきものだし、ミスも起きる、予定は変わる。でもそれは念入りに計算されたリスクだし、もし何かが起きたり、別の人が荷物をあけたり、荷物が損傷したとしても、犯人に失うものがある？　ほとんどないでしょう。

犯人は知識と技術を持っている」マイラは続けた。「きっと有毒化学薬品にかかわる仕事をしていたことがあるわ」

「あるいはそうした誰かと組んでいる」

マイラは頭をかしげた。「ええ、確率はとても高いわね。彼もしくは彼らは、犯人がその毒物を作れる実験室を持っているに違いない。彼は人を愛したことがある」とマイラは言い足した。「あるいは愛したことがあると信じている。自分自身でそれを経験したことがあるにせよないにせよ、喪失の苦しみは理解している。それを利用している」

「犯人は配偶者をなくしたのかもしれませんね?」

「可能性はあるわ、でなければ子どもか、親か、愛していた、もしくは自分では愛していたと思っている誰か。愛した相手の転居――破局、別離もありうる。でもわたしは犯人が観察者だと思うわ。自分が関わるよりも、見て、記録を――科学的に――する人物。もう一度言うけれど、もしあなたの言う時間の流れが当たりなら、彼は忍耐強い。いい仕事と肯定的な結果には時間がかかることを知っている。もしくは彼女ね、もちろん。毒はしばしば女性の使う武器だから。わたしたちの多くは、といっても、いまここにいる人はまったく別だけれど、敵に物理的に抗《あらが》うための肉体的な強さや技術がないから」

「彼は――もしくは彼女は――臆病者でもありますね」

「ええ」マイラはごくごく小さな笑みを浮かべた。「他人からみてそうだからというだけではなく、関係者の供述に荒っぽい対立や論争への言及がいっさいないから。脅迫なし、競争相手や敵もなし。この怒りは、冷たいものではあるけれど、封じこめられ、隠されてきたの、それもうまく隠されてきた。犯人を見つけたら、彼を知っている人たちはショックを受けるでしょうね」

「ええ、典型的なやつですよ、彼は感じのいい、ふつうの人にみえましたって」

「そして綿密な人物よ、それも含められるでしょう。荷物を梱包したやり方は、本当に念入りだった。梱包テープは完璧にまっすぐ。犯人の住まいを見つけたら、きっと作業エリアは一点の汚れもないでしょうね」

マイラは椅子にもたれ、脚を組みかえた。「卵のことを考えていたのよ――あなたがつながりを見つけるまでは」

「金《ゴールド》の卵、ゴールド・アカデミー。あれは偶然じゃなかった。メッセージなんですね」

「そうよ、とても長い導火線に火をつけたものへの言及。そして金の卵を生むガチョウを殺すことや、〝卵を割らずにオムレツは作れない〟、〝光るものが金とはかぎらない〟、なんかもある。あれは安っぽい入れ物だった、箱と同じように――でも犯人は内側を手間ひまかけて塗り、封止剤を加えた」

「箱も卵もバカ安のもので、オンラインなら手に入れられるところは五十万箇所くらいあります。それをたどることはしませんが、犯人をつかまえたら、彼までたどってみせますよ」

「安さがよかったのよ。犯人はそこにお金を無駄遣いしたくなかった。化学薬品類にはそうとうな費用がかかったに違いないわ、それに犯人が仕事場で使えるのでないかぎり、設備にも」

「いまのところわれわれは何も見つけられていませんが、ニューヨークとニュージャージーには何千という医学・研究・教育用のラボがありますよ」

お茶を飲み、マイラは考えこんだ。「節約ということからみて、犯人はお金に重きを置いていて、それを大事にしている。必要なところに使ったわけね」

「でも被害者たちには安物を送った、高い金を無駄遣いする必要はないから」

「よくできました」マイラはほめるように言った。「犯人はひとり暮らしね。仕事場でその薬品を扱っているとしたら、自由采配できる部分がいくらかあるんでしょう。家で仕事をしているとしたら、プライヴァシーがほしいはず。彼は勢いづいているわ、イヴ。彼の人生には本当の人間関係を結ぶ時間も、ゆとりもない。直接対立したり、論争をしたりせず、復讐に向けてこつこつやれる場所へ逃げる人間なの。これまでにもたくさんそういうことをしてきたのかもしれないわ、もっと命にかかわらないやり方で。争いからは用心深く遠ざかっている一方で、同僚やライヴァルにひそかに害を加えるの」

「そして観察し、記録する。詳しく書きとめつづける」

「そうね。犯人はすべてを記録しておくでしょう。彼は科学者なのよ、仕事上で、あるいは性格的に。彼がしてきたこととこれからすることとすべて、ターゲットや被害者たち――彼らは別々のものだから――について蓄積したデータはすべて、記録されるでしょう」

「これまでのところターゲットと被害者には家族があります。最初の犯行の場合は子どものいる成人した子どもたち、二人めの犯行の場合はもっと年少の子どもたち」

「犯人にとっては家族を壊すことに満足感があるのかもしれないわね。犯人に家族があったとしても、いまはもうない。なのになぜ彼らには無傷の、幸せな家族がいるんだ？　どこかで、ある時点で、何らかの意味で、彼らは犯人に悲しみをもたらしたのよ。そしていまは、彼のほうが彼らに悲しみを与えている」

「学校の話に戻りますが。まずラフティ——彼は指揮をとり、変化をもたらした」イヴは時間を見た。「もうじき彼の聴取なんです」

立ち上がり、ふと動きを止めた。「犯人は若い側だったというのはありえますか？　たとえば、ラフティが後任で来たときに生徒だったとか？　ラフティが来たあとに追い出されたか、罰を受けたか、何かの授業で落第したのかも？」

「それはどうかしらと言いそうになったわ、計画や時間のたっていることが成熟や忍耐を示しているから。でもあの卵を考えてみて——それと差出人に使われていた名前も。あれは一種の悪意あるジョークよね？　高い知性と本物の感情や共感の欠如のほうが、年齢よりも確実な因子だと思うわ」

「レイリーン・ストラッフォを思い出しますね。彼女は悪賢いチビの殺人者でした、それに十三歳にもなっていなかった。生徒たちについてもラフティにきいてみます。時間を割いてくださってありがとう」

「犯人を突き止めたら、彼はきっと偽装をして、たぶん協力するかのようにすらみえるでしょうね。でもどうやって反撃しようか計画しているのよ」

「忘れないようにします」

イヴは考える時間ができるようにまたグライドに乗ったが、同じ方向へ向かっている警官たちが何人か、さっきの〝イカれた裸男〟のことを話していたのでおかしくなった。

「そいつときたら二十ブロックも走りやがったんだぜ、ただすいすいって楽そうに、ナニをぶらぶらさせてさ。パトリンキーの話じゃ、みんながようやっと捕まえたときにも、ほとんど息を切らしてなかったんだと。憲法で認められた権利を行使していたんだと言って。宗教の自由だ、自分はただ春の神に感謝を捧げていたんだから、ってな。それに服はええと――社会的構造物だとか何とか」

「いろんなやつがいるよなあ」その連れが言った。

イヴは殺人課でグライドを降り、ブルペンへ入った。ジェンキンソンのネクタイに目がいかないようにして、カーマイケルとサンチャゴがある事件の要点について熱っぽく議論しているのと、ピーボディが調査に没頭してフィジーをがぶがぶ飲んでいるのを見た。

そう、たしかにいろんなやつがいる、と彼女は思い、自分のオフィスへ入って聴取の準備をした。

会議室を予約した。ラフティを聴取室に座らせたくなかったし、ラウンジよりもっと人目につかないところにしたかったのだ。

事件ボードと記録ブックを更新し、座って両方をじっくり見てから、ピーボディを呼んだ。

「グレインジについてわかったことを教えて」

「混合人種の女性、年齢七十二、結婚は二度、離婚も二度、子どもはありません。現在はイースト・ワシントンにあるレスター・ヘンスン・プレパラトリー・スクールの校長」

ピーボディはオートシェフのほうへ期待に満ちた目を向け、うなずきをもらった。

「ありがとうございます。あなたは？」

「ええ、もらうわ。話を続けて」

「オーケイ。データによれば、彼女はずっと私立学校ばかりですね、最初は――四十九年前――メリーランド州ボルティモアで、学部長の助手から始め、コロンバスの学校に移り、離婚し、そこで副校長に昇進し、副校長としてここへ移ってきて、ふたたび結婚し、校長に昇進して、離婚し、校長としてイースト・ワシントンへ移住しました。ひとつの学校につき平均十年ほどですね」

ピーボディはイヴにコーヒーを渡した。「科学における特別な関心や技術は見当たりません。わたしには、彼女が管理責任者やヒエラルキーへの足がかりとして教職を利用したように思えます」

「二度めの離婚。いつで、どっちから申し立てたの？」

「ええと……」ピーボディはPPCを出した。「配偶者です――レジナルド・P・グリーンウォルド――こちらも二度めですね。彼が申し立てをしたのは……二〇五三年の一月です」

「彼女がイースト・ワシントンへ移ったのと同じ年か。レジナルド・P・グリーンウォルド。金持ちっぽい名前ね」

「そのとおりでしょう。ホラス・W・グリーンウォルドの次男で、〈オール・フレッシュ〉のCEO、そこは前世紀にフィリップ・A・グリーンウォルド――祖父の始めた会社です。家庭用と企業用の清掃用品や器具を作っているところです」

「清掃用品」イヴは小さな興奮を感じた。「だったら従業員に化学者が必要よね」

「なるほど。でしょうね。研究開発のラボ、新製品のテスト。数十億ドル規模の企業の利益があれば、マッド・サイエンティストも買えたでしょう。でもどうして校長――自分の元妻が転任したあとに入ってきた――や、じきに転任することになっていた教師の配偶者たちを殺すんです？」

「その質問はグリーンウォルドにきいてみましょう」

「彼を署に呼び出せるかどうかやってみましょうか？」

「いいえ。どうせピカピカの弁護士団を連れてくるわ――それが管理運用規定《SOP》だろうから。こっちから寄ってみましょう、ラフティと話したあとで」イヴは時間を見た。「もういつ来てもおかしくない。会議室を予約しといた」

「ええ、彼にとっては聴取室よりそのほうが気持ちが楽でしょう。オートシェフの中身がちゃんと入っているようにしてきます。ラフティはお茶を飲んでましたよね？」

「ええ。やっといて。彼が着いたら知らせて」

イヴは〈オール・フレッシュ〉を調べはじめ、同社がニューヨークに〝一流の科学者、化学者、薬草栽培者、革新者〟のいる研究開発ラボを持っていることを確認した。

妻が教師たち――デュランもそのひとり――によって告げ口され、ラフティにその地位を奪われた。そしてほうりだされた。どんなに腹が立っただろう？

新しい推理をいじくりまわしていると、ピーボディから連絡が入った。

会議室では、ラフティが義理の息子と座っていた。イヴが入っていくと、ピーボディが二人にお茶を運んできた。

「来てくださってありがとうございます」イヴは話を始めた。

「何か新しい知らせがあるのかと思ったのですが」

「あなたが校長として来たときのいまの学校、職員に関する疑問について、ご協力いただければと思っています」

「あの……ええ、もちろんです、それが役に立つのなら、でもそれがどうして役に立つのかわかりません」

「ラフティ博士、ジェイ・デュランをおぼえていますか？　あなたが着任したとき、アカデミーで教えていました」

「ええと……教職員にデュランという者はいません」

イヴはＩＤ写真を出した。「彼をおぼえていますか？」

「ええ、ええ、もちろん。すみません、最初は名前に心当たりがなくて。もう何年も前のことですし、彼がいたのはその学期の終わりまでだけだったんです。わけがわかりません」顔が灰色になった。「彼は――彼がケントを殺したんですか？」

「いいえ」報道を聞いていないんだ、とイヴは思った。「エリーズ・デュラン、デュラン教授の奥さんですが、今朝荷物が送られてきました。彼女は殺害されました」

「そんな」ラフティは義理の息子に顔を向け、彼の手を探した。

「同じなんですか？」グレッグが自分の椅子をラフティに近づけ、彼に腕をまわした。「ケントと同じ？」

「そうです。デュラン教授は、あなたが引き継ぐ前、ゴールド・アカデミーには前の校長がらみで多くの意見対立や問題があったと言っていました」

「どういうことでしょうか。それがケントに、ジェイの――ええ、やっと思い出しました――彼の奥さんにどんな関係があるんです？　待ってください」彼が震える手を上げているあいだに、顔にさっと赤みがさしてすぐ消えた。「彼らじゃない。わたしか。わたしのせいなんですか？　わたしが原因なんですか？」

「ラフティ博士、原因があるのはあの荷物を送った人物と、もしかしたら彼に手を貸してしまった人間です。あなたではありません。ジェイ・デュランでもありません」

「でももしわたしが――」

「あなたはデュラン教授を、彼のせいで奥さんが亡くなったのだと責めますか？」

「わたしは――いいえ」彼は涙をぬぐい、はためにも気力を振りしぼって自分を落ち着かせた。「いいえ、そんなことはしません。今度のことがどうしてそんな昔までさかのぼるのかわかりませんが。それにジェイは、彼はわたしが来たあとは短いあいだしかあそこにいませんでした。すでに別の勤め口が決まっていたんです……思い出せませんが」

「コロンビア大です」

「そうだ。そう、コロンビア大。彼は優秀な教師でした、それはおぼえています。とても熱心で。お子さんはいたんですか？　たしか何人かいたと思いますが」

「ティーンエイジャーの息子さんが二人います」

「ああ、ご家族がお気の毒だ。皆さん、わたしたちと同じことを経験しているだろう」ラフティはグレッグに言った。「わたしたちと同じ思いをしているだろう」

「それなら僕たちが助けてあげなければ」グレッグはラフティの腕を上下にさすった。

11

ラフティは自分を立て直した。「わたしにできることなら何でも」

「あなたは五三年の冬季休暇のあと、校長として赴任してきたんですよね。その職を引き受けたのはいつでしたか？」

「前の年の感謝祭の頃だったんじゃないでしょうか。グレインジ博士は別の職につくことになっていて、わたしの印象では彼女はすぐにそれを決め、辞任しました、事実上その年の終わりに」

「彼女がそんなにきゅうに辞任した理由は知っていますか？」

「レスター・ヘンスンでの職を持ちかけられたんだと思います。とても名声のある学校ですから」

「ラフティ博士」

イヴの口調でラフティは目を閉じた。「申し訳ない。同僚のことを悪く言ったり、ゴシップを話したりしないようにするのがしみついてしまっているんです。苦情がたくさんあったんですよ、親たちや、職員たちから。それに彼女の結婚生活も終わりかけているようでした」彼は苦しげな目をグレッグに向けた。

「おぼえていることは全部ですよ、マーティ」

「彼女が教職員の誰かと浮気をしている、それからことによると何人かの生徒の父親たちと不適切な関係を持っているという噂《うわさ》や非難がありました。いじめや脅迫、カンニング、違法ドラッグ、アルコールについての告発に目をつぶっていると言う者もいました」

「実際にそうだったのですか?」

「ええ、わたしはそうだと思います。職員たちと話したときに、同じか、とてもよく似た話をする者がたくさんいましたから。それでも、大半はゴシップや恨みで、わたしが持てたのは印象だけでした。もちろん、グレインジ博士にも、引き継ぎ期間に会いました。彼女とわたしはやり方が違いましたし、正直に言って、彼女はアカデミーのことにすっかり見切りをつけていて、早く移りたがっているようにみえました。問題があるとみなした教師や理事のリストを作っていましたよ」

「デュランもそこに入っていたんですか?」

「入っていました。ですが、彼の記録を見たら、彼と面談したときのことですが、さっきも言いましたように、熱心な教育者だとわかりました。それに一緒に何か月も仕事をしていたときにも、やはりそういう人物で、生徒たちに手をさしのべようと非常に努力している人としか思えませんでした。彼女がリストに入れたほかの人たちも、苦情を申し立てた人たちに入っていました」

「その引き継ぎ期間のあいだ、初期のあいだに、あなたが反対した人物、もしくはあなたに反対した人物はいましたか？」

「もちろんです。あれはひとつの政権交代でしたし、方針や雰囲気に多くの変化がありました。グレインジ博士がいろいろな意味で重きを置いていたのは、大口の寄付を呼びこむこと、ネーミングライツを与えること、名声を高めることでした」

ラフティは手を振った。「批判的に聞こえるでしょうね、それに正直に申し上げて、そのとおりなんです。けれども私立学校の校長をやっていくためには、そういう側面は重要です。とはいえ、わたしは深刻な規律の欠如、そうした寄付をする親を持つ生徒たち何人かに対し、不適切なえこひいきがあることに気づきました」

「デュランやほかの人たちが公式に苦情を申し立てたのは、そのことだったんですね」イヴは先をうながした。

「そうです。もしある生徒がいじめられても、彼または彼女本人が立ち向かうべきで、学校にその問題への対処を求めるべきではないという、暗黙の方針がありました。もし生徒がテストで落第点をとっても、その生徒は自動的に追試を受けることになるか、もしくは親が苦情を言えば、成績は相対評価になりました。カンニングも、残念ながら、横行していました。何人かの生徒はそれで一種のビジネスを確立していたんですよ。実際に脅された教師も何人かいました。飲酒や違法薬物も、学校の外だけでなく、校庭でも」

「あなたはどうやって対処したんですか?」

「職員全員と面談をしました。話すのを渋る人もいましたよ、トラブルメーカーだとレッテルを貼《は》られていたり、あるいはさっき申し上げたように、脅されていたんです。なかには、ジェイのように、すでに辞めることが決まっていたか、そうするつもりの人もいて、その人たちはもっと簡単に話してくれました」

「わたしもひと言いいですか?」グレッグがきいた。「部外者の意見として?」

「もちろんです」イヴは言った。「どうぞ」

「わたしたちには——家族には——はっきりわかっていました、マーティがTAGでの職を与えられたのは、彼の名声、資質だけではなく、彼の、そうですね、哲学があったからだと。彼らは——理事会は——混乱を一掃してくれる人間を必要としていたんです」

グレッグはラフティに顔を向けた。「最初の何週間かはたくさんのことに対処していましたよね、マーティ。僕はおぼえていますが、一度、家族で夕食のとき、あなたはひどく疲れて、ストレスを抱えているようにみえました。あなたは嵐のあとに船の針路を戻さなければならないときには、舵輪《だりん》から手を離すわけにはいかないんだと言いましたよ」

「どうしてそういうことをおぼえているんだ？」ラフティがきいた。

「舵輪をずっと握っていましたか、ラフティ博士？」イヴもきいた。

「わたしがいまの職を持ちかけられた理由、それと、正直に言って、受けた理由も、グレッグの言ったことは間違っていません。むずかしいことになるのはわかっていました、それに、自分でもそれを望んでいたんです。はっきり言って、わたしがやろうとしていたこと、やるであろうことを、面白く思わなかった人たちはいたでしょう」

「あなたは何をしたんですか？」

「いじめ、カンニング、飲酒、等々について、具体的な懲戒処分をともなう、確固たる方針を打ち出しました」言葉を切り、ラフティは手を組んで、会議テーブルに置いた。「生徒のなかには、数日で違反による停学処分になった者もいました。その結果、怒った親たちと何度か不快な話し合いをすることになりました。アカデミーから子どもを引き上げた親たちもいました」

「なら、グレッグの言ったように、むずかしい引き継ぎだったんですね」

「ええ。ええ、そうでした。あの最初の数週間、ケントがいなかったら自分がどうしていたかわかりません。正直、いつクビになってもおかしくないと思っていました、約束されていた寄付が取り消され、生徒たちもやめていき、教師たちも何人か、以前はもっと……ゆるんだ状況に慣れていて、不満を抱えていました」

「そんなことは一度も言わなかったじゃないですか」グレッグは驚きの目をラフティに向けた。「クビになる心配をしていたなんて」

少しほほえみ、ラフティはグレッグの腕を軽く叩いた。「子どもがすべてを知る必要はないんだよ。職員や、生徒たちや、それに、そう、理事会の中にも、その新しい規則、新しい雰囲気に安堵《あんど》して、喜びさえ感じている人たちはいたんだ。それで天秤《てんびん》のバランスがとれた。春にはおおむね落ち着いたよ」

「難局に向き合ったんですね」ピーボディが言った。「船をまっすぐに立て直したんですね」

彼はまたほほえんだ。「だと思います、ええ」

「脅されたことはありますか？」イヴは尋ねた。

「ああ、権力を乱用する親が何人かと、同じことをしようとした問題ある生徒も片手の数ほど」

「誰かを放校したんですか？」

「そこまではいきませんでしたが、怒りの大きい親たちの何人かに、お宅のお子さんとこの学校は相性が悪いようですとは言ってみました」

「誰かをクビにしたことは？」

「それもやはり、わたしの計画とやり方に不満があるなら、もっと居心地のいいところを見つけてはどうかと、何人かに言いました。全員になじむまでの時間をあげなければならないと感じていたんです、だからその最初の何週間かには、排除や解雇ではなく、個人面談で注意をしました。

もう八年も前のことです」ラフティはつぶやき、かすかなほほえみも消えた。「こんなことができるほど、わたしに対して怒りや恨みを抱きつづけていそうな人は思いつきません。ジェイに対しても。彼は何もしていない。学校で管理者側だったわけでもないんですよ、責任を負っていたのは生徒たちに対してだけです」

「一緒にクロスチェックしてみましょう。彼の生徒を調べて、誰がよく問題を起こしていたか、あるいは、誰が学校を追い出されて、親が不満だったと思われるか、調べてみてくれませんか？」

彼がイヴを見たとき、そこには安堵があった。何かすることができたからだ、と彼女は思った。具体的で、悲しみに関係ない何か。

「記録を見てみます。それならできます。それが役に立つなら喜んでやりましょう」

「役に立つと思います。学校には化学の実験室があって、指導する人がいるのでしょうね」

「もちろんです。高学年の生徒たちのための実験室がひとつあり、ほかにも中学年の子たちのためのものがひとつ。もっと上級の化学を学ぶ生徒のためのものがひとつ。まさか、あなたは……」

「あらゆることに念を入れておきたいもので」イヴは言った。「その上級化学の生徒、教師の名前を教えていただけますか。それと、あなたの記録にある、着任して以来の上級化学の生徒、教師についても」

「ええ。ええ。これからケントの葬儀の細かいところを決めるんです。それが終わったらすぐ、学校に行って、昔の記録を出してみます」

「許可をいただければわれわれでやりましょう。それを含めた令状をとります、それとEDDにその記録にアクセスしてもらいます。そうしたら、それに目を通したあとに、もう一度お話をうかがえますか」

「そうしてもらいましょう、マーティ」

「わかりました。何であれ最善のことを。わたしはいつものようにはっきり思い出せなくて」

「いまは頭の中にたくさんのことを抱えていらっしゃいますからね」ピーボディが慰めた。

「何かもっと思い出したら、わたしたちのどちらにでも連絡してください。公式な記録に加えなかった個人的な覚え書もつけていたんじゃありませんか」

「あの頃はやっていました、もちろん。でも……」ラフティはかたまりをほぐそうとするように額をさすった。「古いタブレットにあるんです。取り替えたときに、全部消去してしまって。寄贈しようと思ったんですが、でもきみが言っていただろう、グレッグ、探し方を知っていれば、完璧に消えてしまったものなんかないんだと?」

「あれはアーヴァにあげたんでしょう——わたしの娘です」彼はピーボディに言った。

「いまもお持ちなんですか?」

「ええ、持っているはずです。どこかに」

「もし見つけたら、EDDが消去されたデータの復元に取り組みますから。それが役に立つかもしれません」

「見つけてもらいますよ。わたしが持ってきたほうがいいですか?」

「見つけたときに連絡をください」イヴは言った。「誰かをとりにやりますので」

「もしデータを復旧できるなら」ラフティが話に入ってきた、「それとわたしの覚え書を理解するのに助けが必要でしたら、喜んで一緒にあたりますよ」

「ご協力に感謝します」

「わたしの生涯かけて愛した人のために捜査してくれているんですから。わたしにできることは何でもします。ドクター・モリスにはとても親切にしていただきました」ラフティの目がまたうるんだ。「みんなとても親切にしてくれています。わたしからジェイに連絡してもいいものでしょうかね、お悔やみを述べても。それに、彼と一緒にやれば、あの時期のおたがいの記憶を呼び起こせるかもしれません。あしたか、もっとあとの……」

「彼はあなたのことをとてもよく言っていましたよ。きっと喜ぶでしょう」

「それなら連絡してみます。あした、わたしたちの別れがすんだあとに」

ピーボディが二人を送りに出ていくと、イヴは令状を手配し、それから記録ブックを出した。

五三年以降の、ゴールド・アカデミーの卒業予定者クラスの生徒たちの名前を知りたかった。ラフティの最初の学期中に退学した生徒と、その親たちの名前。当時の教師たちと、職員の管理者――とどまった者、去った者。同時期に停学になったか、でなければ懲罰を受けた生徒全員。

その期間内に違いない、とイヴは思った。でなければなぜデュランを狙った？　事件は政権交代から発生したものに違いない。

学校の理事会、とイヴは思った。彼らがグレインジに転任するよう圧力をかけたのだろうか？

メモ書きを続けていると、ピーボディが戻ってきた。「化学の教師たちのデータが必要ね、それとはじめはまず上級化学の生徒に集中しましょう」

「若者でしょうね、いまはカレッジを出て二、三年程度、あるいは大学院にいるかも。ええと、二十五歳くらいですか？」

「あなたくらいの年よ。あなたは警官になるには若すぎるかしら、ピーボディ？」

「とんでもない」

「そうよね」考えながら、イヴは椅子の背にもたれた。「わたしがまだ警邏《けいら》警官だったとき、ひったくりを追いかけなきゃならなくなったの、そしてそいつをつかまえると、彼はナイフを出して、わたしに切りつけようとした。十歳だったわ。いずれにしても、容疑者リストにはもっと年のいったタイプもいる。グリーンウォルド――グレインジの元夫」

「彼はあと一時間くらいで帰宅するはずですよ」ピーボディが言った。「住まいはリヴァーサイド・ドライヴです。最上階全部を所有しています」

「清潔にすることは儲《もう》かるのね。フィーニーに、マクナブかカレンダーを出してくれる余裕があるかどうかきいてみて。わたしたちは学校に戻るわよ」

イヴは自分のオフィスへ戻り、アカデミーへ行って、それからグリーンウォルドのところに寄り、もしかしたらタブレットを預かるかもしれないことを計算して、ファイルバッグをとり、今日はもうしまいにして家で仕事をするのに必要と思われるものを集めた。

「二人は車のところで合流するそうです」イヴがもう一度ブルペンへ入っていくと、ピーボディが言った。「カレンダーの知り合いがゴールド校に行っていたってわかったんですよ。その男性はラフティが着任したあとに卒業したので、新たな情報源になるかもしれません」

「好都合ね」

「ああそうだ、みんな素っ裸のランニング男の噂を聞いたそうです」

「一日じゅうずっとそれを聞きたくてうずうずしてたわ」

「わかったのは」ピーボディは一緒にエレベーターに乗りながら、めげずに続けた。「本物のランナーなんですよ。マラソン選手。薬を——怪我《けが》をして処方されたんです——何かホオパシーのものと合わせて摂取したことで、ぶっとんだ反応をしてしまったんですね。服を脱いで走りはじめちゃって」

「彼がスポーツウェアかランニングシューズの契約を——もしかしたら両方とも——今日の暮れまでにとることに、何を賭《か》ける？」

ピーボディは唇をすぼめた。「それはすごい賢いですねえ。警部補はロークに何か言うべきですよ」

「わたしが思いついたとしたら、彼ならそれが実際に起きる前に思いついているわよ。たとえば。〝何でも《ホワットエヴァー》・スポーツウェア。裸でのランニングの次にいいもの〟」

驚いて、ピーボディは笑い声をあげた。「ヘイ！　いまのは本当にすごくいいですよ」

「単なるそのままよ」

駐車場に入って、まっすぐ自分の場所へ行くと、もうマクナブとカレンダーが待っていた。

そして二人はオタク服《ギークウエア》を着ていて、カレンダーは紫（髪のメッシュと合わせたのか？）のシャツ、年季の入った水玉模様のバギーパンツにレインボーカラーのサスペンダー、紫のハイトップだ。

マクナブはプルトニウム・グリーンのシャツを、同じグリーンの細いストライプが入ったオレンジのバギー、オレンジのエアブーツ、膝丈のパタパタひるがえるギラギラしたグリーンのコートと組み合わせていた。

イヴは、オタクの世界ではこれがコーディネートというものなのだろうと思った。

二人はショルダーバッグをさげていて、イヴはバギーについているたくさんのポケットに入らない電子工具を入れているのだろうと思った。

カレンダーが言った、「よっ。ちょっと、ねえ、その赤すごいいかしてる！」

にっこり笑い、ピーボディは髪をちょっと揺らしてみせた。「でしょ？」

イヴは目をぐるりとやり、マクナブとピーボディはさっと小さく指を動かし合い、それから全員が車に乗った。

「フィジー・タイムにしてもいい？」カレンダーがバックシートからきいた。

「好きにして」イヴは車を出した。「むこうに着く頃には令状が来るはずだから。必要なのは五三年と五四年、生徒、職員、管理責任者の記録よ。その期間に働いていたか、在学していた人間が最有力容疑者である確率が高い。親か生徒、または職員の誰かに近しい人間の可能性もある」

車内が砂糖の入った泡立つ飲み物のにおいでいっぱいになるあいだに、イヴはひととおりのことを説明した。

「これまで入手した供述によれば、前校長は規律の乱れた船を走らせ、状況が悪くなるのを放置し、金を呼びこむことにだけ関心を向けた」

「そこはあたしが確認できる」カレンダーがフィジーを飲む合間に言った。「その学校に行ってた男とツレなの。昔なじみなんで、あいつがケツをどやされないようにごまかしたり逃げたりしなきゃならなかったのは知ってるんだ——一度、よけて走るスピードが足りなくて、こっぴどく叩かれてた。卒業したのは五三年か五四年あたり。彼の親たちは一度ならず学校に行って、彼をやめさせようとしたんだけど、本人は最後までそこにいたがったの。いまはロークのところで働いてる」

イヴはぱっとバックミラーに目をやった。「そうなの?」

「うん。ゲーム開発者なのよ、ローク・ワールドで働いてもう二年になる。しゃべってみたいなら呼び出すよ」

「しゃべってみたいわ」

「わかった。手配しておく。あたしたち、その頃よくつるんでたの、ていうのは、ほら、ゲームで。彼ってすんごい頭がよくて、なのにホントにダサくって。ろくでなしどもに〝僕のケツを蹴って〟ってライトをつけてみせてるのも同然よ、ねえ? そいつらは彼にテストのためのハッキングとか、自分たちの宿題をするとか、そんなことをさせたがったの。あたしはマーシャルアーツを習ってたんで、いくつか動きを教えてあげたんだ。ちょっと役に立ったよ」

「それで学校は——管理者側は——それが悪化するままほうっておいたの?」

「あたしの知ってることからすると、そうね。彼はあそこで奨学金をもらってて、それから全費用給付の奨学金でマサチューセッツ工科大《MIT》に行ったの、だからそう、すんごい頭がいいのよ」

「グレインジ、つまり前校長は学年度のなかばで別の職場に移ることを決めたか、もしくは追い出された。ラフティ、第一被害者の配偶者が着任して締めつけを始めた。そのことに不満を持つ者もいた。第二被害者は、グレインジに対する苦情を申し立て、コロンビア大へ移った教師の配偶者。でも彼とラフティは一緒に仕事をしていた期間、良好な関係だった。ラフティはグレインジが浮気をしているという噂があったと言っている――相手は職員か、あるいは生徒たちの父親。グレインジの夫はほぼ同時期に離婚の訴えを起こした。彼ともおしゃべりすることになるわね」

マクナブが自分のフィジーを飲んだ。「彼女に目をつけてるんですか――グレインジに?」

「彼女はイースト・ワシントンにいる。旅行歴を調べてみるわ、車で来るのも可能だけど。でも彼女の経歴には、化学との関係はない。元夫――二人めの元夫になるわね――は〈オール・フレッシュ〉のCEOで、かなり化学の人だけど」

テリーサ・A・ゴールド・アカデミーは歳月を経た五階建ての煉瓦《れんが》造りだった。防犯カメラが両開きの玄関扉の上でウィンクをした。

イヴは荷物積み下ろしゾーンに車を入れ、〝公務中〟のライトをつけた。

「学校は今日は終わってるでしょうね」マクナブが歩道に立ち、建物をながめた。「そのほうが話が簡単にいきますよ」

「定時後の学校にいたことある?」カレンダーがきいた。

「あると思うよ、うん」

「不気味よねえ」そして彼女は笑った。「不気味なのって大好き」

「ここは寄宿制よ」イヴは言った。「上の何階かは寮になってる。管理スタッフが二十四時間常駐」

ドアに近づき、あけようとしたが、ロックされていた。面白半分にマスターで入ろうかと考えたが、そうはせずにブザーを押した。


テリーサ・A・ゴールド・アカデミーへようこそ。通常の授業時間は月曜から金曜の午前八時から午後三時、特別授業は土曜の午前九時から午後二時におこなわれます。講義および公演はウェブサイトに掲載されています。定時後の面会もしくは訪問でいらした方は、お名前と、面会を希望する相手をおっしゃってください。

イヴは思った。よくまあべらべらと。「ダラス警部補、NYPSDです。警察の業務で来ました。現在の責任者に伝えてください」令状が入ってきたのでPPCに目を落とした。

「正式に発行された家宅捜索令状もあります」

副校長のミャータに連絡しますので、しばらくお待ちください。

ドアが開錠されて開くまでにはあまり長くかからなかった。カラスのように黒い髪をウェッジタイプのショートにした、小柄でほっそりしたアジア系の女が、鳥の翼のようにきゃしゃな手をさしだした。

「ダラス警部補。わたしはキム・ミャータ、副校長です。ラフティ校長から連絡があって、あなた方がいらっしゃると聞いていました。どうぞお入りください」

印象的なエントランスは、白い大理石の床の中央に大きな金の紋章が入っていた。それをはさんで二つのセキュリティステーション。天井は五階までの吹き抜けで、ステンドグラスのドームになっていた。

壁の一面には巨大なガラスケースがあり、数多くの受賞を示す品が展示されていた。別の壁には、寄贈者兼創設者の等身大の肖像がぬっと姿をあらわしていた。

イヴの目には、テリーサ・A・ゴールドは、亡くなって半世紀たっていても、かなりてごわそうにみえた。

壮麗さ、白い大理石、金色の額縁、ガラスのむこうできらめく金色はあっても、やはりここは学校らしいにおいがした。

汗、恐怖、ホルモン、隠されたキャンディ。

イヴは一度も好きになれなかったが。

「わたしたちは皆、校長と悲しみをともにしています」ミャータは続けた。「今回の悲しい出来事に対する警察の捜査に助力し、協力するつもりです。ラフティ校長から、あなた方が必要としているときいた記録にアクセスしたのが、やりすぎでなければいいのですが」

「そこからはわれわれが引き継ぎますので。記録は彼のオフィスですか?」

「ええ。このことで校長から連絡があるまで、オフィスは閉ざしていました。わたしは校長のパスコードを持っているんです、校長もわたしのを持っているのと同じで。ラフティ校長は、あなた方の預かりたがっていたタブレットをお嬢さんが見つけたとも言っていました。お嬢さんがこちらへ持ってくるそうです」

「誰かにとりにやらせますよ」

「たぶんもうこちらへ向かっていると思います」

「わかりました。彼女がここへ来たら、ＥＤＤに受け取らせましょう」

「そのようにしておきます。令状のコピーをいただけますか、法的な問題が起きたときのために?」

「ピーボディ」

「プリントしておきます」

「ありがとう。こちらへどうぞ。今日はもう、昼間の生徒は大半が帰りました」ミャータは話を続けながら、二人の先に立って左へ向かい、ガラスの壁の管理部へ行った。「何人かの生徒たちには、監督のもとでいろいろなプロジェクトに取り組ませていますが。寄宿生は校内を離れるか、プロジェクトに取り組む許可をもらっていないかぎり、四階と五階から出られません」

彼女はカードをスワイプした。

待合エリアには、現在は無人の長いカウンター、いくつかの椅子、それから二つのワークステーションがあった。「校長のオフィスはこちらです」

イヴは生徒たちがそこを〝恥の道《ウォーク・オブ・シェイム》〟（ハリウッドにある有名人たちの名前入りのメダルをはめこんだ歩道〈ウォーク・オブ・フェイム（名声の道）〉をもじっている）とか、〝鞭《むち》打ちの刑〟とか、別の面白い名前で呼び、通路をとぼとぼと歩いて、いくつものドアを通りすぎ、その奥行きのある静かな場所へ入るところを想像した。

ここでも、ミャータはドアにスワイプを使い、そのドアにはこう記された札がついていた。〝校長　マーティン・B・ラフティ〟

彼はたっぷりとしたスペースを所有していた、プライヴァシーシールドの稼動している窓、ドアのほうを向いたデスクには、マルチラインのデータ通信センター、額入りの写真が二つ——家族のものだ——本物の紙を押さえている面白いガラス製のペーパーウェイト。本棚、巨大なコルクボードに留めてあるのは告示や宣伝ビラ——演劇、コンサート、講演、科学フェア、キャリアデー、等々。

よく育っているようにみえる生きた植物、小型の軽飲食マシン、威圧感がなく、ゆったりした感じのこぢんまりしたシッティングエリアもあった。

「ほかに何かわたしにできることは……」ミャータは言葉につまり、その目がうるんだ。

「すみません。ドクター・アブナーのことがとても好きだったものですから」

「ラフティ博士が校長として赴任してきたとき、あなたはもうこちらにいらしたんですか？」

「いいえ。二年前にここの管理運営に加えてもらいました。ラフティ博士はすばらしい校長であり、すばらしい教育者です。学校ではドクター・アブナーに敬意を表して、明日は授業を休みにして、葬儀に参列を希望する生徒を引率する予定です」

「それはラフティ博士もとても慰められるでしょう」ピーボディが言った。

「だといいのですが。ご入用の記録は校長のユニットに残してあります。ほかの記録もご覧になるんでしょう。あるいはそのユニットを持っていかなければならないか。校長はその許可を出しています。ほかにわたしにできることはありますか、警部補？」

「実をいうと、ええ。これはEDDに持っていかせます。校内を案内してもらえますか？」

「もちろんです。わが校をお見せできるなんてうれしいですよ。ここはわたしたちの誇りなんです」

「なるほど」イヴは無言の合図をピーボディに送った。「わたしのパートナーには教室エリアを少し見てもらいます。わたしは実験室を見たいですね」

「いいですよ。どの実験室をご覧になりたいですか？」

「化学のを。そこから始めましょう」

「それですと三階になりますね。エレベーターが――」

「階段で行きましょう」イヴは口をはさんだ。「ここの雰囲気がよりよくつかめますから」

「管理運営のオフィスだけでなく」ミャータは先を歩きながら説明を始めた、「一階《メインレベル》には身体教育センターと講堂もあるんですよ。幼稚園から六年生までの教室とカフェテリアもあります」

二人は何十年も踏まれてすり減った階段をのぼりはじめた。「この階には、七年生から十二年生までの教室、コンピューターラボ、二つめのカフェテリア、教員用のラウンジ、自習室、図書館――デジタルと伝統的なものの両方――それから音楽室があります」

そしてすべてに、定時後の建物につきものの大きな、音の反響する感じがあった。生徒の美術作品が、学校からの告示、春のミュージカルや春のダンスや春のコンサートのポスターと同様に、壁を飾っていた。細長いロッカーはイヴがスクールカラーと推察した色——紺と金色——で交互に塗られ、スワイプ式の錠がついていた。

「あなたとご主人も学校を開かれると聞いていますよ——もうじきですね、たしか」

「来月のようです。実際は彼がやっていることなんです」

ミャータはほほえんだ。「学び、人とまじわり、何かになるための安全な場所を提供するのはすばらしい、心の広いことです。わたしは一階《メインレベル》で計算技能を、二年生と三年生に教えています。本当にやりがいがあります」

「あなたは管理運営部の方だと思っていました」

「そうですよ」二人は三階へのぼっていった。「わが校の方針、校長が実行した方針なんです、管理運営部門の人間も、学期ごとに少なくともひとつの授業で教えるというのが。ラフティ博士自身もアメリカ史を教えていて、わが校のディベートチームの座長を受け持っています。教育も同時にできないのなら、どうやって管理運営ができますか?」

船をまっすぐに立て直すこと、とイヴは思った。舵輪を離さないこと。

「校長に敬服しているんですね」

「とても。この階にはやはり教室と、科学実験室、コンピューターサイエンスのラボ、視覚芸術エリア、上級生用の小さな図書館兼読書室があります」

ミャータは立ち止まった。「わが校では低学年生にも化学の手ほどきをしているんですよ、教室で。実験と反応へのごく基本的な指導ですが。たとえば……ベーキングソーダとレモン汁とか。そういうものなら非常に安全で、非常に単純ですし、手が小さくてもやれますから」

「わたしは実験室や、上級プログラムのほうにより興味がありますね」

「ドクター・アブナーの殺害方法のせいですね」はためにもわかるほど心痛に抗いながら、ミャータはうなずいた。「あなた方は答えを探さなければなりませんものね。わたしに言えるのは、この学校の者は誰ひとり、ラフティ博士に危害を加えようなどと思ったりしないということです、それも配偶者を害することで、博士を苦しめようだなんて」

「意見の対立なし、問題もなし、口論もなしですか？」

ミャータはまたほほえんだ、ほんの少し。「学園生活ですよ、警部補。騒ぎやこぜりあいはつきものでしょう。わたしたちが相手にしているのは子どもたちですから、騒ぎも多く、こぜりあいも多いです。けれども、校風というものはリーダーから生まれるでしょう？　ここでは、校長です。わたしたちはおたがいの言うことに耳を傾け、不和を解決し、常に生徒を第一に考えるよう言われています。ここはよい学校なんです。

でも化学実験室をご覧になりたいんでしたね、ロザリンド先生の実験室のドアがあいています」

二人は廊下を進み、開いているドアの外で立ち止まった。イヴの目に、背の高い黒人の男がシャツとネクタイ姿で、手袋とアイシールドをつけ、作業カウンターの横に立ち、その隣にもしゃもしゃの赤毛とそばかすのある十六歳くらいの子どもがいるのが見えた。

ミャータのように、ロザリンドも黒い腕章をつけていた。

「次のステップだ、マック」

「ええと」

「手順に従って」ロザリンドは子どもがびんを手にとるとうなずいた。「で、それは何かな?」

「これは、ええと、過酸化水素です。ええと。三十パーセントの過酸化水素?」

「そうだ、それからそれをどうするんだっけ?」

「ええと、ほら、もうひとつのびんに入れる」

「どれくらいを?」

子どもは唇を噛み、スクリーンに目を向けた。「五十ミリリットル」爆弾を作っている少年のような慎重さで、マックは溶液を不透明のびんにそそぎいれ、息を吐いた。

「それから？」

「手順には蓋《ふた》をするって書いてあります――これで？」

「そうだ」

「先生はとても辛抱強いんです」ミャータがささやくあいだにも、ロザリンドは少年を、イヴにはティーバッグにみえるものへとうながした。

「説明してごらん、マック」

「オーケイ、ええと、このティーバッグをあけて、中身を――」

「どんな中身？」

「その、ほら、お茶のやつ」

「葉だろう」

「茶葉を出します。それから入れなきゃ、ええと、ヨ――ヨ――」

「スクリーンを読んでごらん」

「はい、ええと、ヨウ化カリウムを、からっぽになったバッグに入れます」

「どれくらい？」

「ええと、大さじ四分の一」

「計ってみて」

イヴは自分だったらここまでにもう麻痺《まひ》銃で自分を撃ちたくなっているだろうと思ったが、ロザリンドは少年が慎重に計り、入れるあいだものんびりと立っていた。

「今度は、ええと、これを結んで閉じます、でもびんの口に垂らしておけるくらいひもがなければいけない。ですよね？」

「そのとおりだ。やってごらん」

まるで二匹の毒蛇を縛り上げるかのようだったが、マックはとうとうやってのけた。

「このまま進めてびんをあけるんですよね？」

「そうだ。びんをむこうへ向けるのを忘れずに――安全第一だ、そうだろう、マック？」

下唇に歯を食いこませながら、少年はびんを傾け、蓋をはずした。戸口に女たちがいるのに気づき、ロザリンドがウィンクをしてよこした。

「最後のステップだぞ、マック」

「ヨウ化カリウムを入れたティーバッグを、さっき過酸化水素を入れたびんに入れます」

「ゆっくりだよ」

氷河のほうがまだ速く動く、とイヴは思った。

ティーバッグがようやく過酸化水素に達すると、大きな雲がびんからもこもことあふれ出た。少年は原子か何かを核分裂させたかのように笑い、教師も一緒に笑った。

「いまのほんとにすごいですよね、ロザリンド先生」

「ああ、超かっこよかったぞ。さあ、いまの実験を書き出してくれ、何を使ったか、どういうステップを踏んだか。それからどんな反応が起きたかを説明。ラウンジにタブレットを持っていって始めなさい。マック、手袋とゴーグル」ロザリンドは少年がタブレットをつかむとそう声をかけた。

「あ、はい」少年は手袋とゴーグルをはずし、ラベルのついた箱に入れた。「ありがとう、ロザリンド先生。こんにちは、ミャータ先生」

ミャータはマックが飛び出していくと中へ入った。「マックはまだ実験が苦手なのかしら？」

「あせってしまうんですよ、だから一対一のほうがうまくやれるんです。彼に科学者の芽があるとは思わないけど、いまの講座はちゃんとやれるでしょう。ハロー」彼は歩いてきて、イヴに手をさしだした。「タイ・ロザリンドです」

「ダラス警部補です」

「ああ」笑顔の歓迎が消えた。「ケントのことですね。わたしたちみんな、いまだに動揺していますよ」

「ドクター・アブナーとは親しかったんですね？」

「そうです、ええ。彼に頼んで、医学に進もうと考えている上級の生徒何人かに話をしてもらったんです。いつも時間をつくってくれました」

「ここで教えるようになってどれくらいですか、ミスター・ロザリンド？」

「三十七年です。教育助手だった年を入れればもう一年」

「それでは、ロッテ・グレインジが校長だったときもここの教職員だったんですね」

「ええ。マーティンは一緒に仕事をした四人めの校長です」

マーティン、とイヴは頭にメモした。堅苦しい〝ラフティ校長〟ではなく。

「ラフティ博士は後任になってからたくさんの改革を実行したそうですが」

「ええ、しました。すみませんが、座りませんか？　キム、まだあの中に葉の入ったティーバッグがあるんだ」

「あら、ありがとう、でもあなた方だけでお話ししてもらったほうがよさそうだわ。下へ戻られるときまで、教師用のラウンジでお待ちしていましょうか、警部補」

「帰り道ならわかりますので、ありがとう。たいへん助かりました」

「ほかにも何かありましたら、いつでもどうぞ。また朝に会いましょう」ミャータはロザリンドに言った。

「さっきのティーバッグに興味がありますか?」彼はイヴにきいた。

「まったく」

そうは言ったが、イヴは中へ入ってあたりをじっくり見まわした。

12

たっぷり広く整頓されたスペースに、部屋のむこうの正面側にはデスクが置かれ、その後ろに昔ながらの黒板があった。いくつものカウンターとワークステーション、スクリーン、コンピューター、椅子ではなくスツール。

実験用のビーカー、大小のガラスびん、ポータブル加熱器。

「この学校はずいぶん設備が整っているんですね、ミスター・ロザリンド」

「そうなんですよ。ここは三つある化学実験室のひとつです。この階にもっと小さい、上級化学用のものもあります。そのコースをとるには、生徒たちは資格をとらなければなりません」

「それもあなたが教えているんですか?」

「そうです」

「化学薬品、器具を発注するのは誰ですか？」

「学科の年長者ということで、わたしが管理運営に要請します。この学校の誰かがケントにあんなことをしたと思っているんですか？　詳しい報道はされていませんでしたが、化学薬品が使われたことははっきり言っていました。よろしければ座らせてもらいますよ。今日はほとんど立ちっぱなしだったので」

ロザリンドはスツールに腰かけ、ため息をついた。「何が使われたのかわからなければ、そんなものがここで作られたかどうか言えないでしょう」

「有毒の化学薬品は置いてあるんですね？」

「そういったものを作ることはたしかにできるでしょう。わたしがマックにさせたさっきの雲の効果——酸素の放出——のように面白いものでも、ごらんのとおりうちでは慎重にやっていますよ。それに化学薬品はすべて、この過酸化水素のように基本的なものでも、わたしが帰る前に施錠してしまっておきます。実験室も、使わないときには施錠されます」

「ドクター・アブナーが殺害される前の夜、どちらにいらしたか教えてもらえますか。単に漏れがないようにしておくために」

「前の夜。それなら簡単です。妻と一緒に息子の家に夕食と、それからいちばん上の孫娘の誕生日祝いをしにいっていました。十五歳になったんです。実を言うと、メリスはここの生徒なんですよ」ロザリンドはほほえんだ。「〝化学入門〟はかろうじて終えましたが。演劇のほうに興味があるんです――それに春のミュージカルにも出演するんですよ。授業のあとに稽古《けいこ》があったんです、今日やっているみたいに、それで実はわたしが待っていて、あの子を家に送っていき、そこで妻と合流しました。十時半くらいまでそこを出なかったと思います」

「そのあとは」

「そうですね、歩いて家に帰りました、リリアナとわたしは。いい夜でしたし、片手で数えられる程度のブロックしか離れていないんです。それに」彼は腹を叩いた。「バースデーケーキが。リリアナが本を読んでいるあいだ、わたしはベッドでいくつかレポートを採点しました。たぶん十一時半には明かりを消しました」

「オーケイ」

「ケントとマーティンのことは友達だと思っています。ケントは友達だと思っていました」ロザリンドは窓のほうへ、やわらかい春の青い空へ目をやった。「ケントとはよく週末に一緒に走ったんですよ、おたがいのスケジュールが合えば」

ここでイヴも座った。「ロッテ・グレインジのことを話してください」

彼はまたため息をついた。「三十七年間、四人の校長、本当にたくさんの生徒が赤ん坊同然で入ってきては、若い男女として出ていくのを見てきました。いまでもマックのような、本当に気が散りやすくて、自分に自信のない子が、科学で何かを達成し、夢中になる瞬間を見出す手助けをするのはやりがいがあります」

「わたしにもそれはわかりましたよ。でもグレインジの話ではないでしょう」

「ある意味ではそうなんです。校長というものはみんな、校風を定め、足跡を残し、将来の展望を持っています。彼女は野心家でした、当然ですね、それに最初はわたしも、彼女が金持ちの機嫌をとれるのは、学校にとって有益以外の何ものでもないと思っていました。彼女は教育者ではなかったし、そうなることにもはや関心もなかった、となればそれで校風が決まるでしょう？」

「きいているのはこちらですよ」イヴは言い返した。

「ええ。彼女は副校長としてはしっかりしていました――われらがキムのようにではありません、彼女は宝物のような人ですからね、でもとにかくグレインジはしっかりしていました。それにはじめの頃は、彼女が引き継いだときには、そこそこ堅実にみえたんです。でもそれが変わるまでに長くはかかりませんでした、わたしのみたところでは」

「どういう方向にでしたか？」

「さっき言ったような金持ちを重要視することが優先になりました。ある生徒が、男であれ女であれ、そうした金持ちがバックについていると、素行が悪くても、宿題をしなくても、成績が悪くても、影響はほとんどないか、まったくないことがはっきりしてきました。そうした校風のもとでは、派閥がつくられるものです。行動——あるいは無行動——そして反応。生徒によっては——しばしばマックのような生徒は——追いつめられ、馬鹿にされ、集団で攻撃されましたが、罰を受けた者はいませんでした。もしくは形だけの懲戒処分でした」

ロザリンドは首をかしげた。「いまの話に驚いていないようですね。もうすべて知っていたんですか」

「ここでジェイ・デュランが教えていたとき、彼とは知り合いでしたか？」

「もちろんです。分野は違っても、われわれ教師は知り合いになるものです。ジェイと話をしたんですか？　彼はいまコロンビア大でしたね、というか、最後に話したときはそうでした」

「それはいつです？」

「十二月です。われわれの何人かはいまでも、休暇中にちょっと一杯やりに集まるんですよ」

この人は知らないんだ、とイヴは思った。「ミスター・デュランの奥さんは今朝殺害されました」

「何だって？」ロザリンドはスツールから立ち上がったが、ショックでふらついた。「でも――どうやって？　待ってください。まさか。同じ？　同じなんですか？」

「そうです」

立ったまま、彼は頭の両側を手で押さえた。「そんな恐ろしいことが」

「グレインジの在任期間の終盤とラフティの着任当初に学校にいて、生徒であれ職員であれ、変化に不満を持った人間、あなたが教えているものに才能のあった者は誰ですか？」

「そんな、わかりませんよ。思い出せもしない……ジェイの奥さん――いまは名前を思い出せない――彼女は学校に何の関係もなかったのに」

「ミスター・デュランはグレインジに関する苦情を申し立て、カンニングやいじめや、そうしたことに関する苦情を申し立てたでしょう」

「それならわたしもしましたし、わたしたちの多くもしました。それがいったい何で……」

カンがいい、イヴは彼がぴんときた瞬間にそう見てとった。

「うちの妻が、家族が」

「奥さんとご家族に、いかなる荷物も開封するなと伝えるようおすすめします。何か届いたらわたしに連絡してください」イヴは名刺を出し、カウンターに置いた。「こちらでスキャンさせますので」

「理解できません、どうして……誰かがわたしの実験室を使えばわかるはずです。化学薬品や、器具を手に入れたらわかるはずです。グレインジの統治期間の最後の年かそれくらいに、いくつか問題はありました、それにマーティンが来て最初の何週間かにも」

「どのような？」

「スワイプカードを勝手に使ったり、複製したり、実験室や備品を使って悪臭爆弾や、発煙弾や、閃光《せんこう》爆弾を作ったり」

「誰だったかおぼえていますか？」

「特定できなかったんです。名指しできるほどの証拠がありませんでした。疑惑だけです、だから一味に加わっているか、もしくは誰がやったか知っていそうな生徒と面談をしようとしました。グレインジはそれを拒否したんです。わたしには確信がなかった、だから彼女は生徒や、その親たちに恥をかかせようとしませんでした」

「収益を守ろうとして？」イヴはきいてみた。

「そのとおりだと思います」ロザリンドは躊躇《ちゅうちょ》なく言った。「マーティンは違うルートをとりました。彼が着任したあともそれが続いていると、彼は全校集会を開き、通告をしたんです。関係したいかなる生徒も、自動的に停学になると。関係した生徒をかばう生徒は特権を失う――スポーツは禁止、校内活動も禁止だと」

「それで終わりましたか？」

「すぐにではありません、ええ。ですが当面の問題点は。グレインジが辞める前、生徒のひとりが、カンニングを拒否したために身体に暴行を受けたんです。親たちは彼を連れて学校へ乗りこんできました、ですがその少年が怖がって仲間の名前を明かさなかったので、グレインジはその件をとりあげませんでした。それでもマーティンが後任になったあと、親たちはまたやってきました。彼は親たちと、それから苦情を申し立てられた側の親たちや生徒たちと、内々に面談をしました。その日の暮れには、十一人の生徒が停学になりました。親たちからはたいへんな反撃がありましたよ。マーティンは自分の胸におさめていましたが、われわれ全員がわかっていました、たいへんな反撃だと。その生徒たちの何名かは戻ってきませんでした」

「彼らの名前は？」

「ああ、はっきり思い出せません――頭がぐるぐるしていて。記録があるはずです」

「それならいまもらうところです。その生徒たちの誰かが化学に秀でていたかどうか、思い出せますか？」

「襲われた少年――ミゲル……姓は忘れてしまいました。でも彼はわたしの上級クラスまで進んだんですよ。ここには奨学金で来ていて、そのあと進んだのは——ちくしょう——たしかMITです、いくつも奨学金をとって。ケンデル・ヘイワード——甘やかされたお嬢さんで、ほかの子を馬鹿にしてばかりいました。彼女は復学して、落ち着いたようにみえました」

「彼女もその拒否生徒への暴行に加わっていたんですか？」

「違うと思います。噂では犯人は二人の少年で——三人だったかな？——自分たちのためにミゲルにカンニングをさせろと迫ったんです。ケンデルは彼らと仲がよかったようですが」

ロザリンドは考えこんだ。「彼女は荒っぽい連中とつきあっていました。わたしの感じだと、ケンデルの親たちは彼女に最後通牒《つうちょう》を突きつけたようです。わたしの授業では、事件の前もあとも、彼女は申し分なくやっていました。けれども事件のあとは、口数が少なくなってしまいました。ほかにもいたんですよ。ちくしょう、すみません。ケンデルは少年たちのひとりと仲良しでした。ひとりだけではなかったかもしれません」

「助かりました。あとは記録から調べられますので。でももし誰かの名前や細かいことを思い出したら、連絡してください」

「必ずしますよ。妻に連絡しなければ。もし何かあったら……抵抗したのはジェイとわたしだけではありませんでした」

「わかっています」イヴはドアのほうへ行きかけ、立ち止まった。「職員についても考えてみてください。教師、管理運営側の人間、サポートスタッフ、誰であれラフティ博士から警告もしくは処分を受けていたかもしれない人物、最初の学期中にやめていった人物、もしくは秋になっても戻ってこなかった人物を」

「わかりました。精一杯やってみます」

イヴは下へ降りていき、歩きながらちょっとぶらついてみた。

一階《メインレベル》でピーボディも同じことをしているところを見つけた。

「寄宿寮のある階まで行って、ちょっと見てまわってみました」彼女はイヴに言った。「警部補が実験室であの人と話しているのが聞こえたので、わたしは二階を調べてまわって、それからここへ降りてきたんです。講堂にも入ってみました。ミュージカルの稽古をしてましたよ。すごく上手です」

「ほかの印象は？」

「なめらかに動いている機械」

「わたしもそう思った。ＥＤＤは？」

「もう終わったか、そろそろですね。こちらに令状があったので、彼らは生活指導オフィス、副校長――いまの前の人からの記録を引き出したがってました。その男性はラフティが来て四年めに七十八歳で引退し、ルイジアナに移住しました、そこで孫娘が教師をしているんです」

ピーボディが話していると、ミャータが管理運営部からEDDを案内して出てきた。

「さしあたって必要なものは揃《そろ》いましたか?」彼女はイヴにきいた。

「捜査官たちはどう?」

「関係する記録はすべてコピーしたよ」カレンダーが答えた。「それにタブレットもね、ラフティ博士の古いタブレット」

「ほかにも何かありましたら、ご連絡ください」

一行が外に出ると、イヴはこれからの予定を話した。「現時点では、ラフティが着任したときにいた職員の誰がグレインジを批判したグループにいたのか、はっきりつかめていない。そしてその全員がターゲットなのかもしれない。だから全員に――例外なく――知らせて、荷物の受け取り開封に警告を発するわ。ピーボディ、あなたが前半の半分をやって、わたしが残りをやる」

「四つに分ければもっと速いですよ」マクナブがカレンダーに目をやると、うなずきが返ってきた。

「わかった。ピーボディ、分けて。わたしには全員のリストをちょうだい、でも誰が誰を担当するのか印《しるし》をつけておいて。あなたたちはセントラルで降ろす。わたしはアップタウンへ行って、金持ち男の聴取をしてくる」

「わたしも行きますよ、帰りは地下鉄にします」

「あなたはこっちにかかってもらったほうがいいの。さて、リストをわたしのユニットに送って——ダッシュボードのやつも含めて。途中で最初の十人から始めるわ。今夜は誰もいまいましい金の卵をもらわないと思うけど、手は打っておく」

「警部補用のコピーはこれですよ」マクナブが小型のファイルバッグを渡した。「教職員、生徒、管理運営者、サポートスタッフでディスクを分けておきました」

「いいわね。それじゃとりかかりましょう」


三人組と彼らのフィジー（それに関してはみんな底なしに飲めるらしい）を降ろすと、イヴはアップタウンへ向かった。時間、車の多さ、これからする聴取を考えて、家に帰る時間は遅くなると計算した。

腕時計《リスト・ユニット》を使って短い文章をロークに送った。

まだ仕事中。遅くなる。

荒っぽい運転でミッドタウン近くまで来たとき、彼の返信が入ってきた。

僕もだ。

オーケイ、とイヴは思った。それならおあいこだ。

たぶんね、と今日これまでのこと、今日これからあることを考えて、せつない気持ちをおぼえながら、イヴは家のほうからリヴァーサイド・ドライヴのほうへ進路を変えた。

夕暮れのくすんだ光の中、グリーンウォルドのいる建物は金色のタワーで、外の人間用グライドが地上の数階にぐるぐると巻きつき、きらめくガラスのエレベーターが北側と南側をなめらかに行ったり来たりしていた。

イヴは三階まである巨大なガラス壁のエントランスの縁石に車を停《と》め、駆け寄ってきたお仕着せのドアマンと一戦交えようと身構えた。

しかし彼はイヴがそうする前にドアをあけ、にっこりと挨拶《あいさつ》をしてきた。「こんばんは、警部補。どういったご用でしょうか?」

オーケイ、ということはこの建物はロークが持っているのだ。

「レジナルド・グリーンウォルド」

「かしこまりました。ミスター・グリーンウォルドはいまご在宅です。デスクにいるカールがお通しするでしょう。ハドソン・タワーへのご来訪をお楽しみください」

「ええ」

ドアマンがイヴより先にドアへ行き、センサーを押すと、二メートル半四方のガラスがするすると開いた。なかなかのものじゃない、とイヴも認めざるを得ず、それは高級なショップ、カフェ、フードマート、バーを備えた二階ぶんあるロビーも同様だった。流れる澄んだ青の川をえがいたモザイクのフロアを進み、あざやかな金魚が泳ぐ小さな青い池をぐるりとかこむ、雪のように白い花の中央の島を通りすぎた。

イヴは、二階へ続く幅広いカーブした階段、やはりガラスの屋内のエレベーター乗り場――そして生身の人間と電子の両方から成る、人目につかないセキュリティがたくさんあるのを見てとった。

デスクに行くと、粋な黒い制服を着た上品な五十がらみのカールがにっこり笑みを浮かべた。

「警部補、ハドソン・タワーへようこそ。ミスター・グリーンウォルドをご訪問ですね」

それじゃドアマンがデスク係にご注進したわけか。効率的ね、とイヴは思った。しかしそれこそがロークがものごとを進めるやり方だ。

「そのとおりよ」

「ミスター・グリーンウォルドはいまお宅にいらっしゃいます。わたくしからお知らせしましょうか?」

「いいえ。上に通してくれるだけでいいわ」

「かしこまりました」カールはためらいもしなかった。「ミスター・グリーンウォルドは五十六階を所有されております。その階へ行く正しいエレベーターへご案内いたしましょう」

彼がカウンターをまわってきて、イヴを案内していった先は小さな、二つめのロビーで、鏡張りの壁から突き出したガラスのチューブには、淡い淡いピンクとラヴェンダー色の奇妙に美しい花が飾られていた。

カールはスワイプを使って、三つあるエレベーターのひとつにアクセスした。

「グリーンウォルド」と彼は指示した。「メインエントランス」そしてふたたびイヴにほほえんだ。「楽しいご訪問を。ほかにも何か必要になりましたら、お知らせください」

「そうするわ。ありがとう」

エレベーターのドアが音もなく閉じたが、エレベーターはありがたいことにガラスではなかった。というか、透明なガラスではなかった。壁には落ち着いた金色の薄い光沢があったから。

イヴはエレベーターがなめらかに上昇し、最上階まで止まらなかったのをありがたく思った。

グリーンウォルドの住居です、とコンピューターが言うと同時にドアが開いた。

ここでは分厚く、銀色がかったグレーのカーペットが敷かれていた。イヴはドアが開いたときに、そこが中央の位置で、一メートルほどのところに白い両開きのドアがあることに気づいた——金塊の重大な隠し場所を守れるくらいのセキュリティがあることにも。

ドアへ歩いていき、ベルを押した。

ミスター・グリーンウォルドは通告のないお客様にはお会いしません。メインロビーへ戻って、許可を要請してください。

「お客じゃないわ」イヴはスキャンのためにバッジを持ち上げた。「わたしは警官、そしてこれは警察の用事」

少々お待ちください。

イヴがバッジを持ち上げたままにしているあいだ、スキャニングの光がそこを走り、ドアのカメラが彼女を記録した。そして、と彼女は思った。この防犯コンピューターはグリーンウォルドに、NYPSDが玄関に来ていると知らせている。

あなたの身元は確認されました、ダラス警部補。お待ちください。

待っているとドアが開いた。

その女は二十代なかばにみえた。ミルクのように白く、しみひとつない肌、つややかに流れ落ちるあたたかい蜂蜜色の髪、北極の青の目、五十五階下にあった花のように淡いピンク色にした大きな口。

「どうぞお入りください。お待ちいただいてありがとうございます」

ていねいな英語には東ヨーロッパのアクセントがあった。彼女が後ろへ下がると両耳のダイヤモンドが火のようにきらめき、その先の通路はひどくいかめしくみえる、芸術をきどった裸の女の彫刻にはさまれていた。

「わたしはイリーナといいます、ミスター・グリーンウォルドの個人アシスタントです」彼女は優美な手でリビングエリアのほうをさした。そこには三つの談話エリアがあり、どれもみな落ち着いた威厳のあるカラーリングで、テーブルと、透明もしくはミラーガラスのチェストが置かれていた。重たげなカーテンがさがっているのは、テラスに出るガラスドアだろう。高級そうな鏡と一緒にあちこちにあるアートは、花瓶の静物か果物をいれた鉢で、もっと威厳があった。

めったに使われないスペースという感じがした。

「よろしければおかけください。ミスター・グリーンウォルドはじきにいらっしゃいます。お飲み物をお持ちしましょうか?」

「いいえ、けっこうです」個人《パーソナル》アシスタントか、よく言うわ、とイヴは思った。だったらごく個人《パーソナル》的なおしゃべりをしようじゃないの。「あなたはここに住んでいるんですか? このフロアに？」

「はい。いつでもミスター・グリーンウォルドのところに行けます」

でしょうね。

「彼のところで働いてどれくらいになりますか？」

「もう三年です」

「この国にいるのとほぼ同じ長さ？」

「ええ。わたしは――」

「ミスター・グリーンウォルドの前の奥さんを知っていますか？　ロッテ・グレインジを？」

「すみません。知りません」グリーンウォルドが入ってきて、彼女の顔に安堵が浮かんだ。

「ダラス警部補です、ミスター・グリーンウォルド」

「ああ、イリーナ、いいんだよ」

彼がイリーナを軽く叩いた様子が、はっきりと、彼女のアシストが非常に私的《パーソナル》なものであることを語っていた。そういう意図のものだと。

グリーンウォルドは片手にロックグラスを持ち、もう片方の手をイヴにさしだした。「ロークのお巡りか」

彼はよく響く、ユーモラスといってもいい声の持ち主で、それはシロメ色《ピューター》の波打つゆたかな髪、愉快そうな黒っぽい目、完璧にととのえられた山羊《やぎ》ひげに合っていた。

百九十センチ近いがっしりした体格の男で、自分の髪より何段階か薄い色のズボンとセーターという、自宅で晩をすごす格好をしている。

彼は落ち着いたグレーのハイバックのソファに座り、イヴにも座るよう手でうながし、それからのんびりとソファの背にもたれた。面白がっているように、横のクッションをぽんぽんと叩いてイリーナを呼んだ。

彼女は堅苦しく、あきらかに居心地悪そうに座った。

「で、ロークのお巡りが何の用でわたしの家に来た？」

「わたしはNYPSDのお巡りです、ミスター・グリーンウォルド、それからお宅へうかがったのは殺人があったからです」

イリーナが小さなねずみのような声をあげた。グリーンウォルドは眉を上げた。「誰の？」

「ケント・アブナー、エリーズ・デュラン」

「その気の毒な人たちのどちらも知り合いではないと思うが」

「二人とも自家製の化学薬品で殺害されました。あなたは化学物質を売買していますね」

彼の眉毛はさらに上がり、それから彼がのんびりと酒を飲むとまた下がった。「わたしは清掃用品を売買しているんだ。きみはこの街で化学物質に何らかのかかわりがある人間全員のところを訪ねているわけじゃあるまいな」

「どちらの被害者もあなたの前の奥さんにつながりがあったんです」

「どっちのだ?」彼は少し笑った。「二人いるぞ」

「ロッテ・グレインジです」

「ロッテ? ほう、これは面白い。彼女は容疑者なのか?」

「あなたとグレインジ博士が結婚したとき、彼女はテリーサ・A・ゴールド・アカデミーで校長をしていましたね」

「数年だが、そうだ。もう結婚していた期間より、離婚してからのほうが長い」

「最後に彼女と会うか話すかしたのはいつですか?」

「離婚が決着した日だろうな、おたがいの弁護士立会いのもとで。わたしの知るかぎりでは、彼女はイースト・ワシントンに住んでいるよ。いちばん単純な事実は、ロッテとの結婚はわたしの生涯において、ちょっとした一時の気の迷いだったということだ。なごやかに別れたわけではないが、その気の迷いが終わってしまうと彼女のことなど考えなくなった」

「あなたが終わらせたんですね」

「ああ、そうだ。イリーナ、マイ・スウィート、このおかわりを作ってくれないか」

「承知しました」彼女はぱっと立ち上がり、グラスをとり、すばらしい若い脚を強調するハイヒールでそそくさと離れていった。

「ゆうべと四月二十七日の夜はどちらにいらしたか、教えていただけますか？　午後十時から十一時のあいだですが」

「おや」またしても眉毛が上がったが、その下の目は、ほんの少しけわしくなった。「ずいぶんと本格的だな。弁護士に連絡したくなったが、いまの時点では、まだ楽しんでいるよ。ゆうべならわたしたちは人をもてなしていた。ここでディナーパーティーだったんだ、六人のお客を迎えて。八時にみんな着席して食事を始めた。最後の客が帰ったのは十一時すぎだったかな。二十七日は……」

今度はズボンのポケットから小さな記録ブックを出した。「ああそうだ。わたしたちはシカゴにいた、二日間の出張の二晩めだ」

「〝わたしたち〟？」

「イリーナとわたしだよ」彼は笑った。「彼女はなくてはならない存在なんだ」

「でしょうね。ご自分の会社のラボに行ったことはありますか、ミスター・グリーンウォルド？」

「ときおり。すべての部門にときどき顔を出すようにしているんだ。個人的な関係に役立つのでね。なんといっても、うちの祖父が会社を築いたんだ。それからきかれる前に言っておくが、わたしは化学のことはある程度知っている、有機溶液のことをある程度知っているようにな。なぜわたしが知りもしない人間を殺すと思うんだ?」

「ケント・アブナーはマーティン・ラフティの配偶者でした。ラフティ博士はあなたの前妻のあと校長になりました」

「ラフティか、なるほど。なるほど」彼の顔にふたたび興味の光がともった。「実際に会ったことはないが、彼のことは好きなほうに傾いていたよ、ロッテがまったく彼を好きじゃなかったからな」

「そうなんですか?」

「わたしの感じだと、彼はロッテに非常に批判的だった」グリーンウォルドはイリーナが持ってきたグラスを受け取り、またしても横のクッションを叩いた。「ロッテは——たぶんいまでもそうだろうが——批判されるのが苦手だった。むろん、ロッテとわたしが……問題を抱えていた時期も」

「それはどんなことで?」

「わたしはここにいないほうがいいですね」イリーナが言いだした。

「馬鹿なことを言うな」そしてグリーンウォルドは手を、わがもの顔で、彼女の腿《もも》に置いた。「ロッテとわたしは衝動で結婚した。セックスでの衝動だ。彼女は、やはりいまでもそうだろうが、とことんセックスの奴隷なんだ。わたしはセックスの奴隷が好きなんだよ。彼女は体もすばらしかったし、知的で、野心もあった。金はとくに問題ではなかった、彼女も自分の金を持っていたからな。わたしのほうが多かった、かなり多かったよ、それが彼女には魅力だったんだ」

グラスを持ち上げ、彼はなかば乾杯するようにして、それから飲んだ。「われわれは取り決めをしていた。どちらかが婚姻外のセックスをすることにしたなら、人目を引かないようにすること、ことを進める前に相手にそうした行為の許可を得ること」

「そして彼女はその取り決めを破った」

「そうだ。わたしは封筒を受け取った、中にはロッテの、いうなれば、名誉を傷つける写真が入っていた」

「誰との？」

「言えない。男の顔はそむけられていた、というか、うまい具合に隠されていたんだ。彼女を問い詰めると、一笑に付したよ。どうってことないでしょう？とね。どうってことあったさ、わたしには。彼女は取り決めを破ったんだ。たしかに、われわれは結婚生活を終わりにすることにしたが、まあ、人目を引かないようにやることで合意したんだよ」

グリーンウォルドはまた酒を飲んだ。「彼女は別の勤め口を探した。ここに何か月か住んでいたが、生活は別々にしていたんだ、わかるだろう。彼女は気前のいい財産分与を求めてきた。わたしはそんなことをしてやるつもりはなかったね。われわれはそのことで争ったが、何かがおかしかった。彼女は感情むきだしで、ぴりぴりしていて、それで結局、彼女が教師のひとりといるところへ、別の教師が踏みこんでしまったことがわかった。名誉が傷ついた、だと。さぞかし見ものだったろうよ」

「その人たちの名前は?」

「知らないな」グリーンウォルドはイリーナの腿から手を持ち上げ、その質問を払いのけた。そしてまた手を腿に、さっきよりほんの少し上へ戻した。

「どうでもよかったんだ。彼女はイースト・ワシントンの勤め口を、快適な決着を望んでいた。わたしが浮気をしていたことを指摘し、それにおたがいの取り決めは文書にしていなかった。わたしを法廷に引っぱり出して、傷ついた妻を演じ、わたしの家名に傷をつけるつもりだった。彼女なら実行していただろう。それを終わらせ、彼女を追い払うためなら数百万ドルの価値はあった」

「二人の教師については何か?」

「さっきも言ったように、彼女はその勤め口がほしかったんだ。こうと狙いを定めたら、止められるものじゃない。彼女はその二人に、自分は警察に行き、理事会に行き、性的暴行の告発をすることもできるのよ、と言った。だから彼らも口をつぐんでいたほうがいい、自分は何週間かすればいなくなるからと」

グリーンウォルドは肩をすくめ、酒を飲んだ。「わたしの知るかぎり彼らはそうした、彼女がその年の最初の学期の直前にイースト・ワシントンへ移ったように。わたしは離婚の申し立てをしたよ、彼女と合意したとおりに、財産分与も含めて。彼女はそれを決着させに戻ってきた、わたしはそれ以来彼女に会ってもいないし、話もしていない」

「その写真をまだ持っていますか？」

彼はその質問に驚くと同時に面白がっているようにみえた。「なぜわたしがそんなことを？　とっておいてはいたよ、万一にそなえてね、離婚が決着するまでは。そのあとは破棄した。一時的な気の迷いだ」彼はもう一度、半分だけの乾杯でイヴに念を押した。「それにわれわれはその気の迷いのあいだに、非常に満足できる私生活を送ったから、かかった金だけの価値はあった」

グリーンウォルドは酒を飲んだ。「それに加えて、彼女には金では買えない教訓をおそわったよ。結婚は馬鹿のするものだ。ただ楽しめるものを、なぜ法の認可をもらって複雑にする？」

顔を振り向け、彼はイリーナの頬にキスをした。「そうじゃないか、マイ・スウィート？」

「はい、ミスター・グリーンウォルド」

彼は声をあげて笑い、イリーナの腿をきゅっと握った。「彼女は可愛いだろう?」

「本当に貴重な方ですね。イリーナ、ゆうべはどこにいました?」

彼女は唇を結び、グリーンウォルドを見た。

「答えなさい」

「わたしたちはディナーパーティーをする——しました。カクテルやオードヴルを七時から八時に。八時にディナーが出て、もっとおしゃべりを。十時にコーヒーとブランデー」

「オーケイ」イヴは立ち上がった。「お邪魔しました」

「玄関までお送りします」

玄関へ近づくと、イヴはイリーナにささやいた。「もしここで幸せじゃなかったら、わたしが助けてあげられるわ」

イリーナは心底驚いたまなざしを向けてきた。「いいえ、わたしはとても幸せです。ミスター・グリーンウォルドはとても親切で、とても気前がいいんです」彼女はイヴのためにドアをあけた。「わたしに手をあげたりしません。男の人がするときにどんなふうかは知っています。彼はしません、これからもしないでしょう、彼には暴力がありません、だからわたしは幸せです」

「わかった。状況が変わったら、わたしに連絡して」

イヴはエレベーターへ歩き、自分の祖父になれるくらいの老人が手をあげないからというだけで一緒にいて幸せだなんて、イリーナはいったいどんな目にあってきたのだろうと思った。

13

彼女がゲートを抜けたのは暗くなってからで、だからあれはあった。あのお帰りなさいの明かりが全部。

車を停めて、ただハンドルに頭を落とさずにいられなかった。そのときまで、今日という日がどんなに重くのしかかっていたか気づかなかった。死のすべて、悲しみのすべて、おぞましさのすべて。

だからそれを押し返して、呑みこんで、残りの家路を走った。

ファイルバッグをとった――彼女の一日はまだまだ終わりではない。リストにあった人たちには連絡し、警告を発し、ひとりならず、ひと家族ならず、恐怖を叩きこんだ。

それでも死より恐怖のほうがましだ。

家の中へ入ると、サマーセットが待っていた。イヴをじっと見る。

「猫が何のぼろを持ちこんできたのかと言うところですが、彼は一日じゅう家におりましたな」

やり返すのではなく、イヴはジャケットを階段の親柱にかけた。「荷物が来てもいっさいあけないでよ。たとえ来る予定だったものでも」

イヴが階段をあがっていくと、彼は前へ出てきた。「配達物はすべてスキャンされます」

「どれもあけないで、スキャンしたのもしてないのも。だめったらだめ」

「なるほど」サマーセットが後ろで顔をしかめていたが、イヴは猫をすぐ後ろに連れて階段をあがりつづけた。

まっすぐ自分の仕事部屋へ行き、コーヒーをいれ、まず最初にゴールド校からききだした人物全員に通告がいったことを確認した。

だからといって、誰かが警告を無視したり、単に忘れたりすることがないわけではないが、ともあれ通告は受け取ったのだ。

イヴはボードを更新し、それからメモ書きを持って腰をおろした。

ロークはある遅れ――のせいでうっすらといらだちながら家に入っていった――またしても遅れだ――メイン州でのあるプロジェクトの。五日連続の雨は、花にはいいかもしれないが、進行中の改修での屋外作業がまったくできないことを意味した。いまいましい天気までは彼もコントロールできなかったが、こんなときには何か方法を見つけたくなる。

家に入ると、ロークはそのことは脇へやって、コントロールできることに気持ちを向けろと自分に言い聞かせた。それでも少しはじりじりしていたが。

「猫がおまえと一緒じゃないということは」とサマーセットに言った。「警部補はもう帰ってきているんだな」

「さようでございます、それに何かが気にかかっているようです。お疲れのようにみえました、それから……悲しんでいるように。どうにかしてあげてください。それと、わたくしにこう言っていましたよ、非常にはっきりと、配達物はいっさいあけるなと」

「今朝また殺人があったんだ」ロークはそう言いながら階段を見上げた。

「ええ、聞きました。それがここへの配達物とどう関係するのかわかりかねますが」

「彼女が心配しているなら、理由があるんだろう。それが何なのか調べてくるよ」

「あなた様も少しお疲れのようですよ」ロークが階段をのぼっていくときに、サマーセットがそう言った。

「雨のせいさ」

「今日は降っておりません」

「メインでは降ったんだ」

ロークはそのまま階段をのぼっていき、さっきのいらだちをあまり振り払えなかったので、遠まわりして寝室へ行ってスーツを——それに仕事漬けだった一日も——脱ぎ捨てて、軽いセーターとジーンズに着替えた。

彼女の仕事部屋に入っていくと、コマンドセンターに座っていた。猫は定位置の寝椅子ではなく、ワークステーションの脚に座って、彼女を見ていた。

「だんだん気にさわってきたわよ、あんた。昼寝か何かしにいきなさい」

イヴは仕事を続けた。ギャラハッドは動かない。

そしてロークは彼女の目の奥に、点滅するネオンと同じくらいはっきりと、頭痛を見てとった。疲労と、一日じゅう本当の食事らしいものをとらなかった結果だろう。

またしてもイラッとして、ロークはポケットからケースを出しながらコマンドセンターへ歩いた。イヴと猫が揃って頭を振り向けて彼を見た。

猫の目は、サマーセットの言葉と同様にはっきりこう言っていた。何とかしなよ。

「痛み止めを飲んで。そんな頭痛がしていたらまともに作業ができないだろう」

イヴは拒否しようとした——ロークにはそれがわかった——と同時に彼女の気持ちが変わ

るのもわかった。抵抗も言い訳もなしにイヴがそれを受け取ると、ロークはたしかに何とかしなければならないことがあるなと思った。

少なくともそれで自分の停滞したプロジェクトのことは考えなくてすむ。

ロークは彼女の事件ボードに目をやり、二人めの被害者、犯罪現場の写真に気づいた。

「報道では、彼女にはティーンエイジャーの息子が二人いるそうだね」

「ええ」

「夫を疑ってはいないんだろう」

イヴは首を振った。「彼はコロンビア大で教えてるの。デニス・マイラが彼の知り合いでね。奥さんの死を知らせるのを手伝ってくれた。その人は打ちのめされて、ばらばらになってしまってた。ミスター・マイラが支えていたわ」

「デニスはやさしさと思いやりでできているね」

イヴはときおり、ニューヨークにいる誰もが、心の中にほんのちょっとのデニス・マイラを持っていれば、自分の仕事はなくなるのにと思う。

「デュランは──配偶者よ──コロンビア大で教える前、ゴールド校で教えていたの」

「ああ。つながりがつかめたね」

「ええ。女性がひとり、わたしにそれをくれるために死ななきゃならなかったけど、つながりはつかめた」

「イヴ」

彼女はまた頭を振った、さっきより強く。「わたしのせいじゃない、わたしのせいじゃないのはわかってる。でも彼女は死んだままよ。ああ、ローク、彼女を発見したのは母親なの」

何も言わず、ロークは彼女の後ろへ歩いていき、両肩に手を置いて、頭のてっぺんにそっとキスをした。「僕には何ができる?」

イヴは椅子に座ったまま体をまわし、彼に両腕をまわし、顔をつけてきた。

「よしよし」ロークの心は砕かれた。「しばらくそこから離れておいで」

「わたしは――」イヴは言葉を切り、自分を立て直した。「今朝のことで言わなきゃならないことがあるわ」

慰めようとしていたので、彼は一瞬、虚を突かれた。「今朝?」

「もう忘れてくれたのね。怒っていたけど、もう忘れてくれたの。わたしも怒っていた」

思い出し、彼は肩をすくめた。「僕たちのどちらにとっても、はじめてのことでもないし最後のことでもないだろう」

「ええ、でも――」イヴは彼を放し、立ち上がって彼と向き合った。「人がお金のことで腹を立てるのは知ってるわ。まったくね、みんなお金をめぐって頭を叩き割るんだから」

「僕たちのどちらも、そこまではいかないだろう」

「わたしたちがお金のことで怒るなんて馬鹿げてるのはわかってるの。お金について怒るなら、足りないとか、だらしないとか、ほしがりすぎるとか、そういうものでしょ。ありすぎるなんて事実じゃなく」

ロークは彼女の顎《あご》のくぼみを指先でなぞった。「そこは変える予定はないよ」

「あら、了解。問題はね、わたしがちょっと手持ちが足りなくなるたびに、あなたが札束を出してくるのに慣れたくないってこと。ATMに寄ってたら、足りなくならなかったはずなんだから。それにああもう、今日ATMに行くのを忘れたのよ、おかげであなたの言ったとおり」

「きみの借用書はまだ持っているよ」

「慣れたくないの」イヴは繰り返した。「頼るようには。もうずいぶん慣れちゃったし、ずいぶん頼るようになってしまったもの。あなた、この家、いまの二人の生活。クローゼットの服、飲んでいるコーヒー」

「それのどこが悩みなんだい？」

「悩んでるんじゃないわ——というか、ときどきちょっと悩むだけよ——そこがわたしの問題。あなたがちょっとお金を貸してくれたからって怒るなんて馬鹿げてた、でも、ヘイ、別にいいじゃない、なんて思うようになりたくないの。ロークが払ってくれるわ、って。おたがいにそうなりたくない。わたしにとっては大事なことなの」

「僕にとっては、きみがすっからかんのまま家を出ていかないことが大事なんだと理解してくれれば、僕もそれを理解するよ」

「まったくのすっからかんじゃなかったわ。とにかく、いまのは言わなきゃならなかったことのごく一部なの。デュランは、彼はずたずたになってしまった、そして今朝奥さんに行ってくるよのキスをしたかどうか思い出そうとしている。奥さんに愛しているって言ったか、行ってくるよってキスをしたかをね、だって彼女は亡くなってしまったから。それで思ったの、わたしは怒っていた、それで家を出てきた。あなたに行ってきますのキスをしなかった。愛してるって言わなかった。それに、ちくしょう、すべては変わることがある、壊れることがある、そうなったら二度とそうする機会はないんだって、わたし以上に知っている人間がいる?」

「マイ・ダーリン・イヴ」ロークは彼女の額に、両頰に、唇にキスをした。

「きっとまた同じことがあるわ。怒って家を出ていくのはあなたかもしれない。だから言いたいの、そうなったときには、どっちがどっちでも、いまここでのことを思い出して、って」イヴは両手で彼の顔をはさみ、キスをした。「ただ思い出して」

「きみもね」ロークはキスを返した。それから彼女を抱きしめた。「スパゲティ・ミートボールはどうだい？」

額を彼につけているうちに、体の中にあったものがすべてが引いていき、またいっぱいになった。「もう、あなたってどのボタンを押せばいいか知ってるんだから」

「たしかにね、うん。それじゃ一緒に座って、パスタを食べて、ワインを飲もう、それからきみはさっきのつながりについて、それからその意味するものについて話してくれ」

「料理はわたしが用意する、あなたはワインをとってきて」

それで二人は腰をおろして食事をし、そのあいだにイヴは彼に今日あったことを話した。

「計算された残酷さがあるね、恨みを抱いた相手の配偶者を殺すなんて」ロークはパンをちぎり、分けたぶんをイヴに渡した。「きみがサマーセットに配達物をあけるなと言ったことと、それがどうつながるんだい？」

「わたしは学校に行って、いろいろ質問をして、ＥＤＤを記録にアクセスさせただけじゃなくて、耳をそばだてている人間には——それにもし犯人がそうしてないなら、そいつは馬鹿よ——こっちがつながりをつかんだことをはっきりさせた。主任捜査官に一発食らわすのに、彼女の配偶者を狙うこと以上にいい方法がある？」

イヴはパスタを巻いた。「確率は低いけど、リスクを冒すこともないでしょ？」

「なるほど。それじゃきみはグレインジをじっくり調べるんだね、それと移行期間、校長の交代を」

「あの学校がつながりなら、それに実際そうだけど、いちばん強い鎖の輪は彼女よ。わたしが見てきたあらゆることからして、彼女は生徒にも教師にもまったく関心がなかった。大事なのはただもう名声、大口の寄付だけだった」ミートボールのかけらをフォークに刺し、それを振ってみせた。「そこであなたにききたいことが二つ。グレインジの元夫、〈オール・フレッシュ〉のレジナルド・グリーンウォルドについて知っていることは？」

「ああ。一度か二度、会った気がするな。そう考えると、グレインジにも会っているかもしれない。ビジネスはしっかりしているという以上だ、それにあの一族はそこをちゃんと経営しているという評判だよ。何か特別なことや、おかしなことは聞いたおぼえがないな。彼がかかわっていると思っているのかい？」

「あの会社にはたくさんのラボがあり、たくさんの化学者がいて化学薬品もある。彼はただのCEOじゃなくて、創立者の孫よ、だからラボにいたって、誰が疑念を持つ？」イヴは肩をすくめ、またパスタを食べた。「でもかかわっているとは思ってないわ、少なくともこれまでつかんだものからは。彼とグレインジのあいだに失われた愛はなかったし。二人は取り決めをしていたの」

「そうなのかい？」

「彼はそう言ってる。二人はおもにセックスのためと、たがいの野望と相手のイメージがぴったり合致したので結婚したの。どちらかが婚姻外のセックスをしたくなってもまったくかまわない、秘密にしておくかぎりは。彼女はしておかなかった。誰かが夫に彼女の写真を、顔はわからないけれどセックス相手といるのを送ってきたばかりでなく、彼女は教職員のプールに飛びこみ、見つかってしまった」

「うかつだな」

「彼女が生徒をたぶらかしていたという憶測もされている」

「それはうかつどころじゃないな。でも……彼女とグリーンウォルドは、いま思い出したが、同年輩だよ。それだと当時の生徒より、ざっくり言って五十歳も年上ということにならないか？」

「グリーンウォルドには、彼の個人アシスタントと称する、二十四歳で住みこみのウクライナ系可愛い子ちゃんがいた。だからその点はあなたも気をつけなさいよ、大物さん、年齢差でいったらあなたのところだって同じ幅でしょ」

「とはいってもその女性は成人なんだろう、生徒じゃなくて」ロークは指摘した。「だったらそこの違いは大きいよ」

「事実には逆らわないわ」

「彼女を調べたのかい？」

「調べた。グリーンウォルドは彼女を援助し、三年前に呼び寄せた、だから離婚してだいぶたってるわね。わたしは彼女に逃げ道を教えて、手を貸してもいいと言った。でも彼女はとても満足していると言ったの――それも本気で。彼はやさしいし、自分に手をあげたりしないから、って。それに、力を持った人間に痛い目にあわされるのがどんなものかは知っているって。だから……あの二人の問題よ」

「不快なグレーゾーンだな、でも――未成年ではなく、生徒でもない。グレインジが本当にそこまでやっていたなら、地位も、別のところに着地するわずかなチャンスもなくすだけでなく、刑事告発に直面することになる」

「ええ、でしょうね。イースト・ワシントンへ行ったら、彼女にそのことを言ってみようかと思ってるところ」

「彼女のところへ行くのかい？」

「聴取のためにこっちへ来させる手続きを始めてもいいんだけど、口実をつくって避けられるかもしれないし、最初の殺し二件は二日のうちにおこなわれた。リスクは冒したくないわ」

「シャトルを手配しておこう。それと、もしそれがきみの慣れていくものなら」彼はイヴが口を開く前に言った。「仕事で時間といらだちを小さく抑え——たぶん命も救う——ためにするんだよ。だからすべては良い結果を出すためだ」

「公共シャトルもそれほど悪くないわよ」イヴは言いかけ、彼のおだやかなまなざしを大目に見ることにした。「でもそうね、時間の節約になるわ。午前中、ケント・アブナーの葬儀のあとに行ってくるつもり。

二つめの質問。ミゲル・ロドリゲスについては何を知っている?」

「知っていることがあるかどうか自信がないな。誰だい?」

「状況を簡単にしてあげるわ、あなたはおおまかに言ってウルグアイの人口くらいの人間を雇っているんだものね。彼はたまたまカレンダーの昔なじみなのよ、だから彼女が最初にその情報をわたしにくれた。ゴールド校の教師からもまたその情報が出てきたんで、調べてみようと彼女から名前を聞いておいたの。

ロドリゲスは奨学金でゴールド校に行ってた」イヴはまたフォークにパスタを巻きながら続けた。「彼は全費用給付の奨学金を得てMITへ進み、いまはあなたの研究開発部門のひとつでゲームプログラマーとして働いている」

「ウルグアイの人口はどれくらいなんだ？」

「知らないわ、でもあなたはたぶんそれくらい雇ってるでしょ、だから給料をもらってる人間を全員おぼえているわけじゃない」

「いきなり言われたときはね、でも給料をもらう人間は徹底的に調べあげられる。彼は容疑者なのか？」

「いいえ。カレンダーが言うには、ロドリゲスはゴールド校時代にはいじめられ、ぶん殴られていたそうよ。化学の主任教師と話してみたの――もう何十年もゴールド校で働いていて、だからグレインジのときもずっといた。とくに、そのロドリゲスがトラブルメーカーの金持ちの子どもたち何人かのターゲットで、そいつらから逃げられないときには――それにそいつらがまともな成績をとれるようにカンニングに協力しないときには、彼がぶん殴られていたと言っていた。ロドリゲスの親たちはグレインジと会ったけれど、彼女は二人の話をはねつけた」

イヴは食べ、水のグラスをとった。「でもそのあと、ラフティが後任になると親たちはもう一度やってきた、するとラフティははねつけなかっただけでなく、複数名を停学にした」

「まったく別のタイプ《ディファレント・ケトル》なんだな」ロークが言った。

「正反対よね、ほんとに、やかん《ケトル》の反対が何であれ。その化学教師は名前をひとつ教えてくれた、それにラフティの覚え書からももっとつかめた。これからその連中を調べるわ。ロドリゲスとも話して、全体像をつかみたい」

「簡単に手配できるよ。僕も彼について記憶をあらたにしておきたい」

「その化学教師は、わたしにはしっかりした人物にみえたけど、ロドリゲスに好感を持ってた。そういう感じがしたわ。すばらしい頭脳、あきらかにそうよね、そして彼はカンニングに協力せずボコボコにされたんだから、倫理感とガッツも加わるでしょ。あなた、彼をひっさらってきたんじゃないの」

「最高の人材だけだよ」ロークはそう言って彼女の手へ腕を伸ばした。「彼を調べて、上司と話してみよう。きみの希望する時間にきみのところへ来させてもいいし」

「時間の節約になるわね。葬儀は八時なの。故人の好きだったランニングのルートでやりたいんですって。シャトルは九時までに乗れるわ。戻ってくるときにあなたに連絡しましょうか？　グレインジを追いつめて聴取するのにちょっと手間取るかもしれないし」

「ホイットニーから理事会か学校の理事長に連絡してもらえば——学校の仕組みがどうあれ——かなり圧が強くなるんじゃないか」

「ふうん。でしょうね。ちょっと強硬なやり方、でも……」

「きみの長所を生かしておいで、ダーリン」

「いまのはほめ言葉ととっておく」イヴは最後のミートボールの最後のひと口をじっと見た。「お肉をボールにするってコンセプトを思いつくなんて、どんな天才だったのかしらね。その人をたたえる彫像があってしかるべきよ」

「ボールの中にあるのはお肉だけじゃないと思うが」

「言わないで」イヴは最後のひと口を食べた。「知りたくないから。だいいちあなた、食材に何が入っているかなんて、わたしとどっこいどっこいしか知らないでしょ。だからわたしたちにはお肉のボールってことにしておきましょ」

「それが八方よさそうだな。それじゃ夕食を用意してくれたのはきみだから、皿の片づけは僕だね」

イヴがコーヒーを持って自分のコマンドセンターに戻ったとき、実際にロークを――ウルグアイの人口くらいの人間に給料小切手を切っている人を――知らない人間は誰ひとり、彼がキッチンへ皿を運んでいるところなど想像しないだろうという思いが浮かんだ。

実際に知り合うまで、他人のことはわからないものだ、とイヴは思った。それでロッテ・グレインジのことを考えてみた。彼女の印象には、冷たい、性的関心が強い、野心家、たぶん欲が深い、といったところが含まれていた。しかし中身のつまった頭脳、それにたしかな手腕もそなわっているに違いない。セックスでの出世で上流学校の校長という地位にのぼれる人間などいない。少なくとも長く続けるのは無理だ。

ホイットニーの影響力を利用して聴取を確実にするというロークのアイディア——彼はいつもいいアイディアを思いつく——はもっともだったので、イヴは部長に要請を送った。

それからケンデル・ヘイワードについて調べた——カンニング生徒、いじめっ子、ハイスクールの不良少女。イヴはこのタイプを知っていた——高級な私立学校の専売特許ではないからだ。公立校や州立校にも荒っぽい形ではびこっている。

ヘイワードは卒業し、二年ほどメリーランド大学で一般科目をとり、退学して母親とイベントプランニングの仕事をしているようだった。

そしていま居住して仕事をしているのは——うれしい偶然——イースト・ワシントン。ある議員の補佐官で、金も、家名も、大志も持っているらしい人物との婚約が、前の夏に発表されていた。

一石二鳥でいこう、とイヴは思い、イースト・ワシントンへの旅をさらに価値あるものにすることにした。

それから当時のラフティの覚え書を拾い読みし、停学になったかもしくは親たちに退学させられた、問題のある生徒たちを調べていった。

イヴはある生徒のところで手を止めた、ヘイワードと仲がいいと言及があったからだ。マーシャル・コズナー。ゴールド校から転校して、ヴァーモント州のブリッジポート・アカデミーで最終学期を終えている——彼の母方の祖父母が住んでいる土地だ。コズナーは次に法律を学び、一族の中でそうした四代目になった。しかし先祖がやったように、ハーヴァードには入っていなかった。

コズナーは現在、一族の法律事務所——ニューヨークにある——で事務員をしており、法律の学位はまだとれていなかった。

この様子では、道のりは長そうだった。問題の一部は、とイヴは思った。非常に高額かつ客をかぎった施設での治療のための休暇かもしれない。違法ドラッグで二度逮捕され、おつとめはなし。

治療施設にはもう一度入っている、このときは身体の治療施設で、コズナーがドラッグの影響下で自分と自分の車をめちゃくちゃにしたあとだ。

依存症のなかには自分で作るのが好きな者もいる、とイヴは考えた。コズナーは教室よりもストリートで化学を学んだのかもしれない。

五人の人物を調べ、またしてもラフティの個人的覚え書で手を止めた。

スティーヴン・ホイットをじっくり見てみた。ヘイワードのハイスクールでの彼氏で、コズナーの仲良し、それにラフティによれば、トラブルメーカーたちの首謀者。

コズナーと同様、彼もラフティが来て最初の数週間のうちに転校したが、彼の場合の行き先は――面白いことに――レスター・ヘンスン・プレップ・スクール。イヴは椅子の背にもたれ、そのことをあれこれ考えてみた。彼はグレインジが校長職を引き継いだ学校へ転校したわけだ。

ホイットはクラスの上位十パーセントで卒業し、これもまた一族の伝統で、ノースウェスタン大学に進んで国際金融を学んだ。ウォール街にある一族の小さな、客を厳選する事務所で働くかたわら、今度は修士号に取り組んでいる。

犯罪歴はおもてにあらわれていないが、彼の経歴を考えれば疑わしい、とイヴには思えた。

ゴールド校の三人組がいまも連絡を取り合っているとしたらと考えていると、ロークが戻ってきたので目を上げた。

「ミゲル・ロドリゲスだが」彼は話を始めた。「僕の組織で働いて約二年になる、そして教育を続けるためのうちのプログラムを利用しているね。MITのオンラインで博士号をめざしていて、年末までには取得するはずだ。

上司は彼のことを強力な人材、面白いアイディアを持っている若者、曇りのない職業倫理観、すばらしい技術の持ち主だとみている。うちでは彼を大学院から直接スカウトしたんだ。彼がニューヨーク勤務を希望したんだよ、こっちではマドリードを提示したんだけどね、ご家族がそちらに住んでいるから」

ロークはコマンドセンターの端に腰をかけた。「これも上司の話だが、ロドリゲスは昇進することになっているそうだ。バイリンガルで、堅実で、現在は別の若きエンジニアに夢中だが、内気すぎてデートに誘えないらしい」

「そんなこともわかったの？」

「漏れがないようにしたかったんだ。いずれにしても、きみが彼と話したくなったら僕に知らせてくれればいい、そうしたらセントラルへ行かせるから」

「その件はいま考えていたところ。おたくの若者をいじめてた不良娘たちのひとりが、いまイースト・ワシントンに住んでるの、だからむこうに行ってるあいだに彼女とも話してくる。それと、ラフティの覚え書からあと二人、ぴんとくるのがいた、どっちもニューヨークにいる。しかもそのうちひとりは、ラフティが着任したあとで、グレインジの学校に転校したの」

「面白いじゃないか？」

「ええ、わたしもそう思う。彼はグレインジについていったのか、グレインジが親たちと彼らのたっぷりある資力に誘いかけたのか？　本人は追い払われることをどう思っていたのか？　別のひとりもヴァーモントへ送られてるの、寄宿制のプレップ・スクールで、祖父母の監視つき。さぞ楽しかったでしょうね。ヴァーモントと不良娘は教育というものさしの上をかすめて飛んでいった。もうひとりはノースウェスタン大学へ入り、いまは一族の金融会社に加わっている。国際金融の」

「何ていう会社だい？」

「〈ホイット・グループ〉」

「それなら知っている、それにブレント・ホイットもね、彼はきみの容疑者の父親じゃないかな」

「現時点では興味ある人物というほうが近いわね、でもそうよ、その人が父親」

「父親、祖父、おじ――それに加えて、いまは息子と、たしかいとこもいたな――それがグループの中核をなしている。顧客を厳選しているね。顧客を受け入れる際の彼らの最低投資額は、僕の記憶では、五千万ドルだ」

イヴは椅子によりかかった。「あなたは取引しているの？」

「いや、していないよ」ロークは彼女のコーヒーをとり、ちょっと飲んでみて、冷めきっていたのでまた下へ置いた。「何といっても、投資する金をかき集めても二、三千が精一杯、という頃が僕にもあったんだ」

「そして手持ちの金は故買屋からのものだったからでしょ」

彼はただほほえんだ。「そんなところだね、言うまでもなく。いずれにしても、僕は自分の投資チームにはもっと幅広いアプローチをしてもらいたいんだ。それに加えて、ブレント・ホイットと彼のチームが提案を持ちかけてきたときには、彼と――そこにこだわってもいいだろう――気が合わなかった」

「どうして取引しなかったの？」

「それじゃ、話そうか。僕はウィスキーを飲むよ――きみがコーヒーを飲むなら、少なくともそれをあっためるといい」彼は歩いていって、壁の一箇所をあけてボトルとショートグラスを選んだ。「彼は気取り屋で、お坊ちゃんで、生まれてこのかたずっと裕福で特別扱いされて、それにただ乗りしてきた人物だ」

スリーフィンガーぶんをそそぐと、ロークは彼女のところへ戻ってきた。「最初に元手をつくったのは彼の曽祖父だった、そしてその息子がその元手をしっかりした資産に変えた。おかげでブレントは生まれたとき、ケツの穴に銀のスプーンを立てていた」

イヴにはその口調がわかった、どんなにひそやかでも。「彼が大嫌いなのね」

「嫌いだね、ああいうタイプも。彼は自分を誇示し、尊大にふるまい、自分自身のチームを見下すような態度をとるんだ、非常に幅広い提案の場合は彼らが仕事の大部分をやることになるだろうに。僕の印象では――いや」彼は言いなおし、ウィスキーを飲んだ。「彼はとてもはっきりさせたよ、自分の会社で僕のポートフォリオをぜひとも獲得したいとね、たとえそのポートフォリオの持ち主が理想とはほど遠いとしても」

「あなたが、つまり成功したダブリンの街のネズミが、その持ち主であっても」

「まさに」

「それはいつだったの?」

「はっきりとは言えないな。何年か前。五年、六年」

「だったら一族の最年少メンバーが会社に加わる前ね。彼がそのチームのひとりだったのか、あなたが会っているのか考えているだけなんだけど」

「どうかな。思い返してみたが、出席していたいちばん若い人間は女性で、二十代なかばだったよ、たぶん。きみの興味ある人物のいとこで、ホイットは下っ端扱いしていた」

「彼の妻――というか、元妻はどう?」

「彼女のことは思い出せないな、でも当時は顔を合わせる理由もなかったしね。聞こえてきたところでは、誰にでも聞こえるだろうが、少々とげとげしいものだったらしい。でも離婚はとげとげしくないほうが珍しいだろう。それに彼女はかなり実のある財産分与を得て、パリに引っ越した」

ロークはウィスキーを見ながら眉を寄せた。「それともフィレンツェだったかな」

「一人息子からずいぶん遠いわね」イヴは言った。

「言われてみるとそうだな。いずれにしても、ホイット・グループは、それにそのなかでもブレントは、自分たちのやっていることを心得ていると言うべきだろうな。彼らはよい評判をとっていて、輝くばかりの顧客リストもある」

「でもあなたは入ってない」

「いま組んでいる会社で十二分に満足しているからね」

「オーケイ、あなたは一族のひとりを知っているんだから、別のも試してみましょう」イヴは自分のメモをチェックしなければならなかった。「ローウェル・コズナーとマリリン・デュポント――ともに〈コズナー、デュポント&スミザーズ〉の弁護士」

「彼らには会ったことがあるよ。きみもだ」

「わたしが？」

「チャリティの行事で二度。彼女は立派な目的の活動に熱心なんだ。自分自身の基金も持っている。やはり裕福な一族で――彼女らが二代めか三代めだろう。会社法、財産法、税法、その他もろもろだ、刑法と国内法も扱っているが。彼女のことは――あれがマリリンだと思うよ――夫のほうよりちょっぴりよく知っている、僕に直接寄付と後援を求めてきたんだ。

ヴァーモントにいるのは彼女の両親だろう」

ロークは指を立て、またウィスキーを飲んだ。イヴには彼がその膨大な記憶ファイルをたどっているのが見えるようだった。「息子についてちょっとゴシップを耳にしたおぼえがあるよ、何かのトラブルだ。違法ドラッグ、それから何か……本人が入院することになった事故」

「そのとおりよ。彼は治療のルートを進んだけど、それも彼がハイになって車をダメにするのを止めるのにじゅうぶんではなかった。車の単独事故、だから自分で自分をぶっ飛ばしただけですんだ。法律の学位はまだとれてない、そして彼は現在、さっき言った会社でヒラの仕事をしている。

最後のに行きましょう。ベンソン・ヘイワード、ルイーザ・レインズ」

「ああ、ルイーザ・レインズね――一流のパーティープランナー、社交界の花形だよ。やはり裕福な一族だ。レインズ家は倉庫型の量販店チェーンを持っている。ヘイワードもたしかウォール街タイプだった」

「二人は離婚したの、約六年前に。彼はウォール街に見切りをつけて南へ向かった。ジャマイカでダイビングショップを経営してる。島のほうよ、クイーンズじゃなくて」

「だろうと思ったよ、クイーンズでダイビングショップの需要はあまりないだろうし」

「娘のほうは何もなし?」

「ビルビー元上院議員の孫息子との婚約については、何か読んだか聞いたかしたと思う。ビルビー家も名家で、政治に深くかかわっている。ペイシェンス・ビルビー=スコット、つまり上院議員の娘にしてフィアンセの母親は、いまは教育長官をつとめている。高い確率で、次の大統領選に出馬するだろう」

「あなたって本当に空白を埋めるやり方を心得てるのね」

「みんな自分にできることをするまでさ。それで、その埋められた空白からきみには何がわかるのかな?」

「それでわかるのは、いま話に出た家の誰一人として、子どもが殺人事件の捜査に巻きこまれるのは望まないだろうってこと、だからこっちとしてはかなりの数の弁護士を押しのけることになるでしょうね」

イヴは新しいコーヒーをとり、デスクにブーツをはいた足をのせてボードをじっくり見た。

「もうひとつわかるのは、あなたがホイットをいやなやつだと思っていること。彼の子どもはハイスクールではカンニングをするいじめっ子で、それは隠されたんでしょうね。彼がカレッジに進んでも、カンニングをするいじめっ子の部分は残っていたとわかったところで驚かないわ。それに彼の記録が清らかだって事実から、もっと隠されていることがあると思えてくる」

「人を信用しないきみの心が大好きだよ」

「みんなそうよ。その心は、コズナーの子どもは勉強より快感を得るほうが好きで、そしてたぶん、仲間がいなくなったらいじめたりカンニングをしたりする度胸もないと言っている。彼は負け犬ね。

そしてヘイワードについては、彼女には少なくとも娘に我慢をさせ、せめて生活のために働くふりをさせた親がひとりはいると言っている。たくさんの金がすぐそこにあるのに、さぞかし腹が立つでしょうね、そして今度は将来大統領になるかもしれない母親のいる金持ち息子と付き合う。イメージを保たなければならない」

イヴはコーヒーを飲んだ。「彼らは全員そうしなきゃならない」

「殺人の動機にはなりそうにないが」

イヴは感情を抑えた目を彼に向けた。「ハイスクールにはあんまり行かなかったんでしょ？」

「ハイスクールというものがないんだよ、言うなればね、アイルランドには」

「むこうで何ていうのかはどうでもいいわ」

「逃げ出せないときには行ったよ」笑みを浮かべ、ロークはまたウィスキーを飲んだ。「逃げる方法はたくさんある」

「州立校にはないわ、だからハイスクールで生まれた恨みつらみの根が深いってことは教えてあげられる。それにたくさんの人間が――あなたも何人かは知ってるはずよ――ハイスクールから完全にはさよならできないの、自分たちがそこで大物だったからにせよ、もしくは名無し以下だったからにせよ」

ロークはもう一度ボードを見た。「その点はきみが正しいんだろうね？　で、興味の《パーソンズ・オヴ・》ある人物《インタレスト》なのかい、それとも容疑者？」

「さしあたってはＰＯＩにしておくわ。でもそれがぐるりとまわって、わたしはロドリゲスから話をきくことに興味津々なわけ。あしたの午後になるかな。時間がもっとはっきりしたら連絡するわ」

「それでいいよ。きみがあしたの準備をしているあいだに、僕はちょっと仕事を終わらせておこう。そのあとは、今朝僕たちは喧嘩《けんか》をしたらしいから、仲直りが必要だね」

「もうしたと思ったんだけど」

「結婚のルールを重んじているのはきみだよ」ロークは彼女にグラスを上げてみせてからウィスキーを飲み干した。「仲直りのセックスに関する記載があるはずだ」

「かもね」

「なければ、書いておいてくれ」ロークはそうアドバイスをして、のんびりと自分の仕事部屋へ入っていった。

14

彼女はゆっくりと、おだやかに目をさまし、仲直りのセックスをすると、ひと晩ぐっすり眠れるのねと思った。

ロークとギャラハッドは部屋のむこうで朝の金融ニュースを見ていた。頭上では、天窓がくっきりと青い空を見せている。

何もかもすこぶる上等。

ごろんと体をまわしてベッドから起き出ると、まっすぐコーヒーに向かった。仲直りのセックスでスリープシャツをとりに起き上がるエネルギーがなくなったので、最初の何口かは裸で飲んだ。

「朝のすてきな眺めだね」ロークが言った。

「裸っていうのはあなたには一日のいつだってすてきなんじゃないの」

「きみの言うとおりだろうな」

イヴは完璧なスーツ、完璧なネクタイの彼を見た。「一日じゅう裸でいるわけにはいかないから、わたしが着なきゃならないものを選んでよ」

指はのんびりと猫をかいているまま、今度は彼がイヴを見た。「具合が悪いんじゃないだろうね、警部補?」

「今日はまず葬儀に出て、イースト・ワシントンに行って腹黒い校長と対決して、次に甘やかされた根性悪のお嬢ちゃんの相手をしてから帰ってきて、いじめっ子二人に取り組むの。それと、高給取りの弁護士もひと山どっさりってことになりそうだし」

イヴはシャワーを浴びにバスルームへ歩いていった。「あなたのほうが早く選べるでしょ」

シャワーですっかり目をさまされるあいだに、今日のスケジュールをおさらいした。はじめにピーボディと葬儀で合流する。犯人は姿をあらわすだろうか、それともその充足を味わえるひとときに抵抗できるだろうか?

元生徒、親、教師、もう一人の運営管理者。

彼もしくは彼女はその範疇《はんちゅう》にいる。そうでなければすじが通らない。

ローブをはおり、寝室へ戻ると、言ったとおり、ロークは彼女より早く服を選んでくれていた。

とはいえ。

イヴはベッドに置かれたジャケットとスリムなカットのパンツに眉を寄せた。「それは何て色？」

「霧色《フォグ》というんじゃないかな」

「でもそれは、ほら、光ってるじゃない」

「つやだよ」彼は訂正した。「かすかなつや。それはパワーというものだ。そして今日のためには、セパレートよりスーツのほうがさらに一段、パワーが増す。モノクロのシャツとブーツで、しゃれていて、不屈の雰囲気が出る。その小さなサファイアのピアス――目立たないし、控えめだ――には顔をしかめるだろうが、最後の仕上げにつけていくんだよ」

実際にイヴは顔をしかめた。「ちょっと豪華すぎじゃないの」

「まったく豪華じゃないが、やはりパワーがあるんだ。それにシンプルでエレガントなカットだから、きみが誰かのお尻を蹴りはじめたとき、最高のコントラストになる」

「ふうん」イヴはそこまで考えていなかったが、それを思うと楽しくなってきた。

「まず朝食を食べて。完全なアイルランド式にしたよ、きみは長い一日になるだろうから」

イヴは完全なアイルランド式が好きだった、とくにコーヒーのおかわり付きは。

「ねえ、今回の学校まわりのことを調べて、グレインジの運営のやり方や、ラフティが運営しているやり方の感じをつかもうとしていたら、あなたが〈アン・ジーザン〉でやっていることが思い浮かんだわ」

「僕たちがやっていることだろう」

「わたしは何にもしてないわ、それに比べて——」

「それは全然違うよ」ロークがさえぎった。「きみは力をそそいでくれたし、きみ自身の経験をもとに、やってはいけないことについてとても重要な意見を僕にくれた。されるべきことについても」

「まあ、どっちでもいいけど。奨学金の子たちや、必死に節約した親たちの子をのぞいて、ゴールドは特権階級のための学校よ。ラフティが来てからはもっと経済的に多様になったかもしれないけれど、私立学校っていうのは主として金持ちの子どものためで、親たちはそのステータスやアイヴィー・リーグへの足がかりがほしいわけでしょ。それが悪いってわけじゃないわ、でも……」

イヴは食べながら考えた。「〈アン・ジーザン〉の対象は、すでに何度かつらい目にあったであろう子たち、教育や経験の機会において本来ならチャンスを持てなかった子たち。単に、ほら、数学と科学と語学とか、そういうものだけじゃなくて、音楽、アート、快適な部屋、カウンセリングも。〝機会〟がキーワードなのよ。ジーザンは大きな機会。なかにはうまくいかない子もいるでしょう。それはわたしの心が人を信用しないせいじゃない」彼女はそう付け加えた。「ただの現実」

「わかっているよ」

「でも大半の子にはうまくいくわ、それにその大半の多くにとっては、それが彼らの現実を変えていく。だから今日、甘やかされてだめになった金持ちの子たちと話すときには、それを心に刻んでおくことにする」

「僕もこれまで金持ちの子には何人か会ってきたよ、信託基金のあるお子様方にも。彼らの全員が役立たずや、強欲なろくでなしってわけじゃない。慈善行為をする者もいるし、そのなかにイメージや税控除のためにそうしている者がいるとしても、結果に変わりはない」

イヴはベーコンをもぐもぐしながら考えた。「ベラは金持ちの子どもに育つわよね、でもメイヴィスとレオナルドみたいな親がいれば、ベラがそのことについて脳たりんになることはない」

「ならないね」ロークは同意した。「彼らと一緒にやっていく人間も」

イヴは完全なアイルランド式をたいらげた。「だからわたしは金持ちの子どもの親たちにも目をむける」

「リンゴとその木かい？」

「それはどういうこと？」イヴは着替えようと立ち上がりながらきいた。

「リンゴはそれがなっていた木から遠くへ落ちないということさ」

「リンゴを食べたいなら、それが落ちる前にとらなきゃ」イヴはラグタイムダンスのように体を揺すりながらアンダーウェアを着た。「でないとただそこに落ちて腐っちゃう」

「拾わなければね。だからもうけもの《ウインドフォール》というんだろう」

イヴはシャツのボタンをはめながら彼にしかめ面をした。「リンゴのことを風《ウィンド》で落ちたもの《フォール》っていうの？」

「足元に落ちてきたもののことだよ、ときには思いがけなく」

「屋根から突き落とされた誰かが思いがけなく足元に落ちてくることだってあるじゃない。どうしてそれがもうけものなの？」

ロークは彼女がパンツを引っぱり上げるのをながめた。「何か値打ちのあるものが足元に落ちてきたということに限定しよう」

「その死体は純金の腕時計《リスト・ユニット》をして、ポケットに現金がつまっているかもしれない、だったらすごく値打ちがあるわね」

「きみにはね」ロークはつぶやいた。「それと、僕はその問題を解決できるだけのコーヒーをまだ飲んでいないみたいだ」

「とにかく」イヴは武器ハーネスを留め、ロークはそれもまた、シャツとパンツのしゃれていてエレガントなカットと、あざやかなコントラストをなしていると思った。「ひとつめの線は、親はラフティが着任したとき、自分たちの大事な子どもがお尻を叩かれたことにいまも腹を立てているかもしれないこと。二つめの線は、馬鹿な子どもを馬鹿な行為から守る親は、しばしば馬鹿な成人をつくりあげること」

「それもひとつの見かただな」

「どっちも見てきたわ。善良で、しっかりした、思いやりのある家庭が悪意に満ちた殺人者を生み出すのも。悪意に満ちた、暴力的な人々が……」ジャケットを着ながらロークに目を向けた。「警官や億兆長者を生み出すのも。だからあなたたなら言えるわよね、木から落ちたリンゴは虫だらけかもしれないし、もしくは、ものすごくおいしいパイになるかもしれない」

「卓越した結果が、絶対的な真実をつくっているんだ」

イヴは肩をすくめた。「わたし、実際に格言になるべき格言の本が書けるかもよ、もし人がたがいに殺しあわなくなれば」

ベッドの横に腰をかけ、イヴはブーツをはいた。

「ピアス」ロークはイヴが走りだして忘れたふりをする前に念を押した。

「オーケイ、オーケイ」つけるために鏡のところへ行かなければならず、イヴはときおり考えるように、どうしてメイヴィスの口車にのって耳に穴をあけてしまったんだろうと思った。

それから鏡に映った自分に顔をしかめた、なぜなら、ちくしょう、ロークのもくろみどおりにみえたからだった。有能でパワフル、しかし傍若無人《ぼうじゃくぶじん》な感じではない。だから、彼女が誰かに傍若無人になったら——たぶんそうなるだろうが——おやびっくり！

もちろん、力にうったえなければならなくなったら、そういうことはよくあるが、本当に上等なスーツもめちゃくちゃにしてしまうけど。

「オーケイ、これならうまくいくわ」

「いくよ、必ず。必要なのはもうひとつだけだ」彼はそう言い、立ち上がって自分のクローゼットへ入っていった。

「これ以上キラキラはつけないわよ」すでにシャツの下には、彼のくれた大きなダイヤモンドをチェーンでつけているのだ——だがそれは感傷だった。プラス結婚指輪、それも、まあ、感傷と結婚のルールだ。

ピアスでもうじゅうぶん。

しかし彼は光るブレスレットではなく、ジャケット——コートを持って出てきた。何だろう？　春と秋にイヴがいつも着ているものより長く、スーツと同じ濃さのグレーだった。

彼が近づいてくる前に革のにおいがわかった。

「わたしはもう持ってる……」

イヴの反射的な抵抗は消えた、なぜなら、ああそうだ、革のにおいがわかったから。ロークは彼女が革に弱いことを知っている。

「持っていないよ、でもいまは持っている、魔法のトップコート《トッパー》をね。これはきみのジャケットやコートと同じように、裏地つきで加工してある」

トッパー。たぶんこれには本当の名前があるのだろう。

豪華ではなかった――ロークは彼女が豪華さには尻ごみすることをわかっていたはずだ。シンプルなスモークカラーのもので、ポケットのスリットが両横にあり、たぶん腿のなかばくらいの丈だろう。ダークシルバーのボタン――キラキラしない――には結婚指輪と同じケルトの模様がついていた。

つまり彼はあらゆる面でイヴを把握しているということだ。革、シンプル、感傷。

「こっちへおいで、ちょっと見てみよう」彼はイヴが腕を通せるようにコートを持った。

「ポケットは深くていいだろう――それに補強されている。それからこの長さだときみに新しい選択肢ができる」

彼女の両肩に手を置くと、ロークはイヴを鏡のほうへむかせ、後ろに立って、その姿をじっくり見た。「うん、とてもいい」

いやになるほどすてきな手触りだった。バターのようにやわらかく、空気のように軽くて、なのに強い。

「これ、いいわ。すごくいい」振り返り、イヴは彼の顔を両手にはさんで、キスをした。「ありがとう」

「どういたしまして」

イヴはドレッサーから必要なものの残りをつかむと、いろいろなポケットに分け入れた。

「サマーセットは朝になったらどっちのジャケットを階段の親柱に戻せばいいのか、どうやって知るの？」

「それも魔法と思うといい」

「そうする」イヴは彼のところへ戻ってきて、もう一度キスをした。「いまのは行ってきますのキスよ」

「わかった。僕のお巡りさんの面倒を頼むよ」

「彼女には魔法のトッパーがある」

イヴは部屋を出て、ファイルバッグをとりに仕事部屋へまわってから、小走りに階段を降りたが、柱にはジャケットが一枚もかかっていなかった。

魔法、と彼女は思った。ロークがサマーセットに知らせるという形の。

そしてそれはなかなかすばらしい魔法だった。

パークに着くと、葬儀エリアにはステージができていた。故人の引き伸ばし写真がたくさん、シンプルな白い架台に置かれている。

白衣を着たアブナー、ランニングウェアのアブナー、夫と一緒のアブナー、家族といるアブナー。堅苦しいものはない、とイヴは思った。でもあたたかくて気取らない。人生のいろいろな瞬間。

花が白いバスケットの中であふれる色彩となっていた。そこにも堅苦しいものはなく、葬式っぽいものもなかった。楽しげ、と言ってもよかった。

白い布の下に二つのテーブルがあった。人々がせっせとそのひとつに料理を、もうひとつに飲み物を置いていく。たくさんのランナーが、早くも朝の日課を始めていたが、スピードを落としたり、足を止めたりした。

イヴは彼らから、集まりはじめた人々から目を離さなかった――ランニングウェアの者、喪の黒い服の者、ビジネススーツの者。

セルディンと彼女の夫、子どもたちとおぼしき人々が、遺族の何人かと一緒にいるのを見つけた。アブナーの診療所にいたほかの人々もわかった。バスが何台も静かにやってきた。ミャータ、化学の教師、バスから降りる生徒たちを整列させているほかの大人たちもわかった。

ピーボディが到着した頃には、イヴの見積もりでは二百人近くが弔問に集まっていた。

「わぁ、こんなにたくさん集まるなんて思っていませんでした――」ピーボディは長く、熱い息を吸いこんだ。うやうやしくささやく。「そのトッパー」

「黙りなさい」イヴは声をひそめて言った。「撫《な》でたりしないでよ。本気だから」

「撫でる？　なめたいです」

「やってみなさい、今朝の葬式が二つになるから」

「それ、とっても――ほんとにすごくとってもです。ううう、それにそのスーツ！　ブーツ！　ああなんて、どれも――」

イヴがさっと頭をまわしたので、ピーボディは言葉を切った。

「ひゃあ、あなたみたいな服装をした人は、そんな目で誰かの肉を骨から焼きはがすなんてできないんですよ」そしてにやっと笑った。「そこが大事なんです！」

「その話はもうやめ、さもないとあなたのまだくすぶっている骨をブーツで踏み砕くわよ。ああ、このうえまだ来るの」

イヴはずっと後ろに陣取り、人々の顔を見て、ボディランゲージを読みとろうと思っていた。しかしいまは群衆の中へ入り、あいだを動いていった。子どもがたくさんいる、と彼女は思った。手押し車っぽいのやリュックに入っている赤ん坊から、よちよち歩きの子、ティーンエイジャーまで。

人のあいだをぬっていって、ルイーズとチャールズのそばに立った。

「来てくれてうれしいわ」ルイーズはイヴの手をとって握り、それからピーボディにもそうした。「つらい日よね、でもあの人たちががんばっている姿は……」

「彼が愛されていただけじゃなくて」チャールズが引き取った、「愛してもいたことを物語っているよ。彼は思いやりがあった。ディリア」チャールズはかがんでピーボディの頬にキスし、それから友達の気安さで彼女の髪を指で払った。「その赤、すてきだよ」

「これのおかげで楽しんでます。調子はどうですか、ルイーズ?」

「ふんばってるわ。追悼の辞を述べてって頼まれたの」ルイーズは話しながらチャールズに寄りかかった。「家族の人たちはみんな、自分たちじゃ最後まで取り乱さずにやるなんて無理だと思っているのよ。でもわたし――」

「あなたならやれるわ」イヴはさえぎった。「あなたなら取り乱したりしない、だってみんなが何をしてもらいたがっているのかわかっているもの」

「チャールズにもそう言われた。知っておいてほしいんだけど、マーティンはあなたを心の底から信頼しているわ」

「まさか」

「いいえ、ぜひともあなたに知っておいてもらいたいの。彼はわたしたちが友達だと理解している、だけどわたしに言う必要はなかった、それでも彼は言ったの。彼はあなたとピーボディなら、できることをすべてやってくれると信じている。彼は言ってたわ、長年教育者たちと仕事をしてきたから、相手が仕事に、その重要性に熱い思いを持っているか、あるいは単なる勤め口なのかはわかるって。そしてあなたたちのどちらにとっても、ただの勤め口ではないとわかったって」

ルイーズはイヴが逃げる前に腕をまわして、さっとハグをした。それからピーボディにも同じことをした。

「彼には大切なことなのよ。それで慰められるの。だからいま、これから本当にいい友人のことを話そうとしているとき、わたしも慰められる」

「彼女は尋ねないだろうね」チャールズが割って入った。「だから僕が尋ねるよ。何か進展はあったかい？　僕らに話してもらえることは何かある？」

「今日は仕事でやることがめいっぱいあるの、ええ、単なる勤め口じゃない仕事よ。手がかりをつかんでる、だからその上に積み上げていく。あなたはここにいる人たちをたくさん知っているわよね、だからこの場にそぐわない人間、もしくは単に違和感をおぼえる人間を見かけたら、わたしたちに教えて」

イヴはもう一度あたりを見まわした。「さしあたり、わたしたちはあちこち動いて、雰囲気をつかんで、お悔やみを言ってくる」

「僕たちはあとでご家族や、ケントの診療所のスタッフ、親しい友人たちと一緒にお宅へ行くことになっているんだ。注意しておくよ」チャールズが請け合った。

「もうじきスピーチをするわ。あそこからだとかなりよく見えそうね」ルイーズは花のバスケットのあいだに置かれた細い演壇をさした。「精一杯やるわ」

ピーボディを連れて、イヴは群衆のあいだを移動し、目を配り聞き耳をたてていたが、やがてラフティのそばで立ち止まった。

「警部補、捜査官。来てくれてありがとう」

まわりが赤くなっていたが、彼の目に涙はなかった。

「ルイーズやチャールズと話しているのが見えましたよ。あの二人はこの数日、本当に力になってくれました」

「わたしたちもお弔いさせていただきたかったんです、それと、NYPSDよりあなたとご家族にお悔やみ申し上げます」

「ありがとう。本当にありがとう。もう――そろそろルイーズが話をしてくれる頃です。息子が弔辞を書こうとしたんですが、その、できなくて。わたしたちみんな、できそうになかったものですから」

「もう着席する時間よ、パパ」彼の娘が腕をとった。「失礼します」

「後ろへ行きましょう、ピーボディ。あなたは左へ行って、わたしは右へ行く。よく見える場所を見つけて」

イヴはそういう場所を見つけ、目を凝らし、ルイーズが話しはじめたときも、人々が立ち止まっておしゃべりしたり、動きまわって話を聞こうとしたりしているあいだも目を凝らしていた。

声が届くよう、ルイーズは黒いジャケットに小型のマイクを留めていた。イヴは人々の顔、グループを見ているあいだ、ルイーズの言葉には注意を払わなかったが、声は聞こえていた。

力強いと同時に人を落ち着かせる、それがうまくいっていた。

ルイーズは取り乱さなかった、それにイヴはさらに十分間その場にいたが、誰も不審な者はいなかった。

彼女はピーボディに合図し、車のところで合流した。

「ルイーズはとてもうまかったですね」ピーボディは車に乗りこんで言った。「本当に愛情がこもっていたし、心のなごむ話や、ちょうど必要なときにおかしな話もしてくれました」それからため息をついた。「すごくたくさんの人がいましたね、それにすごくたくさんのタイプも。犯人もあそこにいたかもしれません、あっさりとけこんで。

来る価値はありましたけど」彼女はそう言い添えた。

「デュランの葬儀も行ってみる価値はあるかもね、ここに来ていた誰かを見つけられるかどうかやってみるのも」

「そうですね。誰か重なる人間がいるかもしれません、でもそうですよ。もういいですか?」ピーボディはイヴがシャトルステーションへ車を向けるとそうきいた。「誰にも見えませんから」

「さわってもいいわ、一度だけなら」

「一度じゃ撫でることになりませんよ! 三度でやっと撫でるです、それが最小限」

「そんなの違うわよ。絶対に違う」

だがピーボディはもう手を伸ばしていた。やさしく手を動かす。「すごくなめらか! 警部補は、あんたのケツとあんたと一緒にいる三人のケツを蹴っ飛ばすわよ、って言ってる黒いコートと、やらなきゃならないことは汗もかかずにやってのけるわって言ってるジャケットも持っていたわけですよ。じゃあこれは？　これは、わたしはおしゃれかもしれないけど、ちょっかい出すんじゃないわよ、って言ってます」

「これがそう言ってるの？」

「はっきりと。ほかの誰かだったら、ただ単におしゃれですって言うだけでしょうが、あなたは警官としてそれを着るわけですから、パンチがあります」

「なら悪くないわ。それといまので三度」

「数えていたとは思いませんでした。わたしは自分のピンクのコートが大好きですし、その色はわたしには似合わないでしょうね。それでもほしいなと思うことはできます」

「欲求は自分の中におさめておきなさい。グレインジ相手にやわらかく行くつもりはないわよ」

「ということはわたしは善玉警官のようですね」

「あなたには彼女の反応を見極めて、そこから善玉をやってほしいの。彼女は命令を出すこと、最高権力者でいることに慣れている。わたしたちが始めもしないうちから、二人とも好きになってもらえないほうに賭けるわ」

「わかりました、それでオーケイです、だってこれまで彼女についてわかったことからすると、わたしも始めもしないうちから彼女が好きじゃないですし。いまのを全部を考え合わせると、わたしはちょっと恐れをなしてびくついてるふりから始めましょうか」

「EDDとラフティの報告書と覚え書に感謝ね、こっちは彼女を叩くための名前をたくさん手に入れてある。学校内でやった教師のも含めて」

「本当だと思いますか、彼女が……生徒と?」

「言い切るのはむずかしいわ。彼女と話したあとにはそれほどむずかしくなっているよう願いましょ。今回の聴取は彼女のシマでやる、だから彼女は自分に有利だと思うでしょう。でも違う。彼女から始めて、ケンデル・ヘイワードのところに行くわよ。前もっては知らせないし、聴取したいとも頼まない」

歯をむきだして、ピーボディは両手をこすりあわせた。「不意打ちするんですね」

「それに近いわ。どんな形にせよかかわっているとなれば、彼女には失うものがたくさんある。何か知っていたり疑っていたりしていながら、正直に話さない場合も、失うものがたくさんある。こっちはそこをはっきりさせるの」

「恐れをなしたり、びくついていたりするふりは必要ないですね」

「二人でプレッシャーをかけるのよ——両方の側から——感触をつかむまで」

「何かがほころびるかもしれませんね。桜の開花が盛りを過ぎてからイースト・ワシントンに行くのは残念ですよ。きっとすごくすてきなのに」

短い旅のあいだ、二人はともにコーヒーを飲んだり、覚え書を見返したりしてすごした。ピーボディはたびたび窓の外をうれしげに見ていたが、イヴは見ないようにした。

むこうでは、シャトル会社の従業員がひとり、コードを持って車の横に立っていた。

「こちらはもうあなた用にプログラムされています、警部補。ご用が終わりましたら、コードはデスクに、車はここに置いていかれてけっこうです。あとはわたくしどもでお引き受けしますので」

「オーケイ、ありがとう」

イヴ・ダラス《D》警部補《L》専用車《E》だ、と見てすぐにわかった。こっちのやつは真っ黒で、光るクローム部分がいくつかある――それに臨時のナンバープレートも。

「黒もすてきですねえ」ピーボディは助手席側へ歩いていった。「これも本当に目立たないし普通にみえますけど。でも絶対、すてきな機能やカッコいい付属品がついてますよ。DLEはまだ市場に出てないと思ってました」

イヴは車に乗り、シートが彼女の好みに完璧に合っているのを感じ、ピーボディが乗ってきてため息をついたので、助手席も同じくパートナーにぴったりなのだとわかった。

「ロークだもの」イヴはそれだけ言い、コードを入れた。

おはようございます、警部補。オートシェフはじゅうぶん備蓄されており、あなた様個人用のセッティングもプログラムずみです。不都合な点があれば遠慮なく変更してください。このままレスター・ヘンスン・プレップ・スクールへ向かいたい場合は、その順路もプログラムずみです。

もちろんそうだろう、とイヴは思った。ロークなのだから。「〈パーティー・エレガンス〉はどう?」

はい、その行き先もプログラムずみです、ケンデル・ヘイワードの住居ですので。ご希望の行き先を言っていただければ、GPSが稼動します。

「ぬかりのない人ね」イヴはつぶやいた。「レスター・ヘンスン・プレップへ」

承知しました。GPS稼動。地図を映します。ご希望の行き先まで、安全なドライブをお楽しみください。

イヴはイースト・ワシントンを三分間走ってみて、冗談抜きにコンピューターの助けが必要だとわかった。どうして何でもかんでもぐるっとまわりこんでるの? まっすぐな道路で何が悪いわけ? 格子状の道路網ってものを知らないの?

「すごくきれいですねえ」ピーボディが横で窓をあけて風を入れ、そう言った。「木も、モニュメントも、花も全部。ここは春まっさかりですよ——ちょうどいい程度にニューヨークの南だから、まっさかりの春なんですね。芝生があんなに緑で」

「もう、ピーボディったら、渋滞はニューヨークより悪いじゃない」

実際にはそうでもなかったが、イヴはこういう渋滞は知らなかったのだ。だからレスター・ヘンスン・プレップを囲んでいる高い鉄のフェンスにそって走ったときには、ただ甘い安堵《あんど》しか感じなかった。

エントランスを入ると、門番小屋と本物の門番がいるゲートに行く手をふさがれた。ドロイドだ、と相手が出てくると同時に気づいた。

「どういったご用でしょうか？」

イヴはバッジを上げてみせた。「ダラス警部補、ピーボディ捜査官。グレインジ校長と、警察の仕事で約束があるの」

門番はバッジをスキャンし、自分のログをチェックした。「分かれ道を左に行き、そのまま来客用駐車場、管理運営部へ進んでください。迎えの者がグレインジ校長のオフィスへご案内します」

「サイコー」

ゲートが開いた。イヴは車で通り抜けた。

15

ここのキャンパスは緑にあふれている、とイヴは認めざるをえなかった。広がる芝生、早くも若葉のしげる木々。離れたところには、きらめく赤と白のタンクトップに短パンの生徒がおおぜい、大きな楕円《だえん》形をランニングしているのが見えた。

トラック競技の練習だろう、と思った。イヴも州立校時代にはランニングを少しやったし、いい吐け口になった。走っていると自分がどんどん先へ行って、行って、行って、やがて自由になるのを想像できたからだ。

校舎は——レンガで、堂々としていて、円柱がある——古くみえるように建てられていて、あたかも二百年間風雪を経てきたかのようだった。しかしイヴの調査では、都市戦争後《ポスト・アーバン》の建築だった。

歴史の授業でおぼえていることからすると、都市戦争《アーバン・ウォーズ》はかつてワシントンDCだったものをいためつけた。だが結局、これまでも、これからも、政治権力の中心でありつづける。彼女が生まれた頃に州と認められたことも、それを変えてはいなかった。

イヴは指示された駐車エリアにたどりつき、堂々たる両開き扉に〝レスター・ヘンスン・プレパラトリー・スクール〟と刻まれた本校舎をよく見てみた。

校舎をぐるりと囲む道路から駐車場を隔てている噴水が、空中に弓形に水を飛ばしていた。中の島には、赤と白の花でＬＨＰとつづられている。

「たいしたものですねえ」というのがピーボディの感想だった。

「ええ、これは効果的だわ」

「まあ、たくさんの弁護士、判事、政界タイプの人間がここで大学入学許可をとるんですよ」

「わたしからみるとそれはプラスのポイントじゃないけどね」

ピーボディは声をあげて笑い、二人はそれぞれ車の左右から出て、ニューヨークに残してきたものよりもあたたかいとすぐわかる風にあたった。

「科学者に教育者、作家や大企業タイプも」彼女は付け加えた。「お金と、頭脳がなきゃなりません――それにたぶん、コネも持っていて悪いことはない――このドアを入るには」

ピーボディは深呼吸をした。「新しい堆肥《たいひ》と植え付けのせいなのはわかってるんですが、本当に金持ちのにおいがします」

「金持ちは土みたいなにおいがするなんて、はじめて聞いたわ。案内役が来たわよ」

イヴは女がひとり――四十代はじめ――あの堂々たる扉から出てきて、黒いピンヒールで白い階段を降りてくるのをじっと見た。スーツはほっそりとして、きっちり膝まであり、高い衿《えり》のミリタリーカットだった。

兵隊のような歩き方だ、とイヴは思った。きびきびとして、背中がまっすぐ。髪も黒く、きちんと後ろへとかしてまとめているので、アーモンド形の目と浅黒い肌の顔があらわになっていた。

彼女は島をまわって、レンガ敷きの歩道をすたすたとやってきた。

「ダラス警部補ですか？」

「ええ」

「わたしはミズ・マルレイ、校長の補佐です。あなたとピーボディ捜査官をご案内します」

彼女は小道のほうをさした。「グレインジ校長は会議中ですが、あなた方がいらしたことは連絡してあります。長くはお待たせしないようにするそうです。ニューヨークからの道中は快適でした？」

関心というよりお決まりの文句だったので、イヴも同じように答えた。「何もなくすみました」

マルレイは扉の片方をあけて押さえ、その先には後ろが分厚いガラスになっているセキュリティステーションがあった。イヴは半ダースものスキャナー、制服を着た二人の校内警備員に目を走らせた。

「キャンパス内ではいかなる武器も禁じられていますので、お仕事用の武器もここへ預けてください」

イヴは言った。「預けません」

「不本意なのはわかります、警部補、でもそれがわが校の方針なんです」

「わたしはNYPSDの方針でやります。われわれは警察官ですし、おたくの校長はわれわれの到着とその目的を知らされています。イースト・ワシントン警察治安本部も同様の連絡を受けています。こちらの校内警備員が武装されているのはあきらかですよ、慣習どおり。われわれは武器を渡しません。

もしそれが問題でしたら」とイヴは続けた。「グレインジ校長の聴取はキャンパスの外でやってもかまいませんよ。たとえば、ニューヨークのコップ・セントラルで。ピーボディ捜査官、検事のオフィスに連絡して、令状を請求して」

「ここで少しお待ちいただけますか」感情を出さずに、マルレイはガラスのほうへ歩いた。

それが開いた。彼女が身につけている器具からシグナルが出たのか、警備員たちか。

「すぐ彼女の前に行ける方法ですね」ピーボディが低い声で言った。

「グレインジがちょっとしたパワーゲームをしたがったにきまってるわ」

「本当にレオに連絡します？」

「彼女が次にどう出るかみるまで保留。むこうがわたしたち相手にことを起こしたいなら、先にヘイワードと話しにいって、令状を持ってまた来る」

マルレイがドアを抜けて戻ってきたが、ドアはあいたままになっていた。「申し訳ありませんでした、警部補、捜査官。グレインジ校長の指示をわたしが誤解していました。もちろん、仕事用の武器はそのままお持ちになる許可が出ました」

その言葉は、彼女の歩調と同じくきびきびとしていたが、癇癪《かんしゃく》が爆発しそうな光を放っているのは隠せていなかった。グレインジは責任と恥を補佐に押しつけたのだ、とイヴは推測した。

そしてこれがはじめてではないのは賭けてもいい。

「けっこうです」

イヴはドアを入り、広いエントランスホールへ出た。金色の額縁に入った創立者の肖像が一行を出迎えた。レスター・ヘンスンは判事の法衣姿で座っており——見てくれは、まあ、真面目《まじめ》で思慮深そうだった。

学校らしいにおいも感じもしない、とイヴは気づいた。それに実際、教室や生徒のけはいもない。つまり管理運営者のみだ、と彼女は思った。

混じり合いはなし。

一行はまた別のガラス壁の前を通った。そのむこうでは、たくさんのステーションでたくさんの人間が働いていた。創立者の肖像と、現在の校長のそれが、壁面を飾っている。

イヴは、あれではお偉いさんたちに見張られているようなものだろうと思った。

いくつものオフィス、閉じられたドアの前を通り、幅広い階段を上がった。

天窓や優美な窓から光がさしこみ、青い大理石の床に広がっている。

こういう気の抜けない床をハイヒールで一日歩いたあと、足や脚がどれくらい痛くなるのか、マルレイにきいてみたくなった。

グレインジの領土も両開き扉にふさわしいものだった。マルレイが扉をあけると、大理石のかわりに淡い金色のカーペットがあった。あきらかにおしゃべりをしていた職員が二人、あわててデスクについて忙しくしはじめた。

キャンパスのさまざまな写真が壁を飾り、またしても女性校長の肖像があった。待合エリアにはソファが二つ、椅子が四つ。一行は進みつづけ――イヴはさっきの職員たちがマルレイの背後ですばやく笑みをかわすのを見た。

また別のドアを抜けると、補佐用のオフィスへ入った。すみずみまで整頓されたひとつきりのデスク、小さな壁面スクリーン、来客用の椅子が二脚、壁のくぼみに置かれたドリンクマシン。

マルレイはスワイプキーを使って次のドアにアクセスした。

「校長は校長室でお待ちいただきたいそうです」彼女は言った。「先ほど申しましたように、すぐに来るそうです。そのあいだ、何かお持ちしましょうか？　コーヒーでも？」

イヴはその問いかけを宙ぶらりんにしたまま、校長室を見まわした。

補佐のオフィスの三倍くらいの広さで、壁は落ち着いた緑、広いシッティングエリアには、同じ緑に、カーペットと同色のストライプが入ったソファがあった。向かい合っている椅子はその逆の柄。

壁には、この学校をえがいたアートと一緒に女性校長の写真が何枚もかけられていて、イヴはその中で一緒にいるのは寄付をした者、有名人、ＶＩＰだろうと推察した。

デスクも鏡のようにつやがあり、そのむこうにある椅子――ハイバック、ダークゴールドの革――は、座っている者に扉と三つの優美な窓がよく見えるような角度に配置されていた。

書籍や業務用の備品より、記念品のほうが多い移動式の棚がひと揃い。横のドアのむこうに専用のバスルームがあり、大理石のタイル張りで、シャワーと長いカウンターが備わっていて、そのカウンターには、クリスタルの花瓶にいけられ、あたりに香りをただよわせている花びらの大きな百合《ゆり》が座していた。

「ミズ・グレインジの旅行はあなたが手配するんですか？」

「グレインジ博士です」マルレイは訂正した。「仕事での出張は、ええ」

「最近ニューヨークへ行ったことは？」

「わたしは――記憶にはありません」

「その点は調べていただきましょう。グレインジ博士の補佐になってからどのくらいになりますか？」

「わたしを聴取するつもりだとは知りませんでした」

イヴはただ彼女を射抜くように見た。「答えを思いつくのに時間が必要なんですか？」

「五年です」マルレイは敬礼のように鋭く言った。

「彼女がレスター・ヘンスンに来たときは、校長の補佐ではなかったんですね？」

「この仕事を受けたのは二〇五六年の八月です、前任者が引退したあとに」

「そのときにはもうスタッフとしていたんですか？」

「いました、学生部長の管理アシスタントとして。レスター・ヘンスンに来てもう九年になります」

「それではスティーヴン・ホイットが生徒だったときもここにいたわけですね。彼は五三年に卒業したはずです」

「この学校には毎年、九百から九百二十人の生徒がいるんですよ。全員をおぼえているのは無理でしょう」

「大口寄付者の息子でも?」イヴは壁の額入り写真の一枚へ歩いていった。「そこにいるのが父親です」

「残念ですがお力にはなれません」

「わたしも残念です」イヴは腕時計《リスト・ユニット》に目をやった。「グレインジ博士があとどれくらいNYPSDを待たせておくつもりか、たしかめてもらえませんか?」

「どうぞお座りください」背中をまっすぐにして、マルレイは出ていった。

「彼女、どうやってしかめ面にならずに歩きまわれるんでしょうね、あんなに首をしゃっちょこばって」

イヴは笑った。「鍛錬よ。誰かさんはきっと、管理運営の道に入る前は軍にいたんでしょう。そして誰かさんはわたしたちに本当のことを言おうとしなかったわよね、ピーボディ?」

「ええ。彼女はホイットの名前を知っていました。もうひとつ、気がつきましたか？」

「気づいたほうがいい？」

「警部補はそのカウチ、その椅子の布地に興味を持つと思うんですが。一ヤードあたり六百ドルくらいしますよ」

イヴはもう一度見てみた。「それはたいした額よね、たぶん、布の値段には詳しくないけど」

「そのソファだと十四ヤードくらい——十五かも——ですね、あと椅子に十二ないし十四……パイピングにもあと何ヤードか。計算してくださいよ」

「だめ」イヴは答えた。「ほんとに無理」

「ええと、二万ドルを超えますね、それも工賃を入れないで、あのおしゃれなオーダーメイドのクッションも入れないで、カバーするソファと椅子の本体も入れないでです。あと、見た目からですが、一流のインテリアデコレーターの料金も入れないで。あのソファと椅子だけだと？　きっと四万ドルでしょう」

「校長室のシッティングエリアに？　何だか……度がすぎてるわね」

「そうですよ」この話題に勢いづき、ピーボディは両手もつけて身ぶりで示した。「あのデスクを加えると？　あれはチェリーウッドですよ、本物です、それにあの棚も。プラス、みたところ注文品ですね。たっぷり一万ドルはいくでしょう」

「あなたって使えるわね、ピーボディ」

「木と布には詳しいんです。全部足すとですね、あのテーブル、ランプ、窓にかかったあの注文仕立ての飾りカーテン――それからええ、あの写真全部のチェリーウッドの注文額縁……」ピーボディはバスルームに頭を突っこんだ。「うわあ、エジプト綿のタオルや何かですよ？　二十万ドルまでいきそうです、ダラス」

「たいした装飾費ね。もうひとつ気がついた、ピーボディ？」

「これ以上耐えられるかどうかわかりません。木と布にはあこがれがあるんです」

「本が一冊もないのよ、ここにも、さっきの補佐のエリアにも、補佐のアシスタントたちのエリアにも。デスクの上、棚にもファイルやディスクがひとつもない。この校長室はすべて本人のことばかり」

「ええ、そうですね。それに彼女の趣味には感心してますが、はやくも彼女のことが好きじゃなくなりました」

「それをびくついているふりにまぜて。始めるわよ、いずれにしても」

　ドアが開いたのでイヴはそちらを向いた。グレインジの写真はすでに何度も見ていたが、本人が強い印象を与えることは認めざるをえなかった。グレインジは濃い茶色の髪を短い、流行のウェーヴにし、巧妙にハイライトを入れていた。七十の坂を越していたが、肌はなめらかに輝き、その点でも巧みな施術を受けていることを告げていた。

ハイヒールをはいていると、彫刻のように百八十センチあり、曲線的な体は燃え上がる赤であつらえたスーツを着て完璧にみえた。

彼女の目は、壁と同じくらい淡い緑で、イヴが彼女を冷ややかに見ているのと同様、冷ややかにイヴを見ていた。

「ダラス警部補、ピーボディ捜査官、わたしがグレインジ博士です。お待たせしてすみません。ティーシャがコーヒーをお出しししていると思ったのに。わたしが頼みましょう」

「わたしたちはけっこうです。予定より遅れていますから、すぐに始めたいのですが」

「もちろんです。どうぞ座ってください」

グレインジはソファに座り、イヴとピーボディが椅子に座るあいだ待っていた。ピーボディはこほんと咳払いをした。

「グレインジ博士、ひとこと言わせていただきたいんですが、あなたのオフィスは本当にすてきですね」

グレインジはピーボディに冷ややかにほほえみ、それからピンクのブーツを一瞥《いちべつ》した。

「ありがとう。魅力的で秩序立った環境は集中するのに役立つんですよ。レスター・ヘンスンのように、有名で高く評価されている学校の校長がやるべきことは多いんです」

彼女は長い脚を組んだ。

「でもあなた方がここにいらしたのは、わたしがニューヨークのテリーサ・A・ゴールド・アカデミーにいた期間について話をするためでしたね。ラフティ博士のパートナーが亡くなられたと聞いて、たいへん残念に思っています」

「夫です」イヴは訂正した。

「ええ、そうでしたね。ドクター・アブナーには引き継ぎ期間中にごく手短にお会いしたと思います。でもずいぶん前のことですから、はっきりとはおぼえていません」

「ラフティ博士はゴールド校であなたに取って代わったんでしたね」

グレインジは〝取って代わった〟という言葉に眉を上げた。「ラフティ博士はわたしが辞職したあと、校長の職を引き受けてくれたんです」

「なるほど。ではなぜ辞職されたんですか？」

「ここの校長職の話を持ちかけられたんです。ゴールド・アカデミーはたいへんよい学校ですが、理事会はここでのすばらしい申し出と機会を与えてくれました。ここは幼稚園から十二年生までのアカデミーではなく、九年生から十二年生のプレップ・スクールです。わたしはカレッジ前のそうした大事な学年に、自分の能力を集中させたかったんです」

「それではイースト・ワシントンへの移住は、ご自身の離婚とは何も関係なかったんでしょうか?」

グレインジの目が硬くなった。「人間関係をもとに仕事上の決断をすることはありません。レジナルドとは、わたしたちの結婚生活が自然の経過をたどり、悪感情なく道が分かれたという点で一致していました」

「本当ですか? わたしは彼が、あなたが婚姻外で情事を持ったと知ったときに悪感情を山積みにして、残りもいくらか持ったままだという感触を得ましたが」

今度は顎がこわばった。「わたしの私生活はそのパートナーの殺害事件には関係ないはずです——夫でしたね」彼女は訂正した。「わたしが八年も前にやめた学校の校長をしている人の」

「そこはあなたの思い違いのようですよ」

「あなたはずいぶんと不真面目な方ですね、警部補」

「あなたはずいぶんと話をはぐらかす方ですね、校長。あなたがニューヨークに住んで仕事をしていたあいだの私事——私生活としておきましょうか——を解明することは、今回の捜査の要《かなめ》なんです。それとあなたがゴールド校で校長だったとき、職員の中にひとりの教師がいましたね、ジェイ・デュランという。彼のことはおぼえているはずですよ、デュラン教授はほかの教職員たちと一緒に、あなたに対する苦情を申し立てたんですから」

グレインジはスーッと同じ真っ赤に塗った指で、腿をとんとんと叩いた。「ミスター・デュランはおぼえています。彼とはわたしのやり方、わたしの方針について意見が合いませんでした。でも事実は変わりませんでしたよ、責任者はわたしでした。彼は違いました」

「エリーズ・デュラン、デュラン教授の奥さんが、ドクター・アブナーの二日後に殺害されました、同じ手口で」イヴはゆっくりうなずいた。「いまはじめて聞いたのではないんですね」

「理事会がわたしにこの面談を承諾するべきだと主張したとき、もちろん、自分で調べてみました。ミスター・デュランの奥様のことは残念です、彼にとっても、彼のお子さんたちにとっても。でも彼は昔のちょっとしたいらだち以上のものではありませんでした。いずれにしても、たしか彼はわたしが出ていって間もなく、アカデミーを出ていった。ラフティ博士のやり方にも不満があったんでしょう」

「彼は博士号をとったんですよ」ピーボディがごく小さな声で言った。「いまはコロンビア大で教えています」

「それはよかったこと。それでも、わたしには何の関係もありませんが」

「今回の複数殺人における捜査主任として、わたしはそうは思いませんね。どちらの殺人もゴールド・アカデミー、そしてあなたとつながっている。どちらの被害者も、あなたのやり方や方針と見解を異にして、それを変えようとしていた人物と結婚していた。当該の日時にあなたがどこにいたかから始めましょう」

怒りが火花を散らし、グレインジのただでさえ堅苦しい姿勢がこわばった。「失敬ですよ」

「あの、違います、マム」ピーボディは大きく目をひらいたなだめ役を演じた。「そんなつもりはないんです。わたしたちは——」

「ここに来てわたしが人を殺したと責めるつもり?」グレインジは言い返した。「おまけに自分たちが礼を失していないと?」

「誰もあなたを何かで責めてやいませんよ、まだ」イヴは最後の言葉を強調して、グレインジの注意を自分に引き戻した。「あなたがどこにいたかを確定し、法的に確認するのがきまりなんです。さあ——」

「そんな馬鹿げたきまりでわたしの名声に泥を塗られてたまるものですか」グレインジは勢いよく立ち上がり、堂々とドアへ歩いた。勢いよくあける。「ティーシャ、わたしのカレンダーを出して、この人たちに言ってやってちょうだい、わたしがどこにいたか……」

面白くなってきて、イヴは烈火のような視線にも負けず、日時を告げた。

「はい、グレインジ博士。四月二十七日の晩には、女性下院議員のディレイニー宅でディナーパーティーに出席しました、七時半に到着、十時半に辞去と書き込んであります。ミスター・ライオネル・クレイマーが同伴されました。四月二十九日の晩は、ケネディ・センターでの『白鳥の湖』の公演を、ミスター・グレゴール・フィンスキーと鑑賞しています。終演は八時」

「ほらね。ご満足？」

「いまのデータが事実だとわかれば、満足します。捜査はあなたとラフティ博士が交代した期間にさかのぼりますので、あなたが校長だったときに関係を持った職員の名前を言ってください」

「ティーシャ、法務部のカイル・ジェンナーを至急ここへ呼んで」グレインジはドアをぴしゃっと閉めた。「よくもこんなことができるわね？」

「とても簡単ですよ。職務遂行というものなんです」

「わたしたちはただ情報を受け取っただけなんです」ピーボディがうまくおびえたふりをして言った。「だから裏をとらなきゃならなくて」

「ゴシップは情報ではないわ」

「捜査担当の警官にもたらされた供述はゴシップではありません」イヴは訂正した。「ミスター・グリーンウォルドとの婚姻外で、性的関係を持ったことを否定するつもりですか？

まず考えて」イヴは警告した。「それに関しては、ほかの人たちだけでなく、ミスター・グリーンウォルドからの供述もあるんです。ミスター・グリーンウォルドの供述に入っていたんですよ」とイヴは続けた。「あなた方の結婚に、一方もしくは両方が、目立たないかぎりは婚姻外で性的関係を結んでもかまわないという共同の合意が含まれていたことは。それは違うというんですか？」

「言わないわ。言うわけないでしょう？」つんとすまし、軽蔑《けいべつ》を隠そうともせず、グレインジはもう一度腰をおろした。

「あなたがゴールド校を去る数か月前、前のご主人は不名誉な写真を受け取った、あなたが誰かわからない……お相手といるところの。それで目立たなさは吹っ飛んだ。そればかりか、あなたはゴールド校の教師と、学校内で性的行為におよび、そこへ別の教師が踏みこんできてしまった。なんとまあ」

「わたしは誘いを断っていたところだったのよ、だからそのときのことは勘違いされたの」

「けっこうです。名前を言って」

グレインジはソファの背にもたれ、軽蔑とうぬぼれで爆発寸前の目をイヴに向けた。「あなたがセックスで一戦交えた相手の名前を全部思い出せるなら、可哀相なことね」

「あなたがやった相手の数で自分の価値を判断するなら、可哀相なことですね。でも全員の名前じゃなくていいんです。その教師——あなたが〝断っていた〟相手の名前からいきましょう。その人の名前はおぼえているでしょう、踏みこんできた人の名前をおぼえているように」

グレインジはため息をついた。「どちらの教師も誤解したのよ。ひとりめは彼の仕事ぶりに対するわたしの関心を、もっと個人的なものと勘違いした、そして二人めは間違った結論に飛びついた」

「名前を」

「ヴァン・ピアスンは歴史を教えていたわ、中学年で。たしかわたしがやめたすぐあとに辞職したはずよ。どこに行ったのかも、いまの職や住んでいる場所も知りません。ワイアット・インは若くて、興奮しやすくて、問題が多かった。たしか私立校での教育の厳しさが性に合わなくて、公的教育のほうへ移ることにしたと聞いたわね」

「彼がひとりで決断したんですか？」

「わたしの記憶ではそうよ。さて、これで終わりかしら」

「ほかに思い出せる名前はありますか？　捨てられた恋人というのはしばしば仕返しをもくろむものですよ」

「わたしがある種の危険に瀕《ひん》しているとほのめかしているのなら——」

「何もほのめかしたりしていません。きわめてはっきり言っているんです、人が二人死んだ、その人たちは二人の人間の愛した相手で、誰かがその二人のせいで、あなたがゴールド校とニューヨーク——そしてその恋人のもとから去ったと思ったのかもしれないと。われわれはそこから今回の殺人事件が起きたと結論を下しました」

「結論を下す？　本気なの？」グレインジは脚を組みかえ、唇をゆがめて冷笑した。「わたしが自分の性的な自由を実践したために、間接的に二件の殺人に責任があると結論を下すすって？　あなた方の結論にはかなり問題があるわ、それにその結論のもとになった仮説にも。わたしがゴールド校をやめたのは八年も前だし、あの学校とも、ニューヨークとも、すべてのつながりは断ち切った。なのにあなた方は、どういうわけか、わたしが寝たかもしれない誰かが八年もたったあとになって、わたしの管理運営方法に不満があった人たちを罰していると信じているなんて」

イヴはしばし沈黙を宙ぶらりんにしておいた。「そういうことです」

気どったあわれみを——いかにもわざとらしく——目に浮かべて、グレインジは髪のウェーヴをはらった。「州立校で教育を受けたのね、そうでしょう、警部補？」

「そうです」

「だったら、お気の毒にね、必要最小限の、限られた教育しか受けられなかったんでしょう。本当の批判的思考法をするには残念な土台だわ」

「そう思います？」イヴはおだやかに言った。

「ああした教育上の不利があっては、聡明《そうめい》な頭脳はめったに見出せませんからね。それにあなたは、捜査官？　フリー・エイジャーに育てられて教育を受けたのでしょう？」

「そうです」

「ご両親があなたに本当の教育をほどこす余裕がなかったのは痛ましく、恥ずべきことでしたよ。里親システムの中で育ったために、ダラス警部補は自分の限界についてあまり選択肢がなかった、でもあなたのご両親はどうです、捜査官？　自分たちの奇矯な生活様式のほうを、子どもたちの安寧より優先するなんて、何て愚かで自分勝手なことか。それでも、あなた方の不利な立場を考えれば、お二人とも警察官になるのはできうる最善の職業選択だったと思いますけれど」

　イヴは口を開こうとしたが、ピーボディが飛び上がった。

「この傲慢《ごうまん》な、肩書き持ちの、えらぶった俗物が。博士号《Ph.D》を持ってるからって、自分が人より出来がいいとでも思ってるの？　わたしがフリー・エイジャー教育で何を学んだか教えてあげる。あんたがこういう高級な墓場で教えていることだけじゃなく、植物を植えて収穫し、料理し、織り、裁縫することも身につけたのよ。木工も、機械学も身につけた。思いやりと寛容と親切も身につけたわ」

「わたしのオフィスでは言葉に気をつけなさい」

「いいえ、お断り。わたしはあんたの生徒でも手下でもない、ニューヨーク市警の捜査官で、ニューヨーク市の警官は嘘《うそ》つきを見ればわかるのよ。だからそこに座ってうちの家族を、わたしの職業を、ここにいる警部補を侮辱しようなんて思うんじゃないわ。あんたなんか、警部補にケツを蹴っ飛ばされたって、彼女のブーツを磨く価値もないんだから」

グレインジが立ち上がると、イヴもそうした。そして二人のあいだに入った。「ピーボディ」

「あなたのバッジはとりあげてやりますからね!」

「あらそう」今度はピーボディがふんと笑った。「やってみなさいよ、ねえちゃん」

「ピーボディ捜査官!」イヴは肘での小突きも加えた。「散歩してきなさい。さあ、散歩してくるのよ、捜査官」

かなりの努力をして、ピーボディは引き下がった。「イエス、サー」

ピーボディがどすどすと出ていくと、グレインジはイヴのほうを向いた。「部下もろくにコントロールできないなら――」

「ピーボディ捜査官はわたしのパートナーです、だからわたしのパートナーについて何を言うかは気をつけて。本当に気をつけたほうがいいですよ」

「わたしのオフィスとキャンパスから出ていきなさい、いますぐ」

「いいでしょう。あなたが殺人事件の捜査に非協力的だったことは、必ず理事会に伝えておきます。彼らは興味を持つでしょうね」イヴはドアのほうへ歩きながら言った。「同じように、わたしが裏づけられるし、そのつもりでいる事実にも興味を持つでしょうね、あなたが校内で、自分の下にいた者たちと——何でしたっけ?——〝性的な自由を行使して〟いたという。それにその相手の中にはたぶん親たちもいたこと——たとえば、そうそう、あそこの写真のブレント・ホイットのような。あなたの好みにあった生徒たちもかしら、一方であなたは自分の好みに合わない生徒たちがいじめられ、おどされ、暴力をふるわれていても目もくれなかったわけだけど」

「あなたなんか怖くないわ」

「そう思ってなさい、州立校で教育を受けたこの警官は、NYPSDアカデミーにも行って、警察に入ったあとは部で最高の捜査官に鍛えられたんだから。いいことを教えてあげましょう、グレインジ博士。あなたは引退を考えたほうがいいわ。だってわたしが襲いかかるから」

イヴはドアをあけ、そのまま押さえて自分の言葉が離れたところまで届くようにした。

「ああ、もうひとつ教えてあげましょうか？　わたしは近々いかなる荷物もあけるつもりはないから。捨てられた恋人は寝返るものよ、そしてそうなったら目も当てられないことになる」

イヴは部屋を出て、ドアを閉めた。

マルレイはぴくりとも動かず座ったたまま、目をまっすぐ前に向けていた。

「ブレント・ホイット」とイヴは言った、その名前を出したときにグレインジが同じようにぴくりとも動かなくなったからだ。「そのことを考えてみて。彼女がトップにいるかぎり、あなたは誰がどうなっても――その中にはもちろんあなたも入ってる――かまわない嘘つきのために働くんだってことを」

イヴが外側のオフィスへ出ると、先ほどの二人の女はどちらも座ったまま口をぽかんとあけて、彼女がドアへ歩いていくのを、大きな大きな目で見ていた。

そのまま進んでいき、曲がって外へ出ると、男がひとり、ダークスーツとぴかぴかの靴で校長のオフィスへ早足で歩いていくのを見守った。

弁護士か、とイヴは歩きつづけながら思った。まあ、グレインジには弁護士が必要だろう、しかしこの学校を代表する人物として終われるかどうかは疑わしかった。

外に出ると、ピーボディが来訪者用駐車場を歩いていた。もうどすんどすんとではないが、力強い歩調で。それに数秒ごとに、ピーボディは両腕を振り、こぶしを突き出していて、イヴはパートナーがグレインジのオフィスでの場面を再生している——そして、言うべきだった新たな言葉を付け加えているのだと思った。

まだまだ腹を立てている、とイヴは判断しながら階段をおり、歩道を進んだ。

「それで」イヴは言った。「あなたのおじけづいたふりには少々修業が必要みたいね」

「すみませんでした、もういいですか?」

ちっともすまながっているようには聞こえなかった。

「続けられなかったんです、彼女がうちの家族にパンチをあびせてきたときは。あなたのことを言い始めたときも気分が悪かったですよ、でもそうです、あなたはあなた自身で対処できます、でもうちの両親、この仕事について、あんなクソみたいなことを言うなんて、誰だろうとただじゃおきません。誰だろうと」

イヴは車のボンネットに寄りかかり、ピーボディが足を踏み鳴らして毒づくままにさせておいた。

「つまりですね、街でどこかのアホウがわたしを何て呼ぼうと、聴取室でクソ野郎があんなふうにわたしに襲いかかろうが、まったく動じませんよ。でもうちの両親のことはダメです、あの二人がまるでわたしを、ええと、虐待か何かしたみたいに言うなんて。うちの両親が馬鹿みたいに。それにあなたのことを、ここみたいな金持ち学校に行かなかったからって、能力が劣るみたいに。そんなのでたらめです。まったくのでたらめ」

イヴは二、三秒待った。「気がすんだ？」

「たぶん」

「オーケイ。ヘイワードの聴取にいくわよ。わたしが運転しているあいだ、あなたはホイットニーに出す今回の聴取報告書にかかって」

「うわ、部長ですか」ぎゅっと目をつぶったあと、ピーボディはその目を空にむけてあけた。「わたし、きっとこっぴどく叱られますね」

「そのことはあとで心配しなさい。こっちでの用事が片づいたら、帰りのシャトルの中で報告書を仕上げて、ホイットニーに送りましょう。そうすれば今度は彼からあの学校の理事会に通告できるわ、グレインジ校長がわれわれの事件捜査における重要参考人《POI》であること、協力的でなかったこと、彼女がゴールド校での在任中に、校内で、下の立場の者と性交した証拠をこちらが握っていること。彼女が日常的に婚姻外の性的行為におよんでいた証拠があること、等々も」

「そんな通告、するんですか？」

「ええ、するわ。NY市警から彼女の理事会に、いじめ、カンニング、セックス、すべてに関する申し立てを送ってやる」

「気分がよくなってきました」

「よかったわ、さあ乗って、仕事にかかって」イヴは運転席に乗った。「彼女には磨く価値もないブーツであのケツを蹴とばしてやりたいんだから」

ピーボディは弱い笑い声をたてた。「あれは本当にうまいせりふだったでしょう」

「気に入ったわ」イヴは言い、駐車場を出た。

16

ケンデル・ヘイワードのショールーム兼オフィスは、きれいで元気のいいところで、きれいで元気のいいスタッフがいた。ここって、とイヴは思った。元チアリーダーたちに囲まれているみたい。

イヴの精神衛生にとってさいわいなことに、現在の責任者であるチアリーダーは、ケンデルは三時まで自宅で約束があり、その時間には搬入の監督のため現場に来るはずだと言った。

それでもイヴは、さまざまな色、サイズ、柄のナプキンのサンプル展示から、ピーボディを引き離さなければならなかった。

「すてきな会社ですね」ピーボディは車に戻りながら言った。「陽気で、エネルギッシュで」

「ああいう陽気なエネルギーには頭が痛くなるわ。そもそも、他人のパーティーのプランを立てるビジネスなんて、やりたい人間がいる？　それにどうしてピザとビールだけじゃだめなのよ？」

「警部補だってたまには高級なものがほしくなるでしょう」

「正気だったらならないわ。あそこには子どものパーティー用品が全部あったのよ。まったく、ケーキと、何か子どもむけの食べ物を買って、大人にはアルコール入りの飲み物を出せばいいじゃない。以上」

まだ家族のことを考えていたので、ピーボディも本気で反対はできなかった。昔の自分自身の子どももパーティーを思い出したのだ。両親はケーキを買わなかった。誰かが作ったのだ、それに子どもむけの食べ物と、それから、そう、大人用の飲み物だって。

楽しい時だった。

それでも……。

「もし警部補がパーティー好きだったら――もちろん違いますけど――そのプランを立てるのは楽しいと思いますよ。ヘイワードはたぶんそれが得意なんでしょう――さっきも言ったように、陽気な会社ですし」

「わたしたちの知るかぎり、ヘイワードは自宅の近くでのらくらして、高級なランチに出かけ、ネイルか何かさせていて、そのあいだにとりつかれたみたいに元気な者たちが仕事を全部やってくれている」

「そうかもしれませんね。それじゃ……わたしは自分が我慢できなかった部分の報告書にかかります」

「シャトルに乗ったらそこからやりましょう。ここがヘイワードの住んでる通りね」

大きくて堂々とした家々が、道路からずっと奥の、長いドライブウェイ——カーブしたもの、円をえがくもの、舗装されたもの——のむこうに建っていた。大きくて堂々とした木々が、やさしい春の緑に葉をしげらせ、広がったり、突き立ったりしている。

観賞用の低木が靄《もや》のような色や、はじける色彩を見せているいっぽうで、芝生は広がり、きっちり揃えたように刈られて青々としている。

ヘイワードの家のドライブウェイに入ると、そこは土のような茶色の六角形に舗装され、島形の植えこみをぐるりと囲んでいて、その島の中央には小さな木が一本、噴水のような枝にはやくも雪のような白い花をつけていた。

家そのものは二階建てで、落ち着いた茶色のレンガに大きな光る窓があり、石造りのテラスは暗いブロンズ色の手すりで飾られていた。一階だけの部分があり、ほとんどガラスで、左側から突き出している。ミラーコーティングドアのあるガレージが反対側から突き出していた。

イヴはエントランスの、奥行きのある玄関《ポルチコ》ポーチの前に車を停めた。車を降りると、フットボールサイズくらいの、ふわふわした白い毛におおわれた犬が、家のガラス壁の側をぐるっと走ってきて、頭がおかしくなったように吠えた。

イヴはこの犬にドロップキックをくれてやったら、たっぷり十八メートル先のゴールポストのむこうまでぶっ飛ばせると思ったので、ただ冷たくにらむだけにしておいてやった。

ピーボディは反対に、甘々モードになった。

「あらぁ、かわいい子ね？　世界でいちばんかわいい子ちゃんじゃない？　大丈夫よ、ベイビー。お名前はなあに、ベイビー？」

「そいつが名前を答えたら、この場で服を脱いで裸になって、フラダンスを踊ってあげるわ」

「おやまあ、だったらほんとに答えてほしいですね」ピーボディはしゃがんでキスのような音をたてた。

犬は安全な距離をとって吠えつづけていたが、狂暴さはやわらいだ。そして次はどうしようかと考えるふうに頭をかしげた。

「ほら、あんな大きさの犬でも歯があるのよ」イヴは指摘した。「とがった小さな歯が」

「その子は噛《か》みませんよ！」女がひとり、長くつややかなポニーテールを揺らして家のむこうから走ってきた。「お黙り、ルル！」

ルルは最後に甲高い声でひとつ吠《ほ》えると、すぐにおとなしくなった。ケンデル・ヘイワードは、黒いヨガパンツ、ピンクのテニスシューズ、薄手の白いカーディガンをピンクのスポーツタンクトップにはおるという、写真のように完璧なアッパークラスの郊外住民ふうの姿で、犬を抱き上げた。

「わたしたち、ちょうど裏で外に出ていたんです。この子はあなたたちの車の音を聞いたんですね」ケンデルはルルにさっと鼻をこすりつけた。「自分を番犬だと思ってるんですよ」彼女は笑ってそう言った。「何かご用ですか？」

「ダラス警部補、ピーボディ捜査官、ニューヨーク市警察治安本部」その言葉と、イヴが見せたバッジで、ケンデルの顔の笑みが消えた。

「何かあったんですか？」

「ニューヨークで起きた二つの殺人事件を捜査していまして、テ《T》リーサ・A《A》・ゴ《G》ールド・アカデミーに関係があるんです。少しおききしたいことがあるんですが」

「TAG？　どういうことでしょう」

「説明します。お邪魔してもいいですか？」

「わたし……」ケンデルは家に目をやり、犬を少し強く抱いた。「ええ、かまいません。あそこを卒業はしましたけれど、もう八年も前ですよ。イースト・ワシントンに住んでもう五年近くになるんです。何か話せることがあるかわかりません」

それでも彼女は家のほうへ歩いていき、ポルチコへの二つの段をあがって、掌紋《パーム》プレートを使ってロックを解除した。

吹き抜けになったエントランスは天井が非常に高く、右手にカーブした階段があり、左手には小さな居間があった。三枚組の版画――イヴはパリの街角の風景だとわかった――が壁を飾り、その下には小さな二人掛けのプラッシュ地のソファがあった。

中央のテーブルには、みずみずしい春の花をいけた淡い緑色の花瓶がのっている。

ヘイワードは先に立って奥へ行き、広い居間へ入ると、青、緑、グレーのさまざまなトーンの談話エリアがあった。奥の壁になっているガラスドアが開いていて、春の風が入ってきた。

「やっぱり、外のパティオに座るのでもかまいませんか？　ルルは少し外にいる時間が必要なんです、それに電子フェンスがあるとはいっても、あの子から目を離したくないので」

「けっこうですよ」

「本当に可愛いですねえ」ピーボディが言った。

「本当にいい子なんですよ。フィアンセがこの前の夏の誕生日にくれたんです」

彼女がルルをなめらかなパティオの石の上におろすと、犬は小さな赤いボールへ突進した。くわえて戻ってくると、それをピーボディの足元に落とす。

「わたしに投げてほしいんでしょうか?」

「ええ、でも警告しておきますけど、一時間はやりつづけますよ」

「いいですとも」喜んで願いをかなえてやろうと、ピーボディはボールを投げた。

「ここで少し仕事をしていたんです」ケンデルはタブレットと、トールグラスと、フォルダーをとった。「これを中へ置いてきます。もしよかったら、レモネードをピッチャー一杯つくったところなので」

彼女にしばらく落ち着く時間をあげよう、とイヴは思い、答えた。「それはいいですね」

ピーボディがボールを投げ、犬がそれを追いかけている庭にも、やはり堂々とした木々と、愛らしい低木や花、計算された場所に置かれたベンチが二つあった。

パティオは蔓《つる》におおわれた棚の下によくあるアウトドアキッチンを備え、別のエンターテインメントエリアには、たいていの人々がリビングルームに置きたくてうずうずするようなソファ、深い椅子、テーブルがあった。

イヴはケンデルが仕事をしていたテーブルに落ち着いた。朝にはコーヒーテーブル、晩にはカクテルテーブルに使えるものだった。

ケンデルはトレーを持って戻ってきた――本物のレモンが浮かんだレモネードのガラスピッチャー、氷をいっぱい入れた揃《そろ》いのトールグラスが三つ。それにイヴが女の子用クッキーと思うものをのせたガラスの皿。

小さくて、薄くて、金色で、つやがある。

トレーを置くと、ケンデルは犬がボールを追いかけているのを見てほほえんだ。「まあ、わたしは警告しましたよね。どぎまぎしてます」彼女は腰をおろした。「警察が玄関に来たら誰でもそうなりますよね、とくに殺人事件だなんて」

「あなたはゴールド校を卒業した、なのに殺人事件のことは聞いていないんですか？」

「この二週間は仕事に埋もれていたんです。それに本当のことを言うと――最初からそうするほうがいいですよね――TAGでの時代は忘れたくて必死にがんばってきたんです」

「いやな経験だったと？」

「そうとも言えますね」ケンデルは飲み物をそそいだ。グラスの中で氷にピシピシとひびが入った。「ほとんどは自分で招いたことだったんですけど。殺されたのは誰か教えてもらえますか？　生徒には知っている人はいないと思います――年下の生徒とはほとんどつながりがなかったし。でも先生なら何人か思い出せるかもしれません」

「ラフティ博士はおぼえていますか？」

ケンデルはうっと息をもらし、こぶしで胸を押さえた。「まさか。そんな。先生が死んだんですか？」

「彼ではありません。彼の夫です」

「ああ。先生のご主人とは面識はないと思います。知り合っていたかもしれないけど、でも……本当にお気の毒です。ラフティ博士はわたしに二度めのチャンスをくれました。わたしは望んでなかったし、ありがたいとも思わなかった――とにかく当時は――でも博士はくれたんです」

「何のチャンスですか？」

「わたしの人生全部をだめにしないための」彼女が答えたとき、ピーボディが戻ってきた。「あのときまでは、だめにすることばかりがんばっていたんですよ」

ピーボディは犬を抱き上げ、腰をおろし、白い毛を撫でた。

「この子はあなたが好きなんだわ」

「両思いですね」

「どんなふうに人生をだめにしていたんですか？」イヴはきいた。

「間違った選択、間違った行動、違法ドラッグ、飲酒、自分より人気のない人たちを苦しめるためならできることは何でもやったこと。意地悪く、悪意ばっかりで、破壊的で、有害になることで反抗していただけで。わたしにはお金持ちの親がいて、お金持ちの親がいる友達がいて、みんな罰を受けずに逃げられた——殺人のだって、って言うところでした。本当に誰かを殺したりはしなかったけれど、たくさんの人を傷つけたわ。ラフティ博士が後任になったときは、青天の霹靂《へきれき》でした」

「恨みましたか?」

「あの当時? もちろん。それにうちの親たちも。それまではその比喩《ひゆ》的な殺人を犯しても逃げられたんですもの、親たちは知らなかったから。わたしの成績は常にまあまあ——もっとよかったわ、自分より頭のいい子たちに宿題をさせてたから。みんなあの当時のわたしの恋人がすてきだと思っていたんです。彼はゲームのやり方を知っていたから。わたしたちみんなそうだった」

「グレインジ校長はあなた方の品行を知っていたんでしょう?」

「もちろんです。だから、わたしは何も責任をとらなくていい状況なのに、品行を改める理由なんてありました? そんなときに彼女が出ていって、ラフティ博士が入ってきたんです。それで、ああ、責任をとらなきゃならなくなりました」

「たとえば?」

「居残り、停学——うちの親たちの寄付額に応じた相対評価で成績をつけてもらえなくなったこと。いずれにしても、博士がうちの親たちと面談をしたとたん、ハンマーが振りおろされました。わたしが改心し、トラブルを起こさずにいるか、さもなくばイングランドの私立女子校に送られるか。わたしは彼らを、うちの親たちを傷つけたんです、二人もそれぞれたいへんだった時期に。だからこそだったのかもしれませんが。とにかく、仮面ははがされ、二人はわたしが嘘つきでカンニング常習者で、いじめっ子の悪ガキだったと気づきました。その年の残りは、つまるところ自宅軟禁でした」

ヘイワードは自分のグラスに目を落とした。「ああ、そういうこと全部、ずいぶん長いあいだ考えていませんでした。まるで別の人生みたい。あの人生がラフティ博士のご主人にどんな関係があるのかわかりませんけれど」

「ジェイ・デュランをおぼえていますか?」

「思い出せませんが」

「国語を教えていた人ですよ」ピーボディが言葉をはさんだ。「あなたが一年生と二年生のときに教わっています」

「ああ、デュラン先生――ファーストネームはもともと知らなかったと思います。ええ、おぼえています、というのも、本当に好きだった授業はあの先生のだけだったからですけど」

彼女はちらっと、自分を叱るような笑みを浮かべた。「もちろん、自分が授業を楽しんでいるとか、何かを得ているとかはおもてに出せませんでした、でないとメンツがつぶれたでしょうし。何があったんですか?」

「彼の奥さんが殺害されました」

ヘイワードの目が、イヴの目をまっすぐ見て、心痛と混乱をうかべた。「どういうことなんですか。本当にわからないんですけれど。ひどいわ、恐ろしいです、でもわたしにはわからない」

「われわれはある調査の線を追っているんです。あの移行期間で——グレインジからラフティへの——あなたが言っていた責任のせいで、恨みをひきずっていそうな人物を知りませんか?」

「そんな、たぶんあの学校の半分です。いえ、そんなに多くはないわ」彼女は言い直した。「でもたくさんいます。生徒だけじゃなくて、先生たちも何人か、それに親たちもたくさん、たぶん。博士は体制《ステイタス・クオー》を変えたんです——わたしの言う意味がわかりますか?」

「ええ」

「わたしたちは自分流にやることに慣れていた、なのにそれが終わってしまった。おおぜいの上級生がアイヴィー・リーグに進むつもりでした、なのに〝ラフティのルール〟は——わたしたちはそう呼んでいたんです——それをだいなしにしかねなかった。実際にそうなったのも何人かいたでしょう、わたしは知りませんが。わたしのグループはほとんどばらばらになりました――親たちが子どもたちを退学させたり、わたしみたいにして鎖につないだり」

「あなたはそのグループと連絡をとっている、もしくはとっていましたか？」

「学校時代の？」ケンデルは短い笑い声をもらした。「いいえ。最初はできなかったからですけど。うちの両親がわたしのリンクをとりあげて――ティーンエイジャーの女の子がリンクを使えなくなる恐怖を想像できます？　地獄でしたよ。それに両親はわたしのあらゆるデバイスの通信をブロックしたんです。学校の勉強だけ――それも両親がチェックしました。常に。わたしはそれを恨んで、両親を憎みました。でも従いました、さっきの寄宿学校のことは脅しじゃなかったからです。父があんなに怒ったのも、母があんなにショックを受けているのも見たことがありません。あとにも先にも」

「また通信できるようになったあとは？」

「その頃には、もうしたくなくなっていました。わたしは学校が好きじゃなかった――一度もいい生徒だったことはないし――でもおだやかにしているのが好きになったんです。しょっちゅう何か挑発的なことをしようと考えなくていいことが好きになりました。自分が実際にやった課題で、ちゃんとした成績をとるのが好きになったんです」

いったん話をやめ、彼女はレモネードをじっと見た。「そのことは両親のおかげです、それからラフティ博士、それにデュラン先生のような先生方の。二度めのチャンスです」彼女は言い、イヴをもう一度見てから、自分の美しい庭を見まわした。

「わたしがここにいるのはその人たちのおかげです。どういうことかわかってもらえるかしら、ある状況や時期がまるでこの世の終わりみたいに思えて、でもやがてどういうわけか世界を、それに自分をもつくっているような気持ちになるのって？」

「ええ」イヴはうなずいた。「わかります。卒業したあとは何をしていたんですか？」

「カレッジに行きました。そこで目立った存在だったとは言えませんけど、汚点はありませんでした。両親に二年やってみると約束したんです、そして約束を果たしました。そのあとは家に戻ってきて、自分が本当にやりたいと気づいたことを始めました。会社で母と一緒に働くことです。わたしはパーティーを盛り上げるのも、計画するのも、お客さんが何を求め、必要としているのか把握するのも上手なんですよ。つまりそれは、昔を振り返らないということでした」

イヴは別の角度から尋ねてみた。「あなたのフィアンセは政治的な志を持っていて、彼のお母さんは大統領に立候補するかもしれないんですよね――噂《うわさ》ですが」

「噂ですね」そして今度はイヴに、見事なポーカーフェイスを見せた。

「あなたはティーンエイジャーだった、たしかに、でも以前の不品行が掘り返され、利用されることはしばしばあるでしょう、政治では」

「言われるまでもありません。メリットには、おたがいに本気になったときに全部話しました。そして一緒に彼のご両親と話し合いました。ペイシェンスは偉大な女性です、それに彼女が出馬することを選んだら、すばらしい大統領になるでしょう。彼女はいま話したことをすべて知っています、というか、わたしが思い出せたことはすべて。彼女は、わたしを早期償還のケーススタディとして見ていると言いました。そういう人なんです。わたしは自分の人生を立て直しました。自分が十五、十六、十七のときにやったことで、どんな形であれ、メリットやペイシェンスが苦しんだら耐えられません。でもわたしは人生を立て直したんです。自分のやったことは変えられません、でもいまやることは変えられます」

「マーシャル・コズナーをおぼえていますか？」

「マーシュ？」ひとつ息を吐き、ケンデルは頭を振った。「いまとなっては、過去からの亡霊です。彼はわたしたちギャングのひとりでした――わたしたちは一時期、まさにギャングでしたから。彼は親に学校から引っぱり出された――あるいは学校側から蹴り出されたのかしら、思い出せませんが。もともとどっちか知らなかったんじゃないかしら。わたしがあぶなっかしい生徒だったとしたら、マーシュはもっと悪かったし」

そう言いながらケンデルは笑った。「面白い人だったんです――あの頃わたしが求めていた面白さ。いつも笑わせるのがうまくて。手に入れてくるのも。いつも違法ドラッグや、お酒や、中へ入って遊べる空き家を見つけてくるんです。みんなで彼を何て呼んでいたっけ？」彼女はしばし目を閉じた。「〝世話役〟。まったく、自分たちは本当に頭がいいと思っていたんですね」

「最後に彼を見たか、彼と話したのはいつでしたか？」

「何年も前です。ああ、彼の家でのパーティーをおぼえています――ご両親が旅行中で――ラフティ博士が校長として着任したすぐあとでした。みんなで浮かれ騒いで、どうやって博士と彼のくだらないルールの息の根を止めてやろうかって計画を立てていました。みんな酔っ払うか、ハイになっていて」と彼女は言い添えた。「そのあと彼を見かけたかはっきりしません。きっと見かけたんでしょうけど、そのパーティーから二日もたたないうちに、彼がいなくなってしまったのをおぼえています。わたしが停学になって、うちの両親がラフティ博士と話し合いに学校に来る直前でした」

「スティーヴン・ホイットは」

「スティーヴ？　ああ、ああ、セクシーなスティーヴ、もう一人の亡霊。あの頃はわたしの彼氏でした。彼に夢中だったんですよ、ハイスクールのときならではの感じで。彼も親に引っぱり出されました――マーシュと同じ日かも。たぶんそうだと思います。わたしがハンマーを振りおろされる前、わたしたちは一緒に逃げ出そうって相談したんです。彼は十八になったら信託基金を相続するし、それももうすぐだからって。わたしたち、二人でただ逃げるつもりでした」

彼女は目を閉じた。「本当に無鉄砲でした。本当に考えなしでした、わたしたち二人とも。わたしはそうしていたかもしれません、ただ彼と逃げていたかもしれない、十代の恋だったし、わくわくする響きがあったんです。でも彼は送り出されてしまった――たしか、南のほうの学校へ。はっきりとはわかりません。何もかもごちゃごちゃだったんです、だってほら、わたしの人生はあっさり終わってしまっていたから。それにリンクもなく、通信手段もなかったから、彼に連絡もとれなかった。何週間かは恋しくてたまりませんでした。でもそれだけのことでした」

「それじゃ彼とも連絡をとっていないんですね？」

「ハンマーが振りおろされてからは全然。でもまあ――あ、忘れていました――一度、彼が連絡してこようとしたんです。何もかもが崩壊したすぐあとに。共通の友達に連絡して、わたしに彼女のリンクを使って話をさせ、さっきの逃げる計画を立てさせようとしました」

「それで？」

「わたしは決心しなければなりませんでした、その場で。もし見つかったら、寄宿学校です。彼と話をしたかった、でも……その友達に言いました――彼女の名前は思い出せません――わたしにはできないと伝えて、と。彼はわたしをののしりました――その友達の話では……アニーだったかしら？　アリー？　どうでもいいですね」

ケンデルは手を振ってその話をやめ、レモネードを飲んだ。息を吐く。「彼はわたしを馬鹿な、根性なしのろくでなしだとののしりました。スティーヴは拒絶されると癇癪を起こす人でした。わたしはそんな仕打ちにひとり泣きながら眠りました」

「彼がまた連絡してくることはありましたか？」

「スティーヴは一度切ったら、それっきりだったんです。おしまいです」ケンデルはクッキーをひとつとり、少し笑ってからかじった。「あの時代はもうとっくに終わったんです、ね？　わたしたちみんなにとって。つまり、あの頃一緒につるんでいた人たちは誰だって、この何年かにわたしに連絡しようと思えばできたんです。でも誰もしてきませんでしたよ」

「そしてあなたも彼らの誰にも連絡せず、しようともしなかった」

「ええ。あの時代はそっくり置いてきたんです、言うなれば、後ろに。再会したいともまったく思っていません。この秋には愛する男性、本当にすばらしい男性と結婚するんです。両親もわたしを自慢にしてくれています。わたしも自分に誇りを持っています。どうしてあそこに戻る必要がありますか？」

イヴはもう二、三人の名前を出し、ケンデルの記憶をついてみた。彼女がおぼえている者も、おぼえていない者も、何か付け加えるほどよくおぼえていない者もいた。

「時間を割いていただいて感謝します、ミズ・ヘイワード、それにあなたの率直さにも」

「嘘をつけば、ずっとつきつづけなければなりません。わたしはいずれは見つかるという見本ですよ、それに嘘は状況をいっそう悪くします。わたしたちは悪い子でした、ダラス警部補、でもみんな子どもだったんです。今度みたいなことをやる人間は全然思いつきません、自分たちからトラブルを探していたあの頃でも。ハイスクール時代の何かのために人を殺したりする人は知り合いにいません」

でもきっといる。イヴはケンデルに車まで送られながら心の中で言った。あなたが気づいていないだけよ。

シャトルが着陸したあと、イヴは思うぞんぶんニューヨークを吸いこんだ。道理にかなった街で運転席に座ると、万事が順調になった。

「弁護士たちの大きくて高級な巣に飛びこみましょう」イヴは言った、「そしてマーシャル・コズナーと話すの」

「彼はいまだにくそ野郎みたいですね」ピーボディは住所をプログラムしながら言った。

「ヘイワードは仕事でも、私生活でも、人生を立て直したようにみえます。でもコズナーに関する報告はすべて、彼がいまだに家族の名前と金でのらくらしていることを示していますよ」

「のらくらしていることは殺人の動機にならない。くそ野郎であることも」イヴは嬉々《きき》として交通戦争に飛びこんで言った。「でもそういうことを、違法ドラッグを使いつづけている可能性、友達ギャング団から引き離された恨み、家族の期待にこたえられなかったことに加えたら、ありうるかも」

ラピッド・キャブとセダン相手に、ボクシングのようにすばやく左右に動き、それから交差点を突っきった。「それからもうひとつ加えられる。ラフティもデュランも幸せな、満ち足りた生活を築き、長く続いている婚姻関係を享受し、彼らを愛し敬ってくれる家族がいた。もし自分がいまも特権階級で、何も成し遂げられない、依存症のろくでなしだったら、我慢ならない類《たぐい》のことでしょうね」

「ははあ。その見かたは思いつきませんでしたが、そのとおりですね。どちらのターゲットも多くのことを成し遂げ、やはり私生活も仕事もうまくいっていた。コズナーのデータには、どちらのレベルでもそれを示すものは皆無です。ということは、羨望《せんぼう》かもしれません、こんな気持ち付きで。どうしてあいつらは何もかも手に入れてるんだ、俺が手に入れられないのはあいつらのせいなのに？」

「それもつついて、そこがどれくらい触れられたくないところかみてみましょう」

イヴは駐車場を探し、歩道でピーボディを待って二ブロック歩くのにそなえた。

「次のターゲットの確率精査をしましょうか、いまの要素を入れて。新たなターゲットが出てくるかも」

イヴはうなずいた。「グレインジに関する苦情申し立ての覚え書と記録にあるスタッフ全員。写真にあった正体不明の恋人——犯人もしくはターゲットとして——彼女が見つかったときにやってた相手もね、もし写真の人物と別ならだけど、それから彼女を見つけた人物。全員可能性がある」

角を曲がると、オフィスワーカーらしいグループが、ヘッドフォンでおしゃべりしながら通りすぎた。

コズナーの一族が会社の本部を置いている、鋼鉄とガラスでできたタワービルのドアを押して入り、緑と白の大理石でできたチェッカー模様の床を進んで、セキュリティ用の氏名記入場所へ行った。「NYPSD。マーシャル・コズナー」

警備員が彼女のバッジを見たが、その目はどうでもいいと言っていた。「コズナーは二十一階から二十三階です。マーシャル・コズナーは二十一階にオフィスを持っています」

楽ね、とイヴは思い、ひどくいかめしいロビーのエレベーターへ歩いた。飾りなし、花なし、動画マップも、華麗な影像もなし。

人々がエレベーターからどっと流れ出し、彼女とピーボディは無言でいるほかの人々と一緒に乗りこんで、止まっては進みながら上昇していった。

エレベーターが二十一階で開くと、二人はまたもやいかめしいロビーに出た。ここの飾りは、もしそれが飾りと呼べるとして、目立たないものだった。広く厳格な黒の受付カウンターには、二十代の快活そうな人間が二人おり、そのあいだにはその持ち場を何十年も守ってきたかのような女がいた。

背のまっすぐな、深いクッションの椅子――またもや黒――が待合エリアをつくっていたが、いまのところ待っている人間はいなかった。

イヴは経験のほうを選び、雪のように白いショートカット、深い赤のネイル、衿につけた孔雀《くじゃく》のピンで厳格にならずにすんでいるダークスーツの女へ歩いていった。

「ダラス警部補、ピーボディ捜査官、NYPSDです。マーシャル・コズナーと話がしたいのですが」

バッジと要請に不意を突かれたとしても、ミズ・経験はおもてに出さなかった。「ミスター・コズナーとお約束はおありですか？」

「いいえ。いま彼が会えないなら、こちらで手配してもいいわ。コップ・セントラルで」

彼女はまっすぐイヴの目を見て、イヴの間違いでなければ、かすかな愉快さまじりの軽蔑が見てとれた。「一分お待ちいただければ、ミスター・コズナーのご都合を確認いたしますので」

内線リンクやヘッドフォンを使うかわりに、女は立ち上がり、横のドアへ歩いて、そのむこうへ消えた。

一分が二分に、それから三分になり、やっと彼女が出てきたときには、別の女が一緒だった。短くて体にぴったりした赤いスーツを着て、ゆたかな胸のところがぴんと張っている。

この女のほうはぎりぎり合法という感じで、一メートル近いギニー金貨色の巻き毛の持ち主だった。

年上の女はかすかな冷笑を浮かべて自分の持ち場に戻り、ブロンドはそびえたつばかりの赤いヒールでゆっくりとイヴとピーボディのほうへやってきた。

「ミスター・コズナーのアシスタントです」彼女の声はたったいまエネルギッシュなセックスをしたばかりで、いまにもすり寄ってきそうな女のようだった。「彼はすぐお会いになります。一緒にいらしてください」

イヴはあとをついていきながら、気取ってちまちま足を運ぶと同時に、時計の振り子みたいにヒップを揺らして歩ける人間がいることを、少々面白がっていた。あれは持って生まれた才能に違いない。

一行は仕切り部屋の前をいくつも通った。

「ミスター・コズナーは今日の午後はたいへんお忙しいんです」アシスタントは、いくつかの小さなオフィスの前を通りながら言葉を重ねた。「それでもたいへん敬意をお持ちですから……公僕の方々には」そう締めくくり、イヴにあてはまる言葉をなんとか探し出したのはあきらかだった。

一族はコズナーを法律事務所内での最下段に据え置いているのかもしれないが、それでも角のオフィスを割り当てられていた。

彼はドアをあけたままにしていて、高級なデスクのむこう、角の窓の前にいる姿を見られるようにして、リンクで話し中のふりをしていた。

彼の体の角度のせいで、イヴには何も映っていない画面が実際に見えた。

髪が一箇所だけなめらかで濃いブロンドで、まるで陽光がそこに指を通したかのように、完璧な縞《しま》模様をつけており、肌は冬に南太平洋でヨットセーリングをしていたらしい人間の、あたたかな金色に日焼けしていた。

目ははっきりした青で、けわしく寄せた眉の下で怒りを浮かべていた。不満げな口で、重要な連絡をしている重要な男のイメージが一丁上がり。

「今日の営業時間内にそれを終わらせておいてくれ。言い訳はなし。別の会議があるんだ」

彼はむぞうさにリンクをおろし、立ち上がると同時に、しかめ面は明るいチャーミングな笑顔になった。

「これは光栄だな！」彼はデスクをまわってきて、手をさしだした。引きしまった体格の男で、着ているものは完璧に仕立てられたチャコール色のスーツ、目と同じ青のぱりっとしたシャツ、かすかにバーガンディを加えた控えめなストライプのネクタイ。

「かの高名なイヴ・ダラス！　マフィー、僕たちにカプチーノをいれてきてくれ、そのあいだダラス警部補と、その強く勇敢なパートナーが、今日ここに来たわけを説明してくれるだろうから。どうぞ、どうぞ、座ってください」

イヴはやらせておくことにし、紺色の革の来客用椅子のひとつに座った。

彼が角のオフィスに君臨していても、そこが狭いほうなのはわかった。壁の棚には法律の道具立てはなく、あるのは賞だのトロフィーだのだった――ゴルフ、テニス。彼は磨かれて重厚なデスクのむこうに座っていたが、進行中の仕事を示すものは何もなかった。

額装された法律の学位書がないのは、彼がまだ実際に取得していないからだ。

「アイコーヴ事件はとても念入りに追っていたんですよ、だからもちろん、あの本も読んだし、映画も見ました。引きこまれますね――恐ろしいですよ、むろん、でも引きこまれます。うちの一家も実際にドクター・アイコーヴたちを知っていたので、なおさらです。というか、アイコーヴたちを知っているつもりでいた、と言うべきかな。人は仮面をつけていますから」

彼が頭を振っているとき、マフィーがトレーを持ってゆっくりと戻ってきた。

イヴは、彼女の両親が娘に名前をつけるとき、彼女がその名前のとおりに、愛人というものの歩く見本になると思わなかったのだろうか、といぶかった（「マフ」にはふしだらな女という意味がある）。

「ありがとう、マフィー。次の約束をずらすのを忘れないでくれ」

「約束なんて――ああ、はい、ミスター・コズナー。すぐにやります」

彼女はゆっくり元来た道を戻って出ていき、ドアを閉めた。

「さて」コズナーは新たな笑みを浮かべた。「どういったご用でしょう？」

「まずは四月二十七日と四月二十九日の夜、九時半から十一時まで、どちらにいらしたか教えていただきましょうか」

彼の笑みは消えなかった。ただ凍りついた。「すみません、いま何て？」

「われわれはケント・アブナーとエリーズ・デュランの殺人事件を捜査しています。捜査の過程で、あなたの名前が浮かんできましたので」

イヴはしばらく間を置き、カプチーノを味見した。「おいしいコーヒーですね」彼女は言い、そして待った。

17

「そんなのおかしいですよ。僕の名前が浮かんできた？　あなたが話している人たちなんて知りません。どうして僕の名前が浮かんできたんです？」

「テリーサ・A・ゴールド・アカデミーに在学していましたね？」

「ええ、何年も前に。それがどう関係しているんですか？」

「この事件は念入りに追っていらっしゃらないようですね、アイコーヴの捜査のときにしていたようには。被害者はどちらも、あなたがおぼえているであろう人物の配偶者でした。ラフティ博士、彼はおたくのご両親があなたを寄宿学校へ送る前に、ゴールド校でグレインジ校長の後任になった人です、それからジェイ・デュラン。あなたがあの学校にいた最後の学期に国語を、それから前の年に創作を教えていました」

彼から不安がにじみだしてきた。

「これまで出会った教師全員の名前なんて思い出せませんよ。それにラフティ――彼が校長だったのは、僕がゴールド校をやめる前の二週間だけです。彼らのことも、その配偶者たちのことも単純におぼえていません。なぜ僕がおぼえていなきゃならないんです?」

嘘をついている、とイヴは思った。何か些細なことで下手な嘘をついている。

「彼らはかかわりがあったからですよ、あなたがヴァーモントへ、寄宿学校へ送られたことと、あなたがいじめや、カンニングや、授業妨害のためにつくった――友達の、と言っておきましょうか――グループから引き離されたことに。そのほかにパーティーもしていましたね、未成年での飲酒、違法ドラッグ付きで」

「そんなのはまったくのナンセンスだし、話を盛りすぎです! うちの両親は、州外の非常に著名な学校で学期を終えるほうが僕のためになると思ったんですよ。そんなこと、大昔の話じゃありませんか、それにあなた方をここへ通して、僕がカンニングやいじめをしたと非難させるなんて侮辱――」

「ミゲル・ロドリゲス」

「誰のことなのかさっぱりわかりませんね」

「あなたとあなたの友達が、自分たちの宿題をするよう圧力をかけて脅したおおぜいのうちのひとりです」

彼の目がイヴ以外のところを泳いだ。「そんな話は馬鹿げているし、嘘です」

「記録に残っているんですよ、ミスター・コズナー。おききした夜にいらした場所に話を戻しませんか？」

「あなた方には何も答える必要はない」彼は立ち上がった。「さあ、自分たちで出ていくか、それとも警備員に連れ出してもらいましょうか」

「答えたくないのなら、それもあなたの権利です。弁護士を雇おうと思うかもしれませんね――ご自分はまだ法律の学位をとっていないわけですからなおさら――正式な聴取のためにあなたをセントラルへ連行していかなければならなくなったら」

「僕に強制することはできな――」

今度はイヴが立ち上がった。「わたしには用心して、わたしの言葉を信じることですよ、教えてあげますが、あなたの家族ぐるみの友人だったアイコーヴたちも同じように思っていたけれど、それは間違いだとわかったんですから」

「ちょっと待った。ちょっと待った」コズナーは腰をおろし、イヴにもそうするように身ぶりで示した。「そんなに刺々《とげとげ》しくしなくてもいいでしょう。あなたのせいで、単にびっくりしたんですよ。警察に犯罪をおかしたと非難されるのには慣れてないんです」

「何度も逮捕されているんですから、慣れているはずですよ。違法ドラッグの使用と売買をしていましたね」

「若かったし愚かだったんです」彼はこわばった声で言った。「昔のことです」

彼は内ポケットに手を入れて、メモブックを出した。「さっきの日に僕がどこにいたかは簡単に調べられますよ。ひとつめは」彼はスクロールしながら続けた。「おおぜいの友達とディナーパーティーに出ていました」

「名前を」イヴは簡潔に言った。「連絡先も」

「そんな……」それでも彼は答えたので、ピーボディが書き留めた。

「二つめの晩には、友人たちと一緒にクラブに行きました」

ピーボディは彼らの名前も言われるまま書き留め、相当数の重複しているものに印をつけた。

「それで全部なら――」

「いいえ」イヴはさえぎった。「あとであなたのアリバイを確認しますので」

顎をつんとあげても、不安の洪水《こうずい》は止められなかった。

「その言葉は気に入りませんね。僕は何もしていない、だからアリバイなんか必要ない」

「あとで確認します」イヴはさらりと言った。「それはさておき、あなたとあなたのグループが、グレインジ校長の在任中にゴールド校にいたあいだ、かなりのトラブルを起こしていたことはわかっています。ラフティ博士がそれを全部変えた。あなたたちは突然、責任をとらなきゃならなくなったわけですね」

「あいつは最低の暴君でしたよ」コズナーは爆発した。「自分の新しいルール、新しい日程表を持って乱入してきて。低学年と高学年のクラスのゆうに三分の一を停学にしたり、校内での居残り制を導入したり、僕らの金で奨学金をもらってあの学校にいたチクリ屋たちが、僕らの仲間について言ったことを信じたんですよ、僕らの家族が気前よく金を出してたからあの学校は運営できてたのに」

ボタンが押された、とイヴは思った。

「それじゃ彼をおぼえているんですね」

「あの学校が自分のものみたいな顔で入ってきたのをおぼえていますよ。うちの両親があそこから僕を引っぱり出すだけの良識がなかったら、彼の暴君ぶりと傲慢さのせいで、ロースクールへ行けなかったかもしれないのはわかっているんです。それどころか、彼は僕がカンニングをしたと非難したんですよ！　おまけに五人ばかりの無能な教師も、僕の一族には富と名声があるのにひきかえ、自分たちは何者でもないことを恨みに思って、でたらめな、根拠のない非難をしたんです」

「ジェイ・デュランのように。彼はそうした非難をして、あなたやあなたの友人たちに一種の好き勝手を許したことについて、グレインジ校長に対する苦情を申し立てましたね」

「グレインジ校長は理解していたんですよ、少々の……悪ふざけで、ティーンエイジャーの将来が左右されるべきじゃないと」

「悪ふざけ？　学校内での飲酒や違法ドラッグ使用、カンニング、身体的暴行、ほかの生徒を脅す戦術でカンニングを手伝わせることを、あなたはそう呼ぶわけですか？」

コズナーは話を片づけるように手を振ったが、イヴは彼の上唇にうすく汗の線が浮き出しているのに気づいた。「ときたまこっそりアルコールを飲んだり、違法ドラッグをやってみたりしないティーンエイジャーがいたらお目にかかりたいですね」

「ではあなたの意見では、法を破ることは単なる十代の悪ふざけだと。勉強になりますねえ。それだとあなたはラフティやさっき言った〝無能な〟教師たちに恨みを持っているように聞こえますが」

「あの連中は僕には何の意味もありません。あの頃も、いまも。僕は金持ちで、名声があって、尊敬を受けている一族の出です。名声があって、尊敬を受けている法律事務所、この街でもトップクラスの事務所の一員なんですよ」

「ここの壁には法律の学位証がないようですが、ミスター・コズナー」

彼は真っ赤になった、癇癪と恥辱が重なったのだ。「実務経験を積むために、学校を離れて社会に出ているんです。あなた方には関係ないことでしょう」

「あなたは違法ドラッグの作り方をおぼえ、設備も自分で持っていましたね。学校よりもそこでのほうが優秀だったようにみえますよ――化学においては」

「そういう告発は却下されましたよ」

「誰かから教わったはずです、どこからか備品や機器を調達したはずです。その名前を教えてくれれば、あなた自身の助けにもなります」

「そういう告発は却下されたんです」彼は繰り返した。「これ以上その件について話すことはありません」

「考え直したくなるかもしれませんよ」イヴはもう一度立ち上がった。「われわれは調べていきますし、あなたの協力があろうとなかろうと、必要な答えは見つけます。コーヒーをごちそうさま」

ピーボディを連れて、イヴはドアへ歩きかけた。「ああ、それから次にリンクで話しているふり、大物のふりをするときには」彼女は振り返った。「少なくともスイッチは入れておきなさい」

降りていくのにエレベーターに乗ると、ピーボディはイヴに顔を向けた。「コズナーについてひとつたしかなことがあります」

「それはどんなこと?」

「彼は嘘をつく昔《S》ながらの《O》クソなや《S》つです」

「ええそうね。彼はそれよ。そして、これまでの人生全部ではないにせよ、その大半で嘘つきのSOSだった人間にしては、嘘をつくのが本当に下手」

「そうですね、それで彼についてたしかなことが二つになりました」

エレベーターが止まってさらに人々が乗りこんでくると、イヴは位置を変えた。「嘘をつくことは彼にとっては自動運転装置で、しかも出来がよくない。彼は明白でとるに足りないことに嘘をつく、だから重大な話に入る頃には、ただ顔を赤くして馬鹿なことを言うだけになってしまう」

ビジネススーツとサングラスの女がイヴに目を向けた。「わたしの元夫のことみたい。人によっては計画して嘘をつく。そうでない人はどうか?」彼女はドアが開いてさらに人々が入ってきても続けた。「無意識の本能なのよね、息をするみたいな」

「ほんとそう」別の誰かが声をはりあげた。「前にそういう男とデートしたんだけど、名前をきいても嘘をつくの。自分じゃどうにもできなかったのよ」

新しく乗ってきたうちのひとりがふんと鼻を鳴らした。「本人たちがその嘘を信じてるときはもっとたちが悪いわよ――それは本当なんだと自分をだまして、相手の頭を殴りつづけるものだから、その相手は頭がおかしいのは自分のほうじゃないかと思いはじめちゃう」

「どれもみんな元夫のことに聞こえるわ」ロビー階でドアが開くと、最初の女が言った。

「あちこち出没するやつなのね」イヴは言い、その女が噴き出すのを聞きながら、ピーボディとドアへ歩いた。

「面白かったですね」車へ戻る道々、ピーボディが言った。「嘘をつく嘘つきたちがエレベーターに乗り合わせた他人同士を結びつける。以上、『デートライン・ニューヨーク』がお送りしました」

「誰でも少なくともひとりは嘘つき野郎を知っている」

「まさに真実ですね。コズナーのアリバイがでたらめじゃないかどうかも調べます。あんな下手くそな嘘つきじゃ、半分もまともな弁護士になれっこないですよ」

「底なしにまぬけっていうのも加えて。彼はおおぜいの弁護士がそこらじゅうにいるなかで高級なデスクに座っている――しかも家名もある――なのに聴取をやめることも、弁護士を呼んで敵のタックルを止めることもしなかったのよ？」

「それで三つになりますね。嘘つき野郎で、ろくな嘘もつけず、完璧なとんま」

「三つとも正解」イヴは賛成した。「事実として、彼はセントラルで会うことに同意したほうがよかったのよ、法的代理人同伴で。準備する時間が稼げるし」イヴが続けているうちに車のところまで来た。「手練《てだれ》の弁護士《マウスピース》も同伴させられるのに。だから底なしにまぬけで、果てしなく傲慢な嘘つきSOSのとんま」

ピーボディは助手席に座った。「殺人者でしょうか？」

「まだ確定はしてない。ホイットの居場所を入力して、これを片づけてしまいましょう。コズナーはいまも恨みを抱いている」イヴは車の列の隙間を狙い、飛び出した。「ラフティは暴君に等しい、なぜなら彼はルールを決め、生徒に責任をとらせることを決めたから。奨学金でゴールド校に行っていた生徒だって？　もともとあいつらのいる場所じゃなかったし、あいつらの持っていたものにふさわしい目にあっただけさ。違法ドラッグをつくって売買したこと、ほかの生徒をボコったこと？　若気の至りだよ。彼のねじくれた、壊れきった頭では、自分の処分にかかわった人々を殺すことが、仕返しとして正当化されかねない」

「じゃあ彼のそういうところが気に入っているんですね？」

「彼のそういう傲慢さは気に入ってる、それに化学の知識や技術をいくらか持っている可能性が強いこと、もっと持っている人物にコネがありそうなことも。違法ドラッグに関しては、彼はまったく更正できてない」

「まだ使っていると思っているんですね？」

「やめる理由がある？　俺はやりたいことは何だろうとやる権利があるんだ、違うか？　法律なんかくそ食らえ、法律なんてお人よしと貧乏人のためのものだ。あなたは彼がアリバイとして挙げた人たちを調べてちょうだい、そいつらの大半に違法ドラッグでの逮捕歴と治療経験が片方か両方あることに、ひと月ぶんの給料を賭けるわ」

「間違いないですよ。でも……」

「続けて」

「彼はそれほど抜け目なくないと思うんです——まさにその言葉ですよ、抜け目ない——今度のことを全部計画してのけるほどには。クレジットデータの盗用、荷物の発送、タイミングをはかること、事前調査。あるいは仕返しのために何年も待つ忍耐力。彼はわたしには〝いまやりたいんだ〟のほうにみえます。ラフティが通りを渡っているのを見かけたら、轢《ひ》き殺そうとするような——しかもあいだにいる通りすがりの人たちまで一緒に——自分のピカピカの車で」

「ひとつにまとめたけど、実際には二つね。ええ、彼は今度のことを全部計画してのけるほど抜け目なくない。それに敵よりも敵の愛するものをめちゃくちゃにするという、おぞましい本能が欠けている。ターゲットを自分の車で轢くのは——まさに彼のやり方ね。だからそれだけってことよ、車が故障していたんだ、もしくは相手が僕の前に出てきたんだ、もしくは背の高い、色黒の知らない人間が僕の前にあいつを突き飛ばして、こっちは車を止められなかったんだ」

「それじゃその点は彼が気に入らないわけですか?」

「まだ言えないわ。でも彼が一枚嚙んでいるとしても、ショーを進めているのは別の誰かよ。彼は言われたとおりにしているだけ」とイヴは言った。「彼じゃドアしかない部屋から自分で出ることもできないでしょうよ」

駐車スペース探しは収穫ゼロだったので、イヴは法外な料金の駐車場に停《と》めた――それでいて、まだ現金を引き出しにATMに行っていなかったのを思い出した。法外な料金であるうえ、金融街の中にあるので、駐車場にはゲート近くにATMがあった。

イヴはそれを使い、ポケットに現金を突っこみ、そこでこっちを見ている男の目に気づいた。

男がこちらへ近づこうとしたので、まずは歯をむいてみせた。それからトップコートと、スーツの上着を開いて、武器を見せた。

「まだやってみたい?」

男はくるりときびすを返し、エアブーツでばたばたと去った。

「強盗のなかには、ATMの近くをうろつくのがいるんですよ」ピーボディが一緒に歩きながら言った。「イカしたコートを着た、かよわそうな女二人連れを見て、ちょろい獲物だと思ったんでしょう」

「そうね。この件をさっさと片づけようと思ってなかったら、強盗させてやったかもしれないわ、そうすればあいつも刑務所の中で、自分のやり方の間違いについて考えることになったでしょうに。次はそうなるかも」

次の鋼鉄とガラスのタワーへ歩いていくと、今度のそれは午後の陽射しをあびて淡い青色をしていた。ここのロビーは幅も奥行きも広く、カフェ、ブティック、最新流行の食料品店に、動くマップを備え、大きなスクリーンではさまざまな言語で金融ニュースを流していた。

二人はダークブルーのタイルを進んで、セキュリティステーションへ行った。

「スティーヴン・ホイット、〈ホイット・グループ〉の」イヴはバッジを見せた。「ダラス警部補、ピーボディ捜査官、NYPSD」

「調子はどうだね、LT？　きみが新人で入ってきたとき、わたしはセントラルに勤務していたんだよ」

イヴは彼を八十代近く、体力じゅうぶんとみた。白髪を短く刈り、しわくちゃの地図のように線の走った黒い顔、警官らしさをたっぷり持ったままの揺るがない茶色の目をしている。

「スワンソン捜査官。お会いできてうれしいです」

線の刻まれた顔は、笑ったせいでいっそう皺《しわ》が深くなった。「いい記憶力だ、わたしの名前をやすやすと思い出せるとは」

「ピーボディ捜査官、スワンソン捜査官が退職したときには、本部は優秀な警官をひとり失ったのよ。十年ほど前でしたね？」

「九年だ。釣りには飽きたし、妻も家のことをあれこれ口出しされるのにうんざりしてね、それでこうして妻の邪魔をしないようにしているんだ。きみたちの行き先は五十二階だよ」

「警察がなつかしいですか、捜査官？」ピーボディがきいた。

「毎日ね。大きなヤマかい、警部補《ルーテナント》？」

「かもしれません」イヴは身を乗り出した。「スティーヴン・ホイットを知っていますか？」

「金持ち男で、それを鼻にかけている。生まれつきだな、わたしの見たところでは。ここのデスクについて六年になるが、父親のほうは〝くそ食らえ〟程度の言葉も言ったことがないね。もし何かで彼を調べているなら、目を光らせておこう」

「いいですね。助かります、捜査官」

「かまわんよ。五十二階へ行けるように手配しておこう。フィーニーにがんばれと伝えてもらえるか？」

「必ず」

「二つめの乗り場を使ってくれ。二十階まで飛ばしていける」

「あなたにおぼえられていたことが彼には大事だったんですね」ピーボディがエレベーター乗り場へ歩いているときに言った。

「おぼえてるわ、優秀な警官で、よくデスクに座ってあれを作ってたの――何ていうんだっけ――魚を引っかけるやつだけど？」

「ルアー？」

「そう。そうしていると考えるのにいいんだと言っていた。彼のおかげでたくさんの事件が終結した」二人はエレベーターに乗った。「ここでぴんとくるものがあったら、彼があのデスクにいてくれるのは悪くないわ」

さっきの法律事務所とは違い、ここの金融事務所は控えめな方向をめざしていなかった。淡い金色のカーペットはロビーエリアに広がり、大きな半円形の受付カウンターも金色――もっと暗く、もっと輝いていた。六人の人間がそれぞれのステーションで忙しく働いている。

両側に二つの待合エリアがあり、どちらもチョコレート色と金色のしつらえで、座るところにはすべて個別のスクリーンと通信機器が備えられていた。ニューヨークを俯瞰《ふかん》する眺望のガラス壁をはさんで、二つの観用植物が巨大な金色の壺《つぼ》から突き出していた。

受付カウンターの後ろでは、会社のロゴが牡牛《おうし》——やはり金色——のひづめが茶色の熊の喉《のど》にかかっているところをえがいていた。

そうだ、とイヴは思った。ここには控えめなものの気配はない。

人種と性別はさまざまなのに、カウンターに詰めている人々はイヴにはまったく同じにみえた。二十代なかば、魅力的、鋭い目、つっけんどん。

それでも、ロークがこのトッパーに——今日の服装全体に——ついて言っていたことは正解だったのだろう、彼らの誰もがイヴを見ると、すぐに練習を積んだ笑顔になったから。イヴには彼らの頭の中で、ドルのマークが踊っているのが見えるようだった。

真ん中の、アジア系の男のところへ歩いていった。

「スティーヴン・ホイットを」

「こんにちは。お約束はございますか、ミズ……？」

「警部補」イヴはバッジを持ち上げて、男の顔から練習を積んだ笑みを消し去った。「ダラス。ピーボディ捜査官。NYPSD。警察の仕事でミスター・ホイットと話がしたいの」

「お会いできるかどうか、彼の業務管理アシスタントに確認しなければなりません。よろしければお座りになって——」

「ここでけっこう。確認するときは」イヴは、自分の声が待合エリアの人々に届くように続けた。「その業務管理役に、われわれが二つの殺人事件の捜査で来たこと、ミスター・ホイットが会えるまで待つつもりだと、必ず伝えて」

「イエス、マム、もちろんです」

「警部補」イヴはバッジを叩いてみせ、それからしまった。

ヘッドフォンは使わず、受付は椅子をコンピューターのほうへまわし、キーボードを使った。

文章を業務管理役に送っている、とイヴは思った。そうやってイヴにやりとりを聞かれずにすむ方法を見つけたことで、彼には点が入ったわけだ。二分ほどやりとりしたあと、受付は咳払いをした。

「ミスター・ローダー、ミスター・ホイットの業務管理役がすぐに来るそうです」

「けっこう」

長くはかからなかった。殺人課の警官二人などに、自分たちの金ピカのロビーエリアの値打ちを下げられたくないのだろう、とイヴは思った。

右手にある曇りガラスの両開き扉から入ってきた男は、受付係より二十年ほど年長だった。上質なカットのスーツは小柄な体にぴったり合っている。ナッツブラウンの髪を、いかついハンサムな顔から後ろに流していて――練習を積んだ笑みを浮かべる手間はかけなかった。

「一緒にいらしていただけますか」

彼はイヴたちの先に立って扉を抜け――ここには仕切り部屋はなかった。またもや金色のカーペット、壁には金縁の額に入ったアート、チョコレートブラウンのドアが閉まったいくつものオフィス。

ローダーはドアの開いているオフィスへ近づいていった。

ガラスのパネルのむこうでは二人の女が部屋の端と端で仕事をしていた――これも名前は違うが仕切り部屋だ、とイヴは思った。ローダーのデスクは中央にあった。

彼はドアを閉め、デスクに歩いていって、腰をおろした。手ぶりで、少々横柄に、イヴとピーボディに椅子にかけるよう合図する。

二人は立ったままでいた。

「わたしはアーネスト・ローダー、ミスター・ホイットの業務管理アシスタントです。こちらへいらした目的についてもう少し詳しくおききしたいのですが」

「受付に言いましたし、彼があなたに知らせたはずですが、われわれは二つの殺人事件を捜査しています」

「ええ、それで？」

イヴはすぐに横柄なまなざしを返した。「死んだ人間が二人では足りませんか？」

「それではなぜミスター・ホイットと話をしたいのかわかりませんね」

「その情報をあなたに明かすつもりはありません、あるいは、進行中の捜査についてのいかなる追加情報も」

ローダーは両手を広げた。「それではミスター・ホイットはお会いできませんよ」

「けっこう。捜査官、レオ検事補に連絡して、ミスター・スティーヴン・ホイットを二つの殺人事件に関する聴取でセントラルに連行する令状を要請して」

「馬鹿なまねはやめたまえ」

「ミスター・……ローダー、でしたっけ？　二人の人間が死んでいるんですよ。おたくのボスと彼の巣で話をするか、わたしの巣でするかです。すべては彼しだい。あなたが邪魔をすればするほど、その話は不愉快なものになるでしょうね」

「ここで待っていてください」

彼は立ち上がり、内側のドアへ歩いていって、その中へ入った。

「このままレオに連絡しますか？」

「いいえ。必要ないでしょう。ホイットはただ小手調べをしたかっただけよ」

「ときには業務管理役が――」

「違う。あいつは指示どおりにしてるだけ」

ローダーが出てきた。「ミスター・ホイットはすぐにお会いになります。手短に」

コズナーと同様、ホイットもデスクを前に座っていた――ダークゴールドの半円形で、受付カウンターの小型バージョンだ。彼はリンクをかけているふりなどせず、ワークステーションには本人が実際に仕事をしているしるしがあった。

髪はワークステーションとほぼ同じ色で、ふっさりと後ろへ流している。映画スターのような洗練されたルックス、非のうちどころがない横顔と黄褐色の目、ちょうどいい具合に二日ぶん伸びたひげの持ち主だ。

彼はイヴたちが入っていくと立ち上がり、身長は百八十センチそこそこだったが、鍛錬された姿勢、持ち上げた顎のせいでもっと高くみえた。

効果を狙ったのか身軽になりたかったのか、ミッドナイトブルーのスーツの上着を脱いでおり、シャツとネクタイだけになっていた。

「お待たせして申し訳ありませんでした。アーネストは過保護なもので」

彼は手をさしだしもせず、ステーションをまわってきもしなかったが、二脚の椅子――やはりチョコレート色――をすすめてから自分も座った。

昔の学友とは違って、ホイットは壁を飾る学位証書をいくつも持っていた。別の壁ではスクリーンが世界じゅうの金融ニュースを、すべて無音で流していた。

「何かお出ししましょうか？」

「いいえ、けっこうです」

「ありがとう、アーネスト。もういいよ」

「はい」

ローダーは引き下がり、ドアを閉めていった。

「さっぱりわからないんですが」ホイットはそう話を始めた。「誰か殺された人のことで僕と話をしたいそうですね？」

「ケント・アブナー。エリーズ・デュラン」

「まだわかりませんが」

「ケント・アブナーはマーティン・ラフティ博士と、エリーズ・デュランはジェイ・デュラン教授と結婚していました。それでいくらかわかってきませんか」

「いいえ、まったく」

「あなたはここニューヨークの、テリーサ・A・ゴールド・アカデミーに在籍していました、そうですね？」

「ああ、ずいぶん久しぶりに聞く名前ですね。ええ、そうです、でもわかりませんね、何が……」目が細くなり、彼は椅子の背に体をつけた。「ラフティ、そうだ、もちろん。僕が転校する直前に校長としてやってきました。僕はイースト・ワシントンのレスター・ヘンスン・プレップで高学年を終え、卒業したので、彼とはほとんど接点がありませんでしたが」

「こちらの情報では、接点があったからあなたはゴールド校から卒業しなかったとなっています」

「たしかに。うちの両親はラフティの管理運営方法が気に入らなくて、当時僕はずいぶん反対したのに、やはりグレインジ校長がすでに移っていたレスター・ヘンスンに僕を入れてしまったんです」

「あなたは反対したんですか？」

「反対して、むくれて、怒りました」彼はそう言いながら笑った。「十七歳でしたし、実質的に人生が終わったと思いました。友達はみんなここにいる、愛している女の子もここにいる。ＴＡＧのスクールカーストでは、自分は上にいると思っていたんですよ、なのに両親は別の街の、別の学校へ、また寮制のところへやろうとしているのか？　人生は」彼は両手を振った。「おしまいだ」

「ラフティ博士のせいだと思ったでしょうね」

「まさに。あいつがやってきて、僕が自分の領土だと思っていたところを奪い、権力を乱用して、両親にすっかり僕を見放させたせいで、僕が責めを負うことになったんだ、とね。もちろん、世の習いで、結局はそれがいちばん僕のためになったんですが」

「どんなふうにです？」

「友達も、その女の子も、慣れ親しんだものもなくなってしまったので、自分の勉強をやりぬくことに集中したんです。いずれにしても、人生は終わりませんでした。僕の十七歳のときの、自分では運命の崩壊だと思っていたものが、お話しの殺人事件にどう関係しているのかわかりませんが」

「転校はジェイ・デュランのせいもあると思いましたか？」ピーボディが尋ねた。

「そういう名前の人には心当たりがありませんね」

「あなたはアカデミーにいたとき、彼の授業にいくつか出ていたんですよ」ピーボディが指摘した。「国語、創作、文学」

「申し訳ない」ホイットは小さく、振り払うように肩をすくめた。「あの当時の先生たちをおおぜいおぼえているとは言えないんです」

「その教師はあなたのことを何度か報告書に書いていました。あなたとあなたの友達のことを」とイヴは付け加えた。「記録には、あなたがカンニンググループの一員であり、いじめ、身体的暴行、未成年での飲酒をしていたと彼が言及したことが残っています。彼はあなたや、とりわけグレインジ校長について公式な苦情を申し立てていました」

ホイットの目は揺るがず、まっすぐなままだった。からっぽで。「誰でも推量するでしょうが、そうした非難がひとつでも当たっていたのなら、グレインジ校長が適切な懲戒処分を下したはずでしょう」

「われわれは推量しているのではありません、ミスター・ホイット、グレインジ校長がアカデミーへの気前のいい資金提供と引き換えに、非難、申し立て、苦情を見逃していたことは証拠が示していますから」

「それは僕には関係ないんじゃありませんか？　さて、僕はここに座って、思春期やティーンエイジャーだった頃にひとつも悪いおこないをしなかったと言うでしょうか？　もちろん言いませんよ。そんなことを言うやつは嘘つきか、ひどく退屈な子ども時代を過ごしたかのどちらかです。実のところ、僕がTAGでつるんでいた連中は、奔放なほうだったかもしれませんね」

彼は肩をすくめてその話も片づけた。「でも僕たちは無害でしたし、あの年頃の大半がすることをしていただけです。境界線を探究し、それを広げ、試してみる」

「違法ドラッグは？」

彼は笑みを浮かべた。ずるそうに。「それについては黙秘権を行使しますよ。いいですか、僕たちはパーティーをしました。ずいぶん多くの親たちが旅行に出かけて、そうするとみんなでよくパーティーをしたんです。手段を見つけてアルコールを手に入れたことは否定しません。自分が子どもを持つことがあったら、そういうことはもっとうまく監督できるよう願ってますが、そういうのは全部単なる通過儀礼ですよ。それに若い頃のことをこんなふうにちょっと思い出してみるのも楽しいですが、とりかからなければならない仕事がありますので」

「でしたら現在に話を飛ばしましょう。四月二十七日と二十九日の夜、九時半から十一時まで、どこにいたか教えてもらえますか?」

「真面目にきいているんですか?」

「ええ、ミスター・ホイット。われわれは殺人事件の捜査というものを非常に真面目に考えています」

「ハイスクール時代の教師や運営管理の人間が関係しているからって、本気で僕を容疑者だと考えているんですか? 本当に間違っていますよ」彼は頭を振り、スケジュールをスクロールした。

「四月二十七日、僕はある顧客とその夫と、〈ル・ジャルダン〉で夕食をとりました。八時に予約しておきました。店を出たのは真夜中頃だったと思います。二人を彼らのホテルまで送っていって――ベルギーからニューヨークへ来ていたんですよ――それからそのリムジン《リモ》で僕も家へ送ってもらいました。そのときも、はっきりとは言えませんが、十二時半前には家に着いたはずです、そのあとは外出していません」

「確認のため、その顧客の名前をお願いします」

「だめです」彼の顎が引きしまった。目も硬くなる。「あなた方が重要な顧客に接触して、あれこれきくのはお断りです。確認が必要なら、レストランに言ってください。給仕長《メートル》なら僕を知っているでしょう、よくあそこに顧客を連れていきますから。給仕たちもきっとおぼえていますよ」

「ではそこから始めましょう」イヴは同意した。「それから二つめの夜は？」

「あるクラブに友達に会いにいきました。時間はやっぱりはっきりしませんが、むこうに着いたときには九時か九時半だったでしょう。マーシュももう来ていましたよ」

「それはマーシャル・コズナーのことですね」

「そうです。僕たちが学校で一緒だったのは知っているんでしょう――あの最後の学期は別ですが。おたがいの家族も親しいんです、それにマーシュと僕はいまも友達ですし。スケジュールの合うときは顔を合わせるんですよ」

でしたよ」

「面白いですね」ピーボディはデータをチェックするかのようにPPCを出した。「ミスター・コズナーがクラブに行った夜の話をしたとき、彼の言った名前の中にあなたはいませんでしたよ」

「たぶんこういう馬鹿げたことから僕を遠ざけておこうと思ったんでしょう」ホイットは手を振ってそれを片づけた。「必要なかったのに。僕たちは二杯飲んで、ちょっと笑って、おたがいの近況を報告して、女性を探しにいきました。どちらもデート相手を連れてこなかったので。店を出たのは真夜中頃だったかな、タクシーをつかまえて帰りました」

「ひとりで?」イヴはきいた。

「残念ながら、そうです」

「ケンデル・ヘイワードとはいまも連絡をとっていますか?」

「おぉ、まだ心臓に刺さっていますよ」ホイットは顔をしかめるふりをした。「いいえ。僕たちは大恋愛中でした、言うまでもなく、十六、七歳のときに。それから残酷にも――当時はそう思いました――引き裂かれてしまった。彼女の両親がきびしく罰を与えましてね、何もかもあっという間でした。彼女に連絡すらとれなかったんです、むこうの両親が彼女のリンクをとりあげて、通信を遮断して、だから恋しくてたまりませんでした……二、三週間くらいだったかな?」

彼はまた笑みを浮かべた。「十七の恋の深さなんてそんなものですよ」

「一度彼女に連絡しようとしたでしょう」イヴは彼の顎のあたりがかすかに緊張するのを見逃さなかった。「でも彼女はあなたと話そうとしなかった。あなたとしてはいい気持ちではなかったでしょう」

「十七ですよ」ホイットはもう一度言った。「彼女は僕の心を打ち砕いた。でもそのあとその痛みをやわらげてくれる女の子たちがいましたからね、それからカレッジでも――それにまた別の女性たち、そうしてケンデルは甘くてぼんやりした思い出になりました。でも彼女はいまニューヨークにいないんでしょう？　たしか彼女が婚約した記事は読みました、イースト・ワシントンの政治関係の誰かでしたね。胸が痛んだのは認めますよ。初恋は尾をひくものです」

「でも卒業したあとに彼女と連絡をとる、もしくはとろうとするほどにはひかなかったわけですね。もしくは、卒業して以来ずっと」

「人は前へ進まなければならないんですよ。それはまさに僕がいましなければならないことでもあります。あなた方の捜査の役には立てません。ラフティ博士とミスター・ダービンにとっては悲劇でしょうが」

「デュランです」イヴは訂正した。

「そうでした。僕にはまったく関係ないことですし、これ以上お付き合いはできません。まだききたいことがあるんでしたら、僕の弁護士に問い合わせてください。ローウェル・コズナー――マーシュの父親です」

彼は立ち上がった。「幸運を祈っていますよ」

「お邪魔しました」

部屋を出ていくとき、イヴには彼のきざな笑い声が聞こえるような気がした。

ピーボディがエレベーターに乗るなり口を開こうとしたが、イヴはただ首を振った。それで二人は会社用スーツ族や金持ちの顧客たちと一緒に、無言で降りていった。

「もういいわよ」外に出ると、イヴは言った。「彼は部下をエレベーターに乗せて、中でのおしゃべりを全部報告させそうなタイプだったから」

「それは思いつきませんでした、でもそうですね、そういうタイプです。わたしは、これで嘘つきのSOSが二人になったと言おうとしてたんです」

「ほんとにそうね、ピーボディ。ほんとにそう」

「とはいえ、アリバイがたしかだとわかったら――」

「それについてはひとつ考えがある。クラブ、レストラン、ディナーパーティーの住所を調べて」駐車場へ戻りながらイヴは言った。「そうしたらそれを、両方の荷物の持ちこみ窓口と照らし合わせて。何かつかめるかやってみましょう」

「了解」ピーボディはPPCを出した。

「コズナーは彼にご注進したのよ、賭《か》けてもいいわ、わたしたちが彼のオフィスを出た瞬間に。ホイットはわたしたちが来ることを知っていて、業務管理役にわたしたちを通さないようにさせた。わたしたちが言及した人たちを知っていたけれど、おやおや、おぼえているわけないでしょう？ってふうにふるまわなければならなかった。馬鹿よ、本当に。でもそこのところはみんな多少なりと馬鹿、どんなに利口な人間でも。もしくは、利口なつもりの人間でも」

「さらに馬鹿が見つかりましたよ。ディナーパーティーの住所は、ひとつめの荷物の持ちこみ窓口からたっぷり二十ブロックありますが、ホイットが顧客を連れていったレストランはどうか？　二ブロックもないんです。それにコズナーとホイットが落ち合ったクラブは？　三ブロックですよ」

「彼らはそれぞれ一回ずつ持ちこんだのよ。おたがいをかばいあってる。わたしたちがここまでつかむとは考えてもいなかったでしょう、でも自分たちはそれもカバーできたと思っている。考えるのはホイットね——コズナーは子分」

イヴは運転席に座った。「レストランに行きましょう——時間はある。ロドリゲスに署に来てもらって、供述をしてもらうわ。これからレストランへ行って、クラブに確認して、嘘つきSOSどもにもっと穴をあけてやれるかどうかみてみましょう」

「賛成です」

イヴはゲートで金を払い、車を進めた。「ホイットは、配偶者たちが殺されていることについて、なぜわたしたちが彼に話をきくのか、尋ねもしなかった。そこが彼にとって重要な点だから。それが理由だからよ」

「それに彼はラフティ、デュランのせいだという気持ちを持ちつづけていますね、自分が学校から引っぱり出されたから——両親によって」

「それ以上のものがあるわよ。初恋は尾をひく、そのとおりじゃない？　恋じゃないわ、全然違う。彼は社会病質者《ソシオパス》だから、心から何かを感じることはない。でも彼はあの少女を失い、支配するスクールカーストを失い、それだけじゃない——もっとある。その少女は婚約した——そしてそれがメディアで大々的にとりあげられ、彼の仲間内でも話題になった、きっとそう。それで彼は頭にきたのよ。そしてグレインジ、彼女も一枚噛んでいる。何らかのかたちで。ホイットの両親は離婚した、そうよね？　いつだったか調べて」

「ちょっと待ってください。ああ」ピーボディはPPC画面を見て唇をすぼめた。「ホイットがレスター・ヘンスンを卒業したのと同じ夏に決着してます」

「妻のほうから申し立てをした、でしょ?」

「ええ。年の初めのすぐあとに」

「ホイットの父親が例のぼやけた写真の人物だってことに何を賭ける?」

ピーボディは考えこんだ。「お金は貯金しておきます」

18

その気取った高級フレンチレストランの女主人がイヴのトッパーを高く評価したのはあきらかだった、あたたかな歓迎の笑みを浮かべてイヴとピーボディを迎えたからだ。

「いらっしゃいませ！　どなたのお名前でのご予約でしょう？」

「誰の名前でもないけど、このバッジにダラス、警部補イヴってあるのが見えるでしょ」

あたたかな歓迎はすばやい警戒に変わった。「まあ！　どうか、お客様方に気づかれないようにしていただけます？　何か問題がありましたの？」

「場合によっては。四月二十七日にスティーヴン・ホイットの名前で予約が入っていたか調べてください。ディナー。八時」

「ミスター・ホイットですね、もちろんです。三名様。ミスター・ホイットはよく当店で夕食やランチをおとりになるんです」

「あなたもお店にいたんですか?」

「ええ」

「ちょっと持ち場を離れてもらうことはできます?」

「あら、でも……ヘンリー? ちょっとのあいだ代わってくれる? 外に出ません?」彼女はささやき声でイヴに言った——お客に気づかれないように。

「いいですよ」

外に出ると、女は長く息を吐いた。「すみません、でもお客様を不快にさせたり、動揺させたくなかったものですから」

「ええ。ミスター・ホイットが来たのは何時でした?」

「ご自分のお客様を連れて、八時までほんの一、二分というときおみえになりました。いつも時間ぴったりなんですよ。ジョーダンが、晩の給仕長ですが、皆様を自分でテーブルへご案内しました」

「オーケイ」イヴは直感を試してみた。「ミスター・ホイットが座をはずしたのは何時でしたか、たぶんリンクを使うためですが?」

「あら。あれはたぶん——正確には言えませんが——十時頃だったかしら? あの方はそういうふうにとても気をつかわれるんです、それで連絡をしたり受けたりしなければならないときには、外へ出られるんですよ。うちではお食事のあいだ、リンクの使用はご遠慮いただいているので」

「でしょうね。彼はどれくらい外に出ていました？」

「ほんの数分でしょう。五、六分。十分以上はたっていません。短かったですよ、たしかに、十分より。ほんの数分以上、ご自分のお客様をほうりだすような方じゃありません」

「彼が出ていって、戻ってくるのを見たんですね？」

「ええ。申し訳ありません、どういうことかわからないんですが」

「わたしはわかっています。あなたの名前を教えてください」

「グレース・レヴィンです」

「ミスター・ホイットは近々の予約を入れていますか？」

「ないと思います。よく当日になってランチの予約をなさいます」

「もし彼がそうしても、この店へ来ても、いま話したことを彼に言わずにおいてもらうのが重要です」

「でも――」

イヴはもう一度バッジを出し、それを指さした。「重要の意味がわかりますか？　それから気づかれないようにというのも、ミズ・レヴィン？」

「ええ」

「けっこう。その夜、彼に給仕をした人間の名前はわかりますか？」

「ええ」

彼女がそれを教えると、イヴは彼女を店内へ戻した。

「彼は自分を守れたと思っている」イヴはかかとに重心をかけ体を揺らした。「第一に、彼はこんな状況になることを本気で想定してはいなかった、でも隠れみのは必要だった。彼にはリモも、顧客たちも、自分が顔を知られていて、大事にされているレストランもあった。そこでリンクを使う必要があるふりをした。きっとリモを待たせていたのよ——単にタイミングの問題で。歩くほうが早いだろうから、リモから荷物を出した。プラス、彼は持ちこむところ、妨害器を使っているところを見られたくなかった。かかったのはほんの数分。店に戻り、邪魔が入ったことを詫《わ》びる。ブランデーか何か飲みましょう、ってね」

「巧妙ですねえ」ピーボディがまた車に乗りながらうなずいた。「でも穴は？　給仕たち、あの女主人、給仕長、運転手。顧客たち——それに必要なら彼らの名前も調べられますよ。彼が数分いなくなっていたことを誰かが思い出すでしょう。配車サーヴィスの人間には彼がリモを呼んだことがわかるでしょうし、そこから何かわかってしまいます」

「ホイットは自分のやりたいようにやることに慣れているのよ。ゴールド校から引っぱり出されたことだってそうでしょ？　彼の素行のせいじゃない。ラフティがルールを変えたから、そして彼の親たちが校長ごときにお宅の子どもは悪い種だと言わせたくなかったから。いまはちょっと焦っているかもね。たとえそうでも、自分は隠しおおせたと思っている。コズナーにも自分たちはおたがいをかばいおおせたと説得するか、説得しようとするでしょうね。クラブのほうを調べましょう」

クラブからは、クラブそれ自体以外、何も追加情報を得られなかった。

イヴは床にモップをかけていた女二人と短くやりとりしたあと、車に戻った。

「入口にカメラはない」彼女は言った。「ドアマンもいない。一階にあるクラブでバーはひとつきり、薄汚れた雰囲気。もぐりの酒場ではないけど、金持ち男の二人組が遊びそうな流行の店よりはそっちに近い」

「でも場所とセキュリティがないことはどちらもプラスですよね、あなたが金持ち男の二人組で殺人を計画しているなら。状況証拠ですけど」ピーボディは付け加えた。「でも柱が積み上がってきてます」

「連中がまた荷物を送らないうちに屋根をかけてしまいましょう」

「送ると思ってるんですか？」車のあいだをぬって進むので、ピーボディの体はイヴのほうへずれた。「われわれが目をつけていることにもう気づいているし、気づいていないはずがないのに？」

「コズナーは違うかも。でもホイットは？」イヴは信号を強引に走り抜け、車線を変更し、次の信号では交差点を渡る歩行者の洪水のしっぽぎりぎりを走った。「彼は傲慢さの塊よ。むしろスケジュールを早めるかもしれない」

「それならわかります」ピーボディも気づいた。「あの女どもは俺がおじけづくとでも思ってるのか？　冗談じゃないぞ、ダラスめ」

「こっちは警告を発したのよ、ピーボディ、だからその点でこっちにできることはそれだけ。積み上げるの。もし一味があの二人だけだとしたら、そのひとりは——コズナーだろうけど——住んでいる場所に機器と備品を持っている。二人ともひとり暮らしよ。たぶんそれぞれ独立したワークスペースを持っている、だからそこを探しましょう」

「これもたぶんですが、彼らはマッド・サイエンティストを雇っていますよ」

「だったらそれも探すわ」イヴはセントラルの駐車場に車を入れた。「判明している知人、昔の友人——たぶんゴールド校時代のよ——従業員。たぶんコズナーの売人つながりね、だからそこも探しましょう」

「恋人、はありませんかね？　別の依存症者」イヴとエレベーターに乗りながら、ピーボディはその線を考えてみた。「あの二人は彼なり彼女なりをまあまあなところに寝泊まりさせ、好みのドラッグをたやさず供給してやる、そしてむこうはそれと引き換えに例の薬品を作る」

「悪くない。あの二人のどちらにもロマンティックもしくは性的な関係は見つかっていないわ、たしかなものは何も。だから彼らは隠しているのかもね。連中の財務状態をもっとよく調べて、定期的な支出を探ってみましょう。彼らが——もしくはどちらかが——住んでいるところ以外で借りたり所有したりしている不動産が見つけられるかやってみるの。投資物件よ。ふつうなら誰も気に留めないわよね？」

イヴはエレベーターではなくグライドに乗った。「この件にはもっと人員を投入しましょう。ＥＤＤがマクナブかカレンダーを融通してくれるかどうかきいてみて。だめなら、ブルペンから誰かよさそうなのを選ぶ」

「連中が新しいターゲットを狙うと、本当に思っているんですね？」

「ホイットの立場、彼の思考回路だったら？　わたしならまさにそうする。ＥＤＤに連絡して」ブルペンに入りながらそう言った。「ロドリゲスが来る前にこの報告書を書き上げたい」

イヴはまっすぐ自分のオフィスに入り、まっすぐコーヒーに向かった。ボードと記録ブックを更新したあと、報告書を書き、マイラへの質問リストを加えた。

じきにロドリゲスが来るはずだったので、財務を調べるのはあとにした。さしあたっては、デスクにブーツの足をのせ、ボードのほうを向いてじっくりながめ、考えた。

グレインジのオフィスの壁にあったホイットの父親の写真。離婚のタイミング。妻のほうとも話をし、彼女を説得して浮気のことを裏づけてもらえるかどうか、やってみようか。浮気はあったはずだから。もしかしたらいまでも。

自分の両親の離婚にはグレインジに責任の一端があることをホイットが知っていたなら、なぜ彼女を狙わないのか？　どうでもよかったんだ、とイヴは思った。両親の離婚は、彼の人生にはたいした打撃ではなかった。

打撃だったのは——その点ではイヴも彼の言い分を信じた——学校と街を移ったことだ。彼は自分の土台を、地位を、楽な道を失い、新入りに格下げされた。

それでも、グレインジなら彼をかばえたのかもしれない、少なくともいくらかは。狙わない別の理由。でも彼はトップランクの学校に入り、うまくやっていくための金だけでなく、頭脳も持っていた。

だからたぶん学業に専念した。うまくやることが一種の復讐《ふくしゅう》だったかもしれない。

彼はまたコズナーと付き合うようになった、たぶん完全には連絡を絶っていなかったのだろう。でもあの少女は？　彼はあの子を完全に失った。

連絡はない、おたがいが卒業したあとでさえ。

イヴは彼のＩＤ写真に目を凝らした。「両親が彼女のリンクをとりあげ、通信を遮断したことをどうやって知ったの？　くそ野郎グループのほかの誰かがあんたに話したのかもね。おそらく。でもそれなら彼女はあんたを切ったことになる。あんたとよりを戻すのではなく、そっちの線で行くことを選んだ。ふーん」

コーヒーを横へ置き、立ち上がって、細い窓へ歩いた。「そんなふうに捨てられたあとでは、あのビッチに連絡をとろうとはしない。彼女なんぞくそ食らえ。どのみち、あんたにとって彼女はそれほどの価値はなかった。簡単に寝られる相手というだけ、そうよね？　もちろん、もちろん。見た目のいい金持ちの坊やには、簡単に寝られる相手が山ほどいた」

イヴは行きつ戻りつした。「頭のいい女の子たちも。おっぱいより頭があって、目を向けられるとありがたがる女の子たち。カレッジでレポートを手伝ってくれる女の子たち」

イヴはデスクに戻り、ヘイワードの婚約公表の日付けを調べた。

「ええ、そうよね、あんたはこれを読んだ。初恋は尾をひく――自分でそう言ったのよ、だからそれはあんたにとって純粋な真実だった、とくに初恋の相手に場外へ蹴り出されたと付け加えるときには。

それから彼女は何をした？　彼女は何をした？」イヴはまたコーヒーを手にとりながら自分に問いかけた。「彼女は別の金持ち男とくっついた。有力な一族の有力な金持ち男。ちくしょう、彼女の未来の義母は大統領かもしれないじゃないか。まさにタマを直撃よね。彼女がホワイトハウスのまわりを闊歩《かっぽ》するだって？　じゃあ、誰のせいなのか、誰があんたの人生をめちゃめちゃにしたせいで、あんたはパパの会社で下級管理職をやってて、あんたのものだった女の子は政界の王族と結婚することになったのか？

ラフティ、デュラン、そのほかにも、うまくいっていたものをぶち壊したやつら」

イヴはＩＤ写真のところへ歩いていった。「それが引き金。それがおぞましい引き金なのよ。賭けてもいい」

マイラのオフィスに連絡して短い面談をねじこもうと、きびすを返した。そうしたとき、マシンが受信のシグナルを鳴らし、ピーボディのどすんどすんという足音が廊下をやってきた。

入ってきた通信に目をやり、短くうなった。予期していたものだ。

「ダラス」戸口からピーボディが言った。「ロドリゲスが来ました」

「ラウンジで準備させて。すぐに行く」

ピーボディがどすんどすんと遠ざかっていくまで待ち、部長のオフィスに返信した。

〝ピーボディ捜査官とわたしはこれから、現在捜査中の件に関してある人物の聴取をします。聴取が終わりしだい、二人でホイットニー部長のオフィスにうかがいます〟

グレインジめ、とイヴは部屋を出ながら考えた。あの校長がピーボディの罵《のの》り言葉を水に流すとは期待していなかった。だからそれには対処しよう。

ラウンジで、ロドリゲスはテーブルを前に座り、ぼろぼろのスニーカーの片方がそわそわと床を叩いていた。やせた小柄な男で、黒い髪を後ろで短くくるんとしたしっぽに結んでいた。ピーボディが彼にフィジーを持ってくると、深い感情をたたえた黒みがかった二つの目が若々しい顔から見つめてきた。

着ているTシャツには円周率《パイ》の公式が書かれ、こうキャプションがついていた。

〝いつだってよぶんのパイはある！〟

イヴはホイットのような性格の人間なら、彼をいじめて喜んだだろうと想像した。

「こちらがダラス警部補です。警部補」とピーボディは続け、イヴに缶入りペプシを渡した。「ミゲル・ロドリゲスです」

「来てくださってありがとうございます、ミスター・ロドリゲス」

「かまいませんよ」彼の笑みはついたり消えたりして、その深い感情のある目にはまったく達しなかった。「僕の、ええと、上司が、行かなきゃだめだろうって言ったんです。ラフティ博士のご主人とデュラン先生の奥さんのことで、あなたが僕に話をしなきゃならないって。今度のことは……こんなのひどいですよ」

「ラフティ博士とデュラン教授をおぼえているんですね?」

「ええ、もちろんです。教授と言うべきでしたね。TAGにいたときはそうじゃなかったんです、でも……今朝、仕事の前に葬儀に行ってきました。ドクター・アブナーには会ったこともないんですが、行きたかったんです、ほんの何分かでも。ミズ・デュランの葬儀にも行くつもりです。葬儀に出ることは大事です」

ロドリゲスはフィジーを飲んだ。「僕、かなりびくびくしてるんですよ、なぜ警察が僕と話をしたいのかわからなくて」

「ラフティとデュランをお好きだったんでしょう」

「そうです。デュラン先生のほうがずっとよく知っていました、彼のほうがあの学校に長くいましたから。僕があそこにいたとき、って意味です。国語は得意な科目じゃありませんでした。数学と科学のほうがよかったんです、でも先生は本当に力になってくれて、あの学校で成績が落ちないように助けてくれました。最高学年にはシェイクスピア・クラブにまで入ったんですよ、先生が助けてくれたからです、ほら、そうできるように。わからないんですが、そのことがいったい——」

「ミゲル」イヴは彼をさえぎり、彼の目が自分の目を見るまで待った。「リラックスして。わたしたちはただ少し背景を調べているだけです」

「オーケイ。ただ、ビッグ・ボスがこんなふうに、お巡りさんたちに話しにいけって言うと、ちょっとおっかないんです」

「何も怖がることはないですよ」ピーボディが励ました。「あなたは化学がよくできたそうですね」

「ええ、あの、化学が好きだったんです。化学、生物、物理、微積法、プログラミング、コンピューターサイエンス」今度は笑みが目に達した。「オタクっぽいのはみんな。でもほかの科目もついていかなきゃなりませんでした、そうでしょう？　僕は奨学金をもらっていたんです。デュラン先生、チェルシック先生、フリント先生、あの先生たちは僕の弱いところを本当に助けてくれました」

「あの学校が好きだったんですね」ピーボディが話をうながした。

「TAGでつかんだチャンスがなければ、MITに入ることもなかったでしょうし、〈ローク・インダストリーズ〉での仕事を得ることもできませんでしたよ」

「ほかの生徒たち何人かと少しトラブルがありましたね」イヴが割って入ると、彼はうつむいて、肩をすくめた。

「たいていはほかのオタクたちと一緒にいました」

「ミゲル、あなたは身体的暴行を受け、治療のため病院へ連れていかれたでしょう」

「わたしたちはカレンダー捜査官の仲間なんですよ」ピーボディが言い添えた。「彼女とは知り合いなんですよね」

「ええ、ええ。あの頃はよく一緒にいました。いまでもときどきはそうです、でも――」

「彼女はあなたが殴られたときのことをおぼえていますよ」

ミゲルは自分のフィジーを食い入るように見た。「ずいぶん前のことです」

「おぼえているのは彼女だけではありません」イヴはさらに言った。「ミスター・ロザリンド、ゴールド校でのあなたの化学の先生も、あなたが脅され、暴力をふるわれたと思っています、なぜならあなたがカンニングを拒否したから。ラフティ博士もその件で知ったことを自分の記録に加えていました」

顔をあげ、あきらかに驚いて、ミゲルはまばたきをした。「博士が？」

「博士が。今度はあなたから何があったか話してもらえると助かるんですが」

「ずっと昔のことですよ」

「あなたは力になってくれた先生たちの名前をおぼえていたじゃありませんか」ピーボディが指摘した。「ラフティ博士のこともおぼえていたはずですよ、だから今朝も博士のお連れ合いの葬儀に行ったんでしょう、彼が校長になって状況がよいほうに変わったから。何があったかおぼえているんでしょう」

「わたしたちは情報を集めているんです、それにゴールド校でのあなたの最終学年もしくはその頃の情報が、二つの殺人に責任のある人物を突き止めるのに役立つかもしれないんです」

彼の顔に警報が光った。そわそわしている足がいっそう速く上下する。「どうしてか理解できません」

「理解するのはわたしたちの仕事です。何があったのか話してください」

「こんなに時間がたったあとで、誰も面倒に巻きこみたくないんです。つまり、見逃してくれなければだめってことですよ、でしょう?」

「その人たちが、わたしたちとの面倒に巻きこまれることはありませんよ、当時彼らのしたことで。でも情報が必要なんです」

「オーケイ、それじゃ……生徒のなかには、奨学金でTAGに来ている生徒をいじめるのが好きな子たちがいました。いちばんいいのは、彼らにかかわらないようにすることでした。

いつもその手が効いたわけじゃありませんけど。いじめられた子たちは、彼らがしなければならないことをやらされました。レポートを書いたり、宿題や課題をやったり、その、書いたものを誰かにコピーさせてやったり、ときには……オーケイ、それで彼らはいじめた相手に、試験や、成績改竄《かいざん》のために先生たちのネットワークにハッキングすることまでやらせたんです。みんなそのことは知ってました」

「グレインジ校長も？」

「知っていました。証明はできませんし、する気もありません。でも校長が知っていることはみんな知っていました。僕も圧力をかけられたり、こき使われたりしてました。とてもチビだったんです。何人かの先生は――デュラン先生や、ロザリンド先生みたいな――そういう先生たちは僕や、僕みたいな生徒に目を配るようにしてくれました。でも、そういう先生たちがどこにでもいられるわけじゃありません、わかりますよね？」

「彼らに待ち伏せされたんですか、ミゲル？」

彼はイヴを見た。「カンニングするつもりはありませんでした。僕はカンニングなんてしません。彼らが予習するのも手伝うし、勉強も手伝うと言ったんですが、それだけでは足りなかったんです。彼らはある日、僕をものすごく殴りました。ああ、怖かったですよ。でもカンニングする気はなかった、自分自身に、僕の家族にそんなふうに泥を塗る気はなかったんです。あいつらは気がすむと、僕が誰にやられたか言ったところで、信じる人間はいないと言いました。そして彼らの望みどおりにしないと、僕の弟、妹を狙うと。僕はいちばん上の子だったんです」

「いまならわたしたちに言っても大丈夫ですよ。誰もあなたの家族に手を出したりしません」

「スティーヴン・ホイットとマーシャル・コズナーです。あいつらは僕をぶちのめしました。僕が馬鹿だったんです、でしょう？　本当に馬鹿だった。彼らは言いました、オーケイ、もうじきやる実験作業の準備を手伝って、その夜スティーヴンの家に来いと。僕は馬鹿だったから、そのとおりにしました。あいつらは外で僕に襲いかかりました。彼の親たちは留守だったんだろうと思います、僕が叫んでも誰も出てきませんでしたから。あいつらは僕をさんざん殴って——最初の二分のあとはあまりおぼえてないんです。それからあいつらは僕を車の中へひきずっていきました。どこかへ運ばれて殺されるんだと思いました、マーシャルが自分たちがどんなふうにすれば殺せるか、たぶんこうやればいいと言っていたからです。スティーヴンは何が僕の身のためかわかるなら、宿題をコピーして彼に送れ、何かしゃべったら弟と妹がひどい目にあうぞと言いました。それから僕をダウンタウンへ向かう途中の、埠頭《ふとう》の近くでほうりだしました。僕は気を失ったんです、たぶん。歩いて帰ろうとしたんですが、気を失ってしまったんです。目がさめたら救急車の中でした」

「その二人だけ?」イヴはきいた。

「そのときは、ええ。学校では、押したりつまずかせたり、脅したり、いろいろしてくるやつはもっといました。でもあの夜僕を殴ったのはあの二人だけでした」

「ご両親に、警察には話したんでしょう」

「弟や妹、家族のことが心配だったんです。だから誰がやったか、言うつもりはありませんでした。そのときは。だから警察も何もできなかった。うちの両親はグレインジ校長のところに行きました、二人が家から出してくれなかったので、僕も学校の生徒たちが犯人だと言ってしまったんです。でも校長は何もしてくれませんでした。両親は僕にTAGをやめさせようとしましたが、僕はそうしないでくれと必死に頼みました。それがMITに入れるチャンス、自分の望むことをやり、いい教育を受け、希望するキャリアを積み、いい会社に入れるチャンスだったからです。僕のチャンスだったんです」

「勇敢でしたね」ピーボディが言った。

「学校に戻る最初の日はもらしそうでしたよ。体じゅう傷だらけだし、生徒たちはじろじろ見たり、指さしたりするし。それにカンニングに加わらなかったことであいつらに狙われるのがわかっていましたから」

ロドリゲスはフィジーをごくんと飲んだ。「ああ、本当に怖かった。でもこういうやつがいたんですよ。大柄なやつで、一年下だったかな？　オタクじゃなかったけれど、連中とつるんでもいなかった。運動部のやつで。クイント・ヤンガー。彼は僕に目を配ることにしたんです。おたがいのことはほとんど知らなかったけど、彼はただ、これ以上あいつらが僕にいやがらせするのをほうっておかないことにしたんですよ。噂は生徒たちに広まっていました――マーシャルはいつも口を閉じておくことができなかったし、調子に乗ってあのことを吹聴したんです。クイントは直接スティーヴンのところに行きました、糸を引いているのは彼だとわかっていたからです、それでもし僕が殴られたら、彼はその二倍、もっとひどく殴られることになるとスティーヴンに言ってくれたんです。僕が突き飛ばされたら、あんたはいちばん近くの窓から突き落とされることになるぞって。そんなふうだったかな？」

はじめてミゲルが笑った。「あいつらは僕に手を出さなくなりました。そのあとグレインジがやめて、ラフティが来て、すべてが変わりました。その、クイントと僕がいまでも友達ってこと以外は。これまでで最高の友達です。いずれにしても、状況は変わって、そのあとは順調にハイスクール生活を送りました」

「クイント・ヤンガーって、ディフェンディングタックルの？　ジャイアンツの二年前のドラフトで一番だった？」

「ええ、あれがクイントです。大きなやつで。ハートもでかいんです。僕はそんなふうに思うのが好きなんです。もしあのことがなかったら、あいつらが僕を狙わなかったら、クイントと友達になることはなかったでしょう。ともかく、いまみたいには。それで僕も大丈夫なところまで回復したんです」

「あなたは面白い人ですね、ミゲル」イヴはそう思った。

「え、ありがとう、あの。僕が言いたいのは、ラフティ博士は後任で来たとき、僕を校長室に呼んで、あの夜のことについて話し合ったんです。僕は、たぶんクイントのおかげで、それと、その、あいつらがもういなくなったおかげで、誰だったかを言えたんです。誰だったか言って気持ちが軽くなったと思います」

「いまのこれも役に立ちました?」

「立ちましたよ」

彼はうなずき、目をそらした。「あなた方がスティーヴンかマーシャルが殺人事件にかかわっているとみているかどうか、僕には話してもらえないでしょうね」彼は言葉を切り、それからイヴもピーボディも無言でいると、ふうっと息を吐いた。「ここまできたんだから、最後まで行ってしまいましょう。僕が言おうとしているのは、彼らのことはもう知らないし、人は変わるってことです。彼らが冬休みのあとすぐにTAGをやめてからは会っていません。でも……あの夜は彼らが僕を殺す気だと思いました。僕が傷を負っておびえていたからだけじゃありません。それに加えて……彼らがそうしたがっていたからです。僕にはそれが目でも、耳でも、感触でもわかりました。彼らはそうしたかった、だから、彼らがやっていたほかのことみたいに、もしやってても罰を受けない確信があったら、やっていたはずです」

ロドリゲスはフィジーの残りを押しやった。「でも人は変わります、それにいまの彼らのことは知りませんから」

「わかりました、ミゲル。こんなふうに署まで来てくれて助かりました。仕事場まで送らせましょう」

「ああ、いいんです。地下鉄で行きますから。ビッグ・ボスは終わってても戻らなくていいと言ってくれたんですが、いまやっていることを終わらせてしまいたいので」

「ビッグ・ボスはあなたがいてくれて幸運ですね」

イヴはミゲルが出ていくと、椅子にもたれた。「人は変わることもある。でもたいがいは変わらない」腕時計《リスト・ユニット》を見た。「わたしたち、ホイットニーのオフィスに呼ばれてるんだけど」

「報告ですか？」

「それもあるでしょうね。行きましょう」

立ち上がりながら、ピーボディは少し青くなった。「これって、グレインジとのわたしのささやかな件についてですよね？」

「それもあるでしょうね」

「ちくしょう、くそっ、ばかっ。これはわたしへの叱責《しっせき》です、ダラス。あなたはかかわっていなかったんですから」

「それほどでもない昔、同じように呼ばれたとき、誰かさんがケツを並べて同じフライパンに入る、とか言ってたのを思い出した気がするんだけど」

「ええ、でも――」

「お尻《しり》でもケツでも同じよ。わたしはあなたの警部補でもある、だからその尻ケツを動かしなさい、この件を片づけてしまいましょう」

「わたしは我慢できます」イヴがいちばん近いエレベーターにけっこうな集団が乗りこむのを見たので、二人でグライドへ歩きながらピーボディが言った。「ただ、捜査がとどこおってほしくないんです。熱くなってきてるのがわかるでしょう。ほら、わたしたちのケツが入ってるフライパンみたいに」

「面白い」

「フィーニーはカレンダーが不動産調べの一部をやるようにしてくれました。マクナブはほかの件にかかってるんですけど、終わったら加われるそうです」

「それでいいわ。ホイットニーのあと、わたしはモルグへ行ってくる、単にモリスに確認したいだけだけど。それから家で仕事をするわ。われらが民間人の専門家コンサルタントを引っぱり出して、財務にあたってもらう。まずわたしがとりかかるけど、半分も行かないうちに彼のほうは終わってしまうでしょうね」

「ええ、そうでしょう。気を悪くしないでください」

「してない」イヴは部長のオフィスの外で立ち止まり、彼の業務管理役から待つよう合図された。

「ダラス警部補とピーボディ捜査官が来ました、サー。入ってください」彼は二人に言った。

ホイットニーはデスクを前に座り、その広い背中を後ろに広がる街に向けていた。幅広い褐色の顔は、二人に前へ来るよう手で示したときも、何の感情も見せないままだった。

それから椅子に背中をもたせかけ、手を組み、言った。「それで」

イヴはその沈黙がテクニックとわかっていたので、自分も沈黙を守った。しかしピーボディの歯止めがはずれそうになっているのが聞こえ、右足のブーツでパートナーの左足をつついて止めた。

ホイットニーは片方の眉を上げ、かすかにうなずいた。

「まずよけいなものから片づけてしまおう」彼は続けた。「ピーボディ捜査官、イースト・ワシントンにあるレスター・ヘンスン・プレパラトリーのロッテ・グレインジ校長から、彼女が今朝きみとダラス警部補から任意で聴取を受けていたとき、きみが彼女に対し侮辱的な言葉と口調になり、身体的危害を加えると脅迫し、やむなく彼女のオフィスから退出させられた、という苦情がきている。これは間違いないのかね？」

馬鹿なことはしないで、馬鹿なことはしないで、馬鹿なことはしないで、とイヴはできるかぎり大声で思った。

ピーボディはひと呼吸し、自分自身を静めた。「いいえ、部長、それは間違っています」

「一部か、それとも全部？」

「わたしの言葉や口調が侮辱的だったとは思いませんが、グレインジ校長が質問の方向をそらせようとして、わたしの家族、同僚、職業、それに警部補に対して言った侮辱に返答する際に、強くなってしまいました。身体的危害を加えるという脅迫はしていません。彼女に言い、態度でも示したと思うのは、たしか、彼女には警部補が彼女のケツを蹴るブーツをみがく値打ちもない、ということです。サー」

「それでは警部補が身体的暴力を使うと脅迫したことになるな」

「比喩的にです、部長」

「なるほど。警部補?」

「ピーボディ捜査官の主張は正確です、部長。グレインジは無礼になりました、わたしはそれを、話をそらすためにわざとやった、それから単純に彼女の性分なのだとみました。ピーボディはその機会を利用して、聴取をリセットしてくれました」

「リセット?」

「はい、サー。善玉警官・悪玉警官のかわりに、わたしたちは激しやすい警官・冷静な警官を演じたんです。ピーボディに散歩をしにいって、わたしをグレインジと二人きりにしてくれるよう提案したことで、グレインジに自分が優位に立っていると思わせることができました。一時的にですが。わたしは力関係を変え、聴取の主導権を握ることができ、報告書に概要を記した結果を得られました」

グレインジはこの件に関係していますよ、部長。偶然なのか故意になのか、それでもこの件に関係しています。いまの状況と、彼女の敵意を考えると、わたしたちの行動が適切でなかったとは思えません。もし賛同していただけないなら、まあ、ボスはあなたですから」

ホイットニーは間を置いた。「うまくやったな。全方向的に」

「ありがとうございます、サー。いまミゲル・ロドリゲスの聴取を終えたところです。彼はグレインジが校長だったときにゴールド校に在籍していて、ラフティ校長のときに卒業しました。グレインジの在任中、彼はいじめられ、脅迫され、暴行を受けて入院までしました。グレインジはそれに気づいていたのに、何もしなかったんです。彼女は暴行した者たちの正体も気づいていたと思います。スティーヴン・ホイットとマーシャル・コズナーです」

イヴは自分の推理をおおまかに話し、ホイットニーはまた椅子にくつろいで聞いていた。

「その連中はハイスクール時代からの恨みを抱き、いまはそれにしたがって行動して、二度の殺人を犯したと考えているんだな?」

「そしてまたやるでしょう。ホイットの父親はグレインジと浮気をしていた、そして少なくとも部分的にはそのせいで、離婚にいたったんだと思います。ホイットは友達、恋人から引き離され、自分が支配する階級制度から引っぱり出されてしまった。いまやその恋人は金持ちで成功した男と婚約し、その男の母親は大統領の座をうかがっている。恋人は彼とはいっさい接触していないと言っており、わたしは本当だと思います。コズナー、つまり彼がずっと離れなかった唯一の友達は依存症で、弱いやつです。子分です」

「なぜグレインジを狙わないんだ?」

「彼にとって地図を変更したのはラフティだったからです。彼女とホイットの父親の関係は続いていたんじゃないでしょうか。いまでもかかわりがあるのかもしれません。おそらく、ホイットがレスター・ヘンスンにいたあいだも、グレインジは彼をかばっていた。ホイットは人生をめちゃくちゃにされ、いちばんほしかったものを奪われた。いま彼はその人たちに、彼が責任があるとみなした人たちに同じことをしているんですよ」

「荷物持ちこみのタイミングと場所は強力な状況証拠だな」

「でももっと必要です」イヴは締めくくった。「必ず手に入れますよ。コズナーが弱点です。彼にもっとプレッシャーをかけてやります。彼を署に呼びたいんです。第一ラウンドでは、彼は弁護士を呼びませんでした、それはたぶん、トラブルを抱えていることを家族の耳に入れたくなかったからでしょう。第二ラウンドでは弁護士を呼ぶでしょうね。でも彼は落ちますよ」

「そうしてくれ」ホイットニーは命令した。「また新たな配偶者を解剖台にのせたくない」

「イエス、サー」

二人が部屋を出ようとすると、ホイットニーはピーボディに声をかけた。「捜査官?」

「イエス、サー」

「ブーツのせりふはよかったぞ。ここぞというときに使うといい」

「イエス、サー」

「部長が自分のブーツであなたのケツを蹴らなくてよかったと思いなさい」グライドへ向か

う途中で、イヴは付け加えた。

「思ってます、本当に」

「そう思ってるあいだに、コズナーの事務所に連絡して。受付を通して、ローウェル・コズナーにつないでもらって」

「父親ですね」

「そうよ、しまったって感じで。父親が出たら、あなたの身分を名乗って、殺人事件の捜査について先日話したことを思い出させるような話をする。そこであなたはミスに気づき、謝罪する。メモを読み間違えてしまいました、連絡をとろうとしているのはマーシャル・コズナーのほうなんです、って」

「そうやって話が鎖の上へ伝わるようにするんですね」

「ええ。コズナーが明日、追加の聴取のために署に来るよう手配してみて」

「もし彼がしぶったら?」

「あなたの弁護士と話をしましょう、とか何とか。基本どおりにやって。検事を引っぱりこんで、弱い鎖の輪への圧力を強くしましょう。それからもうひとつ。モリスにわたしが行くと知らせておいて。彼がいまは無理なら、別の誰かにおおまかなところを伝えさせてくれるだろうし」

19

モリスは時間をつくってくれた、むろん。イヴも彼のために同じようにしてきたとはいえ、やはりありがたかった。

入っていくと、音楽が日の光のように響くなか、彼は遺体のY字切開をていねいに縫い合わせていた。

「ここはもうじき終わるから」彼は目をあげずに言った。

「ゆっくりやって。時間をつくってもらってありがたいわ」

「たいしたことじゃない。この若い男性はダイヤモンド地区の店を強盗するのに、景気づけにポケットに入れた手製の爆弾を使おうと思いついたんだ」

ブルペンのボードで事件のことは見ていたので——カーマイケルとサンチャゴが担当していた——イヴはもっと近くへ寄ってみた。そして遺体の右側から大きくぎざぎざになくなっている部分を観察した。

「ポケットの中で爆発したのね」

「そうだ。そばに居合わせた人たちにとっては幸運なことに、それほどのパワーはなかった。ここにいるわれわれの客人にとっては残念なことに、彼に穴をあける程度のパワーはあったが。さて、終わったよ」

モリスは後ろへさがり、まばたきした。「おやおや、自分を見てごらん」

「何?」面食らって、イヴは自分を見おろした。

「すてきだよ」

彼の解剖メスで刺されたとしても、これほど驚きはしなかっただろう。「わたし――何?」

「申し分のない春の日のようだ」モリスは手を洗いに歩いていきながら、そう言い添えた。

「わたしはそれを見たままに言う」

「ハハ」変なの、とイヴは思った、でも……「ありがとう」

「きみは単にエリーズ・デュランをもう一度見たかったんだろうね、わたしは報告書にとくに何も付け加えることはできないから」

モリスは壁いっぱいの引き出しのところへ歩き、ひとつをあけた。冷たい霧がふわっと流れ出た。

「死ぬときまで自分を大事にしていた女性。いい状態の筋肉、きれいな肌。死亡理由《COD》は、最初の被害者とまったく同じだ。最初とは違って、何が起きたのか彼女が気づき、空気を、助けを求めて、窓かドアのところへ行こうとした様子はない。彼女はいた場所で倒れた。死はすみやかに、だが苦しみに満ちて訪れた」

「遺族は彼女に会いにきた？」

「ご主人がね。彼はあした彼女を葬儀場へ運んでいく手配をすませた。ご遺族は火葬の前に、身内だけの葬式をおこない、そのあと二、三日したら友人や親族のためのオープンな式をするそうだ」

モリスはエリーズの頭のてっぺんに短く、やさしく触れた。「ご主人はしばらく彼女のそばに座っていたよ、ただ彼女と座っていてかまわないかときいて。それでそうして、それから彼女に話しかけ、息子さんたちの面倒はしっかりみるからと約束していた。彼女のご両親のことも自分が目を配るとか、そういったことを」

モリスはため息をついた。「ときどき、どれだけ多く開いては閉じても、心が打ち砕かれるときがあるよ」

「ええ。それが犯人の狙いなの。打ち砕かれた心、打ち砕かれた人生。犯人はもう彼女のことなど忘れている。デュランのことも。はいい終わりって、退屈な仕事みたいにリストにバッをつけて消す。さて次は？　でもそいつが次に手をかけることはないわ」

モリスはイヴの顔を凝視した。「そいつが誰だかわかっているんだね」

「ええ。今日そいつの目をのぞきこんでやったわ。そこに何が見えたかわかる、モリス？」

「何だい？」

「なんにもないの。人間に混じるために連中がかぶる擬装の陰で、そういうやつらは内側が死んでいる。彼女のほうが犯人よりも内側に生命力を持っているくらいよ。これは本当の復讐ですらない、そのために血をあびるようなものじゃない。それはもっと……〝くそ食らえ〟なのよ」イヴは気づいた。「誰かが車の列の中であなたの行く手をふさぐ、あなたはそいつらに指を立てて、そのまま走っていく。こいつは違うの。こいつの邪魔をすると、彼はあなたを轢くのよ。それが彼の〝くそ食らえ〟」

イヴは後ろへさがった。「ええ、わたしはもう一度彼女に会わなければならなかったんだと思う。ありがとう」

「きみがそいつを倒すのに役立つなら、わたしにできることは何でもするよ」

イヴがまた車に乗りこんだとたん、ピーボディがリンクに連絡してきた。ダッシュボードのリンクで受け、家へ向かった。「ダラス」

「早急に最新状況を知らせたかったんです」ピーボディは言った。「コズナー・シニアとの

〝しまった〟はうまくいきました、もんのすごくうまくいきましたよ。彼は前にわたしたちが行ったことを聞いていなかったんです。たしかですよ、さっき言ったらびっくりしてましたから。パパの顔が怒ってからがっくりして、そのあと悄然《しょうぜん》となって、彼はそれをおもてに出さないようありとあらゆる努力をしていました」

「どこまで彼に話したの？」

「それがですね、NYPSDが息子に一度聴取をし、また追加の聴取をしたがっているとわかると、彼は息子の弁護士になったんです。息子の弁護士として、知りたいとか何とか要求しました。わたしは詳しくは言わずにおきましたが、彼が心配する程度には教えました。聴取には地方検事のオフィスも加わるだろうってことも言い添えて。彼は検事と話したがり、はっきり言いました、自分が息子の弁護をする、質問は弁護士のもとへ送るように、その他もろもろ。あした十時です」

「よくやったわ、ピーボディ」

「わたし、父親の表情はわかるんです、ね？　彼は腹を立てて、それに少しおびえていました」

「殺人ならそうなるでしょうね。レオに連絡して、彼女に伝えて――」

「もうしました。いま上司と話しています。あなたに折り返すそうです」

「オーケイ。あとで結果を連絡するわ」

車を走らせながら、頭のなかでおさらいした。ホイットに関してはもっと証拠が必要だし、確実に勝てる案件にしたい。コズナーが鍵になるかも。適度なプレッシャー、と彼女は思った。そうすれば彼は口を割る。忠誠心もそこまでだ、そしてこちらが殺人事件の捜査で息子を縛り上げるだけのものを持っていると父親に思わせ、警察はホイットが指図したと考えていると思わせられれば……。

息子を地球上に留め置くために取引するだろう。一件につき二十年、懲役付きまで縮めることになるかもしれない。イヴはそれでもよかった――それでホイットを生きているかぎり追い払っておけるなら。

家のゲートを通り抜けているときに、またリンクが鳴った。「ダラス」

「レオよ。ボスとの話し合いが終わったところ。この件は場合によって変わるものが多いわ、ダラス」

「ホイットとコズナーは、手を組んで、二人の人間を殺した。それについて、場合によってというものはない」

「あなたがそう言うなら、わたしは信じる」イヴはいつものスタイリッシュにカールしたブロンドのモップ頭と、ぱりっとした白いシャツ姿のレオが、自分のオフィスのオートシェフでコーヒーをプログラムするのをながめた。「でも証明はまた別の話よ」

「彼は口を割るわ、レオ。コズナーは口を割る。彼は弱いし、怠け者だし、依存症なの。一族が支えてる。いずれそっちも破綻《はたん》するわよ」

「彼の一族の事務所は弱小企業《ピーナッツ》じゃないのよ。業界トップクラスだし、こっちには彼を告発できるだけのものはないじゃない」

「冷や汗をかかせるだけのものはある」

「そうかもね、でもそれなりの冷や汗をかかせて彼の口をゆるめたとしても、父親や、一族の連れてくる刑事弁護士たちが、取引なしに話をさせるわけないでしょう」

イヴは頭の中でもう取引を決めたとは言わなかった。「勘弁してよ、レオ」車を停め、わざと荒っぽくドアを閉めた。「まだ彼を取調べ室に入れてもいないのに、もう取引の話なの」

「わたしは現実の話をしているのよ」レオはぴしゃっと言い返してきた。「賞品を手に入れるのは最初に寝返った者。それが昔からの手なのには理由がある。ことを動かしているのはホイットだとみているんでしょう、だったら自分がどれくらい彼をつかまえたがっているか考えて」

「わたしは両方ほしい」イヴは正面玄関のドアを押しあけた。

「それじゃ両方ともつかまえられるようやってみましょうよ。まずコズナーには地球内での刑を提示するの」

イヴがものすごい勢いでホワイエから階段へ向かったので、サマーセットは眉を上げた。

「ついでにどこかのすてきなスパでの治療でもすすめたらいいんじゃないの、すてきなカナッペも」

イヴはなおも汚い言葉を発しながらどすどすと階段をあがっていき、サマーセットは後ろではほえんだ。それから猫を見おろした。「今晩の警部補はずいぶん気分がよくなったようだ」

賛成するといわんばかりに、ギャラハッドはとことこと彼女の後ろをあがっていった。

レオの取引予想のおおまかなところが自分のものと揃ったことに満足し、イヴは寝室へ向かった。スーツを脱ぎたかったのだ。

ベッドの上のいつもの休息所から、ギャラハッドは彼女がトレーナー――黒――とズボン――黒――とかなり古いハイトップ――黒――を掘り出すのを見ていた。

「これは、ええと、単彩《モノクロマティック》っていうのよね？」

しばらくベッドの横に腰かけ、猫をかいてやった。「変わってきてるわ、相棒、変わってきてるのがわかるの。あいつがまた誰かを殺す前に、この件はしっかり片づけておかなきゃ。あの思い上がった、気取り屋のくそ野郎」

最後にギャラハッドを軽く叩いてやり、立ち上がって仕事部屋へ向かった。猫は彼女より先にそこへ行き、さっとドアを抜け、寝椅子に飛びあがった。

するとロークが続きになっている仕事部屋から出てきた。

「ヘイ。帰ってたの」

「うん」ロークは歩いてきて、彼女にキスをした。「きみもだね。雷みたいな猫の足音が聞こえて、そうじゃないかと思ったんだ」

「あまり敏捷《びんしょう》な足じゃないわよね、この子。あなたは家から仕事中?」

「ちょうど終わったところだよ、実を言うとね、だからタイミングは最高だ」彼は歩いていって、壁のパネルを開き、ワインとグラスを二つ選んだ。

「わたしはまだ仕事が終わってないのよ」イヴはそう言ったが、彼はグラスを渡し、あいているほうの手をとった。

「たしかにね、でも、もう一度言うけど、タイミングなんだ。僕たちはそれを利用しなきゃ」

「どこへ行くの?」彼に部屋から引っぱり出されながらきいた。

「日が沈んで、今日のぬくもりを道連れにしていってしまう前に、ちょっと歩こう。それで、今日はどんな日だったんだい、警部補さん?」

散歩の時間くらいとれるだろう、とイヴは思った。彼が何かを心の底から楽しんでいるようにみえるのだから、なおさら。配偶者が心の底から楽しんでいるときに、それが何かわかりもしないうちに相手の足を踏んづけてはいけない、というのも、たぶん結婚のルールの一部なのだ。

「生産的」と答えた。「あなたに連絡するつもりだったの、もし余裕があれば、今日の残りをもっと生産的にしてもらおうって」

「面白そうだ」彼は二階のドアを出て、誰かがみずみずしい花の鉢植えを置いたテラスを通って、石の階段を降りた。

別のテラスへ出ると、テーブル、椅子、ベンチ、エキゾティックな蔓植物が広がっている大きな壺が置かれていた。

こういうのは誰が思いつくんだろう?とイヴは思った。蔓のあるやつ、みずみずしいやつ、まるでそこで咲くことにいま決めたとばかりに地面から突き出した、楽しそうなピンクや白や黄色や紫のやつは?

たぶん、そのすべてにおいて最終決定権はロークにあるのだろう。

そして外にいるのは気持ちがいい、とイヴも認めざるをえなかった。風はまさに春のようで——嚙みつくのではなく撫でてくる。においもそんなふうで、生き生きしてみずみずしく、何かいいことがありそう。

高い木も低い木も芽を出したり、広がったりしはじめていた。車の音ではなく、鳥のさえずりが聞こえる。イヴがリラックスするのに、もしくは彼がどこへ行こうとしているかわかるのに、長くはかからなかった。

「池ができたの？」

彼はほほえんだ。「じきにわかるよ。僕たち自身で最後の仕上げをしよう」

二人は果樹の木立を抜けていった——イヴはこの前の夏の桃を思い出した、自分たちがどんなふうににおいをかぎ、味わったかを。どんなふうにあたりを見て、池と、二人が座るためのベンチを加えることを話し合ったかを。

そしてそれはあった、青々としてきた木々のあいだに、おだやかにすてきに。当然のことながら、ロークがやることなので、現実はイヴが当初に持っていた頭の中のイメージを軽く飛びこえていた。

「うわあ、滝をつくったのね」

「小さいのをね。よりよくなるだろう？」ロークがイヴを連れて、水が水を打つその音楽のところへ行くと、水は石の丘をあふれて淵《ふち》へそそぎこみ、そこでは睡蓮《すいれん》がのどかに浮かんでいた。

淵の石壁のまわりには芽吹いた低木や小さな木々、みずみずしい草が踊っていた。イヴにはそのにおいがわかった、それから水や、同じ天然石の灰色をした舗装材に道を譲った、ゆたかなふかふかの腐葉土のにおいも。舗装材には、とイヴは気づいた。自分たちの結婚指輪と同じ、ケルトの紋章が刻まれている。

まったく、この人はわたしを感動させる方法を心得てる。

舗装材の上にはベンチがあり、池や、その魔法のような小さな滝や、遠くの城のような家、新芽をつけた木々の木立を見わたす絶好のスポットになっていた。

「ただ地面にあけた穴に、水を入れるんだと思ってた」

「それよりもうちょっといいことをしたかったんだ」

「これは……」イヴはただ頭を振った。「すごいわ。ずっと前からここにあったみたい」

「オーガニックにもしたくてね」

「そうね、これはいいわ。自分が池のほとりに座ってワインを飲んでるところなんて想像したことないけど、これはいい」イヴは顔をしかめ、指さした。「あれは何？」

「最後の仕上げだよ」

ロークがイヴをぐるりとまわったむこう側へ、ベンチの横へ連れていくと、そこには小さな木が一本、垂れた枝にピンクのつぼみをたわわにつけ、地面にあいた穴の横で待っていた。それと一緒に二つのシャベルが腐葉土をいっぱいに積んだねこ車と、もうひとつ濃い茶色の土を積んだねこ車にたてかけてあった。バケツには作業用手袋、小さなスコップが入っている。

「あの人たちはこれを植えるところまでいかなかったの？」

「これは彼らが植えるんじゃないんだ。僕たちがやるんだよ」

彼女はショックと面白がっているののあいだに着地したまなざしを向けた。「わたしたちが？」

「僕たちが」彼はグラスとボトルをベンチに置き、イヴのグラスもとって同じように置いた。「それが何年にもわたって成長して、春ごとに花咲くのをながめるときの満ち足りた気持ちを思ってごらん」

「それが枯れたときの罪悪感を考えてよ、わたしたちが枯らしたんだから」

「枯らしたりしないさ」ロークはバケツから手袋をとって、ひと組を彼女に渡した。「これの工程にはとても細かい指示を受けているんだ。造園係たちが穴を掘った、僕も昔はいくつも穴を掘ったけどね、実際にも比喩としても、だけど造園主任がその点で僕を信用してくれなかったんだ。

イヴは笑いだした。おまけにはっきりそう言った」「彼はまだ首になってないの？」

「ないよ、自分の主張を貫く人物には敬意を払わなきゃならないからね。それじゃ」ロークは手袋をはめた。「それを一緒に穴に入れよう、警部補」

「ただ……そこに入れるの？」

「それが最初のステップだろう」

二人で木を穴におさめると、イヴは彼を見た。「これだからあなたはスーツを脱いだのね」

「それにきみもそうしてくれたから、とてもやりやすいよ。さて今度は、それをそこで支えて、まっすぐ押さえていてくれ、そのあいだに僕が根巻きのまわりに土をかきよせるから」

「オーケイ。どうすればこれがまっすぐになってるってわかる？」

「その頭には目がついているんだろう？　土には泥炭を混ぜておいてもらったんだ――監督のもと、自分でもちょっとやってみた」

彼が混合土をねこ車から穴へ入れると、うん、土のにおいがするとイヴは思った。彼もっても格好いい、とイヴは思った。シャベルを使っているところは。

「もう倒れないだろう。きみのぶんをやってくれ」

「やってるつもりだったんだけど」

「自分のシャベルをとっておいで」

すっかり面白くなり、イヴはシャベルをとった。たしかに穴に土を放りこむのはちょっと楽しかったかもしれない。わからないものだ。でも風や、いろいろなにおいや、光、体を使うこと、全部が助けになった。それも、まあ、くそっ、二人が地面に木を植えるまでは。

「今度は、一緒にあの小さいスコップをとって、土を突いて固めるんだ。軽くだよ、そう注意されているんだ、根にむけて」

それによつんばいにならなければならなかったが、意外なくらい楽しかった。これで生計を立てるのも、趣味ですらごめんだったが、最後の仕上げとしてなら、本当に楽しかった。

「もうじゅうぶんかどうか、どうやってわかるの?」彼女はきいた。

「そんな感じがするから、それでいこう」ロークは体を起こし、注ぎ口のついた大きな銀色の容器をとった。

「それは何?」

「じょうろを見たことがないのかい?」

「たぶんある。もちろん。大きいのね」

「なかなかの重さだ」ロークは足を踏んばり、木のまわりに水をまいた。「地中に灌漑《かんがい》装置は入れてあるんだが、植えるときにはたっぷり水をやるように言われているんだ」

イヴはしばらくしゃがんでいたが、やがて立ち上がった。「こっち側はわたしがやる」もう夢中だわ、と水をやりながら思った。まったく、気がついたらこの木に名前をつけたくなりそう。

「これでおしまい？　もうできたの？」

「腐葉土だ」ロークは言い、ねこ車のほうへ親指を動かした。

イヴはじょうろをシャベルに持ちかえた。「どれくらい？」

「ぐるりとたっぷり五センチ、だそうだ」

二人は腐葉土をかけ、たいらにならし、またかけてはならした。

それから後ろにさがって、じっくり見てみた。

「わたしたち、木を植えたのね」

「それも美しい木を。待って」ロークは自分のリンクを出し、イヴの体の向きを変え、彼女に腕をまわした。「記録しよう」

「そんなことさせないわよ。リンクで撮らないで」

「二人で庭に木を植えるなんて、これからどれくらいある？」

「それは……一度きりでしょうね」

「ほらね。笑って」

これが笑わずにいられるだろうか？

ロークは写真を撮り、ポケットにリンクをしまった。「二人ともワインを飲むだけのことはしたね」彼はいつもの道具のひとつを開き、コークスクリューを使ってボトルをあけた。イヴは彼がそそぐあいだ、グラスを持っていた。

それから二人は若い木のかたわらのベンチで腰と腰をつけて座り、池を見わたした。

「それじゃ」彼はイヴの頭のてっぺんにキスをした。「今日の晩を生産的にするために、僕は何をしたらいいのか言ってごらん」

「まだいいわ」彼女はそう言った。殺人は横へ置いて、彼の肩に頭をつけた。「しばらくはただここにいましょうよ」

そうやって二人は座ったまま、ワインを飲み、そのあいだも水はあふれ、睡蓮は浮かび、たそがれへむかってさまざまな影が伸びていった。

家の中へ戻る頃には、イヴの頭はくっきりと冴《さ》えて、もう一度仕事に取り組む準備ができていた。プラス、彼女は何か食べたくなっていることに気がついた。

「夕食を用意するわ」彼女はそう言ったが、ロークは彼女の顎のくぼみを指でなぞった。

「ボードを更新しておいで、気持ちはそっちに戻っているんだから。食事は僕が用意するよ」

そう、この男は彼女をわかっている。それがメニューからピザをはずされるということであっても、イヴはボードを更新し、彼と腰をおろすときのために自分の考えを整理しておきたかったのだった。

ピザではないが、イヴが作業しているあいだに彼が持ってきてくれたものは、実にいいにおいがした。

「グレインジと会ったのはどうだった?」

「まずそこから始めて、順番に話すわ」イヴはテーブルに歩いていった。何かのチキンに、イヴが何も入っていないのより好きなハーブ入りのライス、それから混ぜ合わされた野菜の山。これなら我慢できる。

「グレインジだけど」イヴは言い、話を始めた。

ある箇所で、ロークは彼女を止めずにいられなくなった。「ピーボディが? われらがピーボディが彼女に食ってかかったのかい?」

「ヤマネコが蛇に飛びかかるみたいにね。彼女を止めなきゃならなかったわ、だっていま思うと、えんえんと言いつづけそうになってたから。あきらかに、グレインジは誰かにくそ食らえと言われるのに慣れていない。もしくは、そんなことがあれば、相手を虫みたいにつぶすのに慣れている」

思い出して楽しくなり、イヴはハーブ入りのライスをすくった。「彼女はこれもあきらかに、わたしが礼儀正しく謝るルートをとると思っていた、わたしがピーボディに散歩にいってきなさいと言ったから。ああ、それとあのスーツ、あの衣装」イヴはまたチキンを食べ、何であれ中に入れて料理されているものの繊細な味わいを満喫した。「あれはあなたの言ったとおりだったわ」

「よかった」

「だから彼女はわたしに攻撃される準備ができていなかった――というか、壁に飾ったホイットのパパと自分の写真を指さされることには。彼らがデキていたのはたしかね」

「そうなのかい？」

「信じていいわよ。あそこからは、ケンデル・ヘイワードと全然違う波動を感じた」

ロークは耳を傾け、彼女とパンを分け合い、彼女の水のグラスを満たした。イヴはあとで仕事に戻るからだ。

「それじゃハイスクールの不良少女は自分の道を見つけたわけか」彼は結論を言った。「たいていはそうなるね」

「彼女は両親が介入してきたこと――彼女に手加減しなかったこと、それも厳しくしたことに感謝しているの。両親は離婚していて、父親はどこか南洋のダイビングショップを経営してる、でもケンデルは両親のことを二人一組として話していた」

「彼女にとって、二人はそうなんだろうね。両親なんだ」

「ええ、それって……健全にみえたわ。今日わたしたちが話をした全員のうち、正直で、何も隠していないと感じたのは二人。それはヘイワード、それからおたくのロドリゲス」

「それを聞いてうれしいよ」

「マーシャル・コズナーとスティーヴン・ホイットに移りましょうか？　あいつらにたくさんパンツを買える余裕があって幸いだったわ、連中がはいてたのは、わたしたちが聴取を終える前にもう火がついてたから」

ロークは聴取のことを話すイヴを、実況の名人のようだと思った。聞いている者をあざやかに試合の中へ引きこむので、まるで本人たちの声が聞こえ、動きが見えるかのようなのだ。

彼はうなずき、ワインを手に椅子にもたれた。

「それじゃホイットがきみの犯人か」

「そうは言ってないわ」

「言うまでもなかったよ。聞こえたんだ。コズナーはどの程度まで手を貸していたと思う？」

「わたしが思うに、彼はホイットを頼りにしていて――それも長年ずっとそうしてきて――先導してもらっていた。コズナーは暴力を楽しんでいる、それは間違いない、でも計画を立てる人間じゃないの。ミゲルは、彼らが自分を殺す気だと思ったと言っていた、それにわたしも思うのよ、当時ですら、もしホイットがコズナーに〝ヘイ、相棒、そこの石を拾って、こいつの頭を割っちまえ〟と言ったら、コズナーはまさにそうしていただろうって」

イヴは皿を横へ押しやった。「コズナーはハイな気分が消えて、ひとりになったとき、そのことについてちょっと落ち着かない気持ちになった、でもそのときのことを正当化したんじゃないかしら。あいつはああされて当然なんだ。そもそも、スティーヴがやれって言ったんだ、って。ミゲルはグレインジは知っていたと思う、とも言っていた。彼女は誰がミゲルにヤキを入れたのか知っていて、その一件を隠した。それが彼女の学校経営方法なの」

「彼女の鼻もへし折ってやるんだろう」

「きっと楽しいわね」水のグラスをとり、イヴは乾杯のしぐさをした。「本当に心の底から楽しいわよ。彼女を檻《おり》に入れることはできないだろうけど、すべてが明るみに出たら、学校の経営どころか、他のどんな学校の最低賃金の仕事にすらありつけなくなるでしょうよ」

「きみは罪にふさわしい罰を求めていると思えるね」

そこでイヴは首を振った。「それ以上になればいいと思ってる、だって彼女とホイットは、二人は同じだから。彼らは弱くて傷つきやすい者に力をふるうことでエネルギーを得るのよ。彼女は今回の殺人事件には、直接は関与していないかもしれない、でもあいつらをつくりだすのを手伝ったの」

「きみが連中を倒す手伝いに、僕は何をすればいいのかな？」

「これからコズナーに再聴取するの——彼の法律チームも同席するわ、十中八九、父親の指揮のもとでね——明日の午前中に。警察が息子に目をつけているって、パパにわかるようにしておいたから」

「事前警告したのかい？」

「正確には違う。この件に関しては、ピーボディとわたしは正しい判断をしたと思うの。父親は息子がどうしようもないやつだと知っている。あの親子はずっと同じサイクルを経てきたのよ、息子の後始末をする、忙しい仕事を与えて自分をちゃんとしておくようにさせる。今回は？　殺人事件？　遠すぎる橋（実現不可能な行動のこと）になるんじゃないか。それってどういう意味？」

眉を寄せ、イヴは話を止めた。「橋が遠すぎることなんてある？　何から遠すぎるの？　こっちからあっちへかかるだけでしょ。全然意味が通らないのに、わたしったら何でそんなこと言っちゃったんだろう？」

「僕は何も言わないでおくよ」ロークは賢明にもそう答えた。

「いずれにしても、若いほうのコズナーは落とすわ、そして取引を申し出る。彼は仲間を売り、残りの一生を地球外のコンクリートの檻で過ごさずにすむ。そのあいだに……」

「僕にお楽しみはあるのかな？」

イヴはにやりと笑い返した。「あなたのいちばん好きなことになりそうよ。コズナーの財

務状態を深く掘ってほしいの。でもホイットのはそれ以上に」

「それは僕のいちばん好きなものだな――ほぼ。きみは本当にやさしいね」

「コズナーが例の毒物の製造に成功したんだろうと思ったんだけど、いま、彼と話したあと

だと、彼が自分ひとりで偶然それを見つけたとは思えない。連中には誰かがついていたに違

いない――たぶんピーボディの言うマッド・サイエンティストが。連中は誰かさんに金を払

わなきゃならなかったはず。少なくとも、製法を手に入れるまでは。それはつまり支払い、

設備、材料、安全上の予防策を意味する。安くはなかったでしょう」

立ち上がり、ボードのところへ戻って、ぐるぐる歩きまわった。「彼らは金持ちよ、でも

ホイットは頭がいいし、金融界の人間。支払いを人に見られたり、自分までたどられるのは

いやなはず。警察が実際にこの事件を彼に結びつけようとするって思っているわけじゃな

い。自分は上の人間だと思っているから――グレインジと同じように。でも用心はしてたで

しょう。コズナーにも用心するよう指示したはず」

「それは楽しみだ」

「だろうと思った。ヘイワードが婚約した時期とそれ以降から探しはじめてみて。それが引

き金だったと思うの。ホイットは、彼は人を愛したりしないし、愛することもできないけど、彼の頭の中ではヘイワードは彼のものだった。彼女は――あるいは彼女の親たちは――彼を切り捨てたのよ」

「そしてその理由をさかのぼると、彼にとっては、ラフティ、デュランにたどりつくわけか」

「そのとおり。彼はその当時に考えたのかもしれない、彼女なんか知ったことか、どっちにしても本気で彼女がほしかったわけじゃない、って。あるいはもしもう一度彼女がほしくなったら、別れたところからやり直せると思っていたのかも。でもあの婚約、世間の大騒ぎ、フィアンセの家族の華々しさといったら？　顔に平手を食らったも同然」

「なるほど、そうだね。ヘイワードは彼なしでうまくやっているだけじゃない」ロークはヘイワードのＩＤ写真をじっと見た。「彼のことなど考えもしないんだ。自分だけの力で成功している、けれどもその後、彼にとってはさらなる屈辱だが、彼女は突如としてメディアのお気に入りになった。自分だけの力で成功している、政界の有力者一家の息子と婚約したから」

「次は盛大な結婚式でしょうね、賭けてもいい」イヴは付け加えた。「そしてメディアはさらに注目する」

「全部俺のものになるはずだったのに」ロークは言い足し、うなずいた。「あの金の卵は完璧にすじが通っているね。ゴールド・アカデミーか」ロークは続けた。「そこでは彼は何もかもを好きなようにできたし、それがひたすら続くと思っていた。なのにラフティや彼のような人々がガチョウを殺してしまった」

イヴは顔をしかめた。「またそのガチョウの話」

「金の卵を生むガチョウだよ、ダーリン。そのガチョウを殺してしまったら、金の卵の供給も終わりだ」

「ああ、なるほどね、ええ」イヴはその話をじっくり考え、納得した。「オーケイ、ええ、それがあいつのチンケで利口ぶったシンボリズムなのよ」

「おかげで宅配システムを使ったことがいっそうひどいものに思えるな」

「あいつはきっと、自分の神のごとき賢さに笑い声をあげたでしょう。でも彼には誰かが必要だったはずよ、ローク、誰かあの毒物を製造してくれて、どうすればそれを——蒸留とか何とかできるのか考え出してくれる人間が。それは高くついたはず」

「それは僕が調べよう。きみのほうは何をする?」

「話をしてくれる教師や生徒をもっと見つけられないかやってみる。とくに、同僚教師がグレインジと校内であさましくバンバンやっていたところへ、うっかり踏みこんでしまった人物を。彼女とやってた相手は自動車事故で死んじゃったから」

「疑惑があるのかい?」ロークがきいた。

「ううん。このあいだの冬でもう五年たつの。ミシガン、凍った道路、複数車両が破損して死者二名」イヴは頭を振った。「だからこれから話すほかの人たちが思い出してくれるのを望むしかない。それからホイットを掘りはじめるわ、カレッジ時代を。そこにも引っぱれる糸があるかもしれない」

「それじゃおたがい、今晩はたっぷり楽しめそうだ」

「なんてうまくいってるのかしら、ね?」彼が夕食を用意してくれたので、イヴは歩いていってテーブルのものを片づけた。「ほかにもいいことを教えてあげましょうか? 実を言うと、あの木を植えるのはほんとに楽しかった」

「僕もだよ」

「ガーデニングを始めたいわけじゃないけど」

「僕が思うに、おたがい上手にやったけれど、どちらも職業の選択は正しかったよ」

イヴもこれには言い返すことができず、皿をカートにのせてキッチンへ運んでいった。

20

ラフティによる移行期間中のスタッフとの面談記録と、ピーボディの最初の調査の覚え書を使い、イヴはリストを作り上げた。それを次の日の対面聴取用に、優先順に並べ替えていく。そのあと、州外に移住している五人を選《よ》り分け、ホイットを掘り下げる前に彼らに連絡してみることにした。

四十分かそこらかかった時間は、それだけの値打ちがあったと思った。自分自身の覚え書を増やしながら、わざと濁された言葉、グレインジ応援者、ためらい、グレインジ攻撃者をていねいに調べていった。

ダーシー・フィン＝パウエル、初等教育級《レベル》の教師はいま、州北部の公立学校システムで働いており、ためらい、話を小さくしようとしたが、やがて吐き出した。

そしてイヴのいちばんのお気に入りになった。

「彼女はうちの夫に言い寄ったのよ！」

心の中では、イヴはさっと喜びのダンスをしたが、慎重に中立を保ちながら答えた。「なるほど。説明してもらえますか？」

「サッドは消防士なの、それでわたしのクラスに話をしにきたのよ。三年生の。子どもたちって消防士がただもう大好きなの。彼は出動用の服、ヘルメット、一式全部着けていた。格好よかったわ。グレインジ校長はその講演の一部を見て、そのあとサッドに校長室へ来てくれるよう頼んだの。また講演に来てもらうことや、校外見学、そういうことを相談したいと言ったのよ」

「オーケイ」

「そうしたら彼女は夫を誘ったの。ほら、やたらにべたべたさわってきて、二人で会って一杯やろう、どうやって熱くなるか話し合おうって言って。夫は屈辱を感じていたわ」

「ご主人はあなたにそのすべてを打ち明けたんですね」

「その日の夜にね。最初は校長が何か冗談を言っているんだと思ったそうよ、危険を冒しても挑む人間にはとても魅力を感じる、あなたはずいぶん熱くてもがまんできるんでしょうね、みたいなことを言っていたって。つまりね、嘘だろって思うじゃない？　それだけじゃないのよ。わたしはそのとき最初の子を妊娠中だったの。校長はそれを知っていたのよ！」

「あなたはどう対処したのか話してもらえます？」

「ええ、もちろんよ。そりゃあその時点までは、目立つことはしないでおこうとしていたわ。わたしは三年生を教えていて、学校内の政治や騒ぎから距離を置いておくために、やれることをやっていた。ほかの先生のなかに、校長と対立している人がいることは知っていた、とくに上の学年でね、でもわたしはただ教えたいだけだった。いい勤め口だったし、もうすぐ赤ちゃんが生まれることになってたから」

彼女は間を置き、息を吐いた。「でも校長がうちの夫を追いかけたときには、知らん顔をするつもりはなかったわ。次の朝、校長室へ行って、彼女をなじった。そうしたら彼女、どうしたと思う？」

ええそうね、まだ怒っている、とイヴは思い、心の中の喜びのダンスにハイキックをいくつか足した。じゅうぶん怒れば、彼女は書面での供述をしてくれるだろう。

「何をしたんですか？」

「わたしを笑ったのよ！　わたしの目の前で笑ったの。どうみてもうちの夫が彼女の言葉を誤解していたから、家で不満をぶちまけたんだろうって。彼女は夫のほうが手を出してきたと言ったのよ、でもたいして害はないと思ったって。そしてもしわたしが仕事を続けたいなら、家庭内の揉め事は学校に持ちこまないようにしなさいって。サッドが彼女に手を出したと嘘をついたの。わかるわよね――」

「信じますよ」

「よかった」ダーシーは鼻から息を吸いこみ、吐いたときには見た目にも緊張が解けていた。「オーケイ、よかった。いずれにしても、わたしは目立たずにいることをやめたの。どうしてもできなかったから。理事会にうったえた人たちとの申し立て書にサインしたわ。わたしはねばった、ストレスがたいへんだったけど。状況はよくなったわ、すごくよくなったの、ラフティ校長が彼女のかわりに来て。でも彼が主導権をとってからは、短い時間しかあそこにいられなかった、最初の子どもが生まれて育児休暇をとったから。サッドとわたしは引越して、あの街を出ることにした、それで二度と戻っていないわ」

「この点をきかせてください。グレインジ校長がほかの人の配偶者、親、教師と不適切な行為をしていた事実を知っていますか？」

ダーシーはまたためらいモードに戻ってしまった。「わたしは自分が、直接知っていることしか話したくありません」

「わかります。あなたは教育者ですし。教育者として、ロッテ・グレインジに関するあなたの知識と経験にもとづいた場合、彼女は教育機関の校長としての資質があると思いますか？」

「いいえ、思いません。まったく」

イヴは沈黙を宙ぶらりんにしておいた。

「ああもう。もう」ダーシーはしばらく目を閉じた。「わたしが話せるのは、自分で耳にしたか、聞かされたことだけよ。自分で本当だと思っていても、無条件に断言することはできません」

「わたしたちは法廷にいるわけではありませんよ。あなたを何かに縛りつけるつもりはありませんから」

息を吐き、ダーシーは短いナッツブラウン色の髪をかきあげた。「いやだ、いまの話で全部思い出してきちゃった。ワインを一杯ついでくるわ。いいかしら?」

「かまいませんよ」

イヴにはキッチンが見えた——子どもの絵だらけの冷蔵庫、写真やメモを留めてある連絡ボード。

ダーシーは麦わら色のワインをそそぎ、勢いをつけるようにひと口飲んだ。

「彼女はセックスしているところを見つかったの、校内で、ヴァン・ピアスンと。彼は中学年で歴史を教えていた。ワイアット——ワイアット・インよ、コンピューターサイエンス、やっぱり中学年担当、彼が現場に踏みこんでしまったの。ヴァンが最後だったと思うわ、グレインジが出ていく前の。彼が最初ではなかったけれどね、ほかの人たちの話では」

「相手の名前を知っていますか?」

イヴはそれを書き留めた。

「父兄は?」

「ああ、まったく」ダーシーは間をはさみ、長く息を吐いた。「わたしが唯一、直接知っているのはグラント・ファーロウだけよ——それもわたしが彼の息子を教えていて、母親とも知り合いだったから。ことが起きたときにはわたしのクラスじゃなくて、四年生だった」

またワインを飲み、ダーシーは自分の楽しげな、子どもにも使いやすいキッチンを歩きまわるのをやめ、腰をおろした。

「二人は息子にTAGをやめさせ、わたしは母親と話をしたの、ディークは本当に優秀な生徒だったから。彼女はグラントが校長と浮気をしたことを告白したと言った。もう終わったことで、二人はカウンセリングを受けるけれど、彼女は息子をあの学校に置いておくつもりはないと」

「あなたは母親と親しかったんですね?」

「ええ。一家は結局、フィラデルフィアに移ったわ——心機一転で。ときどきメールをする以外は連絡もとらなくなってしまったけれど、結婚生活が続かなかったのは知っている。グラントが悪くないわけじゃないけれど、あの女は略奪者よ」

「それじゃほかにもいたんですね?」

「耳に入ってくるのよ、というか入ってきた。でももう一度言うけれど、直接は知らないの」

「スティーヴン・ホイットについて、何か話してもらえることはありますか?」

「その名前はおぼえているわ、結成されたわたしたちグループが集まったとき、ずいぶんその名前が挙がったから。いじめ、カンニング、首謀者、校長のお気に入り」

「校長のお気に入り?」

「彼が何をしても通ってしまうし、本人もそれはわかっていたの。わたしは彼と接触することはなかったけど、グループのほかの人たちはあった。彼の両親は大口の寄付者で——お金が流れこんでいたのよ。それに……」

「それに?」

「ええと、くだらない話よ」ダーシーはまたワインを飲んだ。「確認はできない。本当に憶測なの、校長がスティーヴン・ホイットの父親と関係していたという。彼だけじゃなかった、でも彼女が転任する前に出たビッグネームはその人だったの。おまけにその息子も転校していったから、わたしたちの多くはそれがダメ押しだと思った。でも本当にゴシップ以上のものではなかったのよ」

ゴシップというのは辻褄《つじつま》が合ってるものだ、とイヴは覚え書を追加しながら思った。それにホイットの名前も、意味のないものなら、空白を埋めつづけることはないだろう。

イヴはコロラドの自宅にいたワイアット・インと何とか連絡をとることができた。彼は黒みがかった、深い感情をたたえた目でイヴを見た。

「ええ、あの恐ろしいニュースは聞きました。TAGでできた友人の何人かとはいまでも連絡をとりあっているんです」

「ラフティ博士が校長に赴任してきて約一年後、アカデミーをやめたんですね」

「ええ、でもラフティ博士が理由ではありません。彼はすばらしい校長でした、熱心で、公正で。あれは……心から自分の家という気持ちになれなかったんです、ニューヨークでは、TAGでは。大きすぎましたし、それでいて窮屈でした。このコロラドで、厳しい境遇の子どもたちを教えてひと夏を過ごし、自分の場所を見つけたんです。妻にも出会えました」やっとほほえんだ。「運命でした。ここが僕の家なんです」

「ロッテ・グレインジのことを話してください」

笑みが消えた。「あんなに上流の私立校に勤めるのは、TAGがはじめてでした。彼女はわたしが最初に出会った校長でした」

「彼女のことをすばらしい校長だと言えますか、ミスター・イン？　熱心で公正だと？」

「言えませんね。もう一度言いますが、僕はほんの新人で、彼女とも十八か月一緒だっただけです。それにもう一度言いますが、あまりなじめなかったんです」

「ヴァン・ピアスンのことを話してください」

彼はため息をついた。「彼が悪かったんじゃありません。あなたはもう聞いているようですが、何年も前に起きたことです。わかってください、彼が悪いんじゃありません」

「なぜですか？」

「僕たちは同じ時期に着任しました。どちらもごく若くて、まだ新人でした。ヴァンと僕は同じ学年を教え、共通の生徒についてよく話をしました。彼はいい教師でした。僕は残業していて、生徒のひとりを個人指導していたんです。それはやりがいのあるものではなかったので、僕は……いわば、ローギアでやっていたと言えばいいでしょうか？」

「なるほど」

「その生徒を解放したあと、少し仕事をしました。帰るときに、休憩室に寄ったんです。アパートメントまで歩いて帰るのにコーヒーを持っていこうと思って。それで校長とヴァンがいたところに踏みこんでしまった。僕は仰天しました、言うまでもなく、ばつが悪くて、すぐにその場を去りました。二時間後、ヴァンが動転して、気もそぞろになって、僕のアパートメントに来ました。はじめは僕に何も言わないでくれと懇願しました。そうでなければどうしていたか自分でもわかりませんが、彼女が圧力をかけて迫ったことが――僕は彼を信じました――わかったんです。彼女はヴァンがいまの職を続けたいなら、彼女の……相手をしなさいと遠まわしに言ったんですよ。彼は新人だったんです、僕と同じように。若かった、僕と同じように。だから彼女の望みどおりにしたんです」

「あなたは何も言わなかったんでしょう」

「ええ。でも僕たちは、しばらく話をしました、ヴァンと僕は。それで僕は、このことは報告しなければいけないと彼を説得したんです。グレインジは権力と権威を利用して、彼にセックスを強要した、そんなことをほうっておくわけにはいかなかった」

彼はまたため息をついた。「でもわかるでしょう、僕たちは若くて新人で、彼女には力があった。彼女は反撃し、ヴァンが彼女に暴行した、僕は彼の肩を持って彼女に敵対しているのだと主張しました。彼は首になりました。僕は懲戒処分でした。僕にはあの職が必要でした、だからとどまりました、それにその年のはじめには彼女が出ていくと知っていたんです、だからとどまりました。

ヴァンはニューヨークを去りました、それにそんな汚点があっては、どこであれ教職にはつけません。五年前に交通事故がありました。彼は亡くなりました。だから思うんです、もし僕が口出ししなかったら、彼はTAGで仕事を続けられただろうって――彼はあそこになじんでいたんです。ミシガンの凍った道路で車に乗ることもなかったでしょう。だからどれくらいが僕のせいなのか?って」

「ゼロですよ。ことはグレインジに始まり、グレインジに終わるんです、ミスター・イン。ヴァンのほかに、グレインジが圧力をかけたか、あるいは単に性的な接触を持った人物を知っていますか?」

「噂《うわさ》はいろいろありました。僕が確実に知っているのは、ヴァンだけです」

「ブレント・ホイット。スティーヴン・ホイットの父親は」

「いま話していることすべてが起きていたとき、いちばんよく噂にのぼったのはその人でした。でもこんな情報が今度の悲劇の捜査にどう役立つのかわかりません」

「突き止めるのはわたしの仕事です」

そして、とイヴは思った。必ず突き止めてみせる。彼女はスティーヴン・ホイットの地層を掘りはじめた。

学問の点では、転校に際してもさしたる悪化はなかった。そうなる可能性はごくごく低い、とイヴは思った。彼はあの頃は腹を立て、動揺しており、人につっかかっていったと言っていたが、それは本当だろう。

それに加えて、彼はゴールド校でのいじめやカンニングを、どうみてもグレインジの庇護《ひご》のもとでやっていた。だから、論理的に推測すると？　その時期は彼女がもみ消していたのだ。

一族の栄光と金も、ノースウェスタン大学に入る助けにはなっただろうが、成績も必要だったはず。それにグレインジが介入してくれなくなったとたん、自分でその成績を維持しなければならなくなった。

馬鹿ではない、そうはいっても。知能は高い。それに角部屋の広いオフィスがほしければ、それなりに仕事に身を入れなければならないことがわかる程度には抜け目ない。

彼は金が好きだ――それで遊ぶことがゲームである人間もいる。わたしが知らないはずないじゃない、とイヴはロークの仕事部屋へちらりと目を投げた。

金はパワーであり、パワーはゴールだ。パワーと名声とライフスタイル。

イヴはいろいろな記事を見ていった。社交界のページ、金融のページ、ゴシップのページ。ええそう、彼は前途有望、若き大物。あちこちのしゃれたパーティーで、女と腕を組んでいる。同じ女は二度まで、とイヴは気づいた。それに彼女たちのうち何人が、少なくとも表面はヘイワードに似ているか、面白くない？

彼女はあんたを切ったのよね、スティーヴ？　逃げてしまった相手。

イヴは掘りつづけた。

ロークが入ってきて、彼女のそばをまわってコマンドセンターのオートシェフを使ったときも、ほとんど目も上げなかった。

「グレインジについてまたいろいろわかったの。いずれにしても、彼女は落ちていくわ。いよいよとなれば、彼女をホイットに対する梃子《てこ》に使えるかも。あるいはおたがいにおたがいを使うとか。プラス、彼はまだヘイワードに未練がある、だから……」

彼が小さい皿をカウンターに置く前から、イヴはにおいに気づいた。クッキー。大きくてぶあつくて、ごろごろしたクッキー。

イヴはそれをつまんだ――まだあたたかい――それから彼が補助コンピューターのところに座ると、姿勢を変えた。「クッキーのごほうびをもらえる何かをつかんだか、何かへまをしてクッキーで心をなだめたかったのか」

「最初のほうだ」ロークもクッキーをかじった。「ルーカス・サンチェス、別名ロコを調べてみるといい、僕がもうやったけれど。彼は死んでいる、ひと月ほど前に殺されて、違法ドラッグ取引が失敗したようにみえた。アルファベット・シティの裏道で複数回刺されていた。ジェンキンソンとライネケが担当した」

「まだ捜査継続中ね」彼女はブルペンのボードを頭の中に引っぱり出した。「継続中だけど未解決になりそう」記憶をさかのぼり、いろいろな報告書や短い会話を頭の中に引き出さなければならなかった。「違法ドラッグ製造、依存症」

「そのとおり。十年ほどさかのぼってみると、若きルーカスは一学期だけ、科学の奨学金を受けてゴールド・アカデミーにあらわれる、だがその後、所持で逮捕されたので奨学金は取り消された」

「くそったれ！　すごくいい意味でよ」イヴは言い足した。

「きみはそうみるだろうと思ったよ。彼はその所持ぶんのいくらかをすでに体内におさめた状態で、タイムズ・スクエアで二人組の旅行者に強盗をしようとした。女性たちだ。そのひとりが彼のタマを蹴り、もうひとりが警察を呼んだ」

「彼はコズナーとホイットを知っていたんだわ」

「ほぼ確実にね。彼はピーボディの言うマッド・サイエンティストにぴったりだとも思うな。化学に関しては才能のひらめきを見せ、奨学金を獲得したわけだしね」

イヴはデスクを離れた。「連中は奨学生をいじめていたのよ――ひとりだけじゃなかった。でももし彼が違法ドラッグを製造し、連中に供給できたなら、後ろ盾を得られる。コズナー、彼も依存症――〝世話役〟よ、ヘイワードによれば。ロコは彼の供給源だったに違いない、そしてそこから彼を使って例の毒薬を製造させることにいたったのかも」

イヴはロークを振り返った。「財務の調査からどうやってそれがわかったの？」

「回り道だよ。コズナーはホイットほど利口じゃない。二人ともときどきのギャンブルや、買い物を利用して、支払いを隠している」

イヴはまたもや喜びのダンスが近づいてくるのを感じた。「何の支払い?」

「いま話すよ。しかしコズナーは、二度うっかりミスをした、それにルーカス・サンチェスに一万ドルの送金をしている。ホイットも同じ時期に同じ額のギャンブル損をしているから、サンチェスを調べてみたほうがいいんじゃないかと思ったんだ」

「警官みたいに考えるのね、って言ったら侮辱になるのはわかってる、だから言わない」

「ありがたいね。ほかにも似たような損失や支出があるよ——ホイットが記録している絵かね、彼はパリでストリートアーティストから二万ドル——キャッシュ——で買ったと言っているが、保険はかけられていないままだ。さまざまな古典的ロンダリングの計略があり、さっきの支出は定期的なもので、二人合わせて二万ドル、前の九月から一月まではひと月二回になっていた。一月から三月の終わり近くには、それぞれ二万になり、それから消えた。その三月というのは、ロコの突然にして暴力的な死亡と一致するね」

「連中は必要なものを彼から手に入れたのよ。じゅうぶんな毒物、もしくは製法を。初期の支払いを二倍にした——たぶん彼はもっと要求したのね。ロコは強欲に、あるいはおしゃべりになった、もしくは連中が単に、一味の中に依存症を飼っておくリスクを冒したくなかった」

「同感だな」

イヴはクッキーのお伴にするために、ロークとふたりぶんのコーヒーを追加した。「待って、ジェンキンソンに連絡させて、彼が何か付け加えられることがあるかどうかたしかめるから」

ジェンキンソンに連絡すると、うわのそらの答えが返ってきた。「警部補《ルー》か？」後ろでおしゃべりしているのが聞こえ、誰かがこう言った。「そんなのはクソだらけのはったりだ」

フィーニー？

「そういうクソだらけのはったりはわかるから、十まで上げる」

たしかにフィーニーだ。

「ライネケはゲームに加わってるの？」イヴはきいた。

「ええ、彼と、フィーニー、カレンダー、ハーヴォ」

「ハーヴォ？」

「彼女、凄腕《すごうで》だよ。何かあったのか？」

「そのとおり。あなたの注意をこっちに向けて」

「向けたよ。もうカードは伏せた」彼が椅子をキーといわせながら立ち上がり、テーブルを離れるのが聞こえた。「緑色の髪の女子と、オタクの警部相手にシャツをなくしそうなんだ。恥ずかしいったらないよ。どうしたんだい？」

「ルーカス・サンチェス。ロコ」

「ああ、死んだ製造屋、依存症。使っていた安宿から二ブロックのところで刺された。その界隈《かいわい》では何か月も姿を見た者はいなかった、だーれも彼もの話では。それにそのだーれも彼も何も見てないし、何も聞いてないし、何も知らない、と」

ボウルから片手いっぱいのチップスをすくいとり、ジェンキンソンは話しながらむしゃむしゃ食べた。「それにだーれも彼もが、そいつはくそ野郎だったが、製造の腕はクソよかったと言っていた。クソ天才だと。遺体にヤクはなく、キャッシュもなし。靴もはいてたな。ジャンキーとして生き、ジャンキーとして死す。というか、そういうふうにみえる」

「もう違うわ」

ジェンキンソンの目つきが変わった。「いまはどうみえるんだ？」

「彼は例の神経ガスにつながっている、わたしの最有力容疑者二人に」

「なんてこった。オーケイ、くそっ。そいつは世間で言う革新ってものに定評があったんだよ。ふつうの製造屋じゃなくて。新しいレシピを考え出したり、化学薬品を混ぜ合わせたり、ええと、個人に合わせた商品をつくったり。公認コンパニオン《ＬＣ》や、自分の製品や、馬につぎこんじまったから、儲《もう》けをとっておくことはできなかったんだけどね。同じ理由でまともな仕事も続かなかった。その方面には本物の才能と頭脳があったけど、まともなラボや研究所はやつに近づこうとはしなかった。前科もあって、どじなやつだから出たり入ったり。いつもつかまっては、しばらくおつとめして、出てきて、また逆戻り。いま思い出したんだが、検死官が言ってたよ、やつみたいな生活や使用を続けていたら、どのみち十年で死んだだろう、って」

　ロークはクッキーを食べおえ、イヴの補助コンピューターで作業をしていた。イヴは彼にはかまわなかった。

「あなたとライネケでもう一度その件をおさらいして、再聴取して。これから容疑者たちの写真をそっちに送る。スティーヴン・ホイットとマーシャル・コズナー。彼らは一時期、同じ学校にいた。コズナーは依存症よ、だからたぶんロコを供給元として使っていた」

「そいつらは金持ちなのか？」

「そうよ」

「やつのお気に入りのＬＣが二人いてね。彼女たちの話では、金持ちの男たちが自分の仕事にどれだけ払ってくれるか吹聴していたそうなんだ。やつはＬＣのひとりに、自分が何か特別なものを調合していて、それで金持ちになるんだと言っていた。でも彼女が言うには、それにもうひとりも裏づけてくれたんだが、やつはいつもそんなふうに大きなことを言っていたって」

「今度ばかりはただのほら話じゃなさそうよ」

「おっと」ロークが補助コンピューターから言った。「出たぞ」彼はイヴのほうへ椅子をまわした。「住所もいるかい？」

「何の住所？」

「そうだな、はっきりとは言えないが、マーシャル・コズナーが前の秋に設立したペーパーカンパニーに隠して持っている不動産だよ。ダウンタウンにある小さな倉庫のようだ。ロコだってどこかに住んで作業しなければならなかっただろう？」

「ロークがそっちに住所を送るから」イヴはジェンキンソンに言った。「ライネケを呼んで、そこでわたしと合流して」

住所を送ると、ロークはイヴが長い脚でさっさと部屋を出ていくあとについていった。

「着替えなきゃ、武器も必要。さっきの建物をどうやって見つけたの？」

「ねばり強さ、それと処理。彼らはラボを作って、自分たちの製造人を気分よくさせておく必要があった。それにホイットは毎月、コズナーに金を送っている。ローンや投資費用の負担金みたいに。不動産はコズナーだけの名義になっている——ホイットは用心深いね。ペーパーカンパニーもコズナーの指紋しか出てこない。名前は〈金のガチョウ《ゴールデン・グース》〉だ」

「こざかしいやつら」イヴはブーツをはいた。「でもぅ長くないわ」

イヴがジェンキンソンに要点を伝えていた頃、マーシャル・コズナーは改造した倉庫の中の、凝ったインテリアのリビングスペースを歩きまわっていた。

着ているのはスウェットのパーカー、黒っぽいジーンズ、黒のハイトップスニーカー——すべてデザイナーブランドものだが、彼はそれでこの界隈に溶けこめると思っていた。

スティーヴン・ホイットは逆に、清潔感のあるビジネススーツを着ており、それはミッドタウンのあるホテルでおこなわれた金融関係のイベントで、ディナースピーチをするために着替えたものだった。

タイミングはぴったりだとわかっていた——タイミングをはかるのは得意なのだ。念を入れて人々に混じり、社交をし、おしゃべりをしてから、従業員用出入り口のカメラを妨害して忍び出てきた。

いとこから〝借りた〟スクーターは一ブロック離れた別のホテルに停めてあり、ダウンタウンまで十分で来た。戻るのに十分、と彼は思った。ここで十分かそれくらい、そうしたら誰にも気づかれずに、ディナー後のダンスとバーにするりとまたとけこむ。

　パニックを起こしてはいても、マーシュのやつは次の荷物を持ちこみ窓口へ届けてきた。しかし迫りつつあるプレッシャーには持ちこたえられないだろう。とらなければならない手段がある、とホイットは思った。だから自分はそれをとる。

　つながりを切るしおどきだ。昔の学校のつながりを。

「親父は僕を信じてないんだ」コズナーはあっちこっちへ歩きまわった。「本当に僕を、魚を焼くみたいに厳しく問いつめやがった」

「すべて否定したんだろう」

「もちろんしたさ。僕は馬鹿じゃないぞ、スティーヴ、でも親父は全然僕を信じてない」

「署に行くときには弁護士の小隊付きじゃないか、マーシュ。大丈夫だよ」

「簡単に言ってくれるね」

　ああ、とホイットは思った。実際に簡単だからな。

「どうしてあの女が僕に的を絞ってきたのかわからないよ。僕たちはすべてうまくやった、そうだろ？　アリバイもある。すべてうまくやったのに」

「彼女ははったりを言っているだけさ、おまえをつかまえようとして。俺たちは品行方正《グッド・アズ・ゴールド》なんだ。さあ、俺は誰かに気づかれないうちに戻らないと。おまえはゆったり構えてればいいんだよ」

「何を言ってるんだ、お巡りがケツまで迫ってるときにゆったりなんて構えていられるかやってみろよ」歩きまわりながら、コズナーは手をねじくりあわせた。「高飛びしたほうがいいかもな。ヨーロッパへ行くとか」

「俺たちは逃げたりしない。なあ、マーシュ、一発やれよ。おまえはクスリが切れてるんだよ」

「あの女、どうして僕たちに目をつけてるんだろう？　ラフティのことはほとんど知らないし、TAGはずっと昔の話だ。僕たちに目をつけるなんておかしい。警察は僕たちに目をつけたりしないって、おまえが言ったんだぞ」

落ち着いて、ホイットはロコがせがんだ悪趣味なミラー張りのバーカウンターへ歩き、あるガラスびんをとって、ロックグラスにそそぎ、シングルモルトのスコッチをたっぷりツーフィンガーぶん加えた。

「彼女は何もつかんじゃいないさ。探りを入れてるんだ。ロコは死んで冷たくなってるし、あの件は俺たちにはね返ってきてない、だろう？　こっちはもう製法を手に入れてあるんだ。ここでのことが片づいたら、打ち合わせていたことをやろうぜ」

「あれを海外へ持っていって、何十億かで売る」

「そうだ」そして全部俺のものだ、ホイットはいちばん長い付き合いの友にグラスを渡しながら思った。「飲めよ」

コズナーは一気に飲み干し、ふうっと息を吐いた。

ちょうどじゅうぶん、とホイットは思った。こいつを上機嫌にして、ちょっぴりだらりとなるくらいに。

「最後の卵の用意はしたのか?」

「ああ。あれで最後にするって決めてよかったよ、スティーヴ。もっと楽しいと思ってたんだ、でもずいぶん手間ひまがかかっちゃったよな。終わったら、おまえと僕で、ちょっと休暇をとらないか? 熱帯のほうに行ってさ」

「いいね。その卵を見せてくれよ、マーシュ、念のために。そうしたら俺と一緒に戻ろう。一緒にあのバーへ行って、イキのいいのを二人拾おうぜ」

「いいね」

ホイットがリビングエリアから連れ出して、ラボへの鉄階段をのぼらせたときには、コズナーはもう眠りはじめていた。いくつもの白いカウンター、バーナー、冷却装置、顕微鏡、コンピューター、容器のむこうには、整然とした発送・包装エリアが延びていた。

三つの金の卵が棚に残っており、ひとつは透明な密閉容器に入っていた——そしてホイットはほかの二つに中身を入れて、三つとも送りだせないのを残念に思った。四つめは別の透明容器に入って、梱包《こんぽう》されるのを待っていた。

「よさそうだな。なあ、こいつを今晩梱包して、持ちこんでしまわないか。一度に二つだよ。そうすればもう終わりにできる」

「終わり」ぼうっとした目で、コズナーは笑った。「ほんとにもう終わりにしたいよ」

「そうだよな、まったく、待つ必要はないだろ？　さっき言った休暇をとろうぜ」ホイットは付け加え、コズナーをにんまりさせた。

「すぐにでもそうしたいよ」

「梱包して、持ちこんで、熱帯に行く。梱包しろよ、マーシュ」

「梱包して、おしまい。ビーチにいる裸の女たち。ワーォ！」

ホイットは後ろへ、ずっと後ろへさがり、防毒マスクをつけた。

そしてコズナーが密閉容器をあけると、すでに密封材を破ってあった卵は薬品を放出した。

よろめいて、コズナーが卵を落としたので、卵は床で砕け散った。彼は喉をかきむしりながらふらつき、倒れ、ホイットを見上げた。

「何なんだ？」

「悪いな、兄弟」ホイットの声はマスクごしに低く響いた。「俺はやらなきゃならないことをやったんだ。おまえがいなくなったらさびしいだろうな」

コズナーの体が抵抗したときも、彼が這《は》おうとしたときも、ホイットは時間をチェックした。「おっと、予約をしなきゃ」

彼は階段を駆けおり、マスクを保管室にほうりこんだ。戻るのに十分間、と思いながら外へ出て、ポケットから溶液を出して手のコート剤を拭きとった。

彼は晴れ晴れとした気持ちでアップタウンへいそいだ。

容疑者のひとりと次の朝に取調べ室でデートすることになっているときに、彼らがリスクを冒すとは思えなかったので、イヴは建物には誰もいないだろうと思っていた。

捜索令状は持っていた――レオと、ペーパーカンパニーに〈ゴールデン・グース〉なんて名前をつけた正真正銘の愚かさに感謝だ――それに中へ入って、見てまわったら、もっと包括的な捜索をするのは部下たちにまかせてもいいと考えていた。

しかし車を停めたとき、プライヴァシー・スクリーンのむこうに明かりが輝いているのが見えた。

「タイマーかもしれない」ロークと車を降りながらつぶやいた。「明かりを消していくことにルーズなだけかも」

「かもしれないね」

「もしくは、あそこでくそ野郎たちの片方か両方を見つけるっていう、超特別ボーナスがもらえるのかも」

「もしかすると、致死性神経ガスの在庫付きで」

「ええ、ええ」イヴもそれは考えていた、だからピーボディに連絡して、セントラルから防毒マスクを借り出して合流するよう言ったのだ。

いま彼女は歩道を行きつ戻りつしていた。

「わたしが思いつける理由はひとつしかない、連中のひとり、または両方があそこにいることの」

「次の発送の用意」

「そして今夜持ちこむ。あのこざかしいやつらがやりそうなことよ。手分けして、出口になりそうなところをカバーしなきゃ。あいつらをぶちこんでやる」

ロークはかつての自分である泥棒になったつもりでその建物を見てみた。セキュリティ、最善の侵入路、最善の退出路、車や歩行者の流れを考えながら。

「彼らは自分自身の防御もなしに、あの毒物を使って作業するほど愚か者ということか」

それには反論できない、とイヴは思った。「だったらわたしたちとおあいこよ。ただしこちらはもっと人数が多いけどね、バッジと武器付きで」

ジェンキンソンの車が近づいてきたのでそれとわかったし、フィーニーの車もその後ろに来るのが見えた。

別に悪いことはない、と彼女は思い、それから自分の二人の部下、EDDの警部、カレンダーにハーヴォまで——勘弁してよ——それに、ピーボディ、マクナブが二台の車からぞろぞろ降りてくるのを見てぎょっとした。

「いったい何の騒ぎ?」

「警官が多いほど楽しいよ」ジェンキンソンはこちらへ歩いてきながら笑い、イヴは驚いていたので彼がネクタイをしていないことにも気づかなかった。

「ハーヴォは警官じゃないでしょ」

「もう、いいじゃない」はためにも勢いづいて、毛髪と繊維の女王は両腕を上げた。「こんなお楽しみを味わえることなんてないんだから。きっとあそこには毛髪と繊維があるわよ、現場のど真ん中に行けるのね」

「あそこには危険な男がひとりもしくは二人、致死性神経ガスの在庫付きでいるかもしれないのよ」

ハーヴォは緑の髪を後ろへ振った。「なら、あなたが先に行って」

フィーニーがどすどすとやってきた、いつものトップコートの下はしわだらけのベージュのシャツで、見てすぐわかるサルサソースのしみがついている。「EDDも参加したほうがいいと思ってね。マクナブにおもちゃをいくつか持ってこい、そうすれば寄り道して拾ってやるからと言ったんだ」

「わかった。待って。考える」

イヴはそうするために何歩か離れた。また戻る。

「おもちゃの中に熱センサーはある、マクナブ?」

「もっちろん」

「あの建物を調べて。ピーボディ、マスクを配って。状況にかかわらず、誰であってもマスクなしで入らないこと。フィーニー、あなたとロークで警報や錠の相手をしてもらえるかしら。ライネケ、あなたとジェンキンソンは建物を一周してみて。すべての出口をマークしましょう、そのあとそれをカバーする」

「あたしは何を?」

「あなたは待ってて」イヴはハーヴォに言った。

「ひっどーい。ロークだって警官じゃないでしょ、それにあたしも専門家コンサルタントよ。プラス、全面的に警官と仕事しているんだから」

「武器携行の許可はされてる?」

「いいえ、でも――」

「じゃあ待ってて」

ライネケが小走りに戻ってきた。「一階が表と裏、二階が南側と裏と非常口」

「熱源はないわよ」カレンダーが言ってきた。

「悪党どもがいないなら――」

「それでもあなたは待つの」イヴはハーヴォの次のねばりをさえぎった。

「やはり表と裏からやりましょう。ライネケ、ジェンキンソン、カレンダー、マクナブは裏。ピーボディ、わたしたちはロークとフィーニーと表を引き受ける。からっぽの建物をやるのに軍隊をあてるとはね」彼女はぼやいた。

ロークのところへ行った。「誰もいないわ」

「どちらにしてももう解除したよ、警報も錠も」

「それじゃ簡単にすむわね」無人であろうがなかろうが、イヴは武器を抜き、体を低くしてドアを入った。

フルパワーでつけられていた明かりが、目のくらむような赤と黒の模様の巨大なジェルソファー——三個組だ——のある、けばけばしく悪趣味なリビングエリアを照らしていた。超大型の娯楽《エンターテインメント》スクリーンが、向かい合う二つの壁を占領している。テーブルはどれもミラーゴールドに輝き、その色はバーカウンターにも使われていて、その手前にはハイヒールだけを身につけた女の形を模したデザインのスツールが二つあった。

イヴはフィーニーとロークに一方を、ピーボディにもう一方をさしてみせ、まっすぐ進んだ。

銃をさっと横に動かすときに、ゲームシステム、ポスター——またもや裸の女たち——高級な酒のボトル、ゾーナーの入ったびん、さまざまな錠剤を入れたボウルが目に入った。

イヴがほかの者たちに続いて〝安全確認〟を宣言したとき、ローク、フィーニー、ピーボディがそれぞれ行っていた側から、もうひとつのチームも裏から戻ってきた。

「キッチン、掃除ドロイドと備品が保管してあります」ピーボディが言った。

「寝室とバスルーム」ロークが続けて言った。「ティーンエイジの少年のみだらな夢を満たすように設計されているよ。いまは稼動していないセックスドロイドもあって完璧だ」

「トイレがもうひとつ、それからゲームルーム」フィーニーが追加した。「軽く飲食できるエリア」

「二階も確認しましょう。連中はロコのためにここを用意したのよ。どちらの金持ち男の趣味も、セックスに飢えた下品さには陥ってないから。ラボはきっと二階ね」

イヴは金属の階段をあがりはじめ、四分の一もいかないうちにそのにおいに気づいた。

「しまった！」手を上げてほかのチーム員たちを止め、二階が見えるところまで駆けあがった。「遺体がひとつある。外に出て。全員、退去せよ、マスクがあってもなくても。ピーボディ、危険物処理班を呼んで」

イヴは一方から一方へ見ていったが、それは目でとらえるためだけでなく、衿《えり》につけたレコーダーが現場を記録できるようにするためでもあった。それからチームのあとを追って外へ出た。

彼女は乱暴にマスクをとった。「ジェンキンソン、裏口へまわって封鎖して。ライネケ、応援に制服を何人か呼んで、聞きこみをさせましょう。カレンダー、モリスに連絡して、現場に来てもらえるかどうかきいて」

髪をかきあげた。「ちくしょう」

「遺体を知っているのか？」フィーニーがきいた。

「ええ。コズナーよ、マーシャル・コズナー。新しい毒入り卵を梱包していて、ちょっとした事故を起こしたみたい」イヴは目を細くした。「そうみえるようにしてある」

「きみが取調べ室に呼ぶ前の夜にそんな事故を起こすなんて、ずいぶんと都合がいいね」ロークが言った。

「ええ、ほんとよね？　彼はホイットに泣きつきにいった、それが彼のやったこと、そしてホイットは自分の傷が小さいうちに手を引く方法を見つけた。肝心なのは、わたしたちがこんなに早くコズナーを見つけるなんて、あいつは思っていないだろうってこと。ここを見つけるとは思っていないこと。上にはほかの卵や、ラボの設備がまるごと、それに発送準備エリアもあった。箱とか、梱包材とか。でも彼はここに戻ってくるほど馬鹿じゃない」

考えに考えながら、イヴは歩道を行きつ戻りつした。「そう、彼はもうここに用はない。自分でも少し持っていったかもしれない。本当に傷が小さいうちに手を引くのかもしれない。コズナーで終わりにするんでしょう。コズナーが死んでしまってはお楽しみは続けられないし、わたしたちにコズナーが犯人だと思わせることができる」

「やつはこれでたっぷり時間と余裕ができたと思うだろう」フィーニーが付け加えた。「あしたきみが取調べ室に連れていくのは死体なんだから」

「ええ、その予定になっていた」

「だから彼が署に来ないので、われわれは探しにいく。何かこの場所につながるものを見つけ、ここを見つけ、彼を見つける。すると死んだ男、山のような証拠があり、彼は殺しに使っていたのと同じ方法で死んでいる、ぴったりカチッとはまるわけだ」フィーニーは建物を見ながらうなずいた。「くそ野郎は事件が終結すると思うだろう」

「ええ、それに彼は今夜のための隠蔽《いんぺい》工作をしているはず。でもどこかに穴はあるわ。コズナーは子分だった。彼が今夜ここに来るわけがない、あしたの聴取のことで動揺しまくっているのに、自分ひとりでまた別の卵を梱包しようと思うなんて」

「それも予防措置なしで」ロークも言った。「卵の中身を知っているのに、全身防護服も着ないで扱うかな？　もしくは最低でも手袋とマスクなしで？」

「そうね、いいとこ突いてる」

ジェンキンソンの車のボンネットに乗っていたハーヴォは、ちっちっと指を振った。「考えなきゃダメよ、そう、もうひとりの悪党はここにいたってことを――どこかの時点では。でしょ？」

イヴは彼女を見返した。「考えたわよ。ショーを進めているのはそいつなんだから」

「平均して、人間は一日に五十本から百本の毛髪が抜ける。専門家によっては二百まで上げる人もいる、でもわたしは百のほう寄り。平均でよ」彼女は笑みを浮かべた。「わたしたちには一本あればいい」

「広い場所なのよ、ハーヴォ、掃除ドロイドも何体もいるし、それに――現時点では――その容疑者が最後に中へ入ったのがいつか確認しようがないし」

今夜だ、とイヴは思った。賭けてもいい、でも……。

ハーヴォは小首をかしげ、両手を開いてつややかなブルーのネイルを検分した。「女王様を疑う気？」

疑ったら馬鹿だ、とイヴは認めた。「オーケイ、ハーヴォ、特別チームが建物の中は安全だと確認したら、入って、調べてみていいわ」

「すごい！」ハーヴォはボンネットから飛びおりた。「遺留物採取班を留め置いて、わたしを最初に入れてくれる？」

「やれるわ」

「なおさらすごい。ラボまで車で往復してきていい？　ちょっと道具が必要なの」

「マクナブ」フィーニーが言った。「僕の車を使え」

制服たちが到着すると、イヴは防護柵《さく》を設置させ、聞きこみにかからせた。それから特別チームが防護服を着るのを待った。

数分後にフーンタがあらわれ、まっすぐイヴのところへ歩いてきた。「中の空気は安全よ、でもあなたとあなたのチームは入らないで。中身の入った卵がまだひとつあるの、それに危険な化学薬品も。あなたたちを入れる前に安全にして運び出さないと」

「どれくらいかかる?」

「あとで知らせるわ。それからひとつ教えておく、ダラス。あの場所に誰が住んでいたにせよ、わたしたちはまさにそこでもう、サリン、塩素ガス、三酸化硫黄、炭疽菌《たんそきん》を発見して特定したのよ。そいつらはとんでもなくイカれてる」

「イカれてた」イヴは言った。

「ええ。それじゃ、全員生き延びましょう」フーンタはまたフードをかぶり、戻っていった。

21

一時間近くかかったが、それでモリスが現場に来る時間ができた。彼は薄手のセーターとジーンズの上にジャケット、という服装で、髪を複雑な編み方ではなくゆるくひとつに縛っていた。

それでイヴは彼が家にいて、くつろいでいたのだとわかった。

「来てくれてありがとう」

「仕事は仕事だからね」彼はあたりを見まわした。「はやくもすごいチームを集めたね」

「うまいことそうなっただけよ。建物はいま安全が確認されたから」イヴはハーヴォが緑の髪をキャップにたくしこんでいるほうへ目をやった。白いキャップではなく、彼女のスーツやブーツのように、派手なキャンディピンクだ。

ハーヴォといると退屈しない。

「ハーヴァ、あなたは一階をやって。遺体は二階にある。モリスとわたしで遺体を引き受ける、ピーボディ、ジェンキンソン、ライネケは通常の調査。Ｅチームはセキュリティと電子機器ね、ドロイドも含めて」

イヴは捜査キットを、モリスは医療バッグを持ち、防御柵のところに集まっている群衆には目もくれず、中へ向かった。

「ここより趣味の悪いところもあるだろうな」モリスが言った。「努力が必要だろうが、もっと趣味の悪いところもあるだろう」

「あるだろうし、実際にありますよ」ロークは彼に言った。「まだ寝室を見ていないでしょう」

チームは散らばるにまかせ、イヴはモリスと金属の階段をのぼった。彼は遺体をじっくり見た。

「当然の報いと言う人もいるだろうね」

「わたしならいまいましいほどまずいときに、と言うわ。取調べ室で彼を落とすはずだったのに。この事件を解決して、彼は檻の中でさびしい年月を生きて過ごすはずだったのに」

イヴは遺体のそばへ行くと、しゃがみ、正式なＩＤ確認のためにパッドを取り出し、モリスは検死を始めた。

「遺体はマーシャル・コズナーと確認された」

「死亡時刻《TOD》は」モリスが言った、「二十一時二十分」

「被害者は白人男性、年齢二十六、ペーパーカンパニー経由でこの建物の所有者」

「両眼、真皮、口内に重度の火傷《やけど》」モリスはペンライトを使いながら続けた。「鼻腔《びくう》にも。血液およびほかの体液流出が口、両耳、両眼、鼻からあり。肛門はあとで署内で確認する」

「目視できる防御創もしくは攻撃による傷はない」イヴは補足した。「被害者が身につけているのは金の腕時計《リスト・ユニット》……」ポケットをからにする。「リンク、財布――キャッシュとカード――それに建物の中には金目のものが数多くある、だから口論や強盗の証拠はない」

「解剖で確認できるだろうが、この現場での検死からは、ミスター・コズナーの死因《COD》は前の被害者二名と同じようだ。彼は神経ガスに曝露《ばくろ》され、それを吸いこんだ、したがって数分以内に死亡しただろう」

　遺体は彼にまかせ、イヴは立ち上がって、室内をじっくり見ながら記録した。

「階下のテーブルにはグラスがひとつあった。だから彼は飲んでいた――アルコール、何らかの違法ドラッグを摂取していたのかどうかはあとで検査して確認する。ひとりだったのか？　絶対に違うと思う。彼は一匹狼《おおかみ》じゃない。まだ複数の卵あり」

　卵が入っているキャビネットへ歩いていった。「ここに二つ、それからすでに中身を入れて密閉したものがもうひとつ。つまり彼らは少なくともあと四回やる計画を立てていた。彼が梱包していた卵と、中身を入れた卵と、ほかの二つ。万一のための予備を持っていたのかも。人工木材の箱が複数、密封剤と内側のクッション材も。輸送箱はここ――ふつうのもの、荷造り用のテープ、梱包材。きちんと整理されている」

彼女は体をまわした。「ラボエリアはこっちよ」

「ここもなかなかいいね」モリスが言った。

「化学薬品や溶液、何でもいいけど、この温度調節機能つきのユニットに保管されていた。だから連中はほしくなればまた作れた。というか、その度胸はあった。マスク、防護服、手袋。でも彼は防護的なものはいっさい身につけていない」

「それが死んだ理由だ。ここ、両方の手のひら、親指と人差し指のあいだに火傷がある」

イヴは記憶をたどった。「ほかの被害者たちも手に火傷がなかった?」

「複数の指だよ、指に火傷」

「指にはもっとあった」イヴはつぶやきながら戻ってきて、キャビネットから中身のない卵をひとつとった。「なぜなら彼らはここの小さな留め金をあけたから――自分たちの指で、蓋《ふた》を持ち上げ、密封剤を破った」

「わたしの結論はそうだった」

「でも卵を容器から取り出すなら――密閉容器よ――こういうふうに持つでしょ、完璧な馬鹿でないかぎり慎重に、だって中身が入っているんだから。あんたは密封されていると思った、でも違った。それとも完全には密封されていなかったの？　卵は熱を発し、煙が襲ってきて、あんたは卵を落とす」

イヴは拡大ゴーグルを出して割れた破片を検分した。「これが床に落ちたときには、あんたはもうほぼ死んでいたけど、さらにしばらくかかった。ガスは狭い空間用に作られている。あんたを殺そうとしているやつは距離を判断しなければならない、でもリスクを冒すつもりはない。そいつは防護具をつける。

当然じゃない？」

イヴは階段へ歩いていった。「ピーボディ！」

「はぁい！」

「テーブルの上のそのグラスを袋に入れて。優先のフラグをつけて鑑識へ。コズナーが何を飲んだか知りたいの」

「彼は死にたてほやほやだよ」モリスが言った。「署に運べば毒物検査ができる。胃の内容物を特定できるはずだ――できなければ、それに二つめのフラグをつける」

「わかった。彼が判断力を鈍らせるのにじゅうぶんな何かを摂取したとしましょう。あるいは、いずれにしても単なる馬鹿なのかもしれない、だから言われたことをやっている。俺はさがってここに立っている、安全な距離を置いて。〝それを梱包しろよ、マーシュ。もうひとつ送ってやろうぜ〟するとコズナーはこちらに背をむけ、卵をとりにいく。犯人はマスクをつけ、それからただ待つ。長くはかからない」

「そうだ」モリスは同意した。「長くはかからないだろう」

「あいつはどんな気持ちだったのか、って思うのよ。いちばん昔からの友達——そして死ぬのを直接見るはじめての人間。あいつは何か感じたのかしら?」イヴは頭を振った。「たぶん感じなかったわね、というか、それほどのものは」

彼女はモリスを振り返った。「こうだったと思う?」

「ああ。彼を署に運んで、あとは引き受けるよ」

イヴは自分のキットをとりに歩いていき、もう一度しゃがんでモリスと目を合わせた。

「彼が最後のひとりよ、あの悪党が解剖台に送りこむのはね、キリストに誓うわ」

モリスは彼女に手を重ねた。コート剤ごしにも、そのぬくもりがつたわってきた。「この人物は、神もご存じだが、他人に苦しみを与え、これからも与えるつもりだった。でもう、彼はわたしたちのものだ。おたがい、やるべきことをやろう」

「言うまでもない」イヴは言い、キットをとって、階下へ向かった。

ピーボディが彼女を呼び止めた。「制服にさっきのグラスをまっすぐ鑑識へ持っていかせました。そっちのほうでもっと運があるかもしれません。ハーヴォは妙ちきりんな小さいライトと、つむじ風みたいにヒューヒューいう何かで作業していますよ――プラス、彼女はもう掃除ドロイドを両方とも分解してしまいました。大丈夫だと思いますが」

「やらせておいて。遺留物採取班は待機させて、でもハーヴォにやりたいことをやらせてやって」

「ヘイ、ボス」ライネケが入ってきた。「キッチンとゲームルームのオートシェフにストックされているのは、ジャンクフードとドラッグ入りのスナックでしたよ」

「でしょうね」

「高級な服が――見たところ新品です――寝室にあり、靴は一度もはかれていませんね、何足かは。それに娯楽《エンターテインメント》ユニットにはポルノがたくさん。ゲームとポルノ、ポルノ・ゲーム」

「それも納得」

「俺たちはまだそれにかかっていますが、リンクやタブレット、通信機器がひとつも見つかってないことを伝えたかったんです。ロークはですね、彼はデータ通信センター用のセットアップがあると言っていました、それでフィーニーが調べてます、通信ユニットはここにはありません」

「二階にコンピューターが一台あったけど、通信機はなかった。遺体はリンクをひとつ携帯していた。オタクの誰かに当たらせるわ」

マクナブが奥から入ってきたので、オタクは見つかった。

「セキュリティはしっかりしていますよ、ダラス」と彼は言った。「目につく例外はカメラですね。ひとつもありません」

「連中は自分たちが出入りする記録をいっさい残したくなかったのよ」

「なるほど、でも前はカメラがいくつかあったんですよ――中に」

「前はあった？」

「留め具を二つ見つけましたから」

「オーケイ。二階の電子機器を頼むわ」イヴは彼に言った。「あるのはコンピューター一台、パスワードで保護されてる、それから被害者の個人リンク。今日の勤務時間が終わったあとは通信がない。上にカメラがあったと思うかどうか調べてみて」

「彼とホイットはたぶん使い捨てリンクを持っているんでしょう」

イヴはピーボディにうなずいた。「きっとそうよ。あなたはここに残って、最後までやって、封鎖してちょうだい。わたしは最近親者に知らせて、被害者の住まいに入らせてもらう。ハーヴィは遺体が運び出されたあとなら二階で好きにやらせていいわ」

「了解。すぐかかります」

「ロークはどこにいるの？」

「奥です」マクナブが親指をくいっとやった。「彼とフィーニーは消えたカメラを突き止めようとしてます」

イヴはゲームルームとおぼしきところへ戻った――ほかのものすべてと同じくけばけばしい装飾がされている――するとロークがクローゼットの中で脚立にのっており、フィーニーがしかめ面で見守っていた。

「ここから設置したんだな。それに台自体は元のままだ。いそいで取り外されたらしいね。レンズ用の指先大の穴がある」

ロークの指先がクローゼットの枠の上の小さい穴を押すのが見えた。

「連中はマッド・サイエンティストを見張りたかったのね」

イヴが声を出したので、フィーニーが振り返った。

「そうだな。彼がおかしなことをせず、誰かを連れこまず、自分たちにとってまずいことをやりはじめないように。信頼関係はあまりないな」

「ホイットは、わたしの見たところじゃ、彼らを二人とも殺したんだから、あったという根拠はあまりないわね。わたしは最近親者への通告をして、被害者のアパートメントにいかなきゃならないんだけど」

イヴはもうしばらく見ていた。「おっと、忘れるところだった。スワンソン捜査官に会ったのよ。ホイットのオフィスがあるビルで警備員をやってるの」

「へえ、本当かい」両手をポケットに入れて、フィーニーがうなずいた。「いい警官だったな」

「あなたにがんばれって言ってた」

「いつもそう言ってくれてた」

「そこの民間人がいなきゃだめ？」

「何とかなるよ」

「それじゃ、ローク、一緒に来て」

「わかった、それじゃ」彼は脚立を降りて、両手をはたいた。

「コートしたの？」

「ルールは承知しているよ」

イヴは彼にうなずき、歩きだした。「ピーボディ、遺留物採取班に前にカメラがあったところは全部調べてもらって。何かにさわるときには慎重にするものよね」言いながらロークと外へ出た。「確信が持てなかったら、表面を拭くか、コート剤をつける。でもクローゼットの中、壁の裏からカメラを引っぱり出すときもそれを考えるかしら?」

「僕の話かい?」

「あなたじゃない、あなたはあらゆることを考えるもの、でも事実としてあの二人は素人でしょ。もちろん、ホイットは頭がいいし、用心深いし、我慢づよくて、前もって考える。でももしかしたら。ちょうど、用心深いから今夜はしっかりしたアリバイを作ってあるだろうってことと同じように。でも必ず穴はある、たとえ指先くらいの穴でも。必ず見つけてやるわ」

「彼がここにいたと確信しているんだね?」

「でなければすじが通らない」ロークが運転席に乗りこむいっぽうで、イヴはダッシュボードのコンピューターにローウェル・コズナーの住所を入れた。「マーシャル・コズナーはあしたのことでホイットの励ましが必要だったでしょう。何をすべきか、どう行動するか、何を言えばいいか、ホイットに教えてもらわなければならなかったはず。わたしが思うに、モリスが両方の手のひらに火傷を見つけたの――ほかの被害者たちとは違う。ホイットは卵の封印に細工して、自分自身は防御を固めた、そのあとにコズナーは卵を梱包しようと密閉容器から出し、死んだ」

「きみは最初から冷酷かつ個人的な犯行だと言っていたね。いま言ってたとおりなら両方だろうな」

「あいつはあそこにいたはず。コズナーのリンクはポケットにあって、一六〇〇時以降の通信はない――ホイットとの通信も今日はなし。二人はこの事件に関することを話すときには使い捨てのリンクを使っていたんでしょう。でなければ、直接顔を合わせてやっていた、痕《こん》跡《せき》が残らないように」

「そしてコズナーに対するきみの見立てでは、彼はひとりで行動はしないと」

「彼はこれまでの一生のほとんどを、ホイットの先導についていってた」だからイヴには見えた、まるでその場にいたかのように。「彼はあしたのこと、父親への対処、いろいろな質問や要求のことで、不安でたまらなかったでしょう。旧友の支えが必要だったはずよ」

「そしてこんなふうに演出することで、ホイットは旧友を消すだけでなく、彼に不利な証拠を積み上げられる。効率的だね」

イヴとロークはドアマンが二人もいる、豪華なタワーの前に車を停《と》めた。

「あなたはここを所有していないんだから――確認ずみよ」イヴは付け加えた。「ドアマンはわたしが相手をする」

彼女は車を降り、こちらへ向かってきた右側のドアマンにバッジを見せた。「NYPSD

よ、この車は公用車だから、わたしが停めたところに置いといて」

ドアマンは不満げだがあきらめた様子だった。「二メートル半ほど進めて、僕の首が切られないようにしてもらえませんか？」

「そうするよ」ロークが頼まれたとおりにしたので、イヴはドアマンを振り返った。「ローウェル・コズナーは」

「ええ、二時間前にお戻りになりました。何かあったんですか？」

「マーシャル・コズナーは」

「オーケイ、ええ、あの方もここにお住まいですが、今夜はお見かけしていません」

イヴはPPCを出し、ホイットのID写真を出した。「この人物に見覚えがある？」

「もちろんです、ミスター・ホイットですよ。コズナー・ジュニアのお友達です」

「ここで最後に彼を見たのはいつ？」

「どうでしょう。二、三日前かな」

もうひとりのドアマン――女――が近づいてきて、スクリーンの画像に目を凝らした。

「ミスター・ホイットですね。さきほど来ましたよ」

「俺は見てないけど」

「あなたはミズ・トロスキがいっぱい荷物をお持ちだったのを助けていたのよ。彼は五時頃ふらりと来ました、たしか。またふらりと出ていきましたよ、たぶん五時半頃」

「何か荷物を持っていた？」

「ええと……」彼女は顔をしかめて考えこんだ。「そうです、ブリーフケースをひとつ、大型の。それから、ええ、高級なメッセンジャーバッグも」

「ありがとう」

イヴがロビーに入ると、教会のように静かだった。緑の大理石の床が輝いている。円柱形の花瓶にいけられた春の花々があたりに香っていた。淡いピンクのスーツを着た女がひとり、データ通信ユニットと、花と、愛想のいい笑み付きでデスクについていた。

「こんばんは。どういったご用でしょうか？」

愛想のいい笑みはイヴがバッジを出すと、職業的な無表情に変わった。「ローウェル・コズナーは在宅？」

「だと思います」

「彼のアパートメントに通してもらうわ。マーシャル・コズナーの住居に入ることも要請する」

「マーシャル・コズナーはいまお留守だと思いますが」

「そうよ、そしてもう帰ってくることはない。殺人課」イヴは言い、バッジを叩いてみせた。「ミスター・ローウェル・コズナーに息子さんが亡くなったと知らせにきたの」

「そんな――まさか」

「通してちょうだい、それからわたしたちがマーシャル・コズナーの住む階とアパートメントに入れるようにして」

「はい、もちろんです。あなたの身元を確認させていただけますか」彼女は引き出しからIDスキャナーを出し、イヴのバッジに走らせた。「ミスター・ローウェル・コズナーはペントハウス・レベル・ツーにおいでです。ミスター・マーシャル・コズナーがいるのは――いたのは――三六一〇、三十六階です。ほかにお力になれることはありますか？」

「あなたがこのデスクについたのは何時？」

「八時です」

ホイットを見かけるには遅すぎた。「五時にデスクにいた人間の名前と連絡先がほしい」

「わかりました」

彼女が躊躇《ちゅうちょ》なく教えてくれたので、イヴは書き留めた。「ありがとう。正面玄関、ロビー、エレベーター、マーシャル・コズナーのいたフロアの防犯カメラ映像もほしいわ。そうね、今日の夕方四時半から六時までの」

「手配できると思います」

「やって。あとでここに寄ってもらっていく」

ロークとエレベーターへ歩き、乗るまで待ってからまた口を開いた。「あいつはコズナーが自宅に持っていたもので、自分を今回の事件に結びつけかねないものをすべてとりのぞくためにきたのよ。もっと直接的にコズナーに罪をかぶせるものを仕込むためかも。あいつはずっとコズナーを殺す気だった」

「ずっと?」

「依存症で、頼りにならない人間で、処理すべきもの。彼は自分たちのほしいものが手に入るまでロコを利用して、始末した。ことを終えるまではコズナーが必要だったけれど、プレッシャーが積み重なったので、対処するほうを選び、予定を早めた。

ふらりと来た」イヴはデスクの女の言葉を繰り返した。「きっとそのとおりよ。ただふらりと来て、またふらりと出ていく」

「きみが防犯カメラの映像を求めるか、調べるかするだろうと計算しないとは、先見の明がないな」

イヴは頭を振った。「彼はわたしたちがあの建物と死体を見つけるまで、少なくとも二日はあると踏んでるのよ。その頃には映像は上書きされ、ドアマンたちの記憶もあやふやになる。それに加えて、証拠はコズナーに大いに不利になるだろうから、自分は安全だと思ってる」

「あの建物はコズナーの名義になっている」ロークはエレベーターを降りながらうなずいた。「価値のある不動産だが、ホイットは法的な所有権にはまったく関与していない。うん、きみの言うとおりだね。彼はずっと仲間を始末するつもりだったんだ」

「ホイットみたいな人間には、どんな意味でも仲間なんていないのよ」

イヴはコズナーのペントハウスの真っ白な両開きドアの外で立ち止まった。ブザーを押す。

数秒後、セキュリティコンピューターが応答した。

コズナー夫妻は今夜はもう休みました。

「ＮＹＰＳＤ」イヴはスキャナーにバッジをかざした。「ダラス、警部補イヴ、それと民間人コンサルタント。公式な警察の仕事でミスター・ローウェル・コズナーと話したいの」

情報を伝えますので少々お待ちください。

ドアが開いたとき、イヴはハウスキーパーか執事タイプ、もしかしたらドロイドが出てくるだろうと思っていたのだが、ローウェル本人が出てきた。

彼は昼間着ていたであろうビジネススーツを脱ぎ、細身のズボン、セーターに着替えており、アルコールと煙草のかすかなにおいをまとっていた。

顔は白髪まじりのゆたかな金髪のおかげでただでさえ苦みばしった感じなのが、怒りを浮かべていた。

「よくもまあ。よくもわたしの家まで来られたものだな？　こんないやがらせを許すわけにはいかない。きみのバッジときみの」——彼はロークに追い払うように手を振った——「コ、コ、コンサルタント付きでうちに押しかけてきたからといって、わたしがおじけづくとでも思っているのか？」

「ミスター・コズナー、ご迷惑をかけて申し訳ありませんが、つらいお知らせがあります。少し中へ入れてもらえませんか？」

「いや、だめだ。それにうちの息子を逮捕しようとしたり、何かに連座させようとするケチな手を見つけたのなら、同意したとおり朝に対応する」

「ミスター・コズナー」彼に目の前でドアを閉められる前に、イヴはドアに手をかけて押さえた。金持ちらしい日焼けした肌に際立つ、彼の明るい目がぎらりと光った。

「きみのバッジで代価を払うことになるぞ」

「ミスター・コズナー、残念ながらお伝えしますが、息子さんのマーシャル・コズナーが亡くなりました。お気の毒でした」

ローウェルは後ずさりした。怒りがいっそうつのり、不信がさっとそれをよぎった。「嘘《うそ》だ！」

「いいえ。ご遺体はわたし自身で検分して身元を特定しました、ニューヨークの主任検死官とともに。息子さんは今晩九時二十分頃に亡くなられました」

「ローウェル」彼の明るい目の中で何かが壊れるのを見たロークは、相手のファーストネームを使った。「一緒に中へ入ったほうがいいんじゃありませんか」

「どうしてだ？　どうしてか話してくれ」

「ほかにも二人の人間を殺しているのと同じ神経ガスに曝露したんです」イヴは彼に告げた。「残りもこの玄関先で聞きたいですか？」

ローウェルはただきびすを返し、玄関ホワイエを通って、おだやかな色彩とおだやかな模様でしつらえたリビングエリアに入った。やわらかなセージ色が小さなダイヤモンド柄になってやわらかいクリーム色にとけこんでいる椅子にどさりと座る。

「あの子は殺されたんだ、ほかの人たちのように。きみたちはあの子がその殺しにかかわっていると言おうとしていた。きみたちは――」

「ミスター・コズナー、実際にかかわっていたんです」イヴは勧められるのを待たないことにして、彼の真向かいに座った。「息子さんがダウンタウンのピット・ストリートにある建物を所有しているのを知っていましたか、息子さんがペーパーカンパニーを通して手配をしたものですが」

「いや、それはおかしい。マーシャルがペーパーカンパニーの作り方など知るわけがない」

「助けてくれる者がいたんでしょう」イヴはただそう言った。「彼はその建物を買い、ルーカス・サンチェスの住居兼ワークスペースとして使えるようにした。いまの名前を知っているんですね」ローウェルの顔に気づいた様子がみえたので言った。

「そうだ。息子は……依存しやすい性格だった。特定の増強薬に弱かった。サンチェスはその弱さにつけこんだ。マーシャルはわたしに、自分の母親に、家族に断言したんだ、サンチェスとは手を切ったと。事故のあと、怪我《けが》から回復したあと、あの子はわたしたちに断言したんだ……」

あなたは信じなかった、とイヴは気づいた。でも願っていた。願わずにいられなかった。

「残念ですが、息子さんは手を切らなかったんです。それだけでなく、証拠が強く示していますが、サンチェスは金をもらって今回の神経ガスを製造していました」

「息子が何かのテロリストだったと信じろというのか?」

「息子さんは長年の恨みから特定の個人を殺害するという企《たくら》みに加わっていたんです。サンチェスや神経ガスはその道具でした、そしてサンチェスはガスを製造すると、殺されたんです。ミスター・コズナー、息子さんはガスに曝露したとき、入れ物に入ったそのガスを輸送するために梱包しているさいちゅうでした」

ローウェルは頭を振り、ただ振りつづけた。「あの子がやり方を知っているわけがない。知っているわけがない」

「ローウェル」ロークが割って入った。「飲む物を持ってきますよ」

ローウェルがロークに顔を向けたとき、その目は涙で光っていた。「わたしは……」彼は漠然と手を動かした。「本を読んでいたんだ、少しバーボンを飲みながら、リラックスして……」

「探してきます」ロークは言い、あとを続けるようイヴを残していった。

「息子さんをテリーサ・A・ゴールド・アカデミーから退学させたのは、ラフティ校長がグレインジ校長を引き継いだあとでしたね」

「ずっと前の話だ」

「なぜ息子さんを退学させたんですか?」

ローウェルは両手に頭を落とし、そんなふうにしてしばらく座っていた。「わたしたちは気がついたんだ、マーシャルが薬を使っていたこと、酒を飲んでいたこと、成績が……引き上げられていることに。あの子の友達が……適切ではないことに気づいた。あの子を寄宿学校に送り、妻の両親に監督してもらい、あの状況から引き離すことが最善の解決策だと思ったんだ。わたしたちは最善と思うことをした。治療施設も使ってみた。あの子はわたしの息子だ。わたしの最善と思うことをやったんだ」

「たしかにそうだと思います」

ロークが戻ってきて、ローウェルの手にグラスを握らせた。

「あの子の母親は——今度の告発や、警察や、聴取にひどく動揺して、とうとう鎮静剤を飲んで寝てしまった。わたしたちの息子はもういないと、どうやって彼女に話せばいい？　なぜわたしたちはあの子を救う道を見つけられなかったんだ？」

「息子さんがラフティ博士か教師の誰かに、腹を立てていた様子はありましたか？」

「当時はな、言うまでもない。あの子は世界じゅうに腹を立てていた。わたしたちに、学校に、でもあの子は本当に幼かった。前よりは少しうまくやっているようにみえた。ときどきはうまくやっていたんだ、でも……あの子はいつも隠しごとをするのが、ふりをするのがうまかった。ときには騒ぎや失望に向き合うより、ただあの子を信じるほうが楽だった。でもあの子がきみの言うようなことをするなんて信じられない、信じたくない」

「さっきも言ったように、彼には助けてくれる者がいたんです」

ローウェルはゆっくりとバーボンを飲んだ。「スティーヴンか」

「スティーヴン・ホイットのことを言っているんですか、ミスター・コズナー？」

「そうだ。マーシャルがTAGで何の片棒をかついでいたのかはっきりしたあと、わたしたちはあそこでの影響からあの子を引き離すためにできることをやった。不本意なことに、マーシャルとスティーヴンは友達でいつづけた。ああ、スティーヴンも隠しごとをしたり、ふりをするのが上手でね。マーシャルがとうとう音をあげて、ほとんどの策略はスティーヴンが考え、首謀者をつとめていたと白状したときに、あの子が嘘をついていたとは思えない。マーシャルは彼を手本にしていた、ずっとそうだった。妻は昔からあの少年が好きではなくて、いつも彼には何かが欠けていると言っていた。わたしはとりあわなかったが、彼との絆《きずな》を断ち切れるよう、わたしたちにできることをやらなければならないという点で意見が一致したんだ」

彼は酒に目を落とし、それを横へ置いた。「だがわたしたちはやらなかった、二人が別の州の別の学校へ行っても、そのあと別の大学に行っても、二人の絆を壊さなかった。マーシャルはもう大人だ。友達づきあいを禁じることはできない、たとえそれが有害なものでも」

ローウェルは目をぬぐった。

「もしマーシャルが今度の件に関係しているのなら、スティーヴンがその後ろにいたのはたしかだ。マーシャルはあいつにくっついて地獄にだって行っただろう」彼はもう一度グラスをとった。「そして本当に行ってしまった」

「ホイット一家を知っているんですね」イヴは先をうながした。

「息子たちが学校にいたときには親しくしていた。いまは礼儀上の付き合いだ。妻はブレントが嫌いでね――スティーヴンの父親だよ――それもかなり前から」

「なぜです?」

「主な理由は、彼が嘘をついて奥さんを裏切っていたからだな、妻は彼女が好きだったんだ。それだけじゃない、たぶん、彼がうちの息子の学校の校長と浮気をしていたのを知ったからだ」

「ロッテ・グレインジ」

「そのとおり。妻はたまたま市外の友達と会うことになっていて、その女性のいるホテルのロビーで待っていた。そうしたら校長とブレントが入ってきて、チェックインし、エレベーターへ向かいながら、言うなれば、公共の面前で愛情を見せつけあうのを目にしたんだよ。それにはとくに動揺させられたようだ、妻はブレントの奥さんと友人だったから」

「なるほど」

「いまとなってはどうでもいいことだ」ローウェルはつぶやいた。「もうどうでもいい」

「ミスター・コズナー、あなたはスティーヴン・ホイットの弁護士ですか?」

コズナーの眉が驚いて持ちあがった。「いいや。もしわたしがスティーヴンの代理人だったら、こんな情報を、たとえいまの状況でも、人に話したりはしない」

　また嘘だ、とイヴは思った。また必要のない嘘。

「息子に会いたい」

「できるだけ早く手配します」イヴは立ち上がった。「いまは息子さんのアパートメントに入り、捜索しなければなりません」

「あの子を同じ建物に住まわせておけば力になれると思ったんだ。だが違った。妻にわたしたちの息子はもういないと話さなければ。息子が人殺しの手伝いをしていたと話さなければならない。そんなこと、どう話せばいいんだ？」

22

イヴはマーシャル・コズナーのアパートメントのドアの外に立っていた——これも真っ白だが、片開きだった。幾重にもセキュリティが設置されていたので、彼女はロークが彼のやり方で作業をするにまかせた。

「この手のロックと警報システムじゃ、こういう建物にはやりすぎじゃないの」イヴは言った。

「隠したいものがあれば違う。コズナーの父親は彼を愛していたね。彼を認めてもいなかったし、信用もしていなかったが、それでも愛していたんだ」

「彼は認めてもらうとか信用してもらうために何もしなかった。愛ってたいていの親たちにとっては、ただパッケージに入って届くものなのね」

「たいていは」ロークは同意した。「さてあいたよ。お先にどうぞ、警部補さん」

コズナーのアパートメントにホワイエはなく、リビングエリアは父親のところの半分くらいの広さだった。それでも、ゴミ捨て場にはほど遠かった。

窓のむこうにテラスはないものの、街の明かりがたっぷり見えた。両親のところよりも大胆で、しゃれたモダンなしつらえ。輝くクロームに映えるたくさんのくっきりした色。

イヴは歩いてまわった。「オーケイ、ほとんどがオープンスタイルね——ダイニングエリア、むこうにキッチン。となると寝室エリアは反対側でしょうね。そこから始めましょう」

イヴは主寝室を、それからホームオフィスになっているもっと小さな二つめの寝室を見つけた。「あなたはこのオフィスをやって、わたしは寝室をやる。連中が使い捨てリンクを使っていたなら、ホイットはそれを見逃しているかもしれない、あるいはノートブック、コンピューター上のファイル、屋内リンクの通信。わたしはまずピーボディに連絡するわ」

彼女がそうしているあいだ、ロークはスチールと革のデスクを前に座った。二分もかからずに、コンピューターのパスワードを通り抜ける。それからほぼ同じ時間で、ホイットのやったことを見つけた。

「ダーリン？　ちょっといいかい？」

イヴはリンクの画面を下向きにして、胸に伏せながら戻ってきた。そして声をおさえて言った。「警官と話しているときにダーリンなんて呼ばないで」

「申し訳ない、ダーリン警部補」

イヴは目をぐるりとやった。「何？」

「一七〇八時に、このユニットにあった大量のファイルが消去されている」

「ちくしょう！」さっと歩いてきて、彼の肩ごしにのぞきこんで顔をしかめた。「少しでも復元できる？」

ロークはただ視線を上げて彼女の目を見た。「そんな侮辱をするとダーリンとは呼べないな」

「いいから……」イヴは彼に手を振り、リンクを持ち上げた。「ええ、電子オタクたちに鑑識のあの科学バカに連絡するよう言って。ええと、サイラーよ。彼らが残りを解読したら、それが何だろうと彼が検証できるから」

「ダラス」ピーボディが言った、「もう真夜中をすぎてますよ」

「それは――くそっ。少しおねんねしなさい、みんな。科学バカには八〇〇時に連絡して。誰かホイットを見張っていてほしいんだけど。あいつが高飛びするとは思わない――自分は自由で安全だと思っているから。でもリスクは冒したくないの」

「わかりました。ハーヴォは千二百十六本の人間の毛髪を見つけましたよ」

「からかってるの？」

「からかったりしてません。彼女ははりきっていて、ほぼこれまでずっとかかっていたものですから、遺留物採取班は本気で作業を始めてしまおうとしていますよ」

「彼らにはコートさせて。おねんねの時間よ」イヴは通信を切った。「そのユニットでできることをやって」とロークに言った。「わたしはここを見てまわってくる。そのユニットは持っていけるわよ、ログアウトして。復元は朝になったらeチームに終わらせてもらってもいいし」

「きみをダーリンとは呼ばない、信頼なき女よ」彼は答え、作業を続けた。

イヴは寝室を調べた――いい暮らしの独身男性という主題が、深い色彩、まっすぐな線、飾りはないが地位をあらわすさまざまなもので仕上げられている。

ベッド横の引き出しは、コズナーに少なくともときどきはセックスの相手がいたことを告げていた。ワードローブは服に金を使うのが好きだったことを告げている。全部デザイナーものだ、ソックスや下着にいたるまで。

違法ドラッグの隠し場所も見つけ、そのいくつかには、倉庫にあったものがそうだったように、手でラベルを貼ってあることに気づいた。

たぶんあそこで製造したんだ、と彼女は思った。袋に入れて、密封して。

二つめの、もっと小さいクローゼットには、コズナーのスポーツ用具があった。ゴルフクラブ、テニスラケット、ゴルフシューズ、テニスシューズ、そしてワードローブも同様にスタイリッシュ。イヴは彼の古い制服も見つけた——夏物と冬物——ゴールド・アカデミーの。

そしてそれは奇妙に悲しかった。

そのことを思いながらも、目を上げた。顔をしかめ、後ずさりし、つま先立ちになると、やっと何か箱の端が見えた——ダークブルー、高い棚の上。

椅子を探し、それを引っぱってきて、上にのぼって手を伸ばさなければならなかった。薄く積もったほこりがしばらくあけられていないことを語っていた。

降りて、蓋をあける。

写真だ——たくさんある。コズナー、ホイット、ヘイワード、ほかの者たちの若き日々の写真。変な顔をしている写真、あきらかに酔っ払っている写真、スポーツイベントの写真。そういうものの切抜き。校内報やダンス、イベントの広報。ちょっとした記念品。

悲しいわね、ともう一度思い、調べていった。

底に厚いノートブックがあった。電子ではなく、手で書きこむ種類の。それに、とイヴはページをめくっていって気づいた。コズナーは下手なことこのうえない、小さくて読みにくい活字体でずいぶんと書きこんでいた。

「イヴ」

「これを聞いて」彼女は目も上げずに言った。「〝ゆうべ俺たちはあのホモのロドリゲスをぶちのめした。あのバカは俺たちが個人指導してくれるつもりだと本気で信じてたが、俺とスティーヴで死ぬほど個人指導してやった。あいつをおしまいにすることも話し合って——あのちびのくそ野郎のことなんて誰が惜しむ？　でも俺たちはあいつを放り出すだけにして、それから飲みにいった〟」

イヴはページをめくった。「もっとある、もっとずっとたくさん。ホイットを署に来させて真剣な話をするにはじゅうぶんなくらい」

「イヴ」ロークがもう一度言った。「ファイルをいくつか復旧したよ。きみがとくに見る必要のあるものがひとつある」

「オーケイ」彼女は目を上げ、ロークの顔を見た。「何だったの？」

「ターゲットのリストだ、詳細な」

イヴはノートを持ったままホームオフィスへ行き、それからロークの肩ごしにのぞきこんだ。

「まだファイルを復旧中なんだ。僕のみたところホイットは——彼がきみの犯人なのはきわめてあきらかだからね——コンピューターの実際の仕組みについてはほとんど知らない。彼がやった消去はありふれたもので、簡単に取り戻せた」

「へえ、コズナーは本当に〝報復の時〟なんてタイトルをつけてたのね、まるでまだハイスクールにいるみたい」

「それで見てのとおり、その報復のターゲットはアルファベット順に並べられている、狙いをつけた被害者付きで。リストには続きがあるよ。これはターゲット用のスケジュールだ、狙った被害者に荷物が届くようにするための最適な時間、選んだ持ちこみ窓口と配送サーヴィス、送り主として記載する架空の店につけた名前まで」

「彼は全部を書いておいたのね」ロークがスクロールしていくあいだにイヴは言った。「アリバイ、隠蔽のすじがき。誰が荷物を持ちこむか。そして彼は死んだ。これは状況証拠として積み重ねられるけど、裏づけをする彼はもう生きていない。でもホイットを取調べ室に入れるにはじゅうぶん以上よ。

ターゲットのリストに戻って」

ロークが言われたとおりにすると、イヴはその人々を調べていった。「デュラン、それからフリント——ロドリゲスが彼のことを言ってたわ——引退していまはサウス・カロライナにいるのね。ロザリンド、例の化学の教師よ。ラフティ、それからステューベン、美術教師、ウォスキンスキー、ツウェック、スクールナースでいまは個人のケアをしている。それが七人の名指しされたターゲットで、コズナー自身が三人めの被害者になった。現場に残されていた無傷の卵は三つだけ。七つめはホイットが持っているか、あるいはすでにもう発送されたか」

「ホイットがずっと友達を殺すつもりだったなら――」

「こういうふうにじゃないわ。コズナーみたいなバカでも足し算はできる。七人のターゲット、七つの卵。コズナーを消すなら簡単な方法がある――過剰摂取させればいいのよ。今度の殺しは必要だったの、すばやくやって、先へ進む。わたしたちはそのリスクを冒すわけにはいかない」

　イヴはリンクを出し、ピーボディにかけた。

「アカデミーのリストにあるロザリンドとツウェックに連絡して」彼女は強く言った。「彼らが何か荷物を受け取ったかどうか知りたい、彼らがいまどうしているのか知りたいの。マクナブも一緒にいる?」

「ええ、でも――」

「彼にはアカデミーのステューベンに連絡させて。わたしはウォスキンスキーとフリントをやる。全員、コズナーがコンピューターに入れていた殺人リストに載ってるの」

「うわ、たいへん。すぐにかかります。待って――数が合いませんよ」

「そのとおり。卵はきっともうひとつある、きっと中身が入ってる。それを見つけなきゃ。まず状況をたしかめて。いま言った人たちの安全が最優先よ。終わったら報告して」

「ウォスキンスキーの連絡先をくれ」ロークが言った。「きみはあとのほうをやって。そのほうが速い」

残っているターゲット全員の安全と無事を確認すると、イヴは次の優先事項に移った。

「あのくそ卵を見つけなきゃ。全部復旧するのにどれくらいかかる?」

「もうできるよ。さっきも言ったように、彼はたいして知らないんだ。ウイルスの投入すらしてない」

「そのまま続けて。そのファイルをコピーして、さしあたってはわたしのPPCへ。レオを起こさなきゃ」

ロークは作業しているあいだ、賞賛と愉快さのまざった気持ちで彼女の話を聞いていた。

レオは映像をブロックし、かすれた声で言った、「あなたなんか大嫌いよ、ダラス」

「マーシャル・コズナーが死んだの、例の神経ガスを吸わされて。また新たに荷物が持ちこまれたと信じる理由があるのよ」

「何?　待って。もう、どうしてここにコーヒーがないの?」ガサガサ、ドサッという音。

「詳細を」

「コズナーが買っていた改造倉庫に踏みこんだの」イヴが話を始め、その詳細を語っていくあいだに、レオはキッチンで巨大なマグにコーヒーをいれながら、映像のブロックを解除した。

「ホイットがコズナーのアパートメントのある建物に来たことは確定できた――コズナーが住まいにいなかったときよ――今夜。ドアマンのひとりが彼を確認したし、ここを出るときにセキュリティカメラの映像ももらっていく。コズナーのホームオフィスのコンピューターからはファイルがいくつも削除されていた――それにほかにもあるはずの機器が消えてる――でもロークが復旧できたから。殺しのリストも見つけた。七人の名前が載ってる、詳細付きで。これまで三つの卵が殺人に使われ、三つは証拠品として押収された。ひとつが行方不明」

「そのファイルにホイットについての言及はあるの？」

「ええ――アリバイの作り話の協力」

「それは使えるわね。でもコズナーが死んだとなると、うまくいきそう《リング・ザ・ベル》にないわ」

炎がイヴの目に、声にひらめいた。「ベルならわたしが鳴らしてやるわ。いますぐ令状を出して。さっき言った荷物を見つけなきゃ。可能性のありそうな配送サーヴィスと持ちこみ窓口のリストもある。その全部の令状もいるわ」

レオはごくんとコーヒーを飲んだ。「それをこっちへ送って。令状をとるから」

「ホイットの住まいとオフィスの捜索と押収をしたいの、それから彼の逮捕令状も。用意しといて」彼女は付け加えた。「まず荷物を見つける」

「わたしはもっとコーヒーを飲まなきゃだめ。作業にかかるわ。つかんだものを知らせて」

「いま送っている」ロークがイヴに言った。

「ありがとう」イヴはロークに言った。「また連絡して」とレオに。

それからミカエラ・フーンタ警部を起こした。「チームを複数編成してもらいたいの」とイヴは言った。

「全部復旧してコピーしたよ」彼女が通信を終えると、ロークが言った。

「わかった。それはEDDに受け取らせる。わたしたちは家で作業したほうがいいわね。それに防犯カメラの映像が見たい」

「僕はまだそのホイットにお目にかかってないんだが、ひとつ推論をしよう。彼はとうてい、自分で思っているほど賢くはないいな」

「その点ではあなたが正しいでしょうね」イヴはノートブックを証拠品袋にいれ、封印してラベルをつけた。「彼は何者か？　うぬぼれが強くて、自己中心的で、生まれてこのかた特権と金に守られてきた社会病質者《ソシオパス》。それもじきに終わり」

イヴはアパートメントをロックして封印した。「車の中で防犯ビデオを見るわ、時間の節約。フーンタが持ちこみ窓口や、神経ガスの捜索に近づかせてくれないの。頭に来るけど理解はできる、わたしが彼女の立場だったら同じことをするだろうから」

エレベーターの中で、イヴはかかとに体重をのせて体を揺らしながら、動きたい、動きたいと思っていた。セキュリティディスクが手に入るやいなや、車へ歩きながらPPCに入れた。

ロークが運転するあいだに、ざっと目を通した。

「ドアマンは時間を正確におぼえてた。ほら彼がいる。デスクの男のそばを歩いていく、相手は彼にあいさつする。誰も問いかけてこないくらいたびたび来ているのはあきらかね」

ホイットがエレベーターに乗ったところで、エレベーターのカメラに切り替えた。「オーケイ、彼がいる。腕時計《リスト・ユニット》をたしかめた。時間をたしかめてるのよ。リンクを出して――使い捨てリンクだ。そう、そう、コズナーからの連絡に応答してる、ケツを賭《か》けてもいい。必要なら、読唇者に見てもらってもいいわね。短い会話、リンクをしまう――あとで捨てるのよ。にやにや笑い。ええそうよ、あれこそうぬぼれたくそったれのにやにや笑い」

通路のカメラに切り替えると、ホイットがまっすぐコズナーのアパートメントへ歩いていき、自分のスワイプと掌紋を使って入るところが映っていた。

「彼はきみがセキュリティに確認すると思わないのかな？」

「コズナーはあそこで殺されたわけじゃないから——それがホイットの考えよ。なぜ警察がわざわざそんなことをする？　それにもう一度言うけど、わたしたちが遺体を発見する頃には、この映像は上書きされているの。ほら彼よ、また外へ戻っていく。中にいたのは三十二分。何を持ち去ったにせよ——そうね、予備の使い捨てリンク、ほかの電子機器とか——それはあのブリーフケースとメッセンジャーバッグの中にある。彼が今夜どこに行ったのか、どんなアリバイを作ったのかつかまないと」

「彼にはこっそり抜け出し、あの倉庫へ行き、コズナーを片づけ、戻ってくる時間が必要だっただろう」ロークは家のゲートを抜けた。「だから内輪のものよりも、何かもっと人の多いものだろうな。たくさんの人間が必要だったんじゃないか？」

「別のクラブかもね、あるいはコンサート、スポーツのイベント、パーティー——仕事だけれど顧客とのディナーじゃない。今回のは連絡にこたえているふりをするには長くかかりすぎたし」

「僕に何か見つけられるかやらせてくれ」ロークは車のドアをあけながら笑った。「いまでも僕なりの方法があるんだ」

「いいわ。あなたがあなたの方法を用いているあいだ、わたしはフーンタと、レオに連絡を入れてみる。フィーニーに何時間か休んでもらうわ、それから家宅捜索令状を持ってホイットにあたる。朝いちで」

「彼はもう何の心配もなくなったと思っている、だからいまはものすごく自分に満足しているだろうね。赤ん坊みたいに眠っているだろう」

「赤ん坊はいつだって泣いてるじゃない」

ロークは並んで階段をあがっていく途中で足を止めた。「まさにそのとおりだね？　きみに一点だ。彼は社会病質者《ソシオパス》のように眠っている。そして当然神経ガスの製法を手に入れているはずだ」

イヴは一緒に自分の仕事部屋へ歩きながら彼に顔を向けた。「もしあなたがソシオパスの悪党だとして、ある意味ピンポイントに、ものの数分で人を殺すことができ、あとは消失してしまう化学兵器の製法を手に入れたら、何をする？」

「売るね。もし僕がソシオパスの悪党でないように、完全なバカでもなかったら、まず何か月か待つ。一年か、もしかしたら二年」

「彼は一、二年も待たないわ、でもしばらくは待つでしょうね。きっともうどこへ売ればいちばん儲かるか、多少は調べているにきまってる」

イヴはまっすぐコーヒーのところへ行った。

「きみがそんな機会を与えやしないよ。僕に何か見つけられるかやらせてくれ」

ロークは彼女のボードのところで立ち止まった。「今夜もこれを更新するのかい？」

「理由のある習慣なのよ」

「彼はあらゆるものに恵まれていた」ロークはマーシャル・コズナーのID写真を見ながらそう言った。「富、特権、教育、機会。すべてが無駄だった」

「そしていまはモルグにいる」イヴは自分のコマンドセンターに座り、仕事にかかった。

フーンタ、レオと連絡をとり、報告書を書き上げ、それからそう、ボードを更新した。終わったとき、ロークが戻ってきた。

「〈ホイット・グループ〉は今夜、〈ニューヨーク・グランド・ホテル〉で大規模な顧客セミナー、ディナーを、そのあとのエンタメ付きでおこなっていたよ。ホイットはメインの講演者だった」

「それはどこ？　彼は何時にしゃべったの？」

「彼はディナーのときの講演者だった、八時に予定されていた。場所については、これをやってみよう」

彼はイヴのほうへ乗りだしてきて、いくつかキーを打ち、壁面スクリーンにニューヨークの地図を出した。「ここが〈グランド〉だ」彼はハイライトをかけた。「それからあの倉庫」

「歩くには遠すぎるわ、それだけの時間はない。もしくは走るのもね、たとえ俊足で裸のマラソンランナーだとしても」

「何だって?」

「あとで」イヴは言った。「ホイットには足があったはず」

「同感だね。それがあっても、何分かはかかるだろうが」

「タクシーは使わないわね」イヴは立ち上がって歩きだした。「そのリスクは冒さない、地下鉄を使うリスクも冒さないのはたしか。自分用のものがあるはずよ――運転手ってことじゃない、それだとまた別の人間がからんでくるし。〈グランド〉には駐車場がある?」

「あるよ、でも車の出し入れをするのは駐車係だけだ」

「それじゃだめね。ということは、彼はどこか近いところに車を停めなければならない、簡単に、早く出ていけて、戻ってこられるところ。一ブロック以内に何かある?」

またキーの打ち込み。「〈ハッブル・ホテル〉がある、出入り可能な駐車場があって、一ブロック離れている。次に近い駐車場はさらに三ブロック先だ」

「両方のホテルの防犯カメラを調べなきゃ」

彼はイヴのほうを向いた。勢いづいている《ファイアード・アップ》な、うん、と彼は思った、だがそれでも煙で走っている。

「僕が思うに、夜中の二時近くに勤務についていて、それができる警官はおおぜいいるだろう。きみは少し眠らなきゃだめだ」

「わたしは……」イヴは事件が動いたせいでエンジンがかかっているものの、それも長くは続かないと気づいた。朝になってホイットと対決するには、頭を鋭くしておかなければならない。「あなたの言うとおりね。あいつはどこにも行かないし、残りのターゲットは安全、フーンタのチームが荷物を見つけてくれる。ホテルのほうは誰かをやるわ」

ロークは彼女の髪を撫でた。「おやおや、簡単だったな」

「だって少しおねんねタイムをとるか、さもなくばホイットを逮捕する前にブースターを飲まなきゃならないかでしょ。ああいうのは大嫌いなの」

イヴは手配をし、それから脳のスイッチをオフにしようと努力しながら彼と寝室へ歩いていった。

「彼は誰を次のターゲットにしていたのかしら?」服を脱ぎながら言った。

「誰であれ、いまは安全だよ」

「そうするのにあなたは大きな役割を果たしてくれたわ」

「おたがいに自分たちの役割を果たしたとわかっているから、何時間かはゆっくり眠れるね」

イヴは猫がすでに体を伸ばしていたベッドに入り、ロークに背中を抱き寄せられながら、長かった一日をもう一度忘れようとした。そして彼の手をとった。

「連中はわたしたちが持っていなかったものをすべて持っていた。なのにひとりはモルグにいて、もうひとりは残りの一生を檻の中で過ごすことになる」

彼はイヴの頭の後ろにキスをした。「そして僕たちはここにいる。さあおやすみ」そうすれば彼女が寝つくと知っているので、ロークは彼女の背中をさすった。「じきに朝になる」


朝はコミュニケーターが鳴りだした五時十二分にやってきた。

「映像ブロック」イヴはコミュニケーターを手探りしながらもごもごと言った。

すでに起きていたロークは、明かりを十パーセントでつけるよう命じた。

「ダラスです」

「フーンタよ。例の荷物を押さえた。安全に保管してある」

イヴは体をまわしてベッドから起き出しながら、髪をかきあげた。「どこ?」

「連中はまた〈アライド・シッピング〉に行って、十九時四十分に持ちこんだ。キオスクはあの倉庫からほんの二ブロックにある。発送ポートまで追跡して、押収した。犯人は偽の差出人を可愛い路線にしてたわ。〈ダック、ダック、グース〉だって。宛先《あてさき》はリリアナ・ロザリンドになっていた」

「化学教師の奥さんよ。よくやってくれたわ、フーンタ」

「みんながね。こいつを終わりにしてよ、ダラス」

「そのつもり。また連絡する」

切ると、ロークがコーヒーを渡してくれた。「ありがとう。あなたはもう起きてたのね。服もほとんど着てる」

「じきにリンク会議なんだ」彼は黒いスーツのズボンと、鳩の灰色《ダヴ・グレー》のシャツを着て立ち、なめらかに結んだネクタイはその二色を混ぜ合わせ、細かいチェックでぴりっとした赤を足していた。「次は何だい、警部補さん？」

「状況をチェックして、チームを編成して、準備をととのえる。ホイットの聴取をマイラに見てもらいたいわ。その大半はここから調整できるわね。シャワーを浴びて、とりかかる」

「何か必要なものがあれば、僕は仕事部屋にいるから。いい仕事ぶりだったね、みんな」彼はそう言い添えてからスーツの上着を手にした。

いまのところは、とイヴは思いながらシャワーに向かい、彼は出ていった。

コズナーを始末し、証拠を片づけたいま、ホイットは安全になったと思っている。イヴは熱いジェット水流が体を連打し、めざめさせていくあいだにそう計算した。あいつの勘違いを正してやったら気持ちがいいんじゃない？　それでも、どこでどのようにプレッシャーをかけるかには注意しなければならない。

選択肢をじっくり考えながら、乾燥室《チューブ》に飛びこんだ。

コーヒーをもっと、と決め、それをとってからクローゼットに入った。行き当たりばったりで何でもいいからつかもうとしながら、選ぶものが六つくらいしかなかった頃は、この日課がどんなにずっと簡単だったかを思った。くだらないスタイルやら馬鹿げたイメージやらを考える時間はなかった。

春の気候のことを少しだけ考え、ジャケットではなくヴェストにすることにして、頑丈なアンクルブーツをつかみ、出てきて武器ハーネスのストラップを留めた。リンク、コミュニケーターを手にとったとき、鏡に映った自分が見えた。立ち止まった。思った。ふむ。

自分では考えたことに気づいていなかったかもしれないが、黒い革のパンツと黒い革のヴェストを、ストレートラインの黒いシャツと黒い厚底ブーツに合わせるということをやってのけていた。

悪党どもを追いかけ、ケツを蹴とばすのにうってつけだ。

全体として、ちょっぴり意地悪にみえた。イヴはそれで完璧だと思った。

まっすぐ仕事部屋へ、コマンドセンターへ、三杯めのコーヒーのところへ行った。

まずピーボディに連絡し、パートナーに最新状況を知らせて指示を与えながら、ハーヴォ、モリス、遺留物採取班から何か報告が来ていないかチェックした。

まだ何もない、だが時刻はまだ六〇〇時前であることを考慮しなければならなかった。

ピーボディからジェンキンソンへ、ジェンキンソンからフィーニーへ、フィーニーからレオへ。マイラとホイットニーを起こすのはやめ、メモを送った。

コミュニケーターが鳴ってから四十分後、イヴはチームを編成し、計画の配備をし、踏みこむ準備を完了した。

ロークの仕事部屋のドアへ歩いていくと、彼は指を立てて待ってくれと合図した。オンスクリーンの会議テーブルに何人もの人々が見える、そして……そうだ、ガラスの壁の外のあれはビッグ・ベン。

「その変更を受け入れたらすぐ、事務処理を調べよう。そちらの営業時間内にはこれを終えることができるはずだ。ありがとう」

彼は会議を終えると、イヴのほうを向いた。「あと足りないのは鞭《むち》だけだね、今日のきみは厳しいイメージでいきたいんだろうから、うまくやれているよ」

「あいつはそのイメージ以上の相手と対峙することになるわよ。予告なしで踏みこめる令状が来るの、それに情け容赦ない警官たちがひと山、玄関を突破しようと待ちかまえている」

「強硬な人間が強硬な手でいくわけか」彼は立ち上がり、イヴの腰に両手を置いて、彼女にキスをした。「何かお食べ。コーヒーとアドレナリンは本物の燃料じゃないよ、だからあとで燃料が必要になる」イヴが目をぐるりとやったので、ロークはそう付け加えた。

「車の中で何か出すわ」

「それならいい。長い黒のコートを着ていったほうがいいね――その格好の仕上げに。彼は悪党だ、警部補」もう一度キスをした。「だから僕のお巡りさんの面倒をみておくれ」

「彼よりわたしのほうがずっとワルよ」

そうであると信じ、ロークは彼女が出ていくのを見送って、それから次の会議をするために腰をおろした。

〇六三〇時、イヴはアップタウンのタウンハウスの外に立っていた。ホイットなら高級な設備を息が詰まるほど備えたビルの、高級なペントハウスを望むタイプだと考えただろう。だがこちらのほうがすじが通っていると気がついた。

ご近所といえるほどのものはなく、彼の出入りに気づく人間も少なく、セキュリティを扱うのも彼自身だけだ。

指示されたとおり、ピーボディは四人の制服を連れてきており、ジェンキンソンはバクスターとトゥルーハートを引っぱってきて、フィーニーがマクナブとカレンダーを増員してくれた。

やりすぎだ、たしかに。しかしイヴは見せつけてやりたかった。

「熱源がひとつ」カレンダーが言った。「二階。彼はまだおねんねよ、ダラス」

「だったらこれで今朝わたしが起こす人数ノルマは果たせるわね。ロックとアラームは解除できる、フィーニー？」

「いまやってる」彼はマクナブと作業しながらぶつぶつと答えた。「そんなに手早くやりたいなら、ロークを連れてくりゃよかったのに」

「早くやるなら大槌《おおづち》を持ってきてるわよ」

「二分だ」フィーニーが不満げに言った。

「早起きな人たちの注意を引きはじめてるわ。巡査？」

制服たちがさっと動き、人々を離れさせているあいだに、フィーニーとマクナブがこぶしを付き合わせた。「通れるぞ」

「それじゃわたしが先頭でいく。入るときに通告すること。通告しながら、説明したとおりに動くのよ」

イヴは武器を抜いて――これもあらかたは見せつけるためだと考え――ピーボディにうなずいた。ドアを突破する。

「警察だ！ NYPSD。入室の令状は持っている。われわれは警察だ」彼女は繰り返し、階段をめざした。「令状を持っている。われわれは武装している。スティーヴン・ホイット、出てきて、姿を見せるよう命じる。両手を見せなさい」

ホイットは寝室から出てきたが、素っ裸だったので、見せているのは手だけではなかった。

「いったい何をやってるんだ？」

「スティーヴン・ホイット、われわれはこの家に入って捜索する令状を持っています。二件の殺人共謀容疑、化学兵器の所持と配達、一件の殺人容疑であなたを逮捕する令状もあります」

「あんたは頭がおかしくなったんだな」

「あなたには黙秘を続ける権利がある。わたしが手錠をかけてセントラルへ連行する前に、パンツをはく権利もある」

「俺にさわるな、俺のものにさわるな。弁護士に連絡してやる」

「それもあなたの権利、だから残りの権利と義務についても知らせる。でも本気なの、スティーヴ？ パンツよ。バクスター！ こっちへあがってきて、ミスター・ホイットが服を着るのを手伝ってやって。そのあいだにミランダ準則を読んであげて」

あのからっぽの目に暗い、憎悪に満ちた熱がかいまみえた。「この代償は払ってもらうぞ」

「わたしはここに立って、素っ裸に寝ぐせ髪で根性曲がりのあんたを見せられてるじゃないの。それでもう支払いずみよ」

23

ホイットは弁護士に連絡した。イヴはセントラルで聴取にかかったときには、彼なら弁護士の艦隊がつくだろうと想像した。だがさしあたっては、がっしりして目のけわしい制服二人に、待機していたパトカーへ連れていかせた。

「おまえはもう終わりだ」彼の目は冷たく、からっぽのままだったが、手錠をかけられた両手はこぶしを握った。「誰を相手にしているのかわかってないんだろう。おまえを終わりにしてやる」

イヴは制服たちが彼を犯罪者らしい扱いで連れ出すあいだ、ただ笑みを浮かべていた。

「にやにや笑いなし」彼女は言った。「それほどうぬぼれてはいない。おびえているというより腹を立てている、でもそれほどうぬぼれてはいない」

完璧に整理整頓されたリビングエリアを見まわすと、彼女の目には家というよりショールームに思えた。ネイビーのジェルソファ、アクセントになる白い椅子、磨かれたスチールのテーブル、派手なモダンアート。

「何かを見つけるのよ」イヴはつぶやいた。「彼がわたしたちには見つけられない場所にしまったつもりでいるけれど、処分したり、別のところに隠す必要はないと思ったものを」

「彼はさっきの告発についてききもしませんでしたね」ピーボディが指摘した。「とくに最後のを。三件めの殺人」

「そのとおり。彼はいま、どうしてわたしたちがこんなに早くコズナーを発見したのか、突きとめようとしている。あの件はカバーできてると思っているのよ。彼はきっと金庫を持っている、少なくともひとつは。それを調べるのよ。でも何か隠し場所を造ってあるはずね、何かもう少し手のこんだものを。それを見つけましょう」

イヴは寝室から始めた、人間はだいたいそこを安全なスペースだと思うからだ。彼女は金庫を見つけ、少々の緊張と骨の折れる数分間を費やしてロックを解除したが、とくに面白いものは入っていなかった。男性もののジュエリー、少々のキャッシュ、ホイットのパスポート。

フィーニーがクローゼットに入ってきた。「なかなかの金庫だな。きみがあけたのか?」

「ええ」

「いろいろ身についてきたな、おちびさん。それからロークといえば、きみは話してたろ、彼がホイットはコンピューターのことをたいして知らないと言っていたって？　言わせてもらいにきたんだが、あいつは何ひとつ知らないぞ。ホームオフィスのユニットのパスコードなんて、あんまり弱いもんだから、メイヴィスのところのよちよち歩きだって破れただろうさ。にらんだだけで消えそうなベーシックフィルターが二つだけだ」

「つまり中に入れたってことね」

「ああ、入った」フィーニーはだぼだぼのズボンのポケットから砂糖がけアーモンドの袋を出し、イヴにすすめた。「ほとんどは仕事関係だな。顧客むけの、金融に関するまわりくどい言葉。ロークならわかっただろう、でなきゃこっちで法廷会計士を連れてくるが、合法にみえるよ。そこにないものはこれだ。彼の個人的財務」

「それならロークが調べたわ。いくつかマネーロンダリングの疑いがある。辻褄の合わないキャッシュの支出も」顔をしかめ、イヴはかかとに体重をかけた。「彼の個人的なものがそこに全然ないって言ってるの？」

「金に関するものはな。たぶん帳簿を二組つけるだけのことも知らなかったんだろう」

「傲慢《ごうまん》さも加わるわね。隠し場所か」イヴはクローゼットを見てみた。「あるはずよ。からくり壁かも。一緒に――」

「見つけた！　やったー！」

ピーボディの叫び声で、イヴはわれ先にと二階へあがり、パートナーがホイットのベッドの足側でよつんばいになっているのを見つけた。

見るからに喜んで、ピーボディは実際にお尻を振っていた。「そのラグが上にかかってたんですよ。わたし思ったんです、まあ、わからないじゃない、ちょっと下をのぞいてみようって、そうしたら、ヘイ、わかったんです。床に秘密の収納庫。本当によくできてますよ、特注作業ですね。親指の指紋でのロック付き」

イヴはロックを破るのにどれくらいかかるか計算し、ドアのところへ行って、叫んだ。

「バールを持ってきて」

喜びが深い悲しみに変わり、ピーボディは心臓のところを手で押さえた。「そんな、ダラス、この床はすばらしいですよ」

「がまんしなさい」

そしてイヴは床板を引きはがす楽しみを思って、肩をぐるぐるまわした。

九時には、イヴは自分のオフィスでレオと座り、集めた証拠を吟味していた。レオはイヴのデスクチェアでその背にもたれ、極上のコーヒーを味わった。

「検事のオフィスがミスター・ホイットに何らかの取引を申し出るつもりはないと思うわ、それどころか、押して、もっと押して、すべての告発について最大限まで行くわよ」

「だといいわねえ」

レオはただほほえんだ。「彼には三人の著名な刑事弁護士がついて、逮捕状をずたずたに引き裂こうと手ぐすねひいている。すでに告発が却下されるよう申し立てをしたし、誤認逮捕の申し立てもした。彼らは聴取室にいるあいだに後ろから糸を引く気よ。聴取室に入るのはコバストでしょう、ブロワード・コバスト。わたしはあなたとピーボディに合流するわ、それに楽しむつもりよ——いいえ」彼女は訂正した。「彼らをノックダウンして、いくつか釘を打ってやるのに加わるのを楽しむつもり、と言わせてちょうだい」

「前にも彼らとやりあったことがあるの？」

「三人のうち二人。勝つこともあるし、負けることもある」レオは肩をすくめた。「今度は勝つわ」

ピーボディが戸口に来た。「ホイットと弁護士は聴取室Aにいます。もうひとりの弁護士は部長のところです。三人めはどこにいるのかわかりません」

「彼女はたぶん告訴の棄却を求めて論争中よ」レオは立ち上がり、ネイビーのスーツからほこりを払うふりをした。「みんなまとめてがっくりさせてやりましょう」

イヴはデスクから証拠品箱を持ち上げて、先を歩いた。

ピーボディが聴取室Aのドアをあけた。

「記録開始。ダラス、警部補イヴ、ピーボディ、捜査官ディリア、レオ、検事補シェール、聴取室へ入室、同席はスティーヴン・ホイットおよび彼の指定法的代理人ブロワード・コバスト。この聴取は事件番号H－4945－1、H－4952－1、H－4963－1に起因する、ミスター・ホイットに対する告発に関するものである」

「わたしの依頼人は黙秘する権利を行使します、ですから話はわたしにしてください。また依頼人は、もちろん、今回の不当な告発のすべてに異議をとなえます。われわれはすでにそうした告発のすみやかな棄却を申し立てており、NYPSDおよび警部補、あなた個人に対してハラスメントと不法逮捕の告発をしました」

コバストはふさふさの白い髪、きちんと整えた白い顎《あご》ひげ、それと対照をなすきりっとした黒い眉がクリスタルブルーの目の上にあり、年配の政治家のような風貌《ふうぼう》だった。

イヴは言った、「オーケイ」そして椅子に座った。「おたくの依頼人は昨夜の午後八時から十時にどこにいたか、述べたいんじゃありませんか」

「依頼人はそんなことをする必要はありません、わたしが証明できますからね、わたしも同じイベントに出席していたので。〈ニューヨーク・グランド・ホテル〉での〈ホイット・グループ〉のディナーです。スティーヴンはディナーでの講演者でした」

イヴははじめて聞いたかのようにうなずいた。「それで彼は何時に話をしたんですか?」

「八時頃だったでしょう」小さな、うぬぼれた笑みを浮かべ、コバストはうなずき返した。

「実に有益でみんなを楽しませていましたよ」

「でしょうね。ではどれくらいのあいだ話をしたんですか?」

「二十分くらいでしょう」

「八時二十分くらいまで。それでは問題の時間すべてをカバーしていませんよ」

今度はコバストはため息をついた。「警部補、何十人もの人々がスティーヴンは〈グランド〉に、あそこのメインボールルームにいたと証明してくれますよ。もしあなた方の馬鹿げた告発がそこにかかっているなら――」

「そうですよ。ええ、そうです、マーシャル・コズナーの死亡時刻は九時二十分すぎでしたから」

「マーシュが?」ホイットは息を呑み、平手打ちをされたようにびくっとした。どちらもうまくやっていたが、目に恐怖を浮かべることはまったくできていなかった。うっすらとした冷笑を突き破ることはできなかったのだ。「マーシュが――死んだ? どうして――何があったんです?」

「あなたと彼が昔の敵に罰を与えられるよう、ルーカス・サンチェスを雇って製造させたのと同じ神経ガスで死にました」

動揺したようにみせようと努力しながら、ホイットは弁護士に顔を向け、彼の腕をつかんだ。「彼女が何を言っているのかわかりませんよ、ブロワード。そんな、マーシュはいちばん古い友達のひとりなのに」

「黙っていなさい、スティーヴン。わたしの依頼人が一度に二つの場所にいられたはずはありません」

「そんな必要はなかったんです。ピーボディ」

ピーボディは証拠品箱を開き、一枚のディスクを出した。「これは〈グランド〉の五十三丁目側の従業員出入り口にある防犯カメラの映像で、その次は五十二丁目にある〈ハップル・ホテル〉の駐車場の防犯カメラの映像です。時間を見てください」ピーボディは映像を映すと同時に言った。

「あなたはギフトショップのカメラを見逃したわね、スティーヴ」イヴは二十時三十二分に彼がすばやく通りすぎたところで言った。「出入り口の映像が十八秒間スキップしているところも見て。うちのEDDはこのスキップが妨害器《ジャマー》によるものと確認している」

「たしかにあのギフトショップのそばを歩きましたよ。いまは手洗いを探すことが違法なんですか？」

彼が激高したので、コバストはホイットに黙っているよう合図した。

「〈ハッブル〉の駐車場のカメラに切り替えます」ピーボディが言った。「時刻表示は二十時三十五分。二十時三十八分で静止します」

映像は黒いスクーターに乗ったスーツの人物の画像で静止した。ヘルメットとバイザーが顔を隠していた。

「冗談を言っているんですか？　あれは僕じゃありませんよ。その人の顔も見えないじゃありませんか、まったく。僕はスクーターなんて持っていません」

「ミズ・レオ」コバストは彼女のほうを向き、その声はあわれみと嘲《あざけ》りのしずくをたらしていた。「これではとうてい人物特定の証拠になりませんな。あなたにはもっと期待しているんですよ」

「あら、わたしはそれを上まわりましたよ。第一に、あなたが突然視力が落ちたのでなければ、ミスター・コバスト、スクーターの人物が、ミスター・ホイットが〈グランド・ホテル〉の映像で身につけていたものと同じスーツ、同じネクタイ、同じ靴を身につけているのがはっきり見えるでしょう。それに加えて、彼はスクーターを持っていませんが、彼のいとこのジェームズ・カッターは持っています。それどころか、あのナンバープレートをつけたスクーターはミスター・カッターで登録されているんですよ。ミスター・カッターは、あなたの依頼人がそのスクーターを置いてある駐車場のコードと、そのスクーターのコードを持っていると確認しています」

「僕じゃない」ホイットは胸の前で腕組みした。「僕は〈グランド〉を離れなかった。七時から十一時すぎまであそこにいた」

「いいえ、あなたはいなかった」イヴは反論した。「でもいまはそこは飛ばして、時間のことに戻りましょう。同じ日の夕方五時頃はどうだった？　きのうの五時は」

ホイットはかろうじて肩をすくめた。コバストは両手を組んだ。「別の犯罪があったのですか？　わたしの依頼人にまた別の殺人事件をなすりつけようとするんですか？」

「殺人じゃないけど、犯罪ね。われわれが言葉を変えて、おたくの依頼人にきいてみるのはどうかしら、きのうの夕方五時に彼がマーシャル・コズナーのアパートメントに侵入して――ミスター・コズナーは在宅していなかったときにね――何をしていたのか？　それと、彼が違うという話をでっちあげる前に言うけど、こちらはその防犯カメラ映像も手に入れているから」

ピーボディが証拠品箱から別のディスクを出した。

「こんなのは馬鹿げている。マーシュは僕の友達だったんだ。彼は僕のイヤフォンを使ってみたいからと借りていったんだ、それで僕はそれを返してもらいたかった。彼は勝手に来て持っていってくれと言ったんだ、だからそうした」

「ミスター・コズナーのアパートメントから何かほかにも持っていった？」

「持っていくわけがないだろう。大丈夫だ、ブロワード」ホイットは弁護士がさえぎるより早く言った。「ただの間違いだよ」

「ミスター・コズナーのアパートメントからいくつかのものがなくなっていたのは間違いじゃないわよ」

「どうしてあんたにわかるんだ？」

「スティーヴン――」

「そうさ、どうして彼女にわかる？」傲慢さが戻ってきていた、完全に。「彼女はただ壁にいろいろなものを投げつけて、何かくっつくものがないか必死なだけさ」

「オーケイ、じゃあこれを投げてみましょ」イヴは立ち上がり、証拠品箱からタブレット、小型コンピューター、使い捨てリンクを出した。「ここにあるものはミスター・コズナーの持ち物で、あなたのベッドの足側の床にあった隠し場所から、わたしとパートナーが取り出したの。この使い捨てリンクが、まだ稼動させてないけど、ミスター・コズナーのものだったことはわかってる、彼の指紋が残っていたから。ほかの二つは」彼女はそれも取り出した。「これはあなたのものね。さて、ご立派な金融アドバイザーが、使い捨てリンクや、死んだ友達の機器を、寝室の床下の隠し場所に入れて何をしているのか?」

ホイットは弁護士のほうを向いた。「彼女は嘘をついているんだ、言うまでもない。あれは彼らがわざと置いたんだよ。どういうわけだか、彼女は僕に嫌がらせをしているんだ」

「ミスター・コバスト」レオが口を開いた。「おわかりでしょうが、法と規則にのっとり、ダラス警部補と、ミスター・ホイットの住居に入ったすべての警察官は、入室と捜索の完全な令状を持ち、ボディレコーダーを装着していました。捜索過程はすべて記録されていますし、そちらで要請があればここでお渡しできますよ」

「安全な、隠された場所を持つことは法に反していない」コバストは切り返してきた。「友人のために電子機器を保管したり、使い捨てリンクを取得することもだ」

「痛いところを突かれた」イヴはホイットのにやにや笑いを楽しみながら、また箱の中に手を入れた。「それに五十万ドルをキャッシュで所持することもね」彼女は証拠品袋に入った、帯つきの札束の山をテーブルにのせた。「とはいえ、ああ、金融マンなら、隠喩《いんゆ》としてのマットレスの下にキャッシュをおいといても、利子がつかないことは知ってるはずよね。でも何が違法かは知ってる?」彼女は妨害器《ジャマー》、袋に入ったパスポート、運転免許証、IDカードをテーブルにほうった。「妨害器《ジャマー》を取得すること、偽のIDを取得することよ」

「こんなのはでたらめだ！　こいつらは僕をはめようとしているんだ。ここにただ座ってこんな話を聞くすじあいはない」

「座りなさい！」イヴはホイットが立ち上がろうとするとぴしゃりと言った。「あなたは逮捕されてるのよ。座るか、勾留房でじっとしているかよ」わざと頭をかしげてみせた。「これじゃきっと、ゴールド校から引っぱり出されて、取り巻きたちやガールフレンドから引き離されるのと同じくらいいらだたしいでしょうね」

「もうたくさんです、警部補」コバストは冷静さを保っていたが、イヴは偽のIDをほうったときの驚きを目にしていた。「依頼人と話をしたいのですが」

「どうぞ」イヴは証拠品箱の中身を戻した。「ここにはまだいくつもびっくりさせるものが入ってるの」ホイットにウィンクしてみせる。「それが何かわかるわよね。ダラス、ピーボディ、レオは聴取室を退出。記録停止」

「まあ、コバシュも依頼人が嘘つきなのはわかったでしょう」レオはドアが後ろで閉まるやいなや、楽しげに言った。「だからいま考えているわ、嘘つきよりももっと悪いやつなのかどうか。それで……冷たいものでもどう？　わたしが買ってくる」

「缶入りペプシ」イヴは言った。

「同じもののダイエット版をお願いします、ありがとう」

レオは自販機のほうへ歩きだし、傍聴室から出てきたマイラと一緒になった。短く言葉をかわしたあと、マイラはカナリアイエローのハイヒールと、揃《そろ》いのほっそりしたワンピースとジャケット姿で、そのままイヴとピーボディのほうへ来た。

「彼の嘘はもたないわ」マイラは聴取室のドアのほうへ目をやった。「だからそれを変えてくるでしょう。すべてコズナーのせいにするんじゃないかしら。なんといっても、コズナーは反駁《はんばく》できないわけだし」

「ええ、わたしもそこは同意見です」

「彼は、自分は嘘をついてもいいと思っているの、自分を攻撃したり裏切ったり――あるいはただ単に邪魔になった人間を罰してもいいのと同じように。自分に対してあなたが持っている権限を完全にはわかっていないし、敬意を払っていないのは間違いない。だからそれが頭にくるの。彼は罪悪感も後悔も、疑念すら持っていないから、それでつまずくことはない。彼をつまずかせるのは怒りよ」

「怒らせてやりますよ。そのほうがわたしたちにとってウィン‐ウィンですしね、いい、ピーボディ？」

「宝くじがあたって、タイガー・ベロウズと気が狂うようなセックスをするみたいなやつですね」

「タイガー・ベロウズって誰?」

「映画スターよ」マイラがほほえみながら教えた。「すてきなの」

「ああ、『サレンダー』の彼を見ました?」缶を持ってきて、レオがため息をついた。

「あの目」ピーボディは自分の目を閉じた。「ただもう溶けてしまいたい」

「そう、知ってよかったわ」イヴは自分の缶をひったくった。「わたしたち、あの人殺しの悪党をがっちり押さえることに、ええと、すんなり戻れるのかしら」

「さっきのIDでコバストが調子を狂わせたのはたしかよ、だから彼はホイットに説明を迫っているわ」レオは残りの缶を、マイラの冷たいお茶も含めて配った。

「彼は弁護士には真実を言わないでしょう」マイラが言った。

「あら、わたしたちは嘘をつかれることには慣れてますよ。コバストはベテランですし」

「そしてホイットは嘘つきで、人殺しで、殺人傾向のある社会病質者《ソシオパス》」イヴはそう付け加えた。「同時に、有力な一族の、増長して甘やかされた、金持ち坊ちゃんでもある。自分の汚したあとは他人が片づけるのが当然ってわけ」

イヴは鳴りだしたリンクをとった。「通信がいくつか入ってきた」それを受けるために少し離れ、読みながら歩きまわった。戻ってきたときにはマイラがカナリアイエローの靴をどこで買ったのかという話し合いになっていたが、それもイヴの笑みを曇らせはしなかった。

「それをどう使うかを話すわ」

「宝くじが当たったんですか?」ピーボディがきいた。

「法医学のくじがね、ええ。これから手に入ったものと、それをどう使うかを話すわ」

コバストが依頼人との話し合いについやした二十分で、イヴにはおおまかな戦略をたてる時間がたっぷりできた。彼女は聴取室へ戻り、記録を再開し、証拠品箱を置いた。

「依頼人は」コバストは話しはじめた、「亡くなったことを知ったばかりの旧友を守ろうという、間違いではありますがもっともな試みをして、特定のことについて真実を隠してしまったんです」

「嘘をついたと?」イヴは言葉をおぎなったが、コバストは彼女を無視した。

「依頼人は短い供述をし、証拠品にある特定の品物が彼の所持になった経緯を説明します」

「あら、それはぜひ聞きたいわね」

「マーシュのふるまいがおかしいことには気づいてたんだ」ホイットは話を始めた。「ぴりぴりしたり、興奮したり、怒ったり、支離滅裂で。僕は思った……まあ、マーシュが違法ドラッグの問題を抱えていたのは秘密じゃない。彼がまた使っているんじゃないかと思って、そのことで彼と話そうともしたんだ。彼は耳を貸そうとしなかった。彼がサンチェスと何かの取引をしているのに気づいたとき、もう一度話をしようとした。サンチェスはハイスクール時代からマーシュに違法ドラッグを供給していたんだ」

「マーシュだけ?」

ホイットは目を伏せた。「僕もハイスクールで少し試したことは否定しない、でもいまは使っていないよ。だけどマーシュは……」

彼は打ちひしがれたかのように言葉を切った。自分を立て直すかのように息を吐いて。

「先日の夜にクラブでマーシュと会ったとき、彼はすごくラリっていた。TAGのことをしゃべっていたよ、それから自分がいかに不当な仕打ちを受け、寄宿学校に送られ、祖父母に監視されたかを。何人かの教師が割りこんできて、校長に圧力をかけるまではいかにすべてがうまくいっていたか、ラフティが来てからどんなにすべてが変わっていったか。それから……」

ホイットはまた下を向き、両手を組んだ。「どうやって彼らに、彼ら全員に仕返しをする方法を見つけたかを」

そこで彼は顔を上げた。イヴはホイットが目に恐怖を浮かべたつもりでいるのだろうと思ったが、彼にそこまでの演技力はなかった。その目は氷のように冷たいままだった。「僕は知らなかったんだ——彼が本気で誰かに危害を加えるなんて考えもしなかった。ただのほら話だと思った。自分もちょっと話に加わったりもしたんだ、ただ冗談を飛ばしただけだけど。あなた方が僕のオフィスに来て言ったとき……わけがわからなかった。マーシュがやったなんて考えもしなかったんだ。

水を少しもらえるかな？」

ひと言も発さず、ピーボディは立ち上がって、部屋を出ていった。

「ピーボディは聴取室を退室」イヴは記録用に言った。

「そのあと彼から連絡があった。僕たちは使い捨てリンクを持っていた。学校時代からの一種のお遊びだったんだ。僕たちだけの。でも彼は連絡してきて、本物のパニックを起こしていた。警察が迫ってきていると言っていた。僕は何の話をしているのかわからなくて、彼がハイになっているんだと思った。でも彼は僕に、家に来て、彼のタブレット、小型コンピューター、使い捨てリンク、妨害器《ジャマー》を持っていってくれと頼んできたんだ。終わりにしなければならないことがある、それが何かは話せないと言っていた。僕もとうとう、彼を落ち着かせるために、そうすると答えた。彼と話をしたのはそれが最後だ。最後に彼が言ったのは、〝きみは僕の親友だよ、スティーヴ。これは僕たち二人のためにやっているんだ〟」

ホイットが涙を浮かべようとしたのなら、それには失敗したが、最後に少しばかり声を割ることは何とかやってのけた。

イヴは鼓動ふたつぶんのあいだ、沈黙がぶらさがるにまかせておいた。「あなたはミスター・コズナーのアパートメントに何度も行ったと言っていた。それどころか、彼のコードも持っていたし、中に入れるようあなたの掌紋もプログラムずみだった」

「ええ。僕たちは親しい友達だったから」

「彼があなたに持っていってくれと頼んだものがどこにあるかは知っていたんでしょうね
――もしくは、彼があなたにどこにあるか言ったんでしょう」

「ええ、もちろん」

「だったらそれを見つけて、あなたのブリーフケースとメッセンジャーバッグに入れるのには長くはかからなかったでしょう、ほんの数分かしらね。それならなぜミスター・コズナーのアパートメントに三十分以上もいたの？」

そこまでは考えていなかったのね。イヴはホイットがためらい、何か考え出そうとしているあいだに、そう結論を出した。

「ピーボディが聴取室に入室」

ピーボディはホイットの前に水を置いた。彼はごくごくと飲んだ。

「先を続けて」イヴは促した。

「あのイベントに出なければならなかった、だからまず家に帰っても仕方ないと思って……

それに、正直に言うと――」

「ええ、そうして」

「マーシュのことが心配だったんだ。違法ドラッグがあるんじゃないかと彼の家を探しまわった。ソーシャルワーカーの手配をして、彼を治療施設に戻すようやってみるつもりだった」

「友達のことを考えていただけだと。あなたの親友、あきらかにあなたを信じていた相手。違法ドラッグは見つかった？」

「いや」

「おかしいわね、わたしたちはマスターバスルームで洗面台の左上の引き出しの中にある隠し場所を、ほぼ三分で見つけたけど」

「依頼人は警察官ではないんですよ」コバストが口を開いた。

「バスルームの引き出しの中」とイヴは繰り返し、しばらくその言葉を宙ぶらりんにしておいた。「偽の身分証のことを説明していないわよ、スティーヴ」

「あれは違法ドラッグを探しているときに見つけたんだ。僕は――何を考えるべきかわからなかった。ただあれをつかんで、自分のバッグに入れた。家に帰って全部をあの床下の金庫に入れて、今日マーシュと今度のこと全部について話をするつもりだったんだ。なのに彼は……彼はもういない」

「たしかにいないわね。それで三十分間の捜索中、あなたはバスルームの引き出しにあった違法ドラッグはまったく見つけられなかったのに、友達があなたのために作っておいた偽の身分証はたまたま見つけたわけ?」

「ああ、驚いたよ。ショックだった」

「でも彼のは見つけなかったのね? マーシュの偽IDはなし?」

「ああ、なかった」ホイットは彼女をじっと見つめた。「あなた方は?」

「見つけなかったわ、つまり、あなたは死んだ友達が自腹を切って——かなりの費用よ——心からの善意で、自分ではなく、あなたの偽の身分証を買ったなんて、わたしたちが信じると本気で思ってるわけね。しかも彼がそうしたことも、なぜ彼がそうしたのかもまったく心当たりがないと」

「そのとおりだ。知っていることは全部話している」

イヴは前へ乗り出し、彼と目を合わせた。「あなたはゆっくり考え抜く時間がないと、本当に嘘が下手ね」

「警部補!」コバストが異議をとなえた。

イヴは彼に一瞥《いちべつ》をくれた。「あなただってわたし以上にいまの話を買ってるわけじゃないでしょ。でも先を続けましょうか。あなたはミスター・コズナーがダウンタウンに建物を、改造した倉庫を所有しているのを知っていた?」

「彼は所有していなかったよ」ホイットは笑い声をもらした。「投資に関しては僕がマーシュに手を貸していたんだ。彼は不動産なんてひとつも所有していなかった」

「おや、驚いた」ピーボディは眉を寄せ、唇をすぼめた。「あなたは投資に関して彼に手を貸し、使い捨てリンクで彼と通信し、彼の厳しく警備されたアパートメントのコードも持っていた。あなたの掌紋もそこに登録されていた。それほどなのに、彼がどこにドラッグを隠していたのかを知らず、偽のＩＤ――あなた用のものにかなりの金を払ったことも知らなかった。彼がダウンタウンに建物を所有していたのも知らなかった」

彼女はイヴに大きく見ひらいた、疑り深い視線を送った。「バランスのとれた関係のようには聞こえませんね」

「あなたの言うとおりね。マーシュはスティーヴが思っていたほど、彼を信用していなかったのかも」証拠品箱から、イヴはあの建物に関する書類を出し、テーブルに広げた。

「こんなのは理解できない。彼は僕に話してくれたはずだ」

一瞬にして、ピーボディは疑り深さから同情へ態度を変えた。「こういったすべてに気づくのはつらいでしょうが、依存症はときに奇妙な、破壊的なことをさせるものですよ」〝同情的ピーボディ〟は言った。「彼がまともに考えていたなら、あなたに話したでしょう――友達で、財務アドバイザーのあなたに。あなたにあの不動産を見てもらって、それから、ええ、アドバイスをしてほしがったでしょうね」

「もちろんそうだろう」

「でも彼はそうしなかった」イヴはコバストが書類をじっくり見られるよう、彼のほうへ押しやった。「だからあなたはその建物のことは知らなかった。一度も行かなかった」

「ああ、一度もないよ。彼は倉庫なんかで何をしていたんだ？　しかもあの界隈で」

「彼はサンチェスが住む場所を用意して、サンチェスが作業できるラボを用意したのよ。それもサンチェスが製法を、あの毒物を作って――そして殺されるまでだけど」

「ロコは死んだのか？」

「知らなかったの？」

「ああ、僕が知るわけないだろう？　ロコとはもう何年も会ってないんだ。彼がマーシュにドラッグを供給していたのは知ってる、でも僕は彼とは付き合ってなかった。これは、今度のことは全部、ロコの考えたことに違いないよ。マーシュはひとりでこんなことをやったりしない。あいつが違法ドラッグでマーシュをイカれさせたにきまってる」

「警部補、ミズ・レオ、あなた方の証拠は――それにこの件における依頼人の協力は――あきらかにミスター・コズナーの有罪をさしていますから、われわれはミスター・ホイットに対する告発が棄却されるよう要求します」

「ふうん、それにはちょっと引っかかるところがあるわ。まあ、実際にはいくつもだけど」イヴは言い直した。「人間は毎日五十ないし百本の毛髪が抜けるって知ってた?」

「それは何のおふざけですか?」コバストが問いただした。

「単なる面白い事実よ。面白い法医学的事実。あなたも刑事被告弁護士なんだから、うちの毛髪と繊維の専門家、ミズ・ハーヴォを反対尋問したことがあるんじゃないの」

用心深く、コバストは無表情を保った。「要点を言ってください」

「ハーヴォがその要点よ。あなたなら彼女がどれだけ優秀か知ってるわよね。それどころかすごく優秀、その彼女がミスター・コズナーの改造倉庫で、ミスター・ホイットの残していった二百二十三本の毛髪を見つけ、識別し、DNAを照合したの。彼がたったいま、自分は何も知らないし、見たこともないし、行ったこともないと記録のうえで言った倉庫で。それにそのうち一本は——ボーナスポイントよ——彼が旧友のマーシュを殺したとき、自分を守るために使ったガスマスクのストラップから見つかった。

どうしてあなたの毛髪がそこにあったのかしらねえ、スティーヴ?」

「それもでたらめだ。ブロワード、こいつらはまだ僕をはめようとしているんだ。もうたくさんだよ」

「黙って」コバストはホイットの腕に手を置いた。「黙りなさい」

「またその嘘つきな依頼人とおしゃべりする時間がほしいって言うんでしょう、でもその前にほかの法医学的証拠も知っておいたほうがいいんじゃない。たとえばサンチェスが三人を殺した神経ガスを製造したラボで、あなたが設置していた盗撮カメラをとりはずすとき、棚の後ろに残してしまった親指の指紋とか」

「僕はそんなところには行ってない。あんたは嘘つきだ」

「二百二十三本の毛髪と親指の指紋」とイヴは言った。「ああ、それからあなたはロコには何年も会っていないし、彼が最近死んだことも知らなかったんだっけ？　刺し殺されたの。うちの遺留物採取班もね、本当に優秀なのよ」

イヴは証拠品箱から袋に入ったステーキナイフを出した。「そしてこのナイフ、あなたの家のキッチンの引き出しで見つかったんだけど、まだ血痕が残ってるの。みんなすっかりきれいにしたと思うんだけど、たいていは違う。うちの検死官は――彼は天才よ、きっと、あなたの弁護士も知ってるでしょうけど――そのナイフがルーカス・サンチェスの遺体の刺し傷に合致すると言ったわ」

「マーシュが使ったんだろう。持っていって、使って、また戻したんだ」

「バランスのとれた関係じゃありませんね」ピーボディが悲しげに頭を振ってもう一度言った。「かわいそうなマーシュ」

「ええ、かわいそうなマーシュ」イヴは同意した。「コズナーのアパートメントを出たときは、あのキャブを拾う前にもう何ブロックか歩くべきだったわよ、スティーヴ。あなたは一ブロックしか歩かず、それからいま言ったキャブでいとこの駐車場まで行った。そこのキーパッド、ドア、スクーターにも指紋を残した。こっちはそういうものを実際に調べるのよ」

「あんたはずいぶん頭がいいつもりなんだろうな」

「ええ。あなたは自分で思っているほど頭がよくないみたいね――とはいえ、あなたの死んだ学友よりはずっといい」

イヴはおもにホイットがびくっとするのを見て楽しむために、片手でテーブルを叩いた。

「今回のことで頭脳だったのはあなたよ。マーシュはあなたについていっただけ、いつもそうしてきたように。あなたたちがミゲル・ロドリゲスを殴って、病院送りにしたときのように」

「誰だって?」

「思い出せないはずはないでしょう。むこうはあなたをおぼえているし、あなたの仲間もその子を殴ったことを――それにただ殺してしまおうかと考えたことも――このノートブックに書き留めていた」

彼女はそれを箱から出した。「あなたはコズナーの家を探したとき、これは見逃したのね」

「そんなものは何の証拠にもならない」

「積み重ねのはじまりよ、おたくの弁護士にはわかっているとおり」

「黙っているんだ、スティーヴン。何が言いたいのかはっきりしてください、警部補」

「話はゴールド・アカデミーに、グレインジにさかのぼる。あなたの父親は彼女と性的関係を持っていた。彼女が何人かの教師や、ほかの父兄とセックスをしていても、あなたはどうでもよかった。でも自分の父親は？」

イヴは箱からホイットの父親とグレインジの写真を一枚出した。「あなたがこれをグリーンウォルドに送らなかったのは、少なくとも当時は、父親の身元を特定されたくなかったから。でも送った写真と同じく、あなたはこれを撮って――隠し場所に保管しておいた。だけどわたしが思うに、こっちを撮ったのはコズナーね」

そしてもう一枚、ロッテ・グレインジとスティーヴン・ホイットがうつっている写真を出した。

「依頼人は未成年だったんです、それにこの女性は成人で、彼の学校の校長だったのですよ」

「同感です、ですからそれは正式に文書で抗議されます、約束しますよ。あなたは彼女が父親と、あなた自身の父親とやっていながら、自分ともやっていたことで彼女を罰したかったんじゃないの、スティーヴ？　あなたは、グレインジが父親と一緒にいて、父親の顔がそむけられて見えない写真を撮るようにした」

イヴは間を置き、いま言ったもののコピーを証拠品箱から出した。「あなたはこれをグレインジの夫に送った。複数の離婚、あなたの両親、グレインジ、それはかまわなかった。でもグレインジが学校を出ていくとは思っていなかった。彼女はあなたの盾、それにセックスだった。まさに先生のお気に入り、よね？」

「未成年者として――」

イヴはじろりとコバストをさえぎり、彼は先刻彼女がテーブルを叩いたときのホイットと同じくらいびくっとした。「そこがすべての発端だったのよ」彼女はグレインジがホイットといる写真を指でつついた――ティーンエイジャーで、生徒でもある彼と。

「まさにここ。でもそれは今日まで終わらなかった。グレインジは早々に手を引き、別の街で別の地位を得た。それから次にあなたが知ったのは、ラフティが来て新しいルールを決めたこと。あのくそ野郎。あなたは学校をやめさせられることになった、でも少なくともグレインジとはまだつながっていられたし、まだその盾も持っていた、たぶんセックスも。だけどあの女の子は失った」

イヴは立ち上がり、テーブルをまわった。「あなたはあの女の子を愛していなかった、あなたには愛する能力がないから。でも彼女はあなたのものだった、あなたに言われたことをやり、あなたの望むことをしてくれた。あなたに値するほど美人で従順というにはもう少しだったけれど。なのに何の前触れもなく、彼女はいなくなってしまった。あっさりあなたを手放した。あなたも最初は彼女の両親のせいにできた、でもちくしょう、彼女は自分から何かしようともしなかった」

かがみこみ、彼の耳元に近づいて、ささやいた。「あの馬鹿で、根性なしのメスが」

イヴは体を引きながら、彼の両手がこぶしを握るのを見守った。

「それから彼女はどうしたか？　彼女はあなたを引き離した母親とべったりになり、先へ進んで、ビジネスを始めた。そして、とどめの一撃」イヴは箱に手を入れ、証拠品箱から袋に入れた切り抜きを取り出した。「彼女は婚約した、それもただの相手じゃなく、有力な人物であり、本当に大きな力を持つ人物の息子と。彼女にそんな資格はないのに」

イヴはテーブルをこぶしで叩き、鞭のように言葉を繰り出した。「それがあなたの見かただったんじゃない？　誰もあなたからそんなふうに離れていってはならない。じゃあ誰のせいだったのか？」

彼女は殺人リストのプリントアウトを出し、テーブルに置いた。「彼らだ。デリートキーを押すだけの単純なことじゃすまないわよね、スティーヴ。あなたは彼らを殺したくなかった、片棒をかついだ人々を。彼らが苦しみ、失い、決して忘れないようにしたかった。アカデミーはあなたにとって金のガチョウだったのに、彼らはそれを殺してしまった。だからあなたはラフティの夫を、デュランの妻を殺したのよ。サンチェスもいらなくなったら殺した、そして今回のことでの相棒、あなたの親友も殺した、そうすれば彼にすべての責めを負わせて逃げられるから。

でも」彼女はもう一度ホイットの肩の上からかがみこみ、声を言葉の嘲笑《ちようしよう》に変えた。「あなたはそれをうまくやれるほど賢くなかった。痕跡を隠したと思うたびに、パンくずを残していたのよ。殺しに使ったナイフを取っておいたのはあなたが傲慢で、愚かすぎて捨てられなかったから」

「黙れ」ホイットが彼女に歯をむいた。

「警部補」コバストが言いかけたが、イヴはさえぎった。

「何が言いたいかははっきりさせたわ。あなたは敵、ターゲット、彼らのスケジュールの記録を床下のタブレットに入れたままにしておいた、それを見ると自己満足にひたれるから」

その言葉を裏づけるため、ピーボディは証拠品箱からタブレットを、そこから出力した殺人リストのプリントアウトを出した。

「あなたは友達のアパートメントの中で三十分を過ごしてから彼を殺した、なぜなら、わたしたちが防犯カメラの映像を調べると思いつかなかったほど間抜けだから。あなたはコズナーのタブレットを壊しもせず、かといって彼のパスコードを破ることもできなかった、なぜなら馬鹿だから。彼は記録をつける習慣を続けていたのよ、日誌みたいに。ノートブックからタブレットに変わっただけ。それが全部ここにある」

姿勢を変え、彼女はホイットに顔を近づけて、声にめいっぱい嘲りをこめた。

「あなたはカンニングしなければハイスクールも出られなかったお馬鹿さんだものね。自分のおばあちゃんになれるくらいの年の女を相手に、恋人のことも裏切っていた。自分より弱い者、身を守る手段のない者を餌食《えじき》にするのが好きだった、そうすれば自分が大物みたいな気分になれたから。でも実際は大物じゃないし、大物だったこともない。あなたはいまでもチンケで、わがままで、馬鹿な子どものままよ」

「うるさい！」

イヴがもう一度姿勢を変えたので、ホイットが打ちこもうとした肘は彼女の腰をかすめただけだった。これでイヴがそれも積み上げたいと思えば、警官への暴行も加えられることになった。

彼女は積み上げたかった。

「スティーヴン、黙っていなければだめだ」

「黙ってるなんぞくそ食らえだ。馬鹿だって？」

とうとう彼の中に感情が見えた。醜い怒りが見えた。

「俺が馬鹿なら、ラフティのホモ亭主はどうして死んだんだ？　それにあのくそ野郎のデュランのビッチは？　負け犬のジャンキーをやる気にさせて、軍が何十億ドルも払うようなものを作らせることが、どうやったら馬鹿にできる？　おまえがそんなに賢いなら」彼はしゃべるのをやめさせようとするコバストの指示に負けないよう叫んだ。「どうしてもっと早くいまのことを突き止められなかったんだ？　マーシュがハイになってあの卵を取り出す前に？」

「あなたはスコッチに違法ドラッグを入れて彼に与えたのよ。あの卵の封印に細工をして」

「だったら何だってんだ？　それでもあいつは自分でそうしたんだよ。だからおまえがそんなに俺より賢いなら、自分は化学教師だとすましてやがるやつのくたびれきったかみさんが死んだのはどうしてなんだ？」

「リリアナ・ロザリンドのことを言ってるの？　彼女は元気よ。あの配達は途中で押さえたの、あなたがお馬鹿さんだから」

「もうけっこう、たくさんだ。この聴取は終わりです」コバストがふらつきながら立ち上がった。

イヴはうなずいた。「あなたもわかっているんでしょう、弁護士さん。おたくの依頼人は、記録のうえで、四件の殺人と一件の殺人未遂を自白したのよ。ほかの関連する告発もそこに入れられる。そしてすべては彼が、ほしいものすべてがほしいときに手に入れられるわけじゃないとほかの人に言われたからなの」

彼女はホイットに向き直った。「これであなたは残りの一生を檻の中で毎日、手に入れられないもののことを聞かされて過ごすことになるわ」

「刑務所なんか行くもんか」彼の唇がめくれあがった。「俺が誰だかわかってるのか？　うちの一族が何者なのか？」

「ちゃんとわかってるわ」

「スティーヴン、黙っていなさい。もうひと言も聞きたくない。この聴取は終わりだ。スティーヴン、勾留房に戻ってわたしを待つんだ。ミズ・レオ、話したいことがある」

「これをどうにかしたほうがいいぞ、ブロワード、聞いてんのか？　どうするのが自分の身のためかわかってるなら、これをどうにかするんだな。あんたにも奥さんがいるんだろ」

コバストはその脅迫に驚いてぎょっとしたが、何も言わなかった。

「ピーボディ、制服をひとり呼んで、ミスター・ホイットを房に連れて帰るのを手伝ってもらいなさい」

「このままじゃすまさないぞ」ホイットは低く言い、その目はぴたりとイヴに据えられていた。

「スティーヴン、いいかげんにするんだ」

「おまえたち全員、このままじゃすまさないからな」

「ずっとそう思ってなさい」イヴは言ってやった。「最初の十年かそこらはそれで時間がつぶせるかもしれないし。聴取終了。記録オフ」

エピローグ

シフトも終わり近くなったオフィスで、イヴはデスクに突っ伏してうとうとしていた。ピーボディはもう家に帰し、いろいろな報告書も書き上げ、用紙に記入し、ロックをかけた。レオとも、マイラとも話し合いをしたし、それも自分の覚え書に追加した。

そして事件ブックを閉じ、ボードを消した。

これ以上は一杯もコーヒーを飲めないと気づいたとき、頭をさげて、目を閉じた。

ロークが背中をさすり、頭にキスをして彼女を起こした。

「いまちょっと……休んでるだけ」

「熟睡していたよ、警部補さん、でもオフィスからきみを運び出したら反対するだろうと思ったんだ」

「ええ、するわ」イヴははっきり見えるように目をこすった。「来てくれてよかった」

「今度の件にかかわれてよかったよ、それに帰る道できみがどうやったか話してもらえるんだろう」

「オーケイ」

「ボードがきれいになっているね」

イヴは立ち上がりながらそちらを振り返った。「いまのところは」

駐車場へ行く途中でその長い話を始め、ロークが運転するあいだに話しおえた。

「彼の弁護士は取引を申し出たの。レオは揺るがなかった。むこうは子飼いの精神科医を引っぱり出してきて、そのあたりでどうにかしようとするでしょうけど、うまくいきっこないわ。ホイットは善悪の区別がついてた、単にどうでもよかっただけ」

「元恋人には話すのかい？」

「彼女とはもう話した。この件が騒ぎになる前に彼女は知っておくべきだと思ったの、メディアは必ず彼女の名前とつながりを掘り起こすだろうから。それからロザリンドとも話して、何も心配することはないと知らせたわ。リストのほかの人たちも同じ。ハーヴォには何かの大型ボトルぶんの借りができたみたい、たとえ彼女がそれなしでもすごくいい気分でいるとしても」

「彼女はシャンペンの類《たぐい》が好きそうだよ」

「かもね。オーケイ。あのろくでなしはたったひとりの本当の友達を、邪魔になったからって殺した。そのことを微塵《みじん》も後悔していなかった。わたしはメイヴィスしか友達のいないときがあった——友達がほしかったわけじゃないの。そうね、それにフィーニーもだわ、でもあれは違う、上司だったし。だけどメイヴィスにとうとう友達にならされたあとは、何があろうと彼女の味方になったと思う。いまはこれだけいろいろな人たちがいてくれるけど、それでも同じ。わたしは彼らの味方になる」

「彼は内側に何もないね。それに彼にとって自分以上に大事な人間もいない。グレインジはどうなるんだ?」

「彼女はもう終わったわ、もしくはいずれそうなる。彼女も檻に入れられればいいんだけど。でもあのプレップ・スクールで力のある人たちと話し合って、彼らには記録を渡した、彼女が裸で当時の生徒——未成年者といるところのも含めて。彼女はもう終わり」

「ことの発端は彼女だったんだね?」

「ホイットみたいな人間、わたしが思うに彼らは生まれつきからっぽよ。でもそうね、彼女がそれを育て、その種を植え、消えないものにした。だから、もう終わり」彼女が言ったとき、ロークがラフティの家の前に車を停めた。

チャールズとルイーズが歩道で待っていた。

「わたしたち、少し散歩をしたかったの」ルイーズはイヴが車から降りるとそう言った。「だから歩いてきてあなたを待っていた」彼女はイヴの両手をとった。「ありがとう」

「仕事だもの、ルイーズ」

「わかっている、でもこれは個人的なことだから」

「こうやって時間をとってくれて、彼には友達が必要だろうと察するのは仕事じゃないよ」チャールズが割って入った。「きみが彼に話すときにね。それでケントが戻ってくるわけじゃないけれど、少しはマーティンの気持ちも安らぐだろう」

イヴはそうであってほしいと思った、ジェイ・デュランに話すときにも少しは安らぎをもたらせればと願うように。

イヴは玄関へ歩いていき、ロークの手をとり、ベルを鳴らした。

あとになって、少し時間がたって一日がようやく終わると、イヴはロークとあの池のそばに座った。二人で植えた木の横で、あたりには春のにおい、頭上には満天の星、輝く家の明かり。

彼女は仕事をやりとげた、だから自分自身の安らぎが続くあいだは、その安らぎを手離さないつもりだった。

訳者あとがき

イヴ&ローク・シリーズの第五十一作をお届けしました。今回も楽しんでいただけたでしょうか?

前回の事件のあと、イタリアでロークとバカンスをとって心身を休ませたイヴですが、また新しい事件の捜査に飛びこんでいきます。差出人不明の荷物に入っていた毒物による殺人。しかし被害者は公私ともに人望あつく、誰かに恨まれるような人物ではありません。ところが死因となった毒物を調べると、これがすさまじい毒性を持った危険なものと判明。イヴは犯行が綿密な計画のもと、時間や資金を潤沢につぎこんだものと判断し、被害者の過去を調べていきます。やがて浮かんできた犯人の姿、そしてその意外な動機とは……。

本作は原題 *Golden in Death* のとおり、作中にさまざまなゴールド=金《きん》のものが登場します(以下、ネタバレを含みますのでご注意ください)。金の卵、ゴールド・アカデミー、童話の金のガチョウ、名前に「ゴールド」のつく登場人物。それから、裕福な家の子弟が集まる「ゴールド」校という名前は、その華やかさやステータスを連想させますし、生徒たちのゆたかな出自を象徴する言葉でもあります。また、米国では恵まれた家庭環境に生まれ、才能や能力にひいでた若者を「ゴールデンボーイ（ガール）」と呼びますが、それも犯人の正体や動機に対する痛烈な皮肉になっていることを感じていただけたらと思います。

さて、本シリーズの魅力は法の正義を体現するイヴの生き方が大きいと思いますが、同時に捨てがたいのが、折々にはさみこまれるサイドストーリーではないでしょうか。長く続いているものでいうと、〈アン・ジーザン〉や〈ドーハス〉の状況、イヴの親友メイヴィスの愛娘ベラの成長などですね。それから最近登場した、イヴ名義のネブラスカの農場、ローク邸の庭づくり、そして本作からはバー〈ノーウェア〉の改修が加わりそうで、こうしたもののゆっくりとした変化が、E&R世界のリアルさに奥行きを与えているんだなと感じ入ります。

それにもちろん、ほぼ毎回登場する小ネタ（？）的なエピソードも。イヴのオフィスに出没するキャンディバー泥棒、部下たちのネクタイと靴下、ピーボディの新しいヘアメイク、イヴとサマーセットの玄関先での応酬、などなど。ともすれば重くなりがちな事件捜査の雰囲気をやわらげ、笑わせてくれるこうしたシーンも、作者の緩急のつけ方のうまさにうならされるところです。あ、そうそう、イヴのファッションセンスの向上もありますね！（笑）

最後にロブ／ロバーツの近況をお知らせしましょう。ロブ名義では、今年の二月に本シリーズの*Faithless in Death*がすでに発売、九月に*Forgotten in Death*が刊行予定、ロバーツ名義では五月に*Legacy*、十一月にドラゴン・ハート・レガシー・シリーズの第二作*The Becoming*が入っています。*Faithless in Death*は、若い女性彫刻家が殺害され、恋愛がらみの殺人と思われたものの、通報者を調べていくと不審な事実が次々と浮かんできます。いっぽう、被害者のほうにもいくつもの偽りが見つかり、やがて事件はＦＢＩをも巻きこんでいき——というストーリーになっています。

プライヴェートのほうは、四月のブログによると、いつものように執筆にはげむ以外では、週末にオーブン料理をしているとのこと。このときのブログには、ハーブを散らしたキツネ色のフォカッチャ（！）やプロヴァンスふうのチキン料理の写真がアップされていました。また、ご夫君ともどもコロナワクチンの接種をすませたこと、親しい人々と再会できるのはうれしいけれど、ひきつづき用心を続ける旨が書かれていました。読者の皆さんも、どうかこのコロナ禍のなか、無事にすごされますように。鬱々とした日々ではありますが、本書がわずかでもそのなかでの楽しみや安らぎとなってくれることを願ってやみません。

それでは、次回のイヴ&ロークの活躍を楽しみにお待ちください。

二〇二一年四月

GOLDEN IN DEATH by J.D.Robb
Copyright © 2020 by Nora Roberts
Japanese translation rights arranged with
Writers House LLC through Japan UNI Agency, Inc.

死を運ぶ黄金《きん》の卵
イヴ&ローク 51

著者　J・D・ロブ

訳者　青木悦子《あおきえつこ》

2021年6月30日　初版第1刷発行

発行人　三嶋 隆

発行所　ヴィレッジブックス
〒150-0032 東京都渋谷区鶯谷町2-3 COMSビル
電話 03-6452-5479
https://villagebooks.net

印刷所　中央精版印刷株式会社

ブックデザイン　鈴木成一デザイン室

DTP　アーティザンカンパニー株式会社

本書の無断複写・複製・転載を禁じます。乱丁、落丁本はお取り替えいたします。
定価はカバーに明記してあります。
ISBN978-4-86491-511-3 Printed in Japan